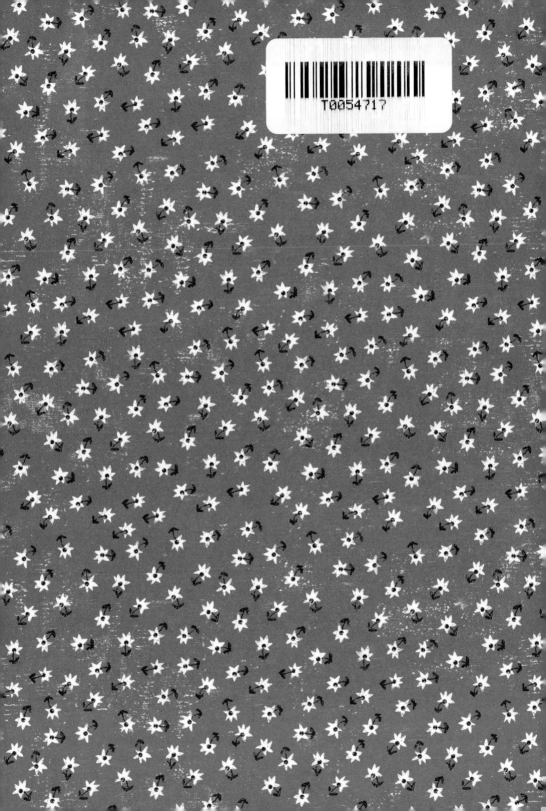

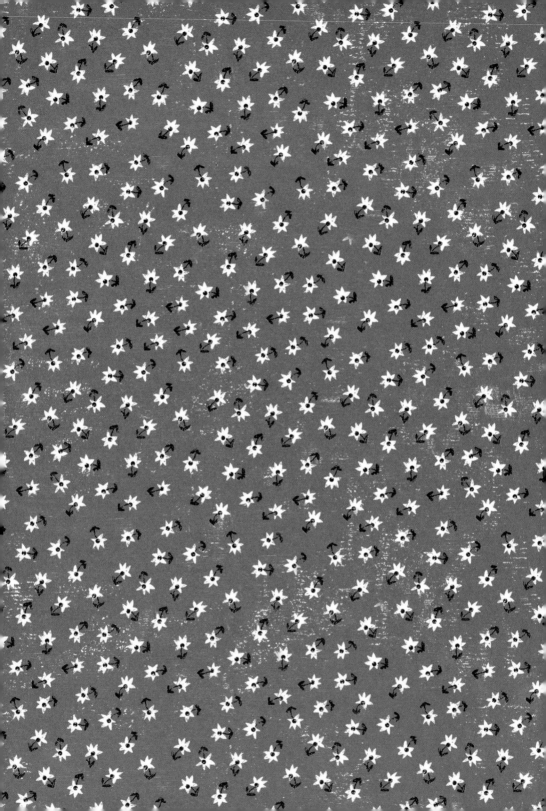

Sentido y sensibilidad

ALMA CLÁSICOS ILUSTRADOS

Jane Austen

Ilustraciones de
Dàlia Adillon

Edición revisada y actualizada

Título original: *Sense and Sensibility*

© de esta edición:
Editorial Alma
Anders Producciones S.L., 2019
www.editorialalma.com

 @almaeditorial

© Traducción: Babel 2000 S.A.

© Ilustraciones: Dàlia Adillon

Diseño de la colección: lookatcia.com
Diseño de cubierta: lookatcia.com
Maquetación y revisión: LocTeam, S.L.

ISBN: 978-84-17430-55-9
Depósito legal: B13196-2019

Impreso en España
Printed in Spain

Este libro contiene papel de color natural de alta calidad que no amarillea (deterioro por oxidación) con el paso del tiempo y proviene de bosques gestionados de manera sostenible.

Índice

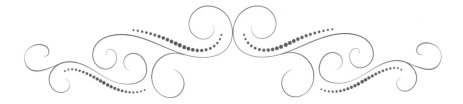

Capítulo I

La familia Dashwood llevaba mucho tiempo establecida en Sussex. Su finca era extensa y su residencia se hallaba en Norland Park, en el centro de su propiedad, donde habían residido durante varias generaciones con tanto decoro que se habían ganado el respeto de todos sus vecinos. El último dueño de la finca había sido un hombre soltero que vivió hasta alcanzar una edad muy avanzada y tuvo en su hermana una leal compañera y ama de casa. Sin embargo, la muerte de ella diez años antes que la suya causó una gran alteración en su hogar. Para remediar esta pérdida, invitó a su casa a la familia de su sobrino, el señor Henry Dashwood, el heredero por ley de la finca Norland y a quien quería legársela. La vida del anciano caballero en compañía de su sobrino, su sobrina y los hijos de ambos transcurrió en paz. Su afecto por ellos fue en aumento. La atención constante del señor Henry Dashwood y su esposa a sus deseos, que no nacía del interés, sino de la bondad de sus corazones, le proporcionó todo el confort que podía disfrutar a su edad. Además, la alegría de los niños añadió motivos de goce a su vida.

El señor Henry Dashwood tenía un hijo de un matrimonio anterior y tres hijas de su actual esposa. El hijo, un joven formal y respetable, tenía sus necesidades bien cubiertas por la fortuna de su madre, que había sido cuantiosa y cuya mitad le entregaron al cumplir la mayoría de edad. Además, su propio matrimonio, que se celebró poco después, lo enriqueció aún más.

Para él, heredar la finca Norland no era realmente tan importante como para sus hermanas porque la fortuna de ellas, al margen de lo que pudieran obtener si su padre heredaba la propiedad, no podía ser sino magra. Su madre no tenía nada y su padre solamente siete mil libras, pues la mitad restante de la fortuna de su primera esposa estaba destinada a su hijo y él solamente tenía derecho al usufructo de esa mitad mientras viviese.

El anciano caballero falleció, su testamento fue leído y, como casi en todo testamento, provocó tantas decepciones como alegrías. No fue ni tan injusto ni tan desagradecido como para no dejar las tierras a su sobrino, pero lo hizo de manera que quedó destruida la mitad del valor del legado. El señor Dashwood había deseado ese legado más por el bienestar de su esposa y sus hijas que por el suyo o el de su hijo. Sin embargo, la herencia había sido asignada a su hijo y al hijo de éste, un niño, y se había hecho de tal manera que él carecía de posibilidad de dejar en una situación económica holgada a sus seres más queridos y más necesitados, ya fuera por medio de una imposición sobre las propiedades, ya fuera por medio de la venta de sus valiosos bosques. Todo estaba establecido en beneficio del niño, que durante las ocasionales visitas a Norland con su padre y su madre se había ganado el afecto de su tío, cosa que había logrado con los atractivos tan frecuentes en las criaturas de dos o tres años: una lengüecita de trapo, el deseo inquebrantable de hacer su voluntad, un sinfín de picardías, tretas y un gran alboroto. Esto finalmente superó el valor de las mil atenciones que había recibido durante años por parte del caballero, de su sobrina y sus hijas. Sin embargo, no pretendía ser desagradecido, y señaló su afecto a las tres niñas dejándoles como legado una dote de mil libras a cada una.

La decepción del señor Dashwood fue grande al principio. Sin embargo, su temperamento era alegre y optimista: podía esperar razonablemente vivir mucho tiempo y, si era frugal, podría ahorrar una buena cantidad de la renta de una propiedad bastante grande y capaz de mejoras casi inmediatas. Pero la fortuna, que tanto había tardado en llegar, le sonrió solamente doce meses. No sobrevivió más tiempo a su tío y cuanto quedó a su viuda e hijas, incluidos los últimos legados, fueron diez mil libras.

Mandaron traer a su hijo apenas se supo que el señor Dashwood se moría y éste le encomendó, con la intensidad y urgencia que exigía la enfermedad, el bienestar de su madrastra y hermanas.

John Dashwood no albergaba los profundos sentimientos del resto de la familia. No obstante, le afectó una petición como aquélla en un momento como ése y prometió hacer cuanto estuviera en su mano por el bienestar de ellas. La promesa tranquilizó al padre, y John Dashwood tuvo tiempo para pensar cuánto cabría hacer por ellas de forma prudente.

No era un joven de mala disposición, salvo si cierta frialdad de corazón y algo de egoísmo son mala disposición. Sin embargo, era respetado en general, pues se portaba correctamente en el desempeño de sus deberes corrientes. Si hubiera tomado una esposa más compasiva, podría haber sido más respetable de lo que era —e incluso podría haber sido él mismo compasivo—, pues era muy joven cuando se casó y estaba muy encariñado con su mujer. Pero la señora Dashwood era una viva caricatura de su marido, de miras más estrechas y egoísta.

Cuando hizo la promesa a su padre, había pensado en mejorar la fortuna de sus hermanas regalando mil libras a cada una. Entonces sintió que podía hacerlo. La perspectiva de cuatro mil libras anuales, además de sus actuales ingresos, sumadas a la mitad restante de la fortuna de su madre, lo regocijaba y hacía que se sintiera generoso.

«Sí, les daría tres mil libras. ¡Qué espléndido y hermoso! Les bastarían para quedar en una situación desahogada. ¡Tres mil libras! Podría darles esa suma sin apenas problema». Lo meditó todo el día, y durante los sucesivos días, sin arrepentirse.

Apenas finalizó el funeral de su padre, la señora Dashwood llegó sin enviar aviso de sus intenciones a su suegra con su hijo y sus criados. Nadie podía discutir su derecho a acudir, pues la casa era propiedad de su esposo desde el momento en que su padre expiró. Sin embargo, la grosería de su conducta se vio aumentada y no era necesaria ninguna sensibilidad especial para que una mujer en la situación de la viuda Dashwood se sintiera ofendida. No obstante, *ella* tenía un sentido del honor tan marcado, una generosidad tan romántica, que cualquier ofensa de esa naturaleza, sin

importar de quién procediera o quién fuera su destinatario, era motivo de imborrable disgusto. La señora de John Dashwood jamás había sido la favorita de nadie en su familia política; claro que hasta entonces tampoco había tenido la oportunidad de mostrar cuán poco le importaba el bienestar ajeno.

La viuda Dashwood lamentó este comportamiento tan descortés y sintió hacia su nuera un desprecio tan intenso que, cuando ésta llegó, se habría marchado de la casa para siempre si los ruegos de su hija mayor no le hubieran impulsado a reflexionar sobre la conveniencia de irse. Además, el gran amor que profesaba a sus tres hijas la convenció más tarde para quedarse por el bien de ellas y evitar una ruptura con el hermano.

Elinor, la hija mayor, cuyo consejo había sido tan efectivo, poseía un entendimiento sólido y una serenidad de juicio que, pese a sus diecinueve años, le permitían ser la consejera de su madre y frecuentemente contrarrestar en beneficio de la familia el ímpetu de la señora Dashwood que a menudo podía conducirla a la imprudencia. Tenía un corazón de oro, una disposición afectuosa y profundos sentimientos, aunque sabía controlarlos, algo que su madre aún no había aprendido y que una de sus hermanas había decidido no aprender jamás.

Las cualidades de Marianne en muchos aspectos igualaban a las de Elinor. Era sensata e inteligente, pero tan vehemente que sus penas y alegrías eran inmoderadas. Era generosa, amable e interesante, pero imprudente. La semejanza entre ella y su madre era sorprendente.

Elinor veía con preocupación la excesiva sensibilidad de su hermana, pero la señora Dashwood la valoraba y apreciaba. Ambas se animaban ahora en la intensidad de su aflicción. La agonía del pesar que las había embargado fue voluntariamente renovada, buscada y recreada una y otra vez. Estaban entregadas a su pena y trataban de acrecentarla con cada reflejo que pudiera servir a sus propósitos, y decidieron no aceptar consuelo en el futuro. Elinor también estaba muy afligida, pero aún podía luchar y esforzarse. Pudo consultar a su hermano, recibir a su cuñada cuando llegó y tratarla como es debido, y pudo tratar de que su madre hiciera lo mismo y animarla a ser paciente.

Margaret, la otra hermana, era una niña alegre y de buen carácter. Sin embargo, como había hecho suyas muchas de las ideas románticas de Marianne, y no su sensatez, a sus trece años no parecía que fuera a ser como sus hermanas más adelante en su vida.

CAPÍTULO II

La señora de John Dashwood se instaló como dueña de Norland, mientras que su suegra y sus cuñadas quedaron degradadas a la condición de visitantes. Sin embargo, las trataba educadamente como tales, y su marido, con la amabilidad que cabía esperar de él hacia cualquiera que no fueran él mismo, su esposa y su hijo. Realmente les insistió, con cierta firmeza, para que consideraran Norland su hogar y, como ningún plan le pareció bien a la señora Dashwood mejor que permanecer allí hasta acomodarse en una casa del vecindario, aceptó su invitación.

Continuar donde todo le recordaba antiguas alegrías era justo lo que mejor le iba a su mente. En épocas felices nadie tenía un carácter más alegre que el suyo ni poseía un grado mayor de expectativas de felicidad. Pero en la pena también se abandonaba a sus fantasías, y se volvía inaccesible al consuelo al igual que en el placer era irrefrenable.

La señora de John Dashwood no aprobaba lo que su esposo deseaba hacer por sus hermanas. Tomar tres mil libras de la fortuna de su querido muchachito lo empobrecería de la forma más horrenda. Así pues, ella le rogó que lo pensara de nuevo. ¿Qué podría responderse a sí mismo si quitaba a su hijo, su único descendiente, una suma tan elevada? ¿Y qué posible derecho tenían las señoritas Dashwood, que solamente eran medias hermanas, lo cual consideraba ella equivalente a no ser familiares, a una cantidad tan elevada de su generosidad? Era bien sabido que no cabía esperar ningún afecto entre los hijos de distintos matrimonios de un hombre. Así pues, ¿por qué tenían que arruinarse él y su pobre Harry regalando todo su dinero a sus medias hermanas?

—Mi padre me pidió antes de morir que ayudara a su viuda y a sus hijas —repuso su esposo.

—Pues yo diría que no sabía de qué hablaba. Me apuesto diez contra uno a que no estaba bien en ese momento. Si hubiera estado en su sano juicio, no se le habría ocurrido pedirte que le quitases la mitad de tu fortuna a tu propio hijo.

—Él no habló de ninguna suma, mi querida Fanny. Sólo me pidió, en términos generales, que las ayudara e hiciera que su situación fuera más cómoda de lo que él podía hacer. Quizá habría sido mejor que dejara todo a mi criterio. Difícilmente habría podido suponer que yo las desatendería. Pero quiso una promesa y no pude dejar de hacerla. Al menos eso pensé entonces. La promesa fue hecha, y debo cumplirla. Algo debe hacerse por ellas cuando se marchen de Norland y se instalen en un nuevo hogar.

—Bueno, algo se *debe* hacer por ellas, pero *ese* algo no tienen que ser tres mil libras. Piensa —agregó ella— que cuando el dinero se marcha, ya no regresa. Tus hermanas se casarán, y se marcharán para siempre. Si al menos ese dinero le pudiera ser restituido a nuestro pobre hijo...

—Claro, por supuesto —dijo su esposo con mucha seriedad— que eso lo cambiaría todo. Podría llegar un momento en que Harry lamente haberse separado de una suma tan grande en algún momento. Si, por ejemplo, tuviera una familia numerosa, sería una mejora muy adecuada.

—Claro que lo sería.

—Quizá entonces sería mejor para todos si la suma se reduce a la mitad. ¡Quinientas libras serían una gran mejora de sus fortunas!

—¡Oh, más que mejor! ¡Qué hermano haría la mitad que tú por sus hermanas, aunque fueran *realmente* sus hermanas! Y mira que son... ¡sólo medio hermanas! Pero ¡es que eres un alma tan generosa!

—No me gustaría hacer mezquindades —replicó él—. Es preferible en estas ocasiones hacer demasiado que muy poco. Nadie podrá decir al menos que no he hecho lo bastante por ellas, ni siquiera ellas podrían esperar más.

—Imposible saber qué podrían esperar *ellas* —dijo la esposa—, pero no es cosa nuestra pensar en sus expectativas. La pregunta es qué puedes tú permitirte hacer.

—Por supuesto, y creo que puedo permitirme darle a cada una quinientas libras. Tal como están las cosas, si no añado yo nada, cada una tendrá más de tres mil libras a la muerte de su madre, lo cual es una fortuna muy adecuada para una joven.

—Claro que lo es y lo cierto es que se me ocurre que posiblemente no deseen nada más. Contarán con diez mil libras divididas entre las tres. Si se casan, se asegurarán de hacerlo bien, pero si no lo hacen, pueden vivir juntas con desahogo con los intereses de esas diez mil libras.

—Muy cierto, así que no sé si, pensándolo mejor, no sería más aconsejable hacer algo por su madre mientras viva en lugar de por ellas: algo así como una pensión anual, quiero decir. Así, mis hermanas también se beneficiarían. Cien libras al año las mantendrían en una situación holgada.

Su esposa dudó un rato, sin embargo, sobre si daba su consentimiento a este plan.

—De todas maneras —dijo ella—, siempre es mejor que dar mil quinientas libras de una vez. Claro que si la señora Dashwood vive quince años, eso será lo que se pague.

—¡Quince años! Mi querida Fanny, su vida no puede valer ni la mitad de esa cantidad.

—Claro que no, pero, si miras bien, la gente siempre vive eternamente cuando les pagan una pensión. Además, ella es muy fuerte, tiene salud y apenas tiene cuarenta años. Una pensión anual es un asunto serio, se entrega un año tras otro y es ineludible. Ni siquiera te das cuenta de lo que estás haciendo. Yo sé mucho sobre los problemas de las pensiones anuales, pues mi madre estaba atada al pago de las pensiones de tres antiguos sirvientes por el testamento de mi padre y es increíble lo desagradable que le parecía. Había que pagarlas dos veces al año y encima estaba el problema de entregársela a cada uno; después se dijo que uno de ellos había muerto, pero no fue así. A mi madre le ponía enferma todo aquello. Decía que sus ingresos no eran de ella con estas perpetuas exigencias. Fue muy desconsiderado por parte de mi padre porque, de otra forma, todo el dinero habría estado a disposición de mi madre, sin ninguna restricción. Por eso detesto las pensiones, y estoy segura de que no me ataré pagando una ni por todo el oro del mundo.

—Es algo desagradable sin duda —observó el señor Dashwood— que cada año se vaya así parte de los ingresos de uno. La fortuna de uno, como dice tu madre, *no* es suya. Tener que pagar regularmente una suma como ésa en fechas fijas no es en absoluto deseable, pues te quita la independencia.

—Por supuesto, y encima nadie te lo agradece. Se sienten asegurados, tú sólo haces lo que se espera sin que te lo agradezcan. Yo en tu lugar, para cualquier cosa que hiciese, aplicaría mi buen criterio. No me comprometería a dar nada anualmente. Algunos años podría ser incómodo dar cien, o incluso cincuenta libras, a costa de nuestros gastos.

—Creo que tienes razón, querida. Será mejor que no haya una renta anual en este caso. Lo que pueda darles ocasionalmente será de mucha más ayuda que una pensión anual porque aumentarían su tren de vida si estuvieran seguras de un ingreso mayor, y así no serían un penique más ricas al terminar el año. Será sin duda lo mejor. Un regalo de cincuenta libras de vez en cuando evitará que se preocupen por el dinero, y creo que así cumpliré con creces la promesa hecha a mi padre.

—Por supuesto que sí. A decir verdad, estoy convencida de que tu padre no pensaba en que entregases dinero al hablar de ayuda. Yo diría que hablaba de lo que razonablemente cabría esperarse de ti; por ejemplo, algo como buscar una casita confortable para ellas, ayudarlas con la mudanza de sus muebles, enviarles algún pescado y piezas de caza y cosas por el estilo cuando sea la temporada. Apostaría mi vida a que sólo pensaba en eso. Lo cierto es que sería muy raro e impropio que hubiera pretendido otra cosa. Piensa, mi querido señor Dashwood, lo desahogadas que pueden vivir tu madrastra y sus hijas con los intereses de siete mil libras, además de las mil libras de cada una de las niñas, que les rentan cincuenta libras anuales a cada una y, con eso, le pagarán el alojamiento a su madre. Entre las tres tendrán quinientas libras anuales, y ¿para qué rayos quieren más dinero cuatro mujeres? ¡Vivirán como reinas! Mantener la casa será una miseria.

No tendrán carruaje ni caballos y apenas sirvientes. ¡No recibirán visitas ni tendrán gastos! ¡Piensa sólo en lo cómodas que estarán! ¡Quinientas al año! No puedo ni imaginar cómo gastarán la mitad siquiera. En cuanto a darles más, es absurdo. Estarán ellas en mejor situación para darte algo *a ti*.

—Pues vaya —dijo el señor Dashwood—, creo que tienes toda la razón. Mi padre seguramente no pudo querer decir con su petición más que lo que has dicho tú. Ahora lo veo claro, y cumpliré escrupulosamente mi compromiso con actos de ayuda y cortesía como los que has propuesto. Cuando mi madrastra se mude a otra casa, le prestaré mis servicios para acomodarla en la medida en que pueda. Quizá sería conveniente regalarle algún mueble.

—Por supuesto —repuso la señora Dashwood—. Sin embargo, hay que pensar *una* cosa. Cuando tu padre y tu madrastra se mudaron a Norland, los muebles de Stanhill se vendieron, pero se quedaron la porcelana, los cubiertos y la mantelería, que ahora han quedado para tu madre. Su casa estará casi completa en cuanto se mude.

—Ésa es una reflexión importante sin duda. ¡Un valioso legado, por supuesto! Y parte de la cubertería habría sido un buen añadido a la nuestra de aquí.

—Sí, y la porcelana del desayuno es mucho más bonita que la de esta casa. Demasiado bonita para, en mi opinión, los lugares en donde *ellas* pueden permitirse vivir. Pero así son las cosas. Tu padre sólo pensó en *ellas*. Debo decir que no le debes a él ninguna gratitud especial, ni tienes que cumplir sus deseos porque los dos sabemos que, si hubiera podido, habría dejado casi todo lo que tenía a *ellas*.

Aquel argumento fue indiscutible. Dio a las intenciones de él la decisión que antes le había faltado. Así pues, decidió que sería del todo innecesario, cuando no indecoroso, hacer más por la viuda y las hijas de su padre que esos gestos de buena vecindad que su esposa había señalado.

Capítulo III

La señora Dashwood permaneció en Norland varios meses no porque fuera reacia a mudarse desde que la visión de los lugares tan bien conocidos por ella dejaron de provocarle las emociones que le habían producido durante un tiempo. Cuando su ánimo revivió y su mente fue capaz de otra cosa que regodearse en su dolor con recuerdos tristes, se impacientó por irse y preguntó infatigablemente por una residencia adecuada en el vecindario de Norland, pues le parecía imposible marcharse lejos del lugar que tanto amaba. Sin embargo, nadie le ofrecía nada que se ajustara a su noción de comodidad y bienestar, ni a la prudencia de su primogénita, cuyo buen juicio rechazó varias casas, demasiado grandes para sus ingresos, que su madre sí habría aprobado.

La señora Dashwood había sido informada por su esposo de la solemne promesa que había hecho su hijo a su favor, lo cual había consolado sus últimos pensamientos mundanos. No dudaba de la sinceridad de este compromiso más que el difunto, y pensaba en ello con gran satisfacción, sobre todo por el bienestar de sus hijas, si bien estaba convencida de que una suma bastante inferior a siete mil libras le permitiría vivir en la abundancia. También se alegraba por el hermano de sus hijas, por su buen corazón, y se reprochaba el haber sido antes injusta con sus méritos al haberlo creído incapaz de ser generoso. Su atento comportamiento hacia ella y sus hermanas la convencieron de que su bienestar le importaba, y durante mucho tiempo, de manera que confió plenamente en la generosidad de sus intenciones.

El desprecio que había sentido al principio de su relación por su nuera aumentó enormemente cuando conoció mejor su carácter después de vivir medio año con ella y su familia. Quizá, y pese a todas las muestras de cortesía o afecto maternal por parte de ella, ambas damas habrían considerado imposible convivir tanto tiempo si no se hubiera dado una circunstancia particular que hizo aún más tolerable, en opinión de la señora Dashwood, la estancia de sus hijas en Norland.

Esta circunstancia fue un creciente apego entre su hija mayor y el hermano de la señora Dashwood, un joven galante y encantador que les fue presentado poco después de que su hermana llegara a Norland y que desde entonces había pasado la mayor parte de su tiempo allí.

Algunas madres podrían haber alentado esa relación por puro interés, pues Edward Ferrars era el primogénito de un hombre que había muerto siendo muy rico. Algunas otras la habrían reprimido por prudencia porque, exceptuando una insignificante suma, toda su fortuna dependía de la voluntad de su madre. Pero a la señora Dashwood no le influyó ninguna de las dos cosas. Le bastaba con que él pareciera amable, que amara a su hija y que Elinor le correspondiese. Iba en contra de sus ideas que la diferencia de fortuna debiera separar a una pareja atraída por temperamentos parecidos. Además, que los méritos de Elinor no fueran reconocidos por quienes la conocían le parecía incomprensible.

Edward Ferrars no se ganó la buena opinión de la señora Dashwood ni de sus hijas por la especial gracia de su persona o de su trato. No era atractivo y sus modales sólo eran agradables en la intimidad. Era demasiado inseguro para hacerse justicia a sí mismo; sin embargo, cuando vencía su natural timidez, su comportamiento revelaba un corazón sincero y afectuoso. Era inteligente y la educación había dotado de una mayor solidez ese rasgo. Pero no contaba con unas habilidades ni una disposición que satisficieran los deseos de su madre y hermana, que anhelaban verlo destacar como... a duras penas lo sabían. Deseaban que de algún modo fuera una figura en el mundo. Su madre deseaba interesarlo por la política, hacer que llegara al

parlamento o verlo relacionado con algún gran hombre del momento. La señora de John Dashwood también lo deseaba; sin embargo, mientras alguna de esas bendiciones superiores le llegaba, ambas habrían dado por satisfecha su ambición viéndolo conducir una calesa. Sin embargo, Edward no sentía interés por los grandes hombres ni por las calesas. Sus deseos se concentraban en el confort doméstico y en la tranquilidad de la vida privada. Por fortuna, tenía un hermano menor que era más prometedor.

Edward pasó varias semanas en la casa antes de que la señora Dashwood se fijara en él, pues en aquella época su aflicción la mantenía en un estado de indolencia frente a cuanto la rodeaba. Solamente vio que era callado y discreto, y le gustó por eso mismo. No molestaba con conversaciones a destiempo sus desgraciados pensamientos. Lo que primero le llamó la atención e hizo que le gustara más fue una reflexión de Elinor un día sobre las diferencias entre él y su hermana. Fue un contraste que habló muy en su favor para la madre.

—Eso basta —dijo—, con decir que no es como Fanny ya es bastante. Implica que es amable. Ya lo quiero.

—Creo que terminará por gustarte —dijo Elinor— cuando lo conozcas mejor.

—¡Gustarme! —exclamó la madre sonriendo—. No puedo abrigar un sentimiento de aprobación que no sea el amor.

—Puedes estimarlo.

—Nunca he sabido separar la estima del amor.

La señora Dashwood se esforzó en conocerlo y, como sus modales eran afectuosos, rápidamente venció la reserva de él. Pronto vio sus méritos y la convicción de su interés por Elinor quizá aguzó su perspicacia. Sin embargo, realmente se sentía segura de su valor. Incluso los modales serenos de Edward, que actuaban contra las ideas más arraigadas de la señora Dashwood sobre cómo debería ser el trato de un joven, ya no le parecieron tan insulsos cuando vio que era cordial y de temperamento afectuoso.

Apenas percibió la primera señal de amor que percibió en su conducta hacia Elinor, creyó que existía sin duda un vínculo serio entre ellos y esperó que su matrimonio fuera algo inminente.

—Dentro de unos meses, querida Marianne —dijo—, Elinor probablemente se habrá establecido para siempre. La añoraremos, pero *ella* será feliz.

—¡Oh! Mamá, ¿qué haremos sin ella?

—Cariño, apenas será una separación. Viviremos a unas millas de distancia y nos veremos todos los días. Tú ganarás un hermano, uno de verdad y cariñoso. Tengo la mejor opinión del mundo sobre lo que siente Edward. Pero pareces seria, Marianne, ¿no apruebas la elección de tu hermana?

—Quizá —dijo Marianne— me parezca un tanto sorprendente. Edward es amable y le tengo cariño; sin embargo, no es el tipo de joven…, le falta algo…, su aspecto no es gran cosa, no tiene el garbo que yo habría esperado en el hombre que atrajera realmente a mi hermana. Sus ojos carecen del espíritu y el fuego que anuncian virtud e inteligencia. Además, me temo que no tiene buen gusto, mamá. No parece que la música le llame demasiado la atención y, aunque admire los dibujos de Elinor, no es la admiración de alguien que pueda comprender su valor. Es evidente que, pese a su atención cuando ella dibuja, de hecho no sabe nada de esta materia. Admira como un enamorado, no como un conocedor. Para que yo me sienta satisfecha ambos rasgos deben ir de la mano. Yo no podría ser feliz con alguien cuyo gusto no coincidiera en todo con el mío. Debe compartir todos mis sentimientos, nos deben encantar los mismos libros y la misma música a ambos. ¡Ay, mamá! ¡Qué poco ardor y qué actitud tan apocada mostró Edward cuando nos leyó anoche! Lo sentí mucho por mi hermana. Sin embargo, ella lo soportó con tanta compostura que apenas debió notarlo. A duras penas pude permanecer sentada. ¡Escuchar esos hermosos versos que con frecuencia casi me han vuelto loca leídos con esa calma impenetrable, con esa espantosa indiferencia!

—Sin duda le habría hecho más justicia a una prosa sencilla y elegante. Lo pensé en ese momento, pero *tendrías* que darle a Cowper.

—¡No, mamá, ni Cowper lo animaría! Pero debemos reconocer que hay gustos distintos. Elinor no comparte mis sentimientos, así que puede dejar eso de lado y ser feliz con él. Pero *me* habría partido el corazón, si yo lo amase, escucharlo leer sin sensibilidad. Mamá, cuanto más conozco el mundo, más me convenzo de que jamás encontraré un hombre a quien pueda amar de verdad. ¡Pido tanto! Debe tener las virtudes de Edward, y su aspecto y sus modales deben adornar su bondad con todos los encantos posibles.

—Recuerda, cariño, que no has cumplido los diecisiete. Aún es pronto para desesperar de esa felicidad. ¿Por qué ibas a ser menos afortunada que tu madre? ¡Que en una sola circunstancia, Marianne mía, tu destino sea diferente del suyo!

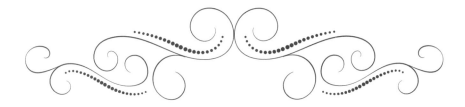

Capítulo IV

—Qué pena, Elinor —dijo Marianne—, que Edward no tenga gusto para el dibujo.

—¡Que no tiene gusto para el dibujo! —replicó Elinor—. ¿Por qué crees eso? Él no dibuja, es cierto, pero disfruta mucho viendo los de otras personas, y te aseguro que de ningún modo carece de buen gusto natural, aunque no haya tenido la oportunidad de mejorarlo. Si hubiera tenido la posibilidad de aprender, creo que dibujaría muy bien. No se fía de su propio juicio en estas materias, así que siempre se resiste a opinar sobre cualquier cuadro; sin embargo, posee una exquisitez y una sencillez de gusto innatas que, en general, lo guían perfectamente.

Marianne no quiso ofender y no dijo nada más sobre el asunto; sin embargo, el tipo de aprobación, que Elinor describía como emoción por los dibujos ajenos, distaba mucho del deleite embelesado que, en su opinión, podía ser denominado gusto. Aun así, aunque sonriéndose ante aquel error, respetaba a su hermana por la ciega parcialidad por Edward que lo producía.

—Espero, Marianne —continuó Elinor—, que no lo consideres falto de gusto en general. La verdad es que creo estar en situación de afirmar, pues tu comportamiento hacia él es de lo más cordial, que no lo piensas; y si opinases *así,* estoy segura de que no podrías mostrarte educada con él.

Marianne no supo qué decir. No quería herir los sentimientos de su hermana bajo ningún concepto, ni decir lo que no creía. Finalmente, repuso:

—Elinor, no te ofendas si mis elogios hacia él no se ajustan a tu percepción de sus méritos. No he tenido tantas ocasiones como tú de conocer los detalles más nimios de su mente, sus inclinaciones y sus gustos; sin embargo, albergo la mejor de las opiniones sobre su bondad y sensatez. Creo que posee todo lo que es valioso y afable.

—Estoy segura —replicó Elinor con una sonrisa— de que sus mejores amigos aprobarían un elogio como ése. No se me ocurre cómo podrías expresarte con mayor calidez.

Marianne se alegró de ver lo fácilmente que se contentaba su hermana.

—En cuanto a su sensatez y su bondad —continuó Elinor—, nadie que lo haya visto lo bastante para haber charlado con él sin reservas puede ponerlas en duda, creo yo. Su excelente entendimiento y sus principios sólo pueden ocultarse con esa timidez que a menudo lo lleva a guardar silencio. Lo conoces lo bastante como para hacer justicia a la solidez de su valor. Pero en cuanto a los detalles más nimios de su mente, como tú los llamas, hay circunstancias específicas que no te han permitido conocerlo tanto como a mí. En ocasiones nos hemos quedado juntos mucho tiempo mientras tú, debido a tu afecto, has estado completamente pendiente de nuestra madre. He visto muchas cosas de él, he estudiado sus sentimientos y escuchado sus opiniones sobre temas relacionados con la literatura y el gusto. En general, me atrevo a asegurar que es cultivado y halla un enorme placer en los libros, tiene una viva imaginación, sus observaciones son justas y correctas, y su gusto es delicado y puro. Sus talentos en todos los terrenos mejoran cuanto más se le conoce, al igual que sus modales y su aspecto. A primera vista, su trato no es ciertamente atractivo, y su aspecto difícilmente puede considerarse apuesto hasta que se ven sus ojos de expresión bondadosa y la dulzura general de su semblante. Lo conozco tan bien ahora que lo considero realmente apuesto o, al menos, casi. ¿Qué opinas, Marianne?

—Que pronto lo consideraré apuesto, Elinor, si es que no lo hago ya. Cuando me pidas que lo ame como a un hermano, no veré más imperfecciones en su rostro de las que ahora veo en su corazón.

Elinor se sobresaltó ante aquella declaración y lamentó haberse dejado traicionar por el ardor de su discurso sobre Edward. Tenía una muy buena opinión de él. Creía que el interés era mutuo, pero necesitaba una mayor certeza sobre ello para aceptar con agrado la convicción de Marianne sobre sus relaciones. Sabía que cuanto Marianne y su madre conjeturaban en un momento dado era una certeza al siguiente. Para ellas el deseo era esperanza y ésta, expectativa. Trató de explicarle el verdadero estado de la situación a su hermana.

—No trato de negar —dijo— que tengo una gran opinión de él, que lo estimo mucho y me gusta.

Marianne estalló indignada ante aquello.

—¡Estimarlo! ¡Gustarte! ¡Elinor, qué corazón tan frío! ¡Oh, peor que frío! Se avergüenza de ser de otro modo. Si vuelves a utilizar esas palabras, me marcharé de esta habitación de inmediato.

Elinor no pudo evitar reír.

—Perdóname —dijo—. Puedes estar segura de que no pretendía ofenderte al hablar con palabras tan prudentes sobre mis sentimientos. En realidad son más fuertes de lo que declaro. Puedes creer que son acordes a los méritos de Edward y a la suposición..., a la esperanza de su afecto por mí, sin imprudencias o locuras. Pero no debes creer más. No tengo la seguridad de su afecto por mí. Hay momentos en que es dudoso que exista y, hasta que no conozca a fondo sus sentimientos, no te sorprendas si no deseo alentar mi interés creyendo o llamándolo más de lo que realmente es. En el fondo de mi corazón, tengo pocas o ninguna duda sobre sus preferencias. Pero hay que tener en cuenta otros aspectos además de sus inclinaciones. Está muy lejos de ser independiente. No podemos saber cómo es su madre, pero las menciones ocasionales de Fanny sobre su conducta y sus opiniones jamás nos han llevado a pensar que sea afable. O mucho me equivoco, o Edward también es consciente de los obstáculos que hallaría en su camino si deseara casarse con una mujer sin una gran fortuna o que no fuera de alto linaje.

Marianne quedó estupefacta al descubrir hasta qué punto la imaginación de su madre y la suya habían superado la verdad.

—¡Entonces no estás comprometida con él! —dijo—. Aunque sucederá en breve. Pero esta demora tiene dos ventajas. Aún no te perderé y Edward tendrá más tiempo de mejorar ese gusto natural por tu afición favorita, que

es tan indispensable para tu felicidad futura. ¡Oh! ¡Ojalá tu genio lo estimulara a aprender a dibujar también! ¡Sería maravilloso!

Elinor había confesado su verdadera opinión a su hermana. No podía considerar su apego por Edward de un modo tan favorable como había supuesto Marianne. La ocasional falta de ánimo de él, sin denotar indiferencia, revelaba algo casi igual de poco prometedor. Si dudaba sobre el afecto que ella sentía por él, si es que lo tenía, aquello debía inquietarlo. No parecía posible que le provocara el abatimiento de espíritu que con frecuencia lo asaltaba. Una causa más razonable podía ser su situación de dependencia, que le impedía la posibilidad de dejarse llevar por sus afectos. Ella sabía que su madre se comportaba con él de modo que no le proporcionaba en la actualidad un hogar acogedor ni la seguridad de que llegara a formar el suyo propio, excepto si se atenía estrictamente a las ideas de ella sobre su engrandecimiento. Sabiendo esto, Elinor no podía sentirse tranquila. No podía depender de las preferencias de Edward, que su madre y hermana tenían por ciertas, ya que, cuanto más tiempo estaban juntos, más dudaba de la naturaleza de su afecto; a veces, durante unos pocos y dolorosos minutos, creía que era únicamente una amistad.

Pero, al margen de sus límites reales, aquel afecto bastó, al percibirlo, a la hermana de Edward para intranquilizarla, y bastó también (cosa también muy habitual) para convertirla en una grosera. Aprovechó la primera ocasión que tuvo para ofender a su suegra hablándole apasionadamente de las grandes expectativas que tenían para su hermano, de la resolución de la señora Ferrars de que sus dos hijos se casaran bien y del peligro que acechaba a cualquier mujer joven que quisiera *atraparlo*. La señora Dashwood no pudo fingir ignorancia ni tratar de serenarse. Le respondió con gran desdén y abandonó de inmediato la habitación mientras decidía que, al margen de los inconvenientes o gastos de una repentina marcha, su querida Elinor no debía quedar expuesta ni una semana más a tales insinuaciones.

Hallándose en aquel estado de ánimo llegó una carta con una propuesta especialmente oportuna. Era la oferta de una casita en condiciones muy ventajosas por parte de un pariente suyo, caballero distinguido y dueño de grandes propiedades en Devonshire. La carta, firmada por él mismo, estaba escrita en un tono amistoso. Entendía que ella necesitaba una residencia y, aunque le brindaba una simple casita de campo de su propiedad, le aseguraba que haría cuanto ella estimara necesario si su situación le gustaba. La instaba, tras describir con todos sus pormenores la casa y el jardín, a viajar con sus hijas a Barton Park, donde residía él, y ella podría juzgar por sí misma si Barton Cottage, pues ambas casas pertenecían a la misma parroquia, se podía arreglar para hacérsela más confortable. Parecía realmente interesado en alojarlas, y toda su carta estaba redactada de una forma tan amistosa que complació mucho a su prima, sobre todo en un momento en que sufría por el comportamiento frío e insensible de sus parientes más cercanos. No perdió tiempo en deliberaciones o consultas. Se decidió en cuanto leyó la carta. La ubicación de Barton en un condado tan alejado de Sussex como Devonshire era algo que sólo unas horas antes habría sido una objeción suficiente frente a cualquier posible ventaja del lugar, pero ahora era su principal recomendación. Abandonar el vecindario de Norland ya no era tan malo; lo deseaba, era una bendición comparada con el suplicio de continuar siendo huéspedes de su nuera, y alejarse para siempre de aquel lugar amado sería menos doloroso que vivir allí o visitarlo mientras esa mujer fuera su dueña. Escribió de inmediato a sir John Middleton dándole las gracias por su amabilidad y aceptando su propuesta. Luego corrió a mostrar ambas cartas a sus hijas y se aseguró de su aprobación antes de enviar la respuesta.

Elinor siempre había creído más prudente para ellas establecerse a cierta distancia de Norland en vez de entre sus actuales conocidos. Con *esa* idea en mente, no se opuso a las intenciones de su madre de mudarse a Devonshire. Además, la casita era pequeña y el alquiler tan sorprendentemente bajo, según describía sir John, que no cabía ninguna objeción. Así pues, aunque el plan no la cautivara y supusiera alejarse del vecindario Norland, no trató de disuadir a su madre de que escribiera una carta de aceptación.

Capítulo V

En cuanto envió su respuesta, la señora Dashwood se dio el gusto de anunciar a su hijastro y su esposa que tenía una casa y que los incomodaría solamente hasta que todo estuviera listo para habitarla. La escucharon sorprendidos. La señora de John Dashwood no dijo nada, pero su esposo dijo educadamente que esperaba que no se instalaran lejos de Norland. Su madrastra respondió con gran satisfacción que se mudaban a Devonshire. Al oírla, Edward se volvió rápidamente y repitió con una voz tan sorprendida y angustiada que fue una explicación suficiente para ella: «¡Devonshire! ¿De verdad que van allí? ¡Tan lejos! ¿Y a qué parte?». Ella le aclaró la ubicación. Estaba a cuatro millas al norte de Exeter.

—Es sólo una casita de campo —continuó—, pero espero ver allí a muchos de mis amigos. Será fácil añadir una o dos habitaciones. Si mis amigos no hallan obstáculos para viajar tan lejos a verme, estoy segura de que yo tampoco lo hallaré para acomodarlos.

Terminó con una amable invitación al señor John Dashwood y a su esposa para que la visitaran en Barton e incluyó a Edward con mayor afecto. Aunque la última conversación con su nuera la había decidido a marcharse de Norland en cuanto pudiese, no le produjo el efecto al que principalmente se dirigía. Separar a Edward y Elinor distaba mucho de ser su objetivo; además, con esa invitación a su hermano deseaba mostrarle a la señora de John Dashwood lo poco que le importaba que desaprobara aquella unión.

El señor John Dashwood le repitió una y otra vez a su madrastra cuánto lamentaba que hubiera alquilado una casa tan lejos de Norland, pues le impediría serle de alguna utilidad para trasladar su mobiliario. Se sentía realmente irritado con la situación, pues le impedía cumplir la promesa a su padre. Los muebles fueron enviados por mar, y consistían fundamentalmente en ropa blanca, cubertería, porcelana, libros y un hermoso pianoforte de Marianne. La señora de John Dashwood vio con un suspiro cómo partían los fardos, pues pensaba que, siendo la renta de la señora Dashwood tan pequeña en comparación con la suya, ella debería quedarse con los artículos más bonitos del mobiliario.

La señora Dashwood alquiló durante un año la casita. Estaba ya amueblada y ella podría ocuparla de inmediato. No surgieron desacuerdos entre las dos partes y ella esperó solamente a enviar sus efectos desde Norland y a decidir qué servicio doméstico tendría antes de marcharse al oeste. Todo esto quedó resuelto muy pronto, pues era muy rápida haciendo lo que le interesaba. Los caballos que había dejado su esposo fueron vendidos tras su muerte y aceptó vender su carruaje en cuanto se le presentó la ocasión de desprenderse de él, todo ello siguiendo los consejos de su hija mayor. Lo habría mantenido para comodidad de sus hijas si hubiera consultado a sus propios deseos; sin embargo, prevaleció la discreción de Elinor. *Su* sabiduría también limitó el número de sirvientes a dos doncellas y un hombre que seleccionaron con rapidez entre aquéllos que habían formado su servicio en Norland.

El hombre y una de las doncellas fueron enviados inmediatamente a Devonshire para tener preparada la casa cuando llegara su señora, ya que la señora Dashwood no conocía de nada a lady Middleton y prefería ir directamente a la casa en vez de quedarse en Barton Park. Por otra parte, confiaba a ciegas en la descripción de sir John de la casa y no sintió la curiosidad de examinarla hasta que entró allí a vivir. Su deseo de alejarse de Norland no fue en ningún momento a menos ante la evidente satisfacción de su nuera con la perspectiva de su marcha. Fue una satisfacción que apenas disimuló con una fría invitación a que aplazara su partida. Había llegado el momento en que la promesa de John Dashwood a su padre podría haber sido cumplida con especial corrección. Puesto que descuidó este deber cuando llegó a la mansión, parecía que el momento más adecuado sería cuando ellas se marchasen. Sin embargo, la señora Dashwood abandonó enseguida toda esperanza y se convenció, por el sentido de las frases de él, de que su ayuda no se habría producido de haberlas mantenido durante seis meses en Norland. Hablaba él con tanta frecuencia de los gastos cada vez mayores del hogar y de las perpetuas e incalculables demandas monetarias para un caballero de importancia en este mundo que parecía estar más bien necesitado de dinero que dispuesto a darlo.

Pocas semanas después de la llegada de la primera carta de sir John Middleton a Norland, los arreglos de su futuro hogar estaban tan avanzados que la señora Dashwood y sus hijas pudieron iniciar su viaje.

Muchas lágrimas cayeron en su último adiós al lugar que adoraban.

—¡Querido Norland! —repetía Marianne mientras deambulaba sola frente a la mansión la última tarde que estuvieron allí—. ¿Cuándo dejaré de añorarte? ¿Cuándo aprenderé a sentirme como en casa en cualquier parte? ¡Ah, mi casa! ¡Si supieras cuánto sufro viéndote desde este lugar, desde donde quizá no te vea más! ¡Y vosotros, mis conocidos árboles! Seguiréis igual. ¡Ninguna hoja se secará porque nos vayamos, ni las ramas se quedarán inmóviles aunque nosotras no podamos contemplarlas más! ¡Seguiréis como siempre, ajenas al placer o la pena que ocasionáis, insensibles a los cambios de quienes caminan bajo vuestra sombra! Pero ¿quién quedará aquí para disfrutaros?

Capítulo VI

La primera parte del viaje transcurrió con un humor tan melancólico que se hizo tedioso y antipático. Sin embargo, conforme tocaba a su fin, el interés por el aspecto de la región donde vivirían venció al desánimo y, al ver el valle de Barton conforme se adentraban en él, fueron alegrándose. Era una comarca agradable y fértil, de extensos bosques y muchos pastizales. Tras más de una milla de vueltas y revueltas, llegaron a su casa. Un jardincito verde eran todos sus dominios en la parte frontal. Una pulcra portezuela de reja les permitió la entrada.

Barton Cottage era una casa pequeña, pero confortable y sólida; no obstante, como casa de campo tenía sus defectos, pues la construcción era regular, el tejado era de tejas, las celosías de las ventanas no estaban pintadas de verde y los muros no estaban tapizados de madreselva. Un pasillo estrecho conducía al jardín trasero atravesando la casa. A ambos lados de la entrada había un salón de unos dieciséis pies cuadrados y detrás estaban la zona de servicio y las escaleras. Cuatro dormitorios y dos buhardillas formaban el resto de la casita. Había sido construida no hacía muchos años y se hallaba en buenas condiciones. ¡Comparada con Norland era sin duda pequeña y pobre! Pero las lágrimas que arrancaron los recuerdos cuando entraron fueron enseguida enjugadas. Las regocijó la alegría de los sirvientes por su llegada y, pensando todas ellas en las demás, decidieron fingir que estaban contentas. Eran los primeros días de septiembre, hacía buen

tiempo y ver por primera vez el lugar con buen clima les causó una impresión favorable, lo cual fue fundamental para que dieran su aprobación.

La situación de la casita era buena. Unas colinas altas se alzaban detrás, a ambos lados y no lejos. Algunas eran lomas abiertas, otras estaban cultivadas y eran boscosas. La aldea de Barton se situaba principalmente en una de las colinas y era una agradable vista desde las ventanas de la casita. La perspectiva en el frente era más amplia, pues se dominaba todo el valle e incluso llegaba a los campos situados más allá. Las colinas en torno a la casita cerraban el valle en aquella dirección, que se abría nuevamente entre dos de los montes más escarpados con otro nombre y otro curso de agua.

La señora Dashwood estaba satisfecha con las dimensiones y el mobiliario de la vivienda. Aunque su estilo de vida anterior hacía indispensable mejorarla en muchos aspectos, ampliar y perfeccionarlo todo era siempre un placer para ella. Además, en aquel momento contaba con dinero suficiente para dar mayor elegancia a las habitaciones.

—En cuanto a la casa, está claro que es demasiado pequeña para nuestra familia —dijo—, pero estaremos aceptablemente cómodas de momento porque el año está muy avanzado para hacer mejoras. Quizá en primavera, si tengo suficiente dinero, como me atrevo a decir que tendré, podremos pensar en obras. Estos recibidores son demasiado pequeños para los grupos de amigos que espero ver a menudo aquí reunidos. Además, quiero incorporar el pasillo a uno de ellos, a lo mejor con una parte del otro, dejando el resto del otro como vestíbulo. Eso y una nueva sala, que se puede añadir con facilidad, más un dormitorio y una buhardilla arriba, harán que esta casita quede muy acogedora. Me gustaría que las escaleras fueran bonitas. Pero uno no puede tenerlo todo, aunque supongo que no sería difícil ensancharlas. Ya veré de cuánto dinero dispongo en primavera y planificaremos nuestras mejoras.

Entretanto, hasta que todos estos cambios pudieran ser llevados a cabo con los ahorros de un ingreso de quinientas libras al año por una mujer que jamás había ahorrado, fueron lo bastante sensatas como para contentarse con la casita tal y como se hallaba. Cada una de ellas se dedicó a organizar sus propios asuntos y se esforzó repartiendo sus libros y otras posesiones para transformar la casita en un hogar. El pianoforte de Marianne fue desembalado y colocado en el mejor sitio, y los dibujos de Elinor fueron colgados en las paredes del salón.

Al día siguiente fueron interrumpidas en estas ocupaciones por el propietario de la casita, que acudió a darles la bienvenida a Barton poco después del desayuno y a brindarles de su propia casa y jardín cuanto pudiera faltarles en aquel momento. Sir John Middleton era un hombre apuesto de unos cuarenta años. Anteriormente había estado de visita en Stanhill, pero había sido muchos años atrás como para que sus jóvenes primas lo recordaran. Su rostro irradiaba buen humor y sus modales eran tan amistosos como el estilo de su carta. La llegada de ellas parecía llenarlo de verdadera satisfacción y su comodidad era objeto de todos sus desvelos. Expresó su más profundo deseo de que ambas familias vivieran en los términos más cordiales y las instó amablemente a que cenaran todos los días en Barton Park hasta que estuvieran mejor instaladas en la casita. Aunque insistiera con tanta perseverancia hasta rayar en la grosería, era imposible ofenderse. Su bondad no era palabrería. Una hora después de marcharse, llegó desde la finca un cesto de hortalizas y frutas, junto con varias piezas de caza por la tarde. Además, insistió en llevarles las cartas al correo y traerles las que llegasen, y no quiso que le negaran la satisfacción de enviarles todos los días su periódico.

Lady Middleton había mandado un mensaje muy atento con él para indicar su intención de visitar a la señora Dashwood en cuanto pudiera estar segura de que su visita no supondría ningún inconveniente. Como el recado recibió una respuesta igualmente correcta, fueron presentadas a su señoría al día siguiente.

Como es natural, estaban impacientes por ver a la persona de quien debía depender en gran medida su comodidad en Barton y la elegancia de su aspecto les causó una impresión favorable. Lady Middleton no contaba más de veintiséis o veintisiete años, tenía un bello rostro, una figura alta y llamativa y era de trato grácil. Sus modales tenían todo el refinamiento del que carecía su esposo, si bien habrían mejorado con un poco de su franqueza y calidez. Su visita fue lo bastante prolongada para que disminuyera un tanto la admiración inicial por ella, pues a pesar de su perfecta educación era reservada, fría, y no tenía nada que decir exceptuando las preguntas u observaciones más banales.

Sin embargo, no faltó conversación, pues sir John era un charlatán y lady Middleton había tenido la sabia precaución de llevar a su hijo mayor, un chico bien parecido de unos seis años cuya presencia fue un tema al que recurrir en caso de necesidad. Tuvieron que interesarse por su nombre y edad, admirar su belleza y formularle preguntas que solía responder su madre. Él se mantenía junto a ella con la cabeza agachada, lo cual sorprendió mucho a su señoría, pues no sabía que fuera tan tímido delante de extraños cuando en casa no dejaba de hacer ruido. En toda visita formal siempre debería haber un niño como fuente de conversación. En este caso, se tardó diez minutos en decidir si era más parecido al padre o a la madre y en qué aspecto se parecía a cada uno, porque todos disentían y se asombraban ante las opiniones ajenas.

Pronto se les presentó a las Dashwood la oportunidad de charlar sobre los demás niños, pues sir John no se marchó sin antes obtener de ellas la promesa de que cenarían con ellos al día siguiente.

Capítulo VII

Barton Park estaba a una media milla de la casita. Las Dashwood habían pasado cerca cuando atravesaron el valle, pero desde su hogar no se veía porque lo ocultaba una colina. La mansión era amplia y bonita, y los Middleton vivían con un estilo hospitalario y elegante. Lo primero resultaba gratificante a sir John y lo segundo, a su esposa. Rara vez no tenían algún amigo en casa y recibían más visitas de todo tipo que cualquier familia del vecindario. Aquello era necesario para la felicidad de ambos, pues, a pesar de tener caracteres y conductas diferentes, se parecían mucho en su total carencia de talento y gusto, lo cual reducía las ocupaciones no relacionadas con la vida social a un pequeño abanico. Sir John era un deportista y lady Middleton era madre. Él cazaba y practicaba el tiro, ella mimaba a sus hijos, siendo éstos los únicos recursos de ambos. Lady Middleton tenía la ventaja de poder mimar a sus hijos todo el año, mientras que las ocupaciones de sir John eran impracticables la mitad del tiempo. Sin embargo, los compromisos constantes dentro y fuera de la casa suplían las deficiencias de su carácter y educación, avivaban el buen humor de sir John y permitían que su esposa diera muestras de su buena educación.

Lady Middleton se preciaba de la elegancia de su mesa y de todas sus disposiciones domésticas, obteniendo así de esa vanidad la mayor satisfacción en el transcurso de sus reuniones. El gusto de sir John por la vida social era mucho más real. Disfrutaba reuniendo a su alrededor a más gente joven de

la que cabía en la casa y, cuanto mayor era el alboroto, más se complacía. Era una bendición para los jóvenes del vecindario, pues en verano siempre formaba grupos para comer jamón y pollo frío al aire libre, mientras que en invierno sus numerosos bailes privados bastaban para cualquier muchacha que ya no sufriera del insaciable apetito de los quince años.

La llegada de una nueva familia a la comarca siempre era motivo de regocijo para él; además, estaba encantado en todos los aspectos con los inquilinos que había conseguido para su casita de Barton. Las señoritas Dashwood eran jóvenes, guapas y de modales sencillos. Aquello bastaba para asegurar su buena opinión, pues la falta de afectación era cuanto una chica hermosa necesitaba para que su espíritu fuera tan cautivador como su persona. Su carácter amistoso se animó al alojar a quienes, por su situación adversa en comparación con la que habían disfrutado en el pasado, eran tan desafortunadas. Mostrar bondad a sus primas colmaba por tanto de satisfacción su buen corazón. Tener en la casita de Barton a una familia compuesta solamente por mujeres le proporcionaba toda la satisfacción de un deportista, pues, aunque un deportista solamente estime a aquéllos de su mismo sexo que también compartan la afición al deporte, no siempre desea fomentar sus gustos alojándolos en una residencia de su finca.

La señora Dashwood y sus hijas fueron recibidas en la puerta de la casa por sir John, que les dio la bienvenida a Barton Park con una sinceridad sin doblez. Mientras las conducía al salón, repitió a las jóvenes que desde el día anterior le preocupaba no poder conseguir ningún joven elegante para presentárselo. Dijo que solamente habría otro caballero además de él, según verían. Era un amigo muy especial que estaba invitado a la finca, pero no era ni muy joven ni muy alegre. Esperaba que disculparan lo reducido de la concurrencia y aseguró que no se repetiría. Había estado con varias familias esa mañana tratando de conseguir a alguien más para que el grupo fuera mayor, pero había luna llena y todos estaban comprometidos para aquella noche. Por suerte, la madre de lady Middleton había llegado a Barton a última hora y era una mujer muy risueña y agradable, así que esperaba que las jóvenes no encontraran la reunión tan aburrida como podrían imaginar.

Las jóvenes y su madre estaban satisfechas de tener a dos perfectas desconocidas entre los invitados, así que no deseaban más.

La señora Jennings, la madre de lady Middleton, era una señora mayor de un humor magnífico, gruesa y alegre, que hablaba por los codos, parecía feliz y un tanto vulgar. Bromeaba sin cesar y reía. Antes de que concluyera la cena había dicho multitud de cosas ingeniosas sobre enamorados y maridos. Esperaba que las muchachas no hubieran dejado sus corazones en Sussex y fingió haberlas visto ruborizarse, aunque no fuera cierto. Marianne se molestó por su hermana y, para ver cómo encajaba estos ataques, dirigió la mirada a Elinor con tanta ansiedad que ésta se sintió mucho más incómoda que con los chistes banales de la señora Jennings.

El coronel Brandon, el amigo de sir John, parecía tan poco adecuado por sus modales para ser amigo de él como lady Middleton para ser su esposa, o la señora Jennings para ser la madre de lady Middleton. Era un hombre silencioso y serio. Aun así, su aspecto no era desagradable, a pesar de que en opinión de Marianne y Margaret era un solterón empedernido, pues había cumplido los treinta y cinco y ya no tenía brillo. Aunque su rostro no fuera apuesto, su expresión era inteligente y su trato especialmente caballeroso.

Nada de ninguno de los asistentes podía recomendarlo como compañía para las Dashwood; sin embargo, la fría insipidez de lady Middleton era tan especialmente repelente que, en comparación, la seriedad del coronel Brandon y la estrepitosa alegría de sir John y su suegra eran interesantes. Lady Middleton pareció alegrarse después de la cena solamente cuando entraron sus cuatro ruidosos hijos, que le dieron tirones de aquí y allá, le desgarraron el vestido y pusieron fin a cualquier conversación que no se refiriera a ellos.

Cuando por la noche se descubrió que Marianne tenía aptitudes musicales la invitaron a tocar. El instrumento fue abierto y todos se prepararon para sentirse encantados. Marianne, que cantaba bien, interpretó la mayoría de las canciones que lady Middleton le pidió. Ésta las había llevado a la casa cuando se casó y quizá habían estado en esa misma posición desde entonces sobre el pianoforte, pues su señoría había renunciado a la música al

desposarse, aunque según su madre tocaba realmente bien y era aficionada a hacerlo según sus propias palabras.

La actuación de Marianne fue muy aplaudida. Sir John mostró ruidosamente su admiración al final de cada canción, como también era ruidosa su conversación con los demás mientras sonaba la pieza. Lady Middleton lo llamaba con frecuencia al orden, sorprendida de que alguien pudiera desatender la música un solo momento y pidió a Marianne que interpretara una canción concreta que ella acababa de componer. El coronel Brandon fue el único asistente que la escuchó sin embeleso. Escucharla fue todo su cumplido, así que ella sintió por él en ese momento un respeto que los otros habían perdido debido a su descarada falta de gusto. El placer del coronel ante la música, aunque no era tan extático como el que ella consideraba compatible con su propio goce, era digno de estima frente a la horrible insensibilidad de los demás. Además, ella tenía la sensatez suficiente para comprender que un hombre de treinta y cinco años podía haber superado todos los sentimientos violentos y el exquisito poder del disfrute. Teniendo en cuenta la avanzada edad del coronel, estaba dispuesta a hacer cuantas concesiones requería la compasión.

Capítulo VIII

La señora Jennings era una viuda que disfrutaba de un buen usufructo de viudedad. Tenía solamente dos hijas a quienes había casado con hombres respetables, de modo que ahora no tenía otra cosa que hacer más que casar al resto del mundo. Para alcanzar ese objetivo desplegaba una celosa actividad dentro de sus medios, no perdiendo ocasión de planear matrimonios entre sus conocidos jóvenes. Era asombrosamente rápida cuando se trataba de descubrir quiénes se gustaban y tenía el mérito de ruborizar y envanecer a muchas jóvenes con insinuaciones sobre su influencia en éste o aquel joven. Esta clara perspicacia le permitió anunciar apenas llegó a Barton que el coronel Brandon estaba enamorado de Marianne Dashwood. En realidad lo sospechó la primera tarde que estuvieron juntos por la atención que prestó él cuando ella cantó. Cuando los Middleton devolvieron la visita y cenaron en la casita, el hecho quedó confirmado por la forma en que la escuchaba. Así debía ser, estaba plenamente convencida de ello. Sería un excelente matrimonio, pues *él* era rico y *ella* era guapa. La señora Jennings ansió verlo bien casado en cuanto conoció al coronel Brandon gracias a su amistad con sir John. Por otra parte, siempre estaba deseando conseguirle un buen marido a cualquier joven guapa.

La ventaja inmediata que obtuvo no fue insignificante, pues le permitió hacer un sinfín de chistes a costa de ambos. En Barton Park se reía del coronel y en la casita, de Marianne. Al primero probablemente aquellas bromas le daban igual, pues solamente lo concernían a él. Pero para la segunda fueron incomprensibles al principio y, cuando las entendió, apenas sabía si reír por lo absurdas que eran o criticarlas por impertinentes, pues consideraba que era una especulación poco compasiva con la edad del coronel y con su lamentable condición de solterón.

La señora Dashwood, que no podía considerar a un hombre cinco años más joven que ella un anciano, cosa que sí le parecía a la imaginación de su hija, trató de justificar a la señora Jennings por haber querido ridiculizar su edad.

—Pero, mamá, al menos no puedes negar lo absurdo de la acusación, aunque no creas que sea intencionalmente maliciosa. El coronel Brandon es sin duda más joven que la señora Jennings, pero es lo bastante viejo para ser *mi* padre. Si tuviera ánimos para enamorarse, debe haber olvidado ya lo que se siente. ¡Es ridículo! ¿Cuándo se libra un hombre de esos chistes si la edad y sus achaques no lo protegen?

—¡Achaques! —dijo Elinor—. ¿Llamas achacoso al coronel Brandon? Puedo suponer fácilmente que te parece más mayor que a nuestra madre, pero no puedes negar que está en pleno uso de sus extremidades.

—¿No lo escuchaste quejarse del reúma? ¿No es ése el primer síntoma de los achaques de una vida que declina?

—¡Mi querida niña! —dijo riendo la madre—. Entonces debes vivir aterrorizada de que *yo* esté también en la decadencia y te parecerá un milagro que haya llegado a la avanzada edad de cuarenta años.

—Mamá, no estás siendo justa conmigo. Sé bien que el coronel Brandon no es tan viejo como para que sus amigos teman perderlo por causas naturales. Puede vivir veinte años más. Pero treinta y cinco años no tienen nada que ver con el matrimonio.

—Quizá —dijo Elinor— sea mejor que alguien de treinta y cinco y alguien de diecisiete no se casen. Pero si por casualidad se tratara de una soltera de veintisiete, no creo que los treinta y cinco años del coronel Brandon fueran ninguna objeción si se casara con *ella*.

—Una mujer de veintisiete —dijo Marianne tras una pausa— jamás podría aspirar a sentir o inspirar de nuevo afecto. Si su hogar es incómodo o

su fortuna pequeña, supongo que podría ofrecerse como institutriz para obtener el sustento y la seguridad de una esposa. Casarse con una mujer así no sería inapropiado. Sería un pacto de conveniencia y todos estarían satisfechos. A mis ojos no sería un matrimonio, pero no importa. Me parecería un intercambio comercial donde cada uno querría beneficiarse a costa del otro.

—Sé que sería imposible —replicó Elinor— convencerte de que una mujer de veintisiete puede sentir por un hombre de treinta y cinco algo que se acerque siquiera a ese amor que haría de él un compañero deseable para ella. Pero debo objetar cuando condenas al coronel Brandon y a su esposa a un encierro perpetuo en una habitación de enfermo solamente porque casualmente se quejara ayer, que hizo mucho frío y humedad, de una ligera molestia reumática en un hombro.

—Pero él habló de chalecos de franela —dijo Marianne— y para mí la franela siempre va unida a dolores, calambres, reumatismo y achaques, que son cosa de viejos y débiles.

—Si hubiera tenido una fiebre alta, no lo habrías despreciado ni la mitad. Reconócelo, Marianne, ¿no crees que tienen algo atractivo las mejillas encendidas, los ojos hundidos y el pulso acelerado de la fiebre?

Elinor salió de la habitación.

—Mamá —dijo Marianne—, me preocupa esto de las enfermedades y no puedo ocultártelo. Estoy segura de que Edward Ferrars no está bien. Llevamos casi quince días aquí y aún no ha venido. Sólo una indisposición real podría causar esta demora. ¿Qué otra cosa puede retenerlo en Norland?

—¿Sabías algo de que vendría tan pronto? —dijo la señora Dashwood—. Yo no. Por el contrario, me he inquietado sobre ese punto al recordar que en ocasiones él no mostraba placer y sí pocas ganas de aceptar mi invitación cuando le hablaba de venir a Barton. ¿Es que lo sigue esperando Elinor?

—No se lo he mencionado, pero claro que debe aguardarlo.

—Creo que te equivocas, porque cuando le hablé ayer de conseguir una nueva rejilla en la chimenea del cuarto de invitados dijo que no corría prisa, como si no fuera probable que vayan a ocupar esa habitación en mucho tiempo.

—¡Qué raro! ¿Qué puede significar? ¡Claro que toda su forma de comportarse ha sido inexplicable! ¡Qué fría y formal fue su despedida! ¡Qué insustancial fue la conversación de la última tarde que pasaron juntos! Al despedirse, Edward no distinguió entre Elinor y yo. Expresó los buenos deseos de un hermano cariñoso para ambas. Los dejé aposta solos dos veces la última mañana, y él hizo todo lo posible para seguirme fuera de la habitación. Además, al dejar Norland y a Edward, Elinor no lloró como yo. Incluso ahora es dueña de sí misma como si nada. ¿Cuándo está deprimida o triste? ¿Cuándo trata de evitar a los demás o parece nerviosa e insatisfecha?

Capítulo IX

Las Dashwood ya estaban cómodamente instaladas en Barton. La casita, el jardín y los objetos que los rodeaban ya les resultaban familiares. Así pues, las tareas cotidianas que habían constituido la mitad del encanto de Norland fueron paulatinamente reanudadas, aunque ahora con mayor placer que el obtenido en Norland tras morir su padre. Sir John Middleton, que durante los primeros quince días no faltó a su visita diaria y no estaba acostumbrado a ver muchos quehaceres en su hogar, no podía ocultar su asombro al encontrarlas siempre ocupadas.

Recibían pocas visitas excepto las de Barton Park. A pesar de los ruegos insistentes de sir John para que se mezclaran más con el vecindario y tras asegurarles reiteradamente que su carruaje estaba siempre a su disposición, el espíritu independiente de la señora Dashwood predominó sobre el deseo de vida social para sus hijas, de modo que decidió no visitar a ninguna familia a cuya casa no se pudiera ir caminando. Había solamente unas pocas que cumplieran ese requisito, y no todas estaban al alcance. A más o menos una milla y media de la casita, en el angosto y sinuoso valle de Allenham, que nacía en el valle de Barton según se ha descrito antes, las chicas habían descubierto una mansión de aspecto respetable durante una de sus primeras caminatas. Les recordaba un poco a Norland, cosa que despertó sus imaginaciones e hizo que quisieran conocerla mejor. Pronto supieron que su propietaria era una anciana de buen carácter, pero desgraciadamente estaba demasiado débil para alternar con el mundo y nunca se movía de casa.

Toda la comarca tenía muchos lugares para pasear. Los cerros, que las invitaban desde casi todas las ventanas de la casita a buscar el exquisito placer del aire en sus cimas, eran una buena alternativa cuando el polvo de los valles situados a sus pies cubría sus encantos. Fue así como Marianne y Margaret se encaminaron una memorable mañana a una de esas colinas, atraídas por el tenue sol que asomaba en un cielo lluvioso, incapaces de soportar más el encierro que la lluvia constante de los dos días anteriores les había impuesto. El tiempo no era tan tentador como para que las otras dos mujeres dejaran sus lápices y sus libros pese a la afirmación de Marianne de que el día sería bueno y los nubarrones se despejarían de las colinas. Las dos hermanas salieron.

Subieron alegremente por los cerros, contentas de su buen ojo en cuanto veían un retazo de cielo azul. Cuando las estimulantes ráfagas de un penetrante viento del suroeste les golpearon los rostros, lamentaron los temores que habían impedido a su madre y a Elinor compartir unas sensaciones tan deliciosas.

—¿Hay en el mundo una felicidad mayor que ésta? —dijo Marianne—. Margaret, pasaremos al menos dos horas paseando por aquí.

Margaret estuvo de acuerdo y reanudaron su camino contra el viento, haciéndole frente entre alegres risas durante veinte minutos más, cuando de pronto las nubes se cerraron sobre ellas y una densa lluvia les empapó las caras. Tristes y sorprendidas, tuvieron que regresar a la fuerza, pues no había un sitio donde guarecerse por allí cerca más que su casa. Sin embargo, les quedaba un consuelo que la necesidad hizo más digno de lo que sería habitual y consistió en correr tan rápido como podían por la ladera hasta la portezuela de su jardín.

Partieron. Marianne sacó ventaja al principio, pero cayó de pronto por culpa de un paso en falso. Margaret, incapaz de detenerse a ayudarla, continuó sin querer a toda prisa y llegó abajo de una pieza.

Un caballero con escopeta y dos sabuesos que jugueteaban a su alrededor subían la loma a pocas yardas de Marianne en el momento del accidente.

Dejó su arma y acudió en su auxilio. Ella se había levantado del suelo, pero se había torcido un tobillo al caer y apenas podía sostenerse en pie. El caballero le brindó su ayuda. Al ver que ella rechazaba por modestia lo que su situación convertía en algo necesario, la levantó de inmediato en vilo y la llevó pendiente abajo. Tras atravesar el jardín, cuya puerta había dejado abierta Margaret, la llevó al interior de la casa, adonde Margaret acababa de llegar, y no la soltó hasta sentarla en una silla del recibidor.

Elinor y su madre se levantaron atónitas al verlo entrar. Mientras ambas lo miraban fijamente con evidente asombro y secreta admiración por su aspecto, él se disculpó por su intromisión narrando el motivo. Fue tan franco y lo hizo con tanto garbo que su voz y expresión parecieron aumentar su encanto, si bien ya era realmente bien parecido. Si hubiera sido viejo, feo y vulgar, se habría ganado igualmente el agradecimiento y la amabilidad de la señora Dashwood por cualquier atención hacia su hija. Pero la influencia de la juventud, la belleza y la elegancia dotó de un nuevo interés a su acción, que se adecuó a los sentimientos de ella.

Le dio las gracias una y otra vez y, con la dulzura de trato habitual en ella, lo invitó a sentarse. Él prefirió no hacerlo, pues estaba sucio y empapado. La señora Dashwood le rogó que le dijera a quién debía estar agradecida. Se llamaba Willoughby, dijo él, y su hogar en ese momento era Allenham, desde donde esperaba tener el honor de visitarlas al día siguiente para interesarse por la señorita Dashwood. El honor fue concedido de inmediato y, para hacerlo aún más interesante, él se marchó en medio de un fuerte chubasco.

Su belleza masculina y su más que común garbo fueron en ese momento objeto de la admiración general, y las risas a costa de Marianne por su galantería recibieron un especial estímulo de sus atractivos externos. Marianne había visto menos de él que las demás, pues la confusión que la abochornó cuando él la levantó no le había permitido mirarlo después de entrar en la casa. Pero había visto lo suficiente como para unirse a la admiración de su familia y lo hizo con la energía que siempre impulsaba sus elogios. Su aspecto y apostura coincidían con los que su fantasía había pintado al héroe de sus relatos favoritos; además, que la hubiera llevado a casa sin grandes formalidades previas demostraba rapidez de pensamiento, lo cual despertaba especialmente en ella un espíritu favorable a él. Todas sus circunstancias en torno a él lo hacían interesante. Tenía un buen nombre, residía en la mansión favorita de ellas y Marianne descubrió después que una chaqueta de caza era la más favorecedora de todas las prendas masculinas. Su imaginación bullía, sus reflexiones eran agradables, y el dolor del tobillo torcido fue olvidado.

Sir John las visitó en cuanto el tiempo le permitió salir de casa aquella mañana. Tras informarle del accidente de Marianne, le preguntaron si conocía a un caballero llamado Willoughby en Allenham.

—¡Willoughby! —exclamó él—. ¿Está en la comarca? Qué buena noticia. Iré a su casa mañana para invitarlo a cenar el jueves.

—¿Lo conoce? —dijo la señora Dashwood.

—¡Conocerlo! Por supuesto. ¡Viene todos los años!

—¿Y qué clase de joven es?

—Le aseguro que la mejor persona. Un tirador bastante decente y no hay jinete más valiente en toda Inglaterra.

—¡Eso es todo lo que puede decir de él! —se indignó Marianne—. ¿Cómo son sus modales cuando se lo conoce más personalmente? ¿A qué se dedica, cuáles son sus talentos, cómo es su espíritu?

Sir John estaba aturdido.

—Bueno —dijo—, no lo conozco *tanto* como para saberlo. Pero es un joven agradable, de buen carácter, y tiene la mejor perrita pointer negra que jamás he visto. ¿Iba con él hoy?

Marianne fue tan incapaz de satisfacer su curiosidad sobre el color del perro del señor Willoughby como él de describir los matices de su mente.

—¿Quién es? —preguntó Elinor—. ¿De dónde es? ¿Tiene una casa en Allenham?

Sobre este punto sir John pudo contar algo más. Les dijo que el señor Willoughby carecía de propiedades personales en la comarca y que residía allí cuando visitaba a la anciana de Allenham Court, que era familiar suya y cuyas posesiones heredaría.

—Sí, sí, vale la pena atraparlo, se lo digo yo, señorita Dashwood —añadió—. También posee una bonita finca en Somersetshire. Yo, en su lugar,

no se lo cedería a mi hermana menor pese a todos los tumbos que dé colina abajo. La señorita Marianne no puede esperar quedarse con todos los hombres. Brandon se pondrá celoso si ella no tiene más cuidado.

—Dudo —sonrió la señora Dashwood— que el señor Willoughby se vea incomodado por los intentos de *mis* hijas para tratar de *atraparlo*. No las he educado para eso. Los hombres están a salvo con nosotras por ricos que sean. Sin embargo, me alegra saber que es un joven respetable, según sus palabras, y alguien cuyo trato se debe cultivar.

—Creo que es una persona excelente donde las haya —repitió sir John—. Recuerdo que la última Navidad bailó en una pequeña reunión en Barton Park desde las ocho hasta la cuatro sin sentarse una sola vez.

—¿De veras? —dijo Marianne con los ojos brillantes—. ¿Y con elegancia, con brío?

—Sí, y estaba otra vez levantado a las ocho, listo para montar.

—Eso me gusta. Así debe ser un joven. No importa qué haga, su entrega a lo que hace no debe ser moderada ni dejarlo fatigado.

—Ay, ay, ya veo cómo será —dijo sir John—, ya veo cómo será. Ahora usted tratará de atraparlo sin pensar en el pobre Brandon.

—Esa expresión, sir John —dijo acaloradamente Marianne—, no me gusta nada. Detesto todas las frases manidas con las que se quiere demostrar ingenio. «Atrapar a un hombre» o «conquistarlo» son las más odiosas. Son vulgares y mezquinas. Si alguna vez pudieron considerarse ingeniosas, hace mucho que el tiempo destruyó su ingenio.

Sir John apenas comprendió el reproche, pero rio cordialmente como si lo hubiera hecho.

—Sí, usted va a hacer conquistas de un modo u otro, me atrevo a decir —replicó—. ¡Pobre Brandon! Está bastante rendido, y ya le digo que merece la pena atraparlo, pese a tanto rodar por el suelo y a las torceduras de tobillos.

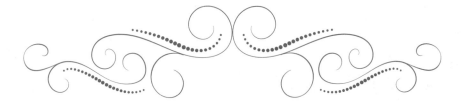

CAPÍTULO X

El protector de Marianne, según Margaret elogió a Willoughby con más elegancia que precisión, llegó muy temprano al día siguiente para interesarse por ella. La señora Dashwood lo recibió con una amabilidad inspirada por las palabras de sir John y su propio agradecimiento. Todo lo que ocurrió en el transcurso de la visita hizo que el joven quedara seguro del buen juicio, la elegancia, el trato cariñoso y la comodidad hogareña de la familia con la que el accidente lo había relacionado. No había sido necesaria una segunda entrevista para convencerse de los encantos personales de cada una de ellas.

La señorita Dashwood era de tez delicada, rasgos regulares y una figura extraordinariamente bonita. Marianne era todavía más guapa. Su silueta, aunque no tan correcta como la de su hermana, tenía la ventaja de una altura más llamativa. Su rostro era tan encantador que cuando la llamaban guapa al alabarla se faltaba menos a la verdad de lo habitual. Era de tez muy morena, aunque con un extraordinario brillo por su transparencia. Sus facciones eran todas ellas correctas. Su sonrisa era dulce y atrayente. Sus ojos oscuros denotaban una vida, un espíritu y un arrojo que apenas se podían contemplar sin sentir placer. Al principio contuvo la expresividad de su mirada ante Willoughby, pues le azoraba recordar su auxilio. Pero poco después, cuando recobró el autodominio y vio que la franqueza y la vivacidad se unían en él a su perfecta educación de caballero, cuando le

escuchó hablar de pasión por la música y el baile, le dedicó una mirada aprobatoria que se aseguró de que la mayoría de sus frases fueran para ella el resto de su visita.

Bastaba con mencionar sus diversiones predilectas para que ella hablase. No podía callar cuando alguien mencionaba esos temas ni se mostraba tímida o reservada a la hora de tratarlos. Pronto descubrieron que a ambos les gustaba el baile y la música porque compartían un juicio muy parecido sobre ambas actividades. Deseosa de conocer mejor las opiniones del joven, Marianne le preguntó sobre libros mencionando sus autores favoritos. Habló de ellos con tanto éxtasis que cualquier joven de veinticinco años debería haber sido insensible para no rendirse de inmediato a la excelencia de aquellas obras sin importar lo poco que le hubieran gustado previamente. Tenían gustos muy similares. Ambos adoraban los mismos libros y pasajes. Cualquier diferencia u objeción por parte de él duraba solamente el tiempo en que podían desplegarse la fuerza de los argumentos de ella o el brillo de sus ojos. Él asentía, contagiado por su entusiasmo, y antes de finalizar su visita conversaban como si se conocieran de toda la vida.

—Bien, Marianne —dijo Elinor en cuanto él se marchó—, creo que lo has hecho bastante bien en *una* mañana. Ya sabes lo que opina el señor Willoughby sobre casi todo lo importante. Sabes lo que piensa de Cowper y Scott, tienes la certeza de que valora sus encantos como es debido y te has cerciorado de que no admira a Pope más de lo adecuado. ¿Cómo podréis relacionaros tras tocar de una forma tan extraordinaria cualquier tema de conversación? Pronto habréis agotado los tópicos de rigor. Otra visita y él hablará de sus sentimientos sobre la belleza pintoresca y los segundos matrimonios, entonces tú no tendrás más preguntas...

—¡Elinor! —exclamó Marianne—. ¿Es esto justo? ¿Es esto imparcial? ¿Es que tengo tan vacía la sesera? Entiendo lo que dices. Me he sentido muy cómoda y feliz. He sido demasiado franca. No he tocado los tópicos sobre el decoro. He sido abierta y sincera cuando debería haber sido reservada, opaca, indolente y falsa. Si hubiera charlado sólo del tiempo y de los caminos, y una vez en diez minutos, nadie me haría reproches.

—Querida —dijo su madre—, no debes ofenderte con Elinor, sólo bromeaba. Yo misma la regañaría si la creyera capaz de desear que se ponga coto al placer de tu charla con nuestro nuevo amigo.

Marianne se calmó en un momento.

Willoughby, por su parte, dio tantas muestras del placer que obtenía de la relación con ellas como su evidente deseo de profundizarla podía ofrecer. Las visitaba a diario. Al principio la excusa fue interesarse por Marianne. Sin embargo, la forma en que lo recibían, cada día más amablemente, hizo innecesaria la excusa antes de que el total restablecimiento de Marianne dejara de hacerla posible. Debió quedarse en casa unos días, pero jamás hubo encierro menos molesto. Willoughby era un joven hábil, de imaginación rápida, espíritu vivo y modales francos y cariñosos. Estaba hecho para conquistar el corazón de Marianne, pues su aspecto era cautivador y su mente estaba llena de una pasión natural que despertaba y crecía con el ejemplo de Marianne, lo cual lo recomendaba a su afecto más que nada en el mundo.

La compañía de Willoughby fue transformándose poco a poco en el goce más exquisito de Marianne. Leían juntos, conversaban y cantaban. Los talentos musicales de él eran considerables y leía con la sensibilidad y el entusiasmo de los que por desgracia carecía Edward.

Para la señora Dashwood, el joven era tan intachable como para Marianne. Elinor no veía censurable en él más que una propensión a decir demasiado lo que pensaba en cada momento sin importarle las personas ni las circunstancias, lo cual lo convertía en alguien muy parecido a Marianne y a ella le gustaba muy en especial. Al formar y dar su opinión sobre los demás, al sacrificar la cortesía general al placer de atender solamente a aquello que ocupaba su corazón y al pasar fácilmente sobre las convenciones sociales, mostraba una falta de cautela que Elinor desaprobaba pese a todo lo que él y Marianne pudieran decir en su defensa.

Marianne ahora empezaba a ver lo apresurada e injustificable que había sido la desesperación que había experimentado a sus dieciséis años y medio creyendo que jamás conocería a un hombre que satisficiera sus ideas de perfección. Willoughby era cuanto su imaginación había pintado en esa infeliz hora y en sus épocas más felices como capaz de atraerla. Su comportamiento demostraba que sus deseos al respecto eran tan intensos como sólidos sus talentos.

La mente de la señora Dashwood no había especulado sobre un posible matrimonio entre los jóvenes debido a la futura riqueza de Willoughby. Sin embargo, antes de que concluyera la semana, terminó albergando esperanzas. Se felicitaba en secreto por haber ganado a dos yernos como Edward y Willoughby.

La preferencia del coronel Brandon, tan pronto descubierta por sus amigos, ahora fue percibida por Marianne cuando ellos dejaron de notarla. Todos dirigieron su atención e ingenio a su rival con más suerte. Las bromas destinadas al coronel antes de que él sintiera ningún interés cesaron cuando sus sentimientos comenzaron a merecer realmente ese ridículo que tan justamente se vincula a la sensibilidad. Aun sin quererlo, Elinor hubo de creer que los sentimientos que la señora Jennings había atribuido al coronel para divertirse los había despertado en realidad su hermana. Si el afecto del señor Willoughby por Marianne podía ser incitado por una afinidad general entre ambos, una oposición de caracteres igualmente clara no era obstáculo a ojos del coronel Brandon. Esto lo veía con preocupación porque ¿qué esperanzas podía tener un hombre silencioso de treinta y cinco años frente a un joven lleno de vida de veinticinco? Como no podía desear siquiera que fuera el vencedor, deseaba con todo su corazón que fuera indiferente. Le gustaba el coronel y lo consideraba interesante pese a su seriedad y su reserva. Sus modales eran serios pero suaves y su reserva se debía a una pena más que a un carácter naturalmente sombrío. Sir John había insinuado heridas y desengaños en el pasado que dieron pie a Elinor a considerarlo un hombre desdichado y a mirarlo con respeto y compasión.

Quizá lo compadecía y estimaba aún más por los desaires de Willoughby y Marianne, cuyos prejuicios contra él por no ser enérgico y joven parecían dirigidos a menospreciar sus méritos.

—Brandon es el tipo de hombre —observó Willoughby un día que hablaban sobre él— de quien todos hablan bien, pero que no le importa a nadie. Todos están contentos de verlo, pero nadie se acuerda de hablar con él.

—Eso es exactamente lo que pienso yo de él —exclamó Marianne.

—No presumáis de ello porque sois injustos —dijo Elinor—. Todos lo estiman mucho en Barton Park. Siempre que lo veo, hago todo lo que puedo para charlar con él.

—Que *tú* lo apoyes —repuso Willoughby— habla a favor de él. Pero en cuanto a la estima ajena, es en sí un reproche. ¿Quién querría ser tan indigno de contar con la aprobación de mujeres como lady Middleton y la señora Jennings, que es algo que deja frío a cualquiera?

—Quizá el maltrato de personas como usted y Marianne compense el aprecio de lady Middleton y su madre. Si su alabanza es censurable, vuestra censura puede ser alabanza, pues si ellas carecen de discernimiento vosotros albergáis prejuicios e injusticia.

—Cuando defiendes a tu protegido llegas a ser cáustica.

—Mi protegido, como lo llamas, es un hombre sensato, lo cual me parece siempre atractivo. Sí, Marianne, incluso en un hombre entre los treinta y los cuarenta. Ha visto mundo, ha viajado al extranjero, ha leído y tiene una cabeza que piensa. He descubierto que puede informarme sobre temas distintos, y ha contestado siempre a mis preguntas con la diligencia propia de la buena crianza y el buen temperamento.

—Eso significa —exclamó Marianne con desdén— que te ha dicho que en las Indias Orientales el clima es caluroso y los mosquitos son molestos.

—Me lo *habría* dicho, sin duda, si yo hubiera preguntado, pero resulta que son cosas de las cuales ya había sido informada.

—Quizá —observó Willoughby— sus observaciones se hayan extendido a la existencia de nababes, mohúres de oro y palanquines.

—Yo diría que *sus* observaciones han ido mucho más allá de su candor, señor Willoughby. Pero ¿por qué le disgusta?

—No me disgusta. Por el contrario, lo considero un hombre muy respetable de quien todos hablan bien y en quien nadie se fija. Tiene más dinero del que puede gastar, más tiempo del que sabe cómo emplear y dos abrigos nuevos cada año.

—A eso se puede añadir —dijo Marianne— que no tiene ni genio, gusto, ni espíritu. No es brillante, sus sentimientos no tienen fuego y su voz es anodina.

—Establecéis sus imperfecciones de un modo tan general —replicó Elinor—, basándoos tanto en la fuerza de la imaginación que, en comparación, mis alabanzas sobre él son frías e insípidas. Sólo puedo decir que es un hombre con juicio, bien educado, cultivado, de trato amable y creo que de corazón afectuoso.

—Señorita Dashwood —protestó Willoughby—, me está tratando con muy poca amabilidad. Intenta desarmarme con la razón y de convencerme contra mi voluntad. Pero no dará resultado. Descubrirá que soy tan terco como usted hábil. Tengo tres motivos irrebatibles para que me disguste el coronel Brandon. Me ha amenazado con que llovería cuando yo deseaba que hiciera bueno, ha encontrado fallos a la suspensión de mi calesa y no logro convencerlo para que me compre la yegua baya. Pero si le compensa a usted que le diga que creo que tiene un carácter irreprochable en otros aspectos, lo admito. Claro que, a cambio de una confesión que me produce cierto dolor, no puede negarme el privilegio de que él me guste tan poco como antes.

Capítulo XI

La señora Dashwood y sus hijas poco habían imaginado al llegar a Devonshire que tendrían tantos compromisos poco después de ser presentadas, ni que las frecuentes invitaciones y las continuas visitas apenas les dejarían tiempo para ocupaciones serias. Sin embargo, eso fue lo que ocurrió. Cuando Marianne se recuperó, los planes de diversiones dentro y fuera de casa trazados por sir John se pusieron en práctica. Los bailes privados en Barton Park comenzaron e hicieron excursiones a la costa siempre que un octubre lluvioso como aquél lo permitía. Willoughby acudía a aquellas reuniones. Su desenvoltura y familiaridad en tales ocasiones estaban calculadas con precisión para dotar de mayor intimidad a su relación con las Dashwood, para brindarle la oportunidad de ser testigo de las excelencias de Marianne, aumentar su admiración por ella y recibir la certeza del afecto de ella mediante su conducta con él.

Elinor no se extrañó del apego entre ellos. Solamente deseaba que no lo mostraran de una forma tan abierta y en una o dos ocasiones osó sugerir a Marianne lo adecuado de tener cierto control sobre sí misma. Pero Marianne no soportaba el disimulo si la franqueza no desembocaba en un mal cierto. Tratar de reprimir sentimientos en sí mismos no censurables le parecía un esfuerzo innecesario y un duro sometimiento de la razón a ideas erróneas y ordinarias. Willoughby pensaba como ella, de modo que la conducta de ambos era en todo momento el reflejo de sus opiniones.

Cuando él estaba presente, ella solamente tenía ojos para él. Estaba bien cuanto él hacía. Cuanto decía era inteligente. Si las tardes en la finca finalizaban con partidas de cartas, él hacía trampas al resto de los asistentes para darle a ella una buena mano. Si el baile era la diversión de esa noche, formaban pareja la mitad del tiempo. Cuando debían separarse durante dos piezas, se quedaban de pie juntos sin apenas hablar a nadie más. Como es natural, aquel comportamiento los convertía en el blanco de las risas ajenas, pero aquello apenas los avergonzaba ni parecía molestarlos.

La señora Dashwood compartía sus sentimientos con tal ternura que no deseaba controlar su excesiva muestra. Para ella aquello era la natural consecuencia de un intenso afecto en unos espíritus jóvenes y apasionados.

Aquélla fue una época feliz para Marianne. Su corazón se consagraba a Willoughby, y el encanto que la compañía de él le daba a su hogar actual parecía debilitar más todo el apego que había creído posible a Norland cuando vino de Sussex.

La felicidad de Elinor no llegaba a tanto. Su corazón no estaba en paz y su satisfacción por las diversiones no era tan completa. No había encontrado una compañía capaz de compensar lo que había dejado atrás ni que le hiciera añorar menos Norland. Ni lady Middleton ni la señora Jennings podían darle el tipo de conversación que necesitaba pese a que la señora Jennings hablaba por los codos y su cordialidad desde el primer día le aseguraba que se dirigieran a ella la mayoría de sus comentarios. Le había contado tres o cuatro veces su propia historia a Elinor y si la memoria de ésta hubiera igualado a los medios empleados por la señora Jennings para aumentarla, habría conocido desde el primer instante de su relación todos los detalles de la última enfermedad del señor Jennings y lo que le dijo a su esposa en su lecho de muerte. Lady Middleton era más agradable que su madre porque era más callada. Apenas la observó, Elinor supo que su reserva era placidez de modales, y no buen juicio. Con su esposo y su madre era igual que con ella y su hermana, así que no deseaba ni buscaba la intimidad con ella. Nunca tenía nada que decir que no hubiera dicho ya. Su simpleza era inalterable y su ánimo era siempre igual. Aunque no se opusiera a las reuniones organizadas por su esposo siempre que todo fuera elegante y la acompañaran sus

dos hijos mayores, no parecían para ella más placenteras que quedarse en casa. Su presencia añadía tan poco al placer de los demás con su participación en las conversaciones que a veces lo único que recordaba que estaba allí era su dedicación a sus importunos hijos.

De sus nuevos conocidos, Elinor solamente encontró en el coronel Brandon alguien merecedor de cierto respeto por sus capacidades, cuya amistad valiera la pena cultivar o que fuera una compañía agradable. Con Willoughby no podía contarse. Tenía toda su admiración y afecto, incluso como hermana, pero era un enamorado y atendía únicamente a Marianne. Incluso un hombre mucho menos entretenido que él habría sido en general más agradable. Por desgracia para él, Marianne no había incitado al coronel Brandon a pensar sólo en ella, y halló consuelo charlando con Elinor frente a la indiferencia absoluta de su hermana.

La compasión de Elinor por él aumentó, pues tenía motivos para sospechar que conocía las penas de un desengaño. La sospecha nació tras unas palabras que dejó caer accidentalmente una tarde en Barton Park, estando sentados juntos mientras los demás bailaban. Él contemplaba a Marianne y, tras un breve silencio, dijo con una sonrisa casi imperceptible:

—Entiendo que su hermana no aprueba las segundas nupcias.

—No —replicó Elinor—, sus opiniones son completamente románticas.

—O creo más bien que considera imposible que existan.

—Eso creo. Pero cómo lo logra sin pensar en el carácter de su propio padre, que se casó dos veces, no lo sé. Sin embargo, dentro de unos años sus opiniones se apoyarán sobre la escala razonable del sentido común y la observación. Quizá entonces puedan ser definidas y justificadas mejor que en estos momentos.

—Es probable —observó él—. Pero los prejuicios de una mente joven son tan dulces que da pena ver cómo ceden frente a opiniones más comunes.

—No puedo estar de acuerdo en eso —dijo Elinor—. Ni siquiera todo el encanto del entusiasmo y la ignorancia del mundo pueden redimir los sentimientos de Marianne. Todas sus reglas tienden por desgracia a hacer caso omiso de los cánones sociales. Espero que un mejor conocimiento del mundo la beneficie.

Tras una corta pausa, él continuó:

—¿No hace distinciones su hermana en sus objeciones a las segundas nupcias? ¿Le parece igualmente mal en cualquier persona? ¿Deberán ser iguales toda su vida quienes hayan sido desengañados en su primera elección por la inconstancia del objeto de su afecto o la perversidad de las circunstancias?

—Le aseguro que desconozco los detalles de sus principios. Sólo sé que nunca he escuchado que en ningún caso unas segundas nupcias le parezcan perdonables.

—Eso no puede durar —dijo él—. Pero un cambio absoluto en los sentimientos... No, no debo desearlo porque si los refinamientos románticos de un espíritu joven deben ceder, aparecen a menudo opiniones demasiado comunes y peligrosas. Hablo por experiencia. Conocí en el pasado a una dama con un carácter y un espíritu parecidos a los de su hermana. Pensaba y juzgaba como ella, pero debido a un cambio impuesto, a una cadena de desafortunadas circunstancias...

Calló de repente. Pareció pensar que había dicho demasiado y con su expresión solamente dio pie a conjeturas que Elinor no habría hecho de otro modo. La dama mencionada no habría despertado sospechas si él no hubiera convencido a Elinor de que no mencionara nada al respecto. Por tanto, la imaginación pronto ligó su emoción al tierno recuerdo de un amor pasado. Elinor no continuó. En su lugar, Marianne no se habría contentado con aquello. Su fértil imaginación habría creado una historia completa siguiendo el melancólico orden de un amor infeliz.

Capítulo XII

La mañana siguiente Elinor y Marianne salieron a dar un paseo. Marianne habló entonces a su hermana y ésta, pese a todo lo que sabía sobre la imprudencia y precipitación de Marianne, se sorprendió por la manera en que confirmaba ambos rasgos. Marianne le contó entusiasmada que Willoughby le había regalado un caballo criado por él mismo en su finca de Somersetshire para ser montado por una mujer. Sin tener en cuenta que su madre no tenía previsto mantener un caballo —porque tendría que comprar otra montura para el sirviente, contratar un mozo y construir una cuadra—, no había vacilado en aceptar el regalo y en pleno éxtasis se lo había contado a su hermana.

—Va a enviar a su mozo a Somersetshire para que lo traiga —añadió— y, cuando llegue, montaremos a diario. Lo compartiremos. Elinor, imagina el placer de galopar por estas colinas.

No mostró deseos de despertar de aquel sueño de felicidad para reconocer la triste verdad que la rodeaba y durante un tiempo la negó. En cuanto a un criado más, el gasto sería poca cosa. Estaba segura de que su madre no se opondría y el criado podría tener un caballo cualquiera. En cualquier caso, siempre podría conseguir uno en la finca. En cuanto a la cuadra, un cobertizo sería suficiente. Elinor se atrevió a dudar de lo conveniente de aceptar ese regalo de un hombre a quien conocían desde hacía tan poco tiempo. Aquello fue el colmo.

—Te equivocas, Elinor —se encendió Marianne—, al suponer que sé poco de Willoughby. Es verdad que lo conozco hace poco tiempo, pero lo siento más cercano que nadie en el mundo, excepto tú y mamá. Ni el tiempo ni el momento determinan la intimidad, sino la disposición de las personas. Dos seres podrían no conocerse bien ni en siete años, pero siete días bastan para otros. Me sentiría culpable de una mayor falta de educación aceptando un caballo de mi hermano que de Willoughby. A John apenas lo conozco aunque hayamos convivido durante años, pero de Willoughby hace tiempo que me he formado una opinión.

Elinor pensó que lo más sensato era dejar aquello. Conocía el carácter de su hermana. Contradecirla en un tema tan delicado solamente la obstinaría aún más. Pero cuando aludió al afecto por su madre, sacó a relucir las incomodidades que debería soportar una madre tan indulgente si —como seguramente ocurriría— consentía este aumento de sus gastos. Esto convenció enseguida a Marianne. Prometió no mencionar la oferta para no tentar a su madre a una bondad tan imprudente, y a Willoughby, cuando lo volviera a ver, le diría que debía rechazarla.

Fue fiel a su palabra. Cuando Willoughby la visitó ese día, Elinor oyó cómo su hermana le expresaba en voz baja su desilusión por tener que rechazar el regalo. También le aclaró los motivos del cambio, cuya naturaleza impedía que el joven insistiese. Sin embargo, la preocupación de él era evidente, de modo que la expresó con intensidad y añadió en voz igualmente baja:

—Pero, Marianne, el caballo sigue siendo tuyo, aunque no puedas montarlo ahora. Lo cuidaré hasta que lo pidas. Cuando dejes Barton para establecerte en un hogar más permanente, Reina Mab estará aguardándote.

La señorita Dashwood oyó esto. En cada palabra de Willoughby, en su modo de pronunciarlas y de dirigirse a su hermana por su nombre de pila, vio una intimidad tan definitiva y un sentido tan claro que solamente podían significar que entre ellos existía una relación. Sus dudas sobre que estuvieran comprometidos se disiparon y se sorprendió al ver cómo unos caracteres tan francos habían dejado que ella o cualquiera de sus amigos descubrieran el compromiso por accidente.

Margaret le contó algo al día siguiente que arrojó nueva luz sobre aquello. Willoughby había pasado la tarde anterior con ellas. Margaret se había quedado un rato en el salón con él y había podido hacer unas observaciones que compartió con expresión de gran importancia con su hermana mayor cuando se quedaron a solas.

—¡Ay, Elinor! —exclamó—. Tengo un secreto sobre Marianne. Estoy segura de que se casará con el señor Willoughby muy pronto.

—Has repetido eso —repuso Elinor— casi todos los días desde que se vieron por primera vez en la colina. Creo que todavía no se conocían de una semana y tú ya estabas completamente segura de que Marianne llevaba el retrato de él colgado del cuello. Al final resultó ser sólo la miniatura de nuestro tío abuelo.

—Pero esto es verdad. Estoy segura de que se casarán pronto porque él lleva un rizo de ella.

—Cuidado, Margaret, quizá sea de un tío abuelo de *él*.

—Pero, Elinor, es de Marianne. Estoy casi segura de que lo es porque vi cómo se lo cortaba. Anoche después de cenar, cuando tú y mamá salisteis de la habitación, estaban cuchicheando muy rápido. Parecía que él le pedía algo. Entonces tomó la tijera de Marianne y le cortó un mechón largo porque ella llevaba el cabello suelto por la espalda. Él lo besó, lo envolvió en un papelito blanco y lo guardó en la cartera.

Elinor creyó todos estos detalles dichos con tanta autoridad. Tampoco se sentía inclinada a no hacerlo, pues las circunstancias coincidían con lo que ella había escuchado y visto por sí misma.

Margaret no siempre se mostraba tan sagaz. Una tarde que la señora Jennings comenzó a asediarla en Barton Park para que le dijera el nombre del joven a quien Elinor prefería en especial, asunto que la intrigaba hacía tiempo, Margaret respondió mirando a su hermana:

—No debo decirlo, ¿verdad, Elinor?

Como es natural, aquello fue motivo de risa para todos. Elinor trató de reír también, pero apenas pudo. Estaba convencida de que Margaret pensaba en alguien cuyo nombre ella no soportaría que se transformara en broma habitual de la señora Jennings.

Marianne simpatizó con su hermana, pero fue peor cuando se ruborizó y dijo a Margaret en tono enfadado:

—Recuerda que sean cuales sean tus suposiciones no tienes derecho a repetirlas.

—Nunca he supuesto nada —respondió Margaret—, tú misma me lo dijiste.

Aquello aumentó el regocijo de los presentes, que presionaron con insistencia a Margaret para que contara más.

—Se lo suplico, señorita Margaret, cuéntenos todo —dijo la señora Jennings—. ¿Cómo se llama el caballero?

—No debo decirlo, señora. Pero lo sé bien y también dónde está él.

—Sí, podemos adivinar que se halla en su propia casa en Norland, con toda seguridad. Me atrevo a decir que es clérigo en la parroquia.

—No, no es *eso*. No tiene profesión.

—Margaret —se acaloró Marianne—, ya sabes que todo esto es invención tuya y que no existe tal persona.

—Entonces ha muerto hace poco, Marianne, porque estoy segura de que existió y su nombre empieza con F.

Elinor agradeció que lady Middleton observara que «había llovido mucho», aunque pensaba que la interrupción no se debía a una atención hacia ella, sino a cuánto desagradaba a su señoría la falta de tacto de las bromas que tanto gustaban a su esposo y a su suegra. Sin embargo, el coronel Brandon, siempre atento a los sentimientos ajenos, recogió la idea y hablaron entonces largo y tendido sobre la lluvia. Willoughby abrió el pianoforte y pidió a Marianne que tocase. De este modo, gracias a las distintas iniciativas de varias personas, se zanjó el tema. Pero Elinor no se repuso tan fácilmente del desasosiego que aquello le produjo.

Esa tarde se organizó una merienda para ir al día siguiente a conocer un lugar muy agradable. Estaba a unas doce millas de Barton y era propiedad de un cuñado del coronel Brandon. No se podía visitar sin él, pues el dueño se hallaba en el extranjero y había dejado órdenes muy estrictas al respecto. Dijeron que era un lugar muy bello. Sir John, cuyos elogios fueron muy entusiastas, podía ser considerado un buen juez porque durante los últimos diez años había organizado excursiones para visitarlo al menos dos veces por verano. Había allí mucha agua y la diversión matutina consistiría sobre todo en un paseo en barca. Llevarían provisiones frías. Irían en carruajes abiertos y todo se haría como es habitual en una excursión de placer.

Algunos de los asistentes lo consideraron un poco atrevido teniendo en cuenta la época del año y que había llovido a diario durante la última quincena. La señora Dashwood, que estaba resfriada, fue persuadida por Elinor para que permaneciera en casa.

Capítulo XIII

La excursión a Whitwell salió de una forma muy distinta a la que Elinor esperaba. Se había preparado para quedar empapada, agotada y asustada. Sin embargo, fue todo aún peor porque ni siquiera fueron.

A las diez de la mañana todos estaban ya congregados en Barton Park, donde iban a desayunar. Aunque hubiera llovido toda la noche, el tiempo era bueno porque las nubes se dispersaban por el cielo y con frecuencia aparecía el sol. Todos estaban animados y de buen humor, deseando sentirse felices y decididos a soportar las mayores incomodidades y fatigas para ello.

Mientras desayunaban llegó el correo. Había una carta para el coronel Brandon. Él la tomó, miró las señas, mudó de color y salió de inmediato de la habitación.

—¿Qué le ocurre a Brandon? —dijo sir John.

Nadie pudo decirlo.

—Espero que no sean malas noticias —dijo lady Middleton—. Debe ser algo extraordinario para que el coronel Brandon abandone el desayuno tan de repente.

A los cinco minutos estaba de regreso.

—Espero que no sean malas noticias, coronel —dijo la señora Jennings en cuanto entró.

—En absoluto, señora, gracias.

—¿Es de Aviñón? Espero que no le digan que su hermana ha empeorado.

—No, señora. Es de la ciudad. Es sólo una carta de negocios.

—¿Cómo ha podido descomponerse tanto por una carta de negocios? Vamos, coronel, esa explicación no sirve. Cuéntenos la verdad.

—Mi querida señora —pidió lady Middleton—, cuide lo que dice.

—¿Quizá es para decirle que su prima Fanny se ha casado? —continuó la señora Jennings, que hizo caso omiso al reproche de su hija.

—No, claro que no.

—Bien, entonces ya sé de quién es, coronel, y espero que ella esté bien.

—¿A quién se refiere, señora? —dijo él ruborizándose.

—¡Ah! Ya sabe a quién.

—Señora, lamento mucho haber recibido esta carta hoy —el coronel se dirigió a lady Middleton—, pues se trata de negocios que exigen mi presencia inmediata en la ciudad.

—¡En la ciudad! —exclamó la señora Jennings—. ¿Qué puede tener que hacer usted en la ciudad en esta época del año?

—Es para mí una gran pérdida —continuó él— tener que abandonar una excursión tan agradable, pero mi mayor preocupación es que mi presencia sea necesaria para que ustedes puedan entrar en Whitwell.

¡Aquello fue un golpe para todos!

—¿Y si le escribe una nota al encargado de la casa, señor Brandon —preguntó Marianne disgustada—, no bastaría?

El coronel negó con la cabeza.

—Debemos ir —dijo sir John—. No se va a aplazar ahora que estamos a punto de salir. Tendrá que ir a la ciudad mañana, Brandon. No hay más que hablar.

—Ojalá fuera tan sencillo. ¡Pero no está en mi mano retrasar mi viaje un solo día!

—Si pudiéramos saber de qué negocio se trata —dijo la señora Jennings—, sabríamos si se puede o no aplazar.

—Sólo se retrasaría seis horas —observó Willoughby— si aplaza su viaje hasta que regresemos.

—No puedo perder ni *una* hora.

Elinor escuchó cómo Willoughby le decía en voz baja a Marianne:

—Algunas personas no soportan una excursión de placer. Brandon es una de ellas. Yo diría que teme resfriarse y se ha inventado esta excusa para escapar. Me apuesto cincuenta guineas a que la carta la escribió él.

—No me cabe duda —repuso Marianne.

—Cuando toma una decisión no hay quien lo haga cambiar de opinión, Brandon, siempre lo he sabido —dijo sir John—. Pero espero que lo piense mejor. Recuerde que las dos señoritas Carey han venido desde Newton, las tres señoritas Dashwood han venido caminando desde su casa y el señor Willoughby se ha levantado dos horas antes de lo acostumbrado, todos ellos para ir a Whitwell.

El coronel Brandon repitió cuánto lamentaba que fracasara la excursión por culpa suya, pero al mismo tiempo declaró que era inevitable.

—¿Cuándo regresará?

—Espero que lo veamos en Barton tan pronto como pueda dejar la ciudad —agregó lady Middleton—. Aplazaremos la excursión a Whitwell hasta que esté de vuelta.

—Es muy atento por su parte. Pero no estoy seguro de cuándo podré regresar, así que no me atrevo a comprometerme.

—¡Oh! Debe regresar, y lo hará —exclamó sir John—. Si no viene a final de esta semana, yo iré a buscarlo.

—Hágalo, sir John —exclamó la señora Jennings—, y quizá así pueda descubrir cuál es ese negocio.

—No quiero inmiscuirme en los asuntos de otro hombre. Supongo que es algo de lo que no se enorgullece.

En ese momento avisaron de que estaban ya preparados los caballos del coronel Brandon.

—No pensará ir a caballo hasta la ciudad, ¿verdad? —añadió sir John.

—No, sólo hasta Honiton. Allí tomaré la posta.

—Bueno, como tiene decidido irse, le deseo buen viaje. Pero habría sido mejor que cambiara de opinión.

—Le aseguro que no está en mi mano hacerlo.

El coronel se despidió del grupo.

—Espero que haya alguna posibilidad de verlas a usted y a sus hermanas en la ciudad este invierno, señorita Dashwood.

—Me temo que no será así.

—Entonces debo despedirme durante más tiempo del que me gustaría.

Frente a Marianne sólo inclinó la cabeza y no dijo nada.

—Vamos, coronel —dijo la señora Jennings—, antes de irse cuéntenos a qué va.

El coronel le deseó los buenos días y salió acompañado de sir John.

Las quejas y lamentaciones hasta entonces reprimidas por los buenos modales estallaron por doquier; todos estuvieron de acuerdo en lo molesto que era sentirse así de decepcionado.

—Pues puedo imaginar de qué negocio se trata —dijo la señora Jennings exultante.

—¿Ah, sí, señora? —preguntaron casi todos.

—Se trata de la señorita Williams, estoy segura.

—¿Quién es esa señorita Williams? —preguntó Marianne.

—¡Cómo! ¿No sabe quién es? Estoy segura de que tiene que haber oído su nombre antes. Es una pariente muy cercana del coronel, querida. No diremos cuánto de cercana para no escandalizar a las jovencitas. —Después le cuchicheó al oído a Elinor—: Es su hija natural.

—¡De veras!

—¡Oh, sí! Se parecen como dos gotas de agua. Yo diría incluso que el coronel le dejará su fortuna.

Cuando sir John regresó, se unió con gran entusiasmo al lamento general por el triste acontecimiento. Sin embargo, llegó a la conclusión de que debían hacer algo que los alegrara aprovechando que estaban todos juntos. Tras varias consultas acordaron que, aunque solamente Whitwell los haría felices, podrían conseguir una aceptable serenidad de espíritu paseando por el campo. Trajeron los carruajes. El de Willoughby fue el primero y cuando Marianne montó pareció más contenta que nunca. Willoughby condujo a gran velocidad por la finca y pronto los perdieron de vista. Nadie los vio hasta su regreso después de que todos los demás hubieran llegado. Ambos parecían encantados con el paseo, pero dijeron

en términos vagos que habían permanecido en los caminos, mientras que los otros habían ido a los cerros.

Se acordó que al caer la tarde habría un baile y que todos deberían estar de lo más alegre aquel día. Acudieron a cenar otros miembros de la familia Carey y así se juntaron casi veinte a la mesa, lo cual gustó a sir John. Willoughby ocupó su sitio habitual entre las dos señoritas Dashwood mayores. La señora Jennings se sentó a la derecha de Elinor. Poco después se cruzó por detrás de la joven y de Willoughby y dijo a Marianne en voz lo bastante alta como para que los dos la oyesen:

—Los he descubierto pese a sus tretas. Sé dónde han pasado la mañana.

Marianne se ruborizó y repuso con rapidez:

—¿Dónde?

—¿No sabía usted que habíamos salido en mi calesa? —preguntó Willoughby.

—Sí, señor Descarado, lo sé, y estaba decidida a descubrir *dónde* habían estado. Espero que le guste su casa, señorita Marianne. Sé que es grande. Espero que la haya amueblado de nuevo cuando venga a visitarla porque lo necesitaba y mucho la última vez que estuve allí hace seis años.

Marianne se volvió con gran turbación. La señora Jennings rio. Elinor descubrió que en su empeño por saber dónde habían estado hizo que su doncella se lo sonsacara al mozo del señor Willoughby. Así supo que habían ido a Allenham, a pasear un buen rato por el jardín y a recorrer la casa.

Elinor apenas podía creer que fuera cierto, pues parecía improbable que Willoughby propusiera, o que Marianne aceptara, entrar en la casa mientras se encontraba allí la señora Smith, a quien Marianne no conocía de nada.

En cuanto abandonaron el comedor, Elinor le preguntó sobre aquello. Se sorprendió mucho al descubrir que todo lo relatado por la señora Jennings era verdad. Marianne se ofendió con su hermana por dudarlo.

—¿Qué te hace pensar que no fuimos allí o que no vimos la casa, Elinor? ¿No has querido a menudo hacer eso tú misma?

—Sí, Marianne, pero jamás iría mientras la señora Smith se encontrara allí y sin más compañía que el señor Willoughby.

—Pero es que el señor Willoughby es la única persona con derecho a enseñar la casa. Además, como fue en un carruaje descubierto, era imposible llevar otro acompañante. Ha sido la mañana más agradable de mi vida.

—Me temo —dijo Elinor— que lo agradable de una actividad no siempre pone de manifiesto su corrección.

—Al contrario, es la mejor prueba de ello, Elinor. Si hubiera sido incorrecto de algún modo lo que hice, habría estado lamentándolo todo el tiempo porque siempre sabemos cuándo obramos mal y con esa convicción no habría disfrutado.

—Pero, querida Marianne, al exponerte esto a algunas observaciones impertinentes, ¿no te preguntas ahora por la discreción de tu conducta?

—Si las observaciones impertinentes de la señora Jennings son la prueba de lo incorrecto de una conducta, todos cometemos faltas en todo momento de nuestras vidas. Sus censuras valen tanto para mí como sus elogios. No tengo conciencia de haber hecho mal alguno paseando por los jardines de la señora Smith o visitando su casa. Algún día serán del señor Willoughby y...

—Aunque un día sean tuyos, Marianne, eso no justifica lo que has hecho.

Marianne se ruborizó por la insinuación, pero le resultaba gratificante. Tras diez minutos de reflexión, se acercó a su hermana y le dijo con alegría:

—Elinor, quizá *fuera* una imprudencia ir a Allenham, pero el señor Willoughby insistió en enseñármelo y la casa es encantadora, de verdad. Hay un salón precioso arriba. Tiene un tamaño muy agradable y cómodo. Se puede usar todo el año y con muebles modernos sería muy elegante. Está en una esquina y tiene ventanales a ambos lados. Por uno de ellos se ve a través de una pradera donde se juega a los bolos, y detrás de la casa hay un precioso bosque en pendiente. Por el otro se ven la iglesia y la aldea, y a lo lejos están esas colinas escarpadas que tan a menudo hemos contemplado. El salón no está en su mejor momento porque tiene los muebles abandonados..., pero arreglado y con cosas nuevas... Un par de cientos de libras, según Willoughby, lo transformarían en uno de los salones de verano más agradables de toda Inglaterra.

Si Elinor hubiera podido escucharla sin interrupciones de otros, Marianne habría descrito cada habitación de la casa con el mismo entusiasmo.

Capítulo XIV

El repentino final de la visita del coronel Brandon a Barton Park y su firmeza en ocultar las causas de su decisión ocuparon durante dos o tres días la mente de la señora Jennings, que llegó a imaginar las explicaciones más absurdas. Tenía una gran capacidad de conjeturar, como todos los que se interesan mucho por las idas y venidas de sus conocidos. Se preguntaba sin cesar por el motivo. Estaba convencida de que debían ser malas noticias y rememoró todas las desgracias que podrían haberle ocurrido, decidida como estaba a que no escapara a ellas.

—Estoy segura de que es algo muy triste —dijo—. Pude vérselo en la cara. ¡Pobre hombre! Me temo que su situación es mala. Se calcula que sus fincas en Delaford no dan más de dos mil libras anuales, y su hermano dejó todo endeudado. Creo que lo han llamado por problemas de dinero, ¿qué otra cosa podría ser si no? Me pregunto si es así. Daría lo que fuera por saberlo. Quizá se trate de la señorita Williams... Por cierto, yo diría que es eso porque pareció muy afectado cuando la mencioné. Quizá haya enfermado en la ciudad. Es muy posible porque creo que es una chica débil. Pondría la mano en el fuego a que se trata de la señorita Williams. No es probable que tenga apuros económicos *ahora* porque es un hombre muy prudente y a estas alturas lo más seguro es que haya saneado sus propiedades. ¡Me pregunto qué será! Quizá su hermana haya empeorado en Aviñón y lo haya llamado. Eso explicaría su prisa por marcharse. En fin, le deseo de todo corazón que resuelva todos sus problemas y, ya de paso, que consiga una buena esposa.

Así divagaba la señora Jennings. Su opinión cambiaba a medida que conjeturaba y todo le parecía igualmente probable apenas lo pensaba. Aunque realmente le interesara el bienestar del coronel Brandon, Elinor no podía inquietarse tanto por su súbita marcha como la señora Jennings. Por otra parte, en su opinión, las circunstancias no merecían tanto análisis ni especulación, pues su perplejidad se refería a otro asunto. Le preocupaba aclarar el silencio de su hermana y de Willoughby sobre lo que debían saber, que era especialmente interesante para todos. Al no salir de su mutismo, cada día era más extraño e incompatible con el carácter de ambos. Por qué no reconocían abiertamente ante su madre y su hermana algo que el comportamiento de ambos declaraba haber sucedido a cada minuto que pasaba era algo que Elinor no podía imaginar.

Podía entender sin ningún problema que el matrimonio fuera algo que Willoughby no pudiera contraer de inmediato. Aunque fuera independiente, no había motivos para creerlo rico. Sir John había calculado sus ingresos en torno a seiscientas o setecientas libras anuales que no podían mantener su tren de vida, pues él mismo solía quejarse de pobreza. Pese a todo, Elinor no se explicaba la extraña clase de secreto que mantenían con relación a su compromiso, secreto que nada ocultaba en la práctica. Contradecía tanto todas sus opiniones y conductas, que a veces dudaba si realmente estaban comprometidos, y esta duda le impedía preguntar a Marianne.

La conducta de Willoughby era la señal más clara del afecto que se tenían. Dedicaba a Marianne todas las muestras de ternura de un corazón enamorado, y a los demás miembros de la familia dedicaba las atenciones cariñosas de un hijo y un hermano. Parecía considerar la casa de ellas su hogar y, por tanto, amarla. Pasaba muchas más horas allí que en Allenham. Si no se reunían en Barton Park por algún compromiso general, su ejercicio matutino solía terminar allí, donde pasaba el resto del día con Marianne y con su pointer favorito a los pies de ella.

Una tarde, una semana después de que el coronel Brandon se hubiera marchado, Willoughby pareció abrir su corazón más de lo habitual a los

sentimientos de afecto por los objetos que lo rodeaban. Cuando la señora Dashwood habló de sus intenciones de mejorar la casita la siguiente primavera, se opuso con ardor a cualquier cambio de un lugar que consideraba perfecto debido al afecto que le tenía.

—¡Cómo! —exclamó—. ¡Mejorar esta casita! No. Jamás aceptaré *eso*. No deben añadir una sola piedra a sus paredes o una pulgada a su tamaño si respetan mis sentimientos.

—Tranquilo —dijo la señorita Dashwood—, no se hará nada porque mi madre jamás tendrá suficiente dinero para ello.

—Me alegro de todo corazón —exclamó él—. Ojalá siempre sea pobre si no puede utilizar sus riquezas en algo mejor.

—Gracias, Willoughby. Quede seguro de que ninguna mejora me haría sacrificar el afecto por la casa que pueda sentir usted ni nadie a quien yo quiera. Si queda dinero cuando haga mis cuentas en primavera, lo dejaré guardado antes que gastarlo de forma tan dolorosa para usted. Pero ¿realmente siente tanto cariño por este lugar como para no verle los defectos?

—Sí —dijo él—. Para mí es irreprochable. Es más, creo que es el único tipo de casa donde se puede ser feliz. Si fuera lo bastante rico, tiraría de inmediato Combe y lo reconstruiría como esta casita.

—Con escaleras oscuras y estrechas, y la cocina llena de humo, supongo —dijo Elinor.

—Sí —exclamó él con el mismo ardor—, con todo cuanto tiene. En ninguna de sus comodidades o incomodidades debe percibirse ni un cambio. Entonces y sólo entonces, quizá bajo ese techo sea tan feliz en Combe como lo he sido en Barton.

—Tengo entendido —repuso Elinor—, que incluso con la desventaja de mejores habitaciones y una escalera más amplia, en el futuro encontrará su casa tan irreprochable como ésta.

—Hay sin duda circunstancias —dijo Willoughby— que podrían hacérmela más querida. Pero este lugar siempre tendrá un sitio en mi corazón.

La señora Dashwood contempló encantada a Marianne, cuyos bellos ojos se fijaban en Willoughby de un modo tan expresivo que denotaban lo bien que lo comprendía.

—¡Cuando estuve en Allenham hace un año deseé enormemente que la casita de Barton estuviera habitada! —añadió el joven—. Siempre que pasaba cerca me admiraba su situación y lamentaba que estuviera vacía. ¡Qué poco podía imaginar entonces que lo primero que me diría la señora Smith nada más llegar era que la casita de Barton estaba alquilada! Aquello me causó satisfacción y me interesó de inmediato, pues sólo una especie de presentimiento de la felicidad que hallaría aquí podría explicarlo. ¿No es así como debió ocurrir, Marianne? —dijo en voz más baja. Luego, retomando el tono anterior, continuó—: ¡Pese a eso, señora Dashwood, usted querría estropear esta casa! ¡Sus supuestas mejoras le robarían su sencillez! Este querido salón, donde empezamos a conocernos y donde hemos compartido tantas horas felices desde entonces, sería degradado a la condición de un vulgar recibidor y todos pasarían por aquí con prisa, por esta habitación que hasta entonces habría contenido más comodidades y confort que cualquier aposento de dimensiones más amplias en todo el mundo.

La señora Dashwood le aseguró de nuevo que no llevaría a cabo ninguna modificación como las mencionadas por él.

—Es usted una buena mujer —replicó él calurosamente—. Su promesa me tranquiliza. Amplíela un poco y me hará feliz. Prométame que su casa se mantendrá igual y que siempre la encontraré a usted y a los suyos tan poco cambiados como su hogar. Prométame que siempre me dispensará ese trato amable que me ha hecho querer cuanto le pertenece a usted.

La promesa fue realizada y durante toda la tarde la conducta de Willoughby reflejó su cariño y felicidad.

—¿Lo veremos mañana para cenar? —preguntó la señora Dashwood cuando se iba—. No le pido que venga por la mañana, pues debemos ir a Barton Park a visitar a lady Middleton.

Él prometió que estaría allí a las cuatro de la tarde.

Capítulo XV

La señora Dashwood visitó a lady Middleton al día siguiente con dos de sus hijas. Marianne se excusó con el trivial pretexto de tener cosas pendientes. Su madre concluyó que Willoughby le habría prometido la víspera que la visitaría mientras ellas estuvieran fuera, así que se quedó satisfecha con la idea de que se quedara en casa.

A su regreso de Barton Park vieron la calesa de Willoughby y a su criado aguardando en la puerta. La señora Dashwood se convenció de su conjetura. Hasta ese momento todo iba como ella había previsto, pero al entrar en casa se encontró lo que ningún vaticinio le había permitido esperar. Apenas entraron en el pasillo, Marianne salió corriendo del salón y parecía muy afligida. Se tapaba los ojos con un pañuelo y subió corriendo las escaleras sin prestarles atención. Sorprendidas y alarmadas, entraron en la habitación que ella acababa de abandonar. Allí encontraron a Willoughby apoyado contra la repisa de la chimenea, dándoles la espalda. Al oírlas entrar se volvió. Su expresión reflejaba que su emoción era la misma que había abrumado a Marianne.

—¿Le ocurre algo? —exclamó la señora Dashwood al entrar—. ¿Está enferma?

—Espero que no —repuso él, tratando de mostrarse alegre, y añadió con una sonrisa forzada—: Soy yo el que podría estar enfermo... ¡Ahora mismo estoy sufriendo una terrible decepción!

—¡Decepción!

—Sí, porque no puedo cumplir mi compromiso con ustedes. Esta maña-na la señora Smith ha ejercido el privilegio de los ricos sobre un pobre pri-mo que depende de ella y me ha enviado a Londres por negocios. Acaba de entregarme las credenciales y me he despedido de Allenham. Para terminar de alegrarme, he venido a despedirme de ustedes.

—¡A Londres!... ¿Se va ahora?

—Sí, enseguida.

—¡Qué pena! Pero hay que obedecer a la señora Smith... Espero que sus negocios no lo mantengan lejos de nosotras mucho tiempo.

El joven se ruborizó al responder:

—Es muy amable, pero no tengo previsto regresar de inmediato a Devonshire. Nunca visito dos veces el mismo año a la señora Smith.

—¿Es que es ella su única amiga? ¿Es Allenham la única casa de los al-rededores donde es bienvenido? Willoughby, ¿le avergüenza poder esperar una invitación aquí?

Su bochorno se intensificó y se limitó a responder con la mirada gacha:

—Es usted demasiado buena.

La señora Dashwood miró sorprendida a Elinor. Ésta también estaba asombrada. Todos permanecieron callados unos momentos. La señora Dashwood habló.

—Mi querido Willoughby, sólo me queda decir que aquí siempre será bienvenido. No lo presionaré para que regrese de inmediato, pues es usted el único que puede juzgar hasta qué punto *eso* gustaría a la señora Smith, así que no discutiré su decisión ni dudaré de sus deseos.

—Mis compromisos actuales —replicó Willoughby confuso— son de tal naturaleza... que... no me atrevo a creerme merecedor...

Calló. La señora Dashwood estaba tan asombrada que no podía hablar. Se produjo una nueva pausa que él mismo interrumpió con una débil sonrisa:

—Es una locura retrasar más mi marcha. No me atormentaré quedán-dome entre amigos cuya compañía me es imposible disfrutar.

Se despidió precipitadamente de ellas y salió. Lo vieron montar en su carruaje y en un minuto lo perdieron de vista.

La señora Dashwood estaba demasiado asombrada para hablar, de modo que salió del salón para entregarse a solas a la preocupación y la alarma provocadas por una partida tan repentina.

Elinor estaba tan inquieta como su madre. Pensaba en lo sucedido con ansiedad y desconfianza. El comportamiento de Willoughby al despedirse de ellas, su ofuscación, su afectada alegría y, sobre todo, su resistencia a aceptar la invitación de su madre, aquella timidez tan ajena a un enamorado y a él mismo, la preocupaban enormemente. Temía que jamás hubiera habido decisión firme de ningún tipo por parte de Willoughby. A continuación temió que hubiera tenido lugar una pelea entre él y su hermana. La angustia de Marianne al salir del salón era tan grande que podría ser explicada por una fuerte discusión. Sin embargo, al pensar en cuánto lo quería ella, una pelea parecía imposible.

Ahora bien, al margen de las circunstancias de su separación, la pena de su hermana saltaba a la vista. Elinor se compadeció con ternura de la aflicción desgarradora que Marianne estaba dejando salir como forma de alivio, pero también alimentándola y estimulándola como si fuera un deber.

Media hora después su madre regresó con los ojos enrojecidos, aunque su expresión no era de pena.

—Nuestro querido Willoughby estará ya a varias millas de Barton, Elinor —dijo mientras se sentaba con la labor—. ¡Con qué corazón tan triste debe estar viajando!

—Todo es muy raro. ¡Irse tan rápido! Parece una decisión tan súbita. ¡Anoche estaba tan feliz aquí, tan alegre y cariñoso! Y ahora, avisando con diez minutos de antelación..., ¿se marcha sin intención de regresar? Debe haber sucedido algo más de lo que nos ha dicho. No habló ni se portó como el amigo que conocemos. *Tú* debes haberlo notado igual que yo. ¿Qué puede ser? ¿Habrán discutido? ¿Qué otro motivo puede haber tenido para no aceptar tu invitación a venir aquí?

—¡No habrá sido por falta de ganas, Elinor! *Eso* era evidente. No estaba en su mano aceptar. No he dejado de pensar en ello, te lo aseguro, y puedo explicar lo que al principio me pareció tan raro como a ti.

—¿De veras que puedes hacerlo?

—Sí. Me lo he explicado a mí misma satisfactoriamente. Pero sé que a ti, Elinor, que dudas en cuanto puedes, no *te* satisfará. Eso sí, a *mí* no podrás quitarme la idea de la cabeza. Estoy convencida de que la señora Smith sospecha que él se interesa por Marianne y no lo aprueba (quizá tenga otros planes para él), así que está deseando enviarlo lejos. El negocio que le encargó es una excusa inventada para sacarlo de aquí. Creo que eso es lo que ha ocurrido. Él es consciente de que ella desaprueba esta unión y por eso no se atreve a confesarle por ahora su compromiso con Marianne y, dada su situación de dependencia, se siente obligado a ceder a los planes que tenga para él y a irse un tiempo de Devonshire. Sé que me dirás que esto puede o *no* haber sucedido, pero no escucharé tus reflexiones si no me das otra explicación a este asunto tan satisfactoria como ésta. ¿Qué puedes decir, Elinor?

—Nada, porque has adelantado mi respuesta.

—Entonces me habrías dicho que las cosas podrían o no haber ocurrido así. ¡Ay, Elinor! ¡Qué incomprensibles son tus sentimientos! Prefieres creer lo malo antes que lo bueno. Prefieres ver la infelicidad para Marianne y la culpa para el pobre Willoughby antes que disculparlo. Estás decidida a creerlo culpable porque se ha despedido con menos cariño del que siempre nos ha demostrado. ¿No puedes hacer una concesión a la irreflexión o a un ánimo deprimido por desengaños recientes? ¿No puede aceptarse una probabilidad simplemente porque no es una certeza? ¿No se le debe nada al hombre de quien tantos motivos tenemos para querer y ninguno para pensar mal? ¿No debemos aceptar la posibilidad de que haya motivos incuestionables en sí pero secretos durante un tiempo? A fin de cuentas, ¿qué sospechas de él?

—No lo tengo claro. Pero es inevitable sospechar algo desagradable tras ver un trastorno como el que vimos en él. Sin embargo, tu insistencia sobre las concesiones que debemos hacer a su favor es acertada y quiero ser imparcial en mis juicios. Willoughby puede tener motivos para haberse portado así, sin duda, y espero que los tenga. Pero revelarlos habría sido más propio de su forma de ser. La reserva puede ser aconsejable, pero sigo sin poder evitar que me sorprenda cuando viene de él.

—No lo culpes por hacerlo así, pues ha debido ser necesario. En todo caso, ¿realmente sí admites que es justo lo que he dicho en su defensa? Eso me alegra... y a él lo absuelve.

—No del todo. Quizá sea conveniente ocultar su compromiso (si es que de verdad *están* comprometidos) a la señora Smith. En ese caso, debe ser conveniente para Willoughby estar lo menos posible en Devonshire por ahora. Pero eso no justifica que nos lo oculte a nosotras.

—¡Que nos lo oculte! ¿Acusas a Willoughby y a Marianne de disimulo? Eso sí que es raro, cuando tus ojos los han acusado a diario por su imprudencia.

—Tengo pruebas de su afecto, pero no de su compromiso —dijo Elinor.

—Yo estoy satisfecha con ambos.

—Pero ninguno de los dos ha dicho nada sobre ello.

—No he necesitado palabras. Los actos han hablado por sí solos con claridad. ¿No ha puesto de manifiesto su conducta con Marianne y con todas nosotras al menos en la última quincena que la amaba y la consideraba su futura esposa, y que sentía por nosotras el cariño que se siente por los familiares? ¿No nos hemos entendido sin trabas? ¿No ha pedido cada día mi consentimiento con sus miradas, sus modales, sus atenciones cariñosas y respetuosas? Elinor, hija mía, ¿se puede dudar de su compromiso? ¿Cómo has podido pensar eso? No se puede suponer que si Willoughby está convencido del amor de tu hermana, como debe estarlo, la abandone quizá meses y no le confiera su amor. Es impensable que se separen sin cambiar entre ellos expresiones de confianza.

—Confieso —repuso Elinor— que todas las circunstancias menos *una* hablan a favor de su compromiso, pero *esa* circunstancia es el silencio de ambos al respecto y casi anula las demás.

—¡Qué raro! Seguro que piensas horrores de Willoughby si, después de lo que ha ocurrido entre ellos a la vista de todos, tienes dudas de la naturaleza de su relación. ¿Ha estado fingiendo todo este tiempo frente a tu hermana? ¿De veras crees que ella le es indiferente?

—No puedo creerlo. Estoy segura de que él debe amarla y la ama.

—Pero con una ternura extraña si puede abandonarla con tanta indiferencia y despreocupación por el futuro como las que le atribuyes.

—Debes recordar, mamá, que nunca he considerado este asunto como algo cierto. Confieso que he abrigado mis dudas, aunque son menos fuertes que antes y quizá pronto se hayan disipado. Mis temores desaparecerán si descubrimos que se escriben.

—¡Qué gran concesión! Si los vieras ante el altar, supondrías que iban a casarse. ¡Qué niña tan desagradable! Yo no necesito esas pruebas. En mi opinión nada justifica las dudas. No se ha intentado mantener nada en secreto. Todo ha sido transparente. No puedes dudar de los deseos de tu hermana y sí de Willoughby. ¿Por qué? ¿No es un hombre honorable y de buenos sentimientos? ¿Ha sido incoherente como para crear alarma? ¿Es capaz de engañar?

—Espero que no, creo que no —exclamó Elinor—. Aprecio sinceramente a Willoughby y mis sospechas sobre su integridad no pueden dolerte más a ti que a mí. Ha sido involuntario y no alimentaré esa tendencia mía. Confieso que me sobresaltó su cambio de esta mañana. Parecía diferente a la persona que conocemos cuando habló. No contestó con cordialidad a tu amabilidad hacia él. Pero todo esto puede explicarse porque está inmerso en una situación como la que tú supones. Se acababa de separar de mi hermana, la había visto alejarse llorosa. Si se sentía obligado a resistir la tentación de regresar aquí por no ofender a la señora Smith, y aun así lo hizo sabiendo que al declinar tu invitación diciendo que se marchaba una temporada parecería que actuaba de un modo mezquino y sospechoso hacia nuestra familia, eso puede haberlo avergonzado y turbado. Creo que en ese caso lo habría honrado más reconocer lisa y llanamente sus dificultades y habría sido más congruente con su carácter. Pero no criticaré la conducta de nadie sobre algo tan sutil como una diferencia de opiniones o una desviación de lo que yo considero correcto y congruente.

—Eso que dices está muy bien. Sin duda Willoughby no merece que sospechen de él. Aunque lo conozcamos hace poco, no es un desconocido en la comarca. ¿Quién ha hablado mal de él? Si hubiera podido actuar con independencia y casarse de inmediato, habría sido extraño que se marchara sin decírmelo, pero no es así. En ciertos aspectos es un compromiso iniciado bajo auspicios poco favorables, pues aún lejana parece la posibilidad de

una boda. Incluso quizá sea mejor mantener todo en secreto por ahora, tal y como están las cosas.

Margaret las interrumpió con su entrada, lo cual permitió a Elinor pensar sobre los planteamientos de su madre, reconocer que muchos eran probables y confiar en que todos fueran acertados.

No vieron a Marianne hasta la hora de la cena, que entró en la habitación y ocupó su silla frente a la mesa sin decir nada. Tenía los ojos enrojecidos e hinchados. Parecía que apenas podía contener las lágrimas. Evitó mirar a nadie, no probó bocado ni habló. Tras un rato, cuando su madre le presionó silenciosamente la mano como gesto de tierna compasión, se vino abajo, rompió a llorar y salió de la sala.

Aquella tristeza continuó toda la tarde. Marianne nada podía hacer, pues no deseaba controlarse a sí misma. Cualquier mención a algo relacionado con Willoughby vencía cualquier resistencia. Aunque su familia estuviera pendiente de su bienestar, no podían evitar hablar de temas que sus sentimientos asociaban al joven.

Capítulo XVI

Marianne no se habría perdonado haber sido capaz de dormir ni un instante la primera noche tras la marcha de Willoughby. Se habría avergonzado de mirar a su familia a la cara a la mañana siguiente si no se hubiera levantado más agotada que cuando se acostó. Pero los mismos sentimientos que hacían de la compostura una desgracia la libraron del peligro de caer en ella. No pegó ojo en toda la noche y lloró gran parte de ella. Se levantó con dolor de cabeza, incapaz de articular una sola palabra e inapetente. Aquello apenó a su madre y a sus hermanas, cuyas tentativas de consuelo rechazó. ¡Su sensibilidad era poderosa!

Tras el desayuno, salió sola y deambuló por la aldea de Allenham, regodeándose en los recuerdos de goces pasados y llorando por su actual infortunio la mayor parte de la mañana.

La tarde la pasó también abandonada a los sentimientos. Tocó todas sus canciones favoritas y que solía tocar para Willoughby, cada aire en el que más a menudo sus voces se habían unido. Permaneció sentada ante el instrumento con los ojos en cada línea de música que él le había escrito hasta que la pena de su corazón alcanzó la cumbre. Se esforzó en alimentar así su dolor cada día. Pasaba horas al pianoforte alternando cantos y lloros, con la voz ahogada por las lágrimas. También en los libros, como en la música, buscaba la desdicha que sin duda podía obtener comparando pasado y presente. Sólo leía lo que solían leer juntos.

Tal aflicción no podía sostenerse para siempre y a los pocos días la invadió una melancolía más tranquila. Pero sus tareas diarias, las caminatas a solas y las meditaciones aún provocaban periodos de dolor tan intensos como antes. No llegó carta alguna de Willoughby y tampoco parecía que Marianne la esperase. Su madre estaba sorprendida y Elinor se inquietó una vez más. Sin embargo, la señora Dashwood era capaz de hallar explicaciones siempre que las necesitaba, lo cual la dejaba satisfecha.

—Recuerda, Elinor —le dijo—, que sir John se encarga a menudo de nuestro correo. Recuerda que el secreto puede ser necesario y debemos reconocer que no podríamos mantenerlo si la correspondencia entre Willoughby y Marianne pasara por las manos de sir John.

Elinor no pudo negarlo y trató de encontrar motivos para el silencio de los jóvenes. Pero había un método directo, sencillo y, en su opinión, tan fácil para saber lo que realmente ocurría y desentrañar el misterio que no pudo evitar sugerírselo a su madre.

—¿Por qué no le preguntas a Marianne si está comprometida con Willoughby o no? Viniendo de ti, su madre, que eres dulce e indulgente, no puede molestarse. Sería natural en ti, que la quieres. Ella solía ser franca, sobre todo contigo.

—Por nada del mundo le preguntaría eso. Suponiendo no estén comprometidos, ¡cuánto la apenaría que yo indague! En todo caso, sería una falta de consideración. No tendría su confianza de nuevo si la fuerzo a confesar algo que ahora no quiere que sepa nadie. Conozco el corazón de Marianne, sé lo mucho que me quiere y que no seré la última a quien se confíe cuando las circunstancias lo permitan. Jamás intentaría sonsacar a nadie y menos a una niña, porque no podría negarse a hablar por un sentido del deber que va contra sus deseos.

Elinor pensó que su generosidad era excesiva teniendo en cuenta la juventud de su hermana, e insistió un poco en vano. El sentido común, el cuidado y la prudencia habían naufragado en la romántica delicadeza de la señora Dashwood.

Durante varios días nadie de la familia mencionó siquiera el nombre de Willoughby frente a Marianne. En cambio, sir John y la señora Jennings

no fueron tan delicados y sus chistes añadieron dolor a muchos momentos tristes. Pese a todo, una tarde la señora Dashwood tomó al azar un libro de Shakespeare y exclamó:

—Nunca terminamos *Hamlet,* Marianne. Nuestro querido Willoughby se marchó antes de que lo pudiéramos hacer. Lo reservaremos para que cuando vuelva... Pero podrían pasar meses hasta que *eso* ocurra.

—¡Meses! —exclamó Marianne con sorpresa—. Ni siquiera muchas semanas.

La señora Dashwood lamentó lo que había dicho. Sin embargo, alegró a Elinor, pues había arrancado una respuesta de Marianne que mostraba con fuerza su confianza en Willoughby y que conocía sus intenciones.

Una semana después de la marcha del joven, Marianne se dejó convencer para acompañar una mañana a sus hermanas en su caminata habitual en vez de pasear ella sola sin rumbo fijo. Hasta entonces había evitado toda compañía durante sus paseos. Si sus hermanas pensaban ir a las lomas, ella iba a los senderos. Si ellas mencionaban el valle, trepaba las colinas y nunca podían encontrarla cuando salían. Pero los esfuerzos de Elinor, que no aprobaba ese aislamiento permanente, dieron fruto. Caminaron por el camino que atravesaba el valle, casi todo el tiempo en silencio, pues no se podía controlar la *mente* de Marianne. Satisfecha por haber ganado un punto, Elinor no trató de obtener más. Pasada la entrada al valle, donde la campiña era menos agreste y más abierta pero fértil, se extendía ante ellas un trecho del camino que habían recorrido al llegar a Barton. Se detuvieron allí para mirar a su alrededor y disfrutar de la vista desde su casita. Se hallaban en un lugar al cual nunca antes se les había ocurrido ir.

Descubrieron entonces un objeto animado entre todos los que había en el paisaje. Era un jinete e iba hacia ellas. Enseguida pudieron distinguir que era un caballero. Marianne exclamó instantes después con emoción:

—¡Es él! Seguro que es... ¡Sé que es!

Elinor la llamó cuando iba a correr a su encuentro.

—No, Marianne, creo que te equivocas. No es Willoughby. No es tan alto como él ni tiene su aspecto.

—¡Sí, lo tiene! —exclamó Marianne—. ¡Estoy segura de que sí! Su aspecto, su abrigo, su caballo… Ya sabía yo que llegaría pronto.

Caminaba nerviosa mientras hablaba. Elinor quiso proteger a Marianne de sí misma porque estaba casi segura de que no era Willoughby, de modo que aceleró el paso y se mantuvo a su lado. Enseguida estuvieron a treinta yardas del caballero. Marianne lo miró de nuevo y sintió que se le caía el alma a los pies. Giró sobre sus talones e iba a volver por donde había venido cuando las voces de sus hermanas y una tercera, casi tan conocida como la de Willoughby, le pidieron que se detuviese. Se giró entonces para ver y saludar a Edward Ferrars.

Era la única persona del mundo a quien en ese momento podía perdonar no ser Willoughby, la única que podía haberle arrancado una sonrisa. Sin embargo, ella se secó las lágrimas para sonreírle a *él* y, gracias a la felicidad de su hermana, olvidó por un momento su propia decepción.

Edward desmontó, entregó el caballo a su sirviente y caminó con ellas hacia Barton, adonde iba para visitarlas.

Todas lo saludaron con cordialidad, sobre todo Marianne, que fue más calurosa en sus demostraciones de afecto que la propia Elinor. Para Marianne, el encuentro entre Edward y su hermana no fue sino la continuación de aquella inexplicable frialdad que a menudo había advertido en la conducta de ambos en Norland. Edward carecía de todo lo que un enamorado debería parecer y decir en ocasiones como aquélla. Se movía con torpeza, apenas se mostraba contento de verlas, no parecía exaltado ni alegre, habló solamente cuando debía responder preguntas y no dedicó a Elinor ninguna señal de afecto. Marianne miraba y escuchaba sorprendida. Casi sintió antipatía por Edward. Sin embargo, aquella sensación terminó como todos sus sentimientos: pensando nuevamente en Willoughby, cuyos modales tanto diferían de los de quien había sido escogido como hermano.

Después de un corto silencio tras la sorpresa y las preguntas iniciales, Marianne preguntó a Edward si había venido directamente desde Londres. No, llevaba quince días en Devonshire.

—¡Quince días! —repitió sorprendida Marianne al saber que había estado en el mismo condado que Elinor sin verla antes.

Edward se mostró incómodo y añadió que había estado con unos amigos cerca de Plymouth.

—¿Ha estado últimamente en Sussex? —preguntó Elinor.

—Estuve en Norland hace más o menos un mes.

—¿Y cómo está el querido Norland? —exclamó Marianne.

—El querido Norland —dijo Elinor— probablemente esté como siempre en esta época. Los bosques y senderos estarán cubiertos de una gruesa capa de hojarasca.

—¡Ah! —exclamó Marianne—. ¡Me emocionaba verlas caer! ¡Cuánto he disfrutado caminando y viendo caer las hojas como una lluvia empujada por el viento a mi alrededor! ¡Qué sentimientos me han inspirado, la estación, el aire, todo! Ya no hay quien las contemple. Las ven sólo como un estorbo, las barren deprisa y las hacen desaparecer de la vista en cuanto pueden.

—No todos —dijo Elinor— sienten por la hojarasca una pasión como la tuya.

—No, mis sentimientos no suelen ser compartidos ni comprendidos. Pero *a veces* sí —dijo esto sumida en un breve ensueño, pero lo abandonó y continuó—: Ahora, Edward —dijo llamando su atención sobre el paisaje—, éste es el valle de Barton. Contémplelo y no pierda la calma si puede. ¡Mire esas lomas! ¿Ha visto algo semejante? A la izquierda está la finca, Barton Park, entre esos bosques y huertos. Puede ver una esquina de la casa. Allí, bajo esa loma lejana que se eleva con tanta grandeza, está nuestra casita.

—Es una hermosa comarca —repuso él—, pero estas hondonadas deben ser barrizales en invierno.

—¿Cómo puede pensar en barro con cosas como éstas delante?

—Porque entre esas cosas veo un sendero embarrado —sonrió él.

«¡Qué raro!», se dijo Marianne mientras caminaba.

—¿Son agradables los vecinos? ¿Son gente simpática los Middleton?

—No, en absoluto, no podríamos estar peor situadas —respondió Marianne.

—Marianne —exclamó su hermana—, ¿cómo puedes decir eso? ¿Cómo puedes ser tan injusta? Son una familia muy respetable, señor Ferrars, y se han portado de forma amistosa con nosotras. ¿Ya has olvidado, Marianne, cuántos días agradables les debemos?

—No —dijo Marianne en voz baja—, ni cuántos momentos dolorosos.

Elinor no la oyó y, volviéndose a su visitante, trató de mantener con él algo parecido a una charla hablando de su actual residencia, de sus ventajas y cosas parecidas, sacándole alguna pregunta u observación de vez en cuando. Su frialdad y reserva la mortificaban. Se sentía molesta e irritada, pero estaba resuelta a guiar su conducta más por el pasado que por el presente. Así pues, evitó toda apariencia de resentimiento o disgusto y lo trató como pensaba que debía por los lazos familiares.

Capítulo XVII

La señora Dashwood se sorprendió sólo un momento al ver a Edward en Barton, pues su visita era en su opinión lo más natural del mundo. Su alegría y muestras de afecto rebasaron su asombro. El joven recibió la bienvenida más amable de parte de ella. Su timidez, desapego y reserva no pudieron resistir el recibimiento. Ya habían comenzado a desaparecer antes de entrar en la casa, pero el encantador trato de la señora Dashwood los venció del todo. Ningún hombre podía enamorarse de alguna de sus hijas sin que también ella fuera objeto de su amor. Elinor tuvo la satisfacción de ver que se portaba de nuevo como era en realidad. Su afecto por ellas y su interés por su bienestar parecieron renacer y manifestarse una vez más. Sin embargo, no estaba muy alegre. Elogió la casa, admiró las vistas y se mostró atento y amable, pero no estaba animado y la familia lo notó. La señora Dashwood lo atribuyó a cierta falta de liberalidad de su madre y se sentó a la mesa indignada con los padres egoístas.

—¿Cuáles son ahora los planes de la señora Ferrars para usted, Edward? —preguntó tras la cena cuando se reunieron en torno al fuego—. ¿Espera aún que sea un gran orador aunque usted no lo desee?

—No. ¡Espero que mi madre se haya convencido ya de que no tengo talento ni ganas de una vida pública!

—¿Cómo logrará entonces la fama? Porque tiene que ser famoso para contentar a su familia, y si no ama una vida de gastos, no se interesa por la gente que no conoce, carece de profesión y no tiene el futuro asegurado, puede ser difícil que lo consiga.

—Ni siquiera lo intentaré. No deseo ser distinguido y tengo todos los motivos del mundo para confiar en no serlo nunca. ¡Gracias a Dios! No puedo ser forzado al genio y la elocuencia.

—Ya sé que carece de ambición. Todos sus deseos son moderados.

—Creo que tanto como los del resto del mundo. Deseo ser totalmente feliz, como los demás, y como los demás tiene que ser a mi manera. La grandeza no me hará feliz.

—¡Sería raro que así fuera! —exclamó Marianne—. ¿Qué tienen que ver la riqueza o la grandeza con la felicidad?

—La grandeza, poco —dijo Elinor—, pero la riqueza, mucho.

—¡Elinor, qué vergüenza! —dijo Marianne—. El dinero sólo puede dar felicidad cuando no hay nada más que pueda hacerlo. Aparte de una buena vida, no puede dar una satisfacción real, al menos por lo que al ser más íntimo se refiere.

—Quizá —dijo Elinor sonriendo— lleguemos a la misma conclusión. *Tu* buena vida y *mi* riqueza se parecen mucho, diría yo. Según van las cosas ahora, estaremos de acuerdo en que, si se carece de ellas, también faltará lo necesario para el bienestar físico. Tus ideas son simplemente más nobles que las mías. Veamos, ¿cuánto calculas que vale una buena vida?

—Unas mil ochocientas o dos mil libras anuales como *mucho*.

Elinor se puso a reír.

—¡*Dos* mil al año! ¡Pero si yo llamo riqueza a *mil*! Ya imaginaba cómo terminaríamos.

—Aun así, dos mil anuales es un ingreso moderado —dijo Marianne—. Una familia no puede mantenerse con menos. Creo que no estoy siendo exagerada en mis demandas. No es posible mantener con menos un número adecuado de sirvientes, un carruaje, quizá dos, y perros de caza.

Elinor sonrió de nuevo al escuchar a su hermana describir tan precisamente sus futuros gastos en Combe Magna.

—¡Perros de caza! —repitió Edward—. ¿Para qué los tendrías? No todo el mundo caza.

Marianne se ruborizó.

—Pero la mayoría lo hace.

—¡Ojalá alguien nos regalara una fortuna a cada una de nosotras! —fantaseó Margaret.

—¡Ah! ¡Ojalá ocurriera eso! —exclamó Marianne con los ojos brillantes de animación y las mejillas relucientes con el goce de esa imaginaria felicidad.

—Supongo que todas lo deseamos, aunque la riqueza no baste —dijo Elinor.

—¡Cielos! —exclamó Margaret—. ¡Qué feliz sería! ¡No imagino qué haría con ese dinero!

Marianne no parecía dudar al respecto.

—Yo no sabría cómo gastar una gran fortuna si mis hijas fueran ricas sin mi ayuda —dijo la señora Dashwood.

—Deberías empezar por hacer obras en esta casa —observó Elinor—, y todas tus dificultades desaparecerían de inmediato.

—¡Qué pedidos tan excelentes saldrían desde aquí a Londres en ese caso! —dijo Edward—. ¡Qué día tan feliz para los libreros, los vendedores de música y de grabados! Elinor, usted encargaría en general que le enviaran cualquier nuevo grabado de calidad. Marianne, cuya grandeza de alma conozco, no quedaría satisfecha ni con toda la música de Londres. ¡Y libros! Thomson, Cowper, Scott..., los compraría todos y cada ejemplar, creo, para evitar que cayeran en manos indignas de ellos. Tendría todos los libros que pudieran enseñarle a admirar un árbol vetusto y retorcido, ¿verdad, Marianne? Perdóneme si he parecido cáustico. Pero quería que viera que no he olvidado nuestras antiguas discusiones.

—Me encanta que me recuerden el pasado, Edward, ya sea melancólico o alegre. Nunca me ofenderá hablándome de otras épocas. Tiene razón al suponer cómo gastaría mi dinero... o al menos parte de él... El dinero suelto lo dedicaría a mejorar mi colección de música y libros.

—Y la mayoría de su fortuna iría a pensiones anuales para los autores o sus herederos.

—No, Edward, haría otra cosa.

—Quizá crearía un premio para quien escribiera la mejor defensa de su máxima favorita, según la cual nadie puede enamorarse más de una vez en la vida. Supongo que no ha cambiado de opinión.

—Por supuesto que no. Las opiniones son tolerablemente fijas a mi edad. Es improbable que vea o escuche nada que me haga cambiarlas.

—Ya ves que Marianne sigue siendo tan categórica como siempre —dijo Elinor—. No ha cambiado en nada.

—Sólo está un poco más seria que antes.

—No, Edward —dijo Marianne—, no tiene nada que reprocharme. Tampoco está usted muy alegre.

—¡Qué le hace pensar eso! —suspiró él—. La alegría nunca ha sido parte de *mi* carácter.

—Ni tampoco parte del de Marianne, creo —dijo Elinor—. No la llamaría una muchacha vivaz. Es muy intensa y vehemente en cuanto hace. A veces habla por los codos, siempre con animación..., pero no es frecuente verla realmente alegre.

—Creo que tiene razón —repuso Edward—, pero siempre la he considerado una muchacha vivaz.

—Me he descubierto con frecuencia cometiendo esa clase de errores con ideas falsas sobre el carácter de alguien en algún aspecto —dijo Elinor—. Imagino a las personas mucho más alegres, serias, ingeniosas o estúpidas de lo que realmente son, y no puedo decir por qué o dónde se originó el error. A veces nos guiamos por lo que las personas dicen de sí mismas y a menudo por lo que otros dicen de ellas sin tomarnos tiempo para pensar y juzgar.

—Pues yo creía —dijo Marianne— que estaba bien dejarse guiar por la opinión de otros, Elinor. Creía que tenemos juicio para subordinarlo al del prójimo. Estoy segura de que ésta ha sido siempre tu doctrina.

—No, Marianne. Mi doctrina nunca ha apuntado a la sujeción del juicio. Sólo he querido influir sobre la conducta. No debes confundir el sentido de lo que digo. Soy culpable de haber deseado que tratases en general a nuestros conocidos con mayor urbanidad. Pero ¿te he aconsejado que adoptes sus sentimientos o te comportes según su juicio en asuntos serios?

—Entonces no ha podido incorporar a su hermana a su plan general de urbanidad general —dijo Edward—. ¿No ha ganado terreno?

—Al contrario —replicó Elinor mirando expresivamente a Marianne.

—Pienso como usted —repuso él—. Pero me temo que mis actos concuerdan más con los de su hermana. Nunca deseo ofender, pero soy tan absurdamente tímido que suelo parecer descortés, cuando en realidad soy de natural torpe. He pensado con frecuencia que mi destino es preferir por mi naturaleza a la gente de baja condición, pues me siento incómodo entre personas refinadas si nos las conozco.

—Marianne no tiene timidez en la que escudarse por los desaires que puede hacer —dijo Elinor.

—Ella conoce bien su valor para ir con falso recato —replicó Edward—. La timidez es solamente el resultado de un sentimiento de inferioridad en algún aspecto. Si pudiera convencerme de que mis modales son naturales y elegantes, yo no sería tímido.

—Pero aún sería reservado, lo cual es peor —dijo Marianne.

Edward la miró fijamente.

—¿Soy reservado, Marianne?

—Sí, mucho.

—No comprendo —repuso él ruborizándose—. ¡Reservado...! ¿En qué sentido? ¿Qué debería decirle? ¿Qué supone?

Elinor pareció sorprenderse por aquella respuesta emocionada, pero trató de quitar hierro al asunto y dijo:

—¿No conoce lo suficiente a mi hermana para comprender lo que quiere decir? ¿No sabe que ella llama reservado a cualquiera que no hable tan deprisa como ella, admire lo que ella admira con el mismo éxtasis?

Edward calló. Adoptó su habitual aire grave y meditabundo, y se mantuvo durante un rato sentado, en silencio y sombrío.

Capítulo XVIII

Elinor vio con inquietud el abatimiento de su amigo. Su visita le producía una satisfacción bastante parcial, pues él mismo parecía obtener un placer imperfecto. Sin duda era infeliz. Ella habría deseado que fuera obvio que aún sentía el mismo cariño que estaba segura de haberle inspirado antaño. Sin embargo, hasta entonces parecía dudoso que aún la prefiriera y su actitud reservada contradecía en un momento lo que una mirada más alegre había sugerido un minuto antes.

Al día siguiente las acompañó a ella y a Marianne durante el desayuno antes de que las demás bajasen. Marianne, que siempre quería alentar en la medida de sus posibilidades la felicidad de ambos, los dejó a solas. Sin embargo, no había llegado a la mitad de las escaleras cuando oyó cómo se abría la puerta del salón y, volviéndose, se quedó atónita al ver que Edward salía.

—Voy al pueblo a ver mis caballos —dijo—. Como aún no estás lista para desayunar, regresaré enseguida.

Edward volvió más entusiasmado que antes por la comarca. Su paseo hasta el pueblo le había permitido admirar gran parte del valle. El pueblo, situado mucho más arriba que la casita, ofrecía una visión de conjunto sobre el lugar que le había encantado. Aquel tema captó la atención de Marianne. Había empezado a describir su propia admiración por los paisajes y a preguntarle con más minuciosidad lo que más le había impresionado, cuando Edward la interrumpió:

—No debe preguntar demasiado, Marianne. Recuerde que no sé nada de lo pintoresco. Mi ignorancia y mal gusto la ofenderán si entramos en detalles. ¡Diré que las colinas escarpadas son empinadas! Las que deberían ser irregulares y ásperas son raras y rústicas; diré que los objetos distantes no están a la vista cuando deberían ser borrosos a través del tenue cristal de la atmósfera calinosa. Debe conformarse con el tipo de admiración que puedo ofrecer honestamente. Digo que es una región muy bella: las colinas son empinadas, los bosques parecen tener mucha y excelente madera, y el valle se me antoja cómodo y acogedor, con buenas praderas y granjas por todas partes. Encaja en mi idea de una comarca campestre porque reúne belleza y utilidad... También diría que es pintoresca porque usted la admira. Incluso puedo creer que está llena de roquedales y collados, musgo gris y zarzas, pero paso por alto todo eso. No sé nada de pintoresquismo.

—Me temo que es cierto —admitió Marianne—; ¿por qué presume entonces de ello?

—Sospecho que por no caer en un tipo de afectación, Edward cae en otra —dijo Elinor—. Cree que muchas personas fingen mucha más admiración por las bellezas de la naturaleza de la que realmente sienten. Como eso le disgusta, finge más indiferencia ante el paisaje y menos discernimiento de los que en realidad posee. Es exquisito y desea tener una afectación sólo suya.

—Es cierto que el éxtasis ante los paisajes naturales es hoy una simple jerga —dijo Marianne—. Todos fingen admirarse e intentan describir con el mismo gusto y la misma elegancia que tuvo el primero al definir la belleza pintoresca. Detesto cualquier jerga. A veces me he callado mis sentimientos porque no podía dar con otro lenguaje para describirlos salvo el que ha sido gastado y manido hasta quedar falto de todo sentido y significado.

—Estoy convencido de que realmente siente el placer que dice frente a un bello paisaje —dijo Edward—. En cambio, su hermana debe permitirme sentir sólo el que declaro. Disfruto de un paisaje bello, pero no siguiendo los principios de lo pintoresco. No me gustan los árboles enanos, retorcidos y marchitos. Los admiro cuando son altos, rectos y verdes. No me gustan las cabañas ruinosas y viejas, ni las ortigas, los cardos o las breñas. Me gusta

más una acogedora casa campesina que una atalaya. Prefiero un grupo de aldeanos aseados y felices que a los mejores bandidos del mundo.

Marianne miró con sorpresa a Edward y a su hermana con piedad. Elinor solamente rio.

El tema quedó zanjado. Marianne meditó en silencio hasta que algo llamó su atención de repente. Estaba sentada junto a Edward y, cuando él tomó la taza de té que le ofrecía la señora Dashwood, su mano pasó tan cerca que ella pudo ver claramente en uno de sus dedos un anillo en cuyo centro había unos cabellos entretejidos.

—Nunca había visto ese anillo, Edward —exclamó—. ¿Es de Fanny ese cabello? Recuerdo que prometió darle algunos cabellos, pero su pelo es más oscuro si no recuerdo mal.

Marianne dijo lo que sentía sin reflexionar. Sin embargo, al ver la turbación de Edward, se sintió más molesta que él por su descortesía. Él se sonrojó y respondió mirando rápidamente a Elinor:

—Sí, es de mi hermana. Ya sabe que el engaste siempre le da un tono distinto.

La mirada de Elinor se había cruzado con la suya y pareció darse cuenta. También ella pensó que le pertenecía el cabello. La única diferencia entre las conclusiones de ambas era que Marianne creía que se trataba de un regalo voluntario de su hermana. Elinor, en cambio, creía que había sido fruto de un robo o alguna maniobra que ella desconocía. Sin embargo, no quería considerarlo una afrenta, de modo que cambió de tema fingiendo no haber notado lo sucedido, pero decidió en su fuero interno aprovechar más adelante cualquier ocasión para observar ese cabello y convencerse más allá de toda duda de que era del mismo color que el suyo.

El azoramiento de Edward se prolongó y lo condujo a una abstracción aún más profunda. Se mantuvo especialmente serio toda la mañana. Marianne se reprochaba lo que había dicho, aunque se habría perdonado más rápidamente de haber sabido lo poco que había ofendido a su hermana.

Sir John y la señora Jennings los visitaron antes de mediodía. Habían sabido de la visita de un caballero a la casita y acudieron a echarle una ojeada. Con la ayuda de su suegra, sir John enseguida descubrió que el nombre de

Ferrars comenzaba con F, lo cual abrió para el futuro una mina de bromas a costa de la enamorada Elinor que no explotaron de inmediato porque acababan de conocer a Edward. Pero, por el momento, solamente las miradas expresivas que se cruzaron advirtieron a Elinor sobre lo lejos que su perspicacia había llegado basándose en las indicaciones de Margaret.

Sir John jamás iba a casa de las Dashwood sin invitarlas a cenar al día siguiente o a merendar con ellos aquella misma tarde. En esta ocasión se sintió obligado a contribuir a distraer a su huésped, de modo que la invitación se extendió a ambos.

—*Deben* tomar el té hoy con nosotros —dijo— porque estaremos solos, y mañana deben cenar con nosotros porque seremos un grupo muy grande.

La señora Jennings dio más fuerza al argumento diciendo:

—Y habrá un baile. Eso sí la tentará, señorita Marianne.

—¡Un baile! —exclamó Marianne—. ¡Imposible! ¿Quién va a bailar?

—¡Quién! Ustedes, los Carey y los Whitaker, por supuesto. ¡Cómo! ¿Creía que nadie puede bailar porque cierta persona innombrable se ha ido?

—Desearía con todo mi corazón que Willoughby estuviera aquí de nuevo —exclamó sir John.

Aquello, unido al rubor de Marianne, despertó nuevas sospechas en Edward.

—¿Quién es Willoughby? —preguntó en voz baja a la señorita Dashwood, a cuyo lado se sentaba.

Elinor respondió con brevedad. El semblante de Marianne era más expresivo. Edward vio lo suficiente para comprender no solamente el significado de lo que decían los demás, sino también las expresiones de Marianne que antes lo habían confundido. Cuando la visita se marchó, le susurró:

—He estado conjeturando. ¿Sabe lo que creo?

—¿Qué quiere decir?

—¿Se lo digo?

—Claro.

—Pues creo que el señor Willoughby caza.

Marianne se sorprendió y se sintió confusa, pero sonrió ante aquella sutileza. Tras un breve silencio, dijo:

—¡Ay, Edward! ¿Cómo puede...? Pero algún día espero... Estoy segura de que le gustará.

—No tengo ninguna duda —repuso él, atónito ante la intensidad y el calor de sus palabras.

Si no hubiera imaginado que era una broma para divertir a sus conocidos, basada sólo en un algo o en un nada entre el señor Willoughby y ella, ni se habría atrevido a mencionarlo.

Capítulo XIX

Edward permaneció una semana en la casita. La señora Dashwood insistió en que se quedara más. Sin embargo, decidió marcharse cuando mejor estaba pasándoselo entre sus amigos, como si deseara sufrir. Su estado de ánimo había mejorado mucho en los últimos dos o tres días, aunque fuera inestable. Día tras día parecía aficionarse más a la casa y a su entorno. Nunca hablaba de irse de allí sin un suspiro. Aseguraba disponer de su tiempo e incluso dudaba de adónde iría cuando se marchase... Pero debía marcharse. Jamás una semana pasó tan rápidamente y apenas podía creer que hubiera transcurrido ya. Lo repitió y también dijo otras cosas que marcaban el rumbo de sus sentimientos y se contradecían con sus actos. No le gustaba Norland, odiaba la ciudad, pero debía ir a Norland o a Londres. Valoraba sobre todo la amabilidad de ellas y su mayor felicidad era estar allí. Aun así, debía irse a finales de aquella semana, pese a los deseos de ambas partes y a la falta de limitaciones en su tiempo.

Elinor responsabilizaba a la madre de Edward por su sorprendente modo de actuar. Era una suerte para ella que él tuviera una madre cuyo carácter conociera tan poco como para utilizarla de excusa frente a todo lo extraño que pudiera haber en su hijo. Sin embargo, pese a su decepción, su molestia y a veces su disgusto con la conducta errática del joven hacia ella, estaba bien dispuesta para dar a sus actos las mismas concesiones sinceras y calificativos generosos que le había arrancado con dificultad la señora Dashwood cuando se trataba de Willoughby. Su desaliento, su falta de franqueza y congruencia eran achacados a su dependencia y a un mejor conocimiento de las disposiciones y planes de la señora Ferrars. Su breve visita y la firmeza de su propósito de irse tenían su origen en la opresión de sus inclinaciones y en la ineludible necesidad de doblegarse a su madre. La causa era la antigua y conocida disputa entre el deber y el deseo, padres contra hijos. Elinor se habría alegrado de saber cuándo acabarían aquellas dificultades, cuándo finalizaría esa oposición…, cuándo cambiaría la señora Ferrars y dejaría libre a su hijo para ser feliz. Pero debía olvidar esos deseos y consolarse con la renovada confianza en el afecto de Edward, con el recuerdo de las muestras de interés que habían escapado de sus miradas o palabras mientras estaban en Barton y, sobre todo, con esa halagüeña prueba que él llevaba constantemente en el dedo.

—Edward, creo que sería más feliz con una profesión que ocupase su tiempo y diera interés a sus planes y actos —dijo la señora Dashwood durante el desayuno la última mañana—. No sería muy conveniente para sus amigos porque no podría dedicarles tanto tiempo. Pero —sonrió— se beneficiaría al menos en un aspecto, y es que sabría adónde ir cuando los deje.

—Le aseguro que he pensado mucho sobre esto en ese mismo sentido —repuso él—. Ha sido, es y probablemente será siempre una desgracia para mí no haber tenido una ocupación a la cual dedicarme por obligación, ninguna profesión que me emplee o me ofrezca algo próximo a la independencia. Por desgracia, mi capacidad de comportarme con amabilidad y la de mis amigos han hecho de mí un ser ocioso e indefenso. Nunca nos pusimos de acuerdo para escoger una profesión. Yo preferí y sigo prefiriendo la Iglesia. Pero eso no era lo bastante elegante para mi familia, que recomendaba una carrera militar. Eso era demasiado elegante para mí. En cuanto a las leyes, lo consideraron una profesión decorosa. Muchos jóvenes con despachos en algún colegio de letrados de Londres han sido bien acogidos en los círculos más importantes y pasean por la ciudad en calesas a la moda. Pero yo no me inclinaba por las leyes, ni siquiera en la forma menos incomprensible aprobada por mi familia. En cuanto a la Marina, su ventaja es que es de buen tono, pero ya era mayor para ingresar cuando se habló de ello. Al

final, como no había una necesidad real de que tuviera una profesión, pues podía ser igual de apuesto y costoso con una casaca roja que sin ella, decidieron que el ocio sería lo más ventajoso y honorable. Como a los dieciocho años los jóvenes no suelen ansiar tanto una ocupación como para resistirse a las invitaciones de sus amigos para no hacer nada, ingresé en Oxford. Desde entonces he estado debidamente ocioso.

—La consecuencia de ello supongo que será —dijo la señora Dashwood— que, como el ocio no lo ha hecho feliz, educará a sus hijos para que tengan tantos intereses, empleos, profesiones y tareas como Columella.

—Serán educados —respondió él gravemente— para que sean tan distintos a mí como sea posible en sentimientos, actos, condición y todo.

—Vamos, eso es sólo fruto de su desánimo, Edward. Está melancólico e imagina que quien no sea como usted debe ser feliz. Pero recuerde que en algún momento todos se apenarán de separarse de los amigos al margen de su educación o estado. Sea consciente de su felicidad. Simplemente carece de paciencia... o esperanza, si prefiere darle un nombre más atractivo. Con el tiempo su madre le garantizará esa independencia que anhela. Es su deber y pronto su felicidad será evitar que usted deje pasar la juventud estando descontento. ¡Qué no harán unos cuantos meses!

—Creo —replicó Edward— que se necesitarán muchos meses para que me suceda algo bueno.

Aquel desaliento, aunque no pudo contagiárselo a la señora Dashwood, aumentó la pena de todos por la marcha de Edward. Ésta tuvo lugar pronto y dejó una amarga sensación en especial a Elinor, que necesitó tiempo y trabajo para serenarse. No obstante, como había decidido superarlo y evitar parecer que sufría más que los demás, no recurrió a los medios tan juiciosamente empleados por Marianne en una ocasión similar cuando, para aumentar y alargar su sufrimiento, recurrió al silencio, la soledad y el ocio. Sus medios eran tan distintos como sus objetivos e igualmente adecuados para alcanzarlos.

Elinor se sentó a su mesa de dibujo en cuanto él se marchó y se mantuvo ocupada todo el día sin tratar de mencionar su nombre ni evitarlo. Pareció interesarse como siempre por las preocupaciones generales de la familia.

Si no logró disminuir su propia angustia con esa conducta, al menos evitó que aumentara innecesariamente y su madre y hermanas se libraron de muchos esfuerzos por su causa.

Aquella conducta tan contraria a la de ella le parecía a Marianne menos meritoria que criticable era la suya. El dominio sobre sí misma era imposible cuando los sentimientos eran fuertes y con las personas sosegadas carecía de mérito. No se atrevía a negar que los sentimientos de su hermana *eran* serenos, pero le avergonzaba reconocerlo. Además, tenía una prueba irrefutable sobre la fuerza de los suyos en que seguía amando y respetando a su hermana pese a aquella convicción humillante.

Sin evitar a su familia ni salir de la casa a solas para huir o pasar la noche en vela para abandonarse a sus meditaciones, Elinor descubrió que cada día le brindaba tiempo suficiente para pensar en Edward y en su conducta, de todos los modos posibles que sus distintos estados de ánimo podían producir en diferentes momentos: con ternura, piedad, aprobación, censura y duda. Había momentos en los que, no por la ausencia de su madre y hermanas, sino por la naturaleza de sus ocupaciones, toda conversación entre ellas era imposible y se imponían los efectos de la soledad. Su mente quedaba entonces libre, sus pensamientos no podían encadenarse a nada y el pasado y el futuro relacionados con un tema tan interesante se le hacían presentes, forzaban su atención y absorbían su memoria, sus reflexiones y su imaginación.

La llegada de unas visitas poco después de la partida de Edward la sacó una mañana de aquella ensoñación a la cual se había entregado estando sentada ante su mesa de dibujo. Se hallaba casualmente sola. El chirrido del portón del jardín frente a la casa al cerrarse atrajo su mirada hacia la ventana y vio un numeroso grupo de personas dirigiéndose a la puerta. Sir John, lady Middleton y la señora Jennings estaban entre ellas acompañados por un caballero y una dama que jamás había visto. Estaba sentada junto a la ventana. En cuanto sir John la vio, dejó que los demás cumplieran con la ceremonia de golpear la puerta y, cruzando por la hierba, le hizo abrir la ventana para conversar en privado, aunque el espacio entre la puerta y la ventana fuera tan pequeño que era casi imposible hablar sin ser oídos.

—Bien, le hemos traído unos desconocidos —le dijo—. ¿Le gustan?

—¡Calle! Pueden oírlo.

—No importa. Son sólo los Palmer. Puedo decirle que Charlotte es preciosa. Podrá verla si mira aquí.

Elinor estaba segura de que la vería en un par de minutos sin tomarse aquella libertad, así que le rogó que la dispensara de hacerlo.

—¿Dónde está Marianne? ¿Ha huido al vernos venir? Veo que su instrumento está abierto.

—Ha salido a caminar, creo.

La señora Jennings, que no tenía paciencia suficiente para aguardar a que le abrieran la puerta antes de que ella relatara *su* historia, se les unió. Se acercó a la ventana dando grititos.

—¿Cómo se encuentra, querida? ¿Cómo está la señora Dashwood? ¿Y dónde están sus hermanas? ¡Cómo! ¡La han dejado sola! Le agradará tener compañía. He traído a mi otro hijo e hija para que se conozcan. ¡Llegaron de repente, figúrese! Anoche me pareció oír un carruaje mientras cenábamos, pero ni se me pasó por la cabeza que pudieran ser ellos. Se me ocurrió que podía ser el coronel Brandon que volvía y le dije a sir John: «Creo que oigo un carruaje. Quizá sea el coronel Brandon que regresa...».

Elinor tuvo que volverse en la mitad de su historia para recibir a los demás visitantes. Lady Middleton presentó a los dos desconocidos mientras la señora Dashwood y Margaret bajaban las escaleras en ese momento. Todos se sentaron a mirarse entre ellos mientras la señora Jennings continuaba con su historia avanzando por el pasillo hasta el salón, acompañada por sir John.

La señora Palmer era varios años más joven que lady Middleton y del todo distinta en cada aspecto. Era bajita, regordeta, de rostro bonito y tenía la mayor expresión de buen humor imaginable. Sus modales no eran tan elegantes como los de su hermana, pero más agradables. Entró sonriendo y sonrió mientras duró la visita, excepto cuando reía, y sonreía cuando se fue. Su esposo era un joven de aire serio, de veinticinco o veintiséis años, con aspecto más urbano y sensato que su esposa, pero menos deseoso de agradar o de dejarse agradar. Entró con aire de importancia e

hizo una leve inclinación ante las damas sin decir palabra. Tras inspeccionarlas a ellas y la habitación, tomó un periódico de la mesa y no apartó la mirada de él durante toda la visita. En cambio, la señora Palmer, que por su naturaleza estaba siempre dispuesta a ser educada y feliz, prorrumpió en exclamaciones de admiración por el salón y cuanto contenía apenas se hubo sentado.

—¡Mirad! ¡Qué salón tan delicioso! ¡Jamás había visto algo tan encantador! ¡Mamá, cuánto ha mejorado desde la última vez que estuve aquí! ¡Siempre me pareció un sitio exquisito, señora, pero usted le ha dado encanto! —dijo volviéndose a la señora Dashwood—. ¡Hermana, mira qué delicia! Cuánto me gustaría tener una casa así. ¿Y a ti no, Palmer?

Éste no contestó. Ni siquiera apartó la vista del periódico.

—El señor Palmer no me escucha —rio ella —. A veces nunca lo hace. ¡Es tan divertido!

Aquella idea era totalmente nueva para la señora Dashwood. Nunca solía encontrar ingenio en la desatención de nadie, y no pudo evitar mirar con sorpresa a ambos.

Entretanto, la señora Jennings seguía hablando en voz alta y relataba la sorpresa de la noche anterior al ver a sus amigos, y no dejó de hacerlo hasta haberlo contado todo. La señora Palmer se reía con ganas al recordar el asombro producido y todos estuvieron de acuerdo dos o tres veces en que había sido algo agradable.

—Pueden imaginar qué contentos estábamos de verlos —agregó la señora Jennings, inclinándose hacia Elinor y hablándole en voz baja, como si quisiera que solamente ella la oyera pese a sentarse en extremos opuestos de la habitación—. De todas maneras, ojalá no hubieran viajado tan deprisa ni hecho un trayecto tan largo. Rodearon Londres por ciertos negocios y ya se sabe —señaló a su hija inclinando la cabeza con aire expresivo— que eso no conviene en su estado. Yo quería que se quedara en casa y descansara toda la mañana, pero quiso venir. ¡Tenía tantas ganas de conocerlas!

La señora Palmer rio y dijo que no le haría ningún daño.

—Espera el parto para febrero —continuó la señora Jennings.

La señora Middleton no pudo soportar aquella conversación, de modo que trató de preguntar al señor Palmer si aparecía alguna noticia en el periódico.

—Ninguna —repuso y continuó leyendo.

—Aquí está Marianne —exclamó sir John—. Ahora, Palmer, verás a una muchacha monstruosamente bonita.

Corrió al pasillo, abrió la puerta delantera y la acompañó él mismo. En cuanto apareció, la señora Jennings le preguntó si había estado en Allenham. La señora Palmer rio como si hubiera entendido la pregunta. El señor Palmer la miró unos instantes cuando entró en el salón y volvió a su periódico. La señora Palmer se fijó entonces en los dibujos colgados en las paredes y se levantó para observarlos.

—¡Cielos! ¡Qué bonitos! ¡Qué belleza! Mira, mamá, ¡son adorables! Son encantadores. Podría contemplarlos siempre. —Volvió a sentarse y enseguida olvidó que hubiera aquellas cosas en la habitación.

Cuando lady Middleton se levantó para irse, el señor Palmer la imitó, dejó el periódico, se estiró y los miró a todos a su alrededor.

—¿Has estado durmiendo, querido? —rio su esposa.

Él no respondió. Tras examinar de nuevo el salón, comentó únicamente que tenía el techo muy bajo y combado. A continuación inclinó la cabeza y salió con los demás.

Sir John había insistido en que pasaran el día siguiente en Barton Park. La señora Dashwood prefería cenar con ellos con menos frecuencia de lo que ellos cenaban en la casita, de modo que declinó la invitación, aunque sus hijas podían ir si lo deseaban. Sin embargo, ellas no sentían curiosidad alguna por ver cómo cenaban el señor y la señora Palmer, y la perspectiva de acompañarlos tampoco era prometedora. Trataron de excusarse diciendo que el tiempo estaba inestable y no parecía que fuera a mejorar. Pero sir John no quedó satisfecho y anunció que enviaría el carruaje a buscarlas. Aunque no presionó a la señora Dashwood, lady Middleton lo hizo con las hijas. Las señoras Jennings y Palmer se unieron a los ruegos. Todos parecían interesados en evitar una reunión familiar y las jóvenes debieron ceder.

—¿Por qué nos invitan? —dijo Marianne apenas se marcharon—. El alquiler de esta casa es bajo, pero las condiciones son atroces si tenemos que ir a cenar a Barton Park siempre que alguien se quede con ellos o con nosotras.

—Con estas invitaciones continuas tratan de ser tan atentos y amables con nosotras ahora como con las que recibimos hace unas semanas —dijo Elinor—. Ahora sus reuniones son soporíferas y anodinas, y no porque ellos hayan cambiado. Debemos buscar el cambio en otro lugar.

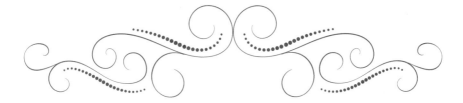

Capítulo XX

Al día siguiente, cuando las señoritas Dashwood entraban al salón de Barton Park por una puerta, la señora Palmer entró corriendo por la otra con el aire alegre y festivo de siempre. Les tomó afectuosamente las manos y manifestó un gran placer por verlas de nuevo.

—¡Cuánto me alegro de verlas! —dijo, sentándose entre Elinor y Marianne—. Temía que no vinieran con este día tan malo, lo cual habría sido terrible porque nos vamos mañana. Ya saben, tenemos que irnos porque los Weston llegan a nuestra casa la próxima semana. Nuestra visita fue algo improvisado. Yo no tenía idea de que lo haríamos casi hasta que el carruaje llegó a la puerta. El señor Palmer me preguntó entonces si iría con él a Barton. ¡Es tan divertido! ¡Jamás me cuenta nada! Siento tanto que no podamos quedarnos más, aunque espero vernos pronto de nuevo en la ciudad.

Elinor y Marianne se vieron obligadas a enfriar aquellas expectativas.

—¡Que no van a ir a la ciudad! —exclamó la señora Palmer con una sonrisa—. Me sentiré muy desilusionada si no lo hacen. Podría conseguirles una casa bonita junto a la nuestra, en Hanover Square. De todos modos tienen que ir. Pueden creerme si les digo que me encantará ser su carabina en todo momento hasta que se acerque el parto si a la señora Dashwood no le gusta ir a lugares públicos.

Le dieron las gracias, pero tuvieron que resistirse a sus ruegos.

—¡Ay, amor! —dijo la señora Palmer a su esposo, que acababa de entrar—. Debes ayudarme a convencer a las señoritas Dashwood para que este invierno vayan a la ciudad.

Su amor no contestó. Después de inclinarse ligeramente ante las damas, empezó a protestar por el tiempo.

—¡Todo esto es horrible! —dijo—. Un tiempo así hace que todo y todos sean antipáticos. El tedio invade todo con la lluvia, tanto dentro como fuera de casa. Hace que uno deteste a todos sus conocidos. ¿Qué diablos pretende sir John sin una sala de billar en esta casa? ¡Qué pocos saben lo que son las comodidades! Sir John es tan estúpido como el tiempo.

El resto de la familia apareció enseguida.

—Señorita Marianne —dijo sir John—, lamento que no haya podido dar su habitual paseo hasta Allenham.

Marianne se puso muy seria y no habló.

—Ah, no disimule con nosotros —dijo la señora Palmer—. Lo sabemos todo, se lo aseguro. Admiro mucho su gusto porque creo que es realmente apuesto. Vivimos cerca de él en el campo, ¿sabe? Yo diría que a unas diez millas.

—Mucho más, casi treinta —dijo su esposo.

—¡Ah, bueno! Apenas hay diferencia. Nunca he estado en su casa, pero dicen que es un lugar maravilloso.

—Uno de los más detestables que he visto en mi vida —dijo el señor Palmer.

Marianne se mantuvo callada, aunque su expresión traicionaba su interés por lo que decían.

—¿Es muy feo? —continuó la señora Palmer—. Entonces supongo que será otro el lugar bonito.

Cuando se sentaron a la mesa, sir John observó compungido que eran solamente ocho.

—Querida, es muy molesto que seamos tan pocos —dijo a su esposa—. ¿Por qué no invitaste a cenar a los Gilbert?

—¿No le dije, sir John, cuando lo mencionó antes, que era imposible? La última vez fueron ellos los que vinieron.

—Usted y yo, sir John —dijo la señora Jennings—, no nos andaríamos con tanta ceremonia.

—Entonces sería de muy mala educación —exclamó el señor Palmer.

—Mi amor, contradices a todos —dijo su esposa con su habitual risa—. ¿Sabes que eres bastante grosero?

—No sabía que contradijera a nadie llamando maleducada a tu madre.

—Sí, puede tratarme todo lo mal que quiera —exclamó la señora Jennings con su habitual alegría—. Me ha quitado de encima a Charlotte y no puede devolverla. Por eso ahora me fustiga.

Charlotte rio entusiasmada de pensar que su esposo no podía librarse de ella. Dijo en tono alegre que no le importaba lo irascible que fuera con ella porque debían vivir juntos de todos modos. Nadie tenía tan buen carácter ni estaba tan decidido a ser feliz como la señora Palmer. No la alteraban la estudiada apatía, el descaro y la contrariedad de su esposo. Si él se irritaba con ella o la trataba mal, ella parecía divertirse mucho.

—¡El señor Palmer es muy gracioso! —le susurró a Elinor—. Siempre está de mal genio.

Tras observarlo un instante, Elinor no estaba tan inclinada a considerarlo tan genuina y naturalmente de mal genio y grosero como deseaba aparentar. Quizá su carácter se hubiera agriado un poco al descubrir, como muchos hombres, que se había casado con una mujer necia debido a un inexplicable prejuicio a favor de la belleza. Sin embargo, ella sabía que esta clase de error era demasiado común como para que un hombre sensato lo lamentara mucho tiempo. Ella creía que era más bien un deseo de destacar lo que lo inducía a mostrarse indiferente con todos y su generalizado desdén por cuanto tenía delante. Deseaba parecer superior a los demás. El motivo era muy habitual para que la sorprendiera. Pero, a pesar del éxito de los medios para dejar clara su superioridad en mala educación, no parecían adecuados para ganarle el aprecio de nadie salvo el de su esposa.

—¡Ay! Querida señorita Dashwood, tengo que pedirles a usted y a su hermana un favor enorme —dijo poco después la señora Palmer—. ¿Irían a Cleveland a pasar parte de estas Navidades? Les ruego que acepten y vayan mientras los Weston estén con nosotros. ¡No imaginan lo feliz que me harían! Amor —dijo a su marido—, ¿no te encantaría recibir a las señoritas Dashwood en Cleveland?

—Por supuesto, he venido a Devonshire sólo por eso —dijo él con desdén.

—Ya ven que el señor Palmer las espera —dijo ella—. No pueden negarse.

Elinor y Marianne declinaron clara y decididamente la invitación.

—Ah, no, deben ir y lo harán. Estoy segura de que les encantará. Los Weston estarán con nosotros y será muy agradable. Ni se imaginan qué lugar tan encantador es Cleveland. Ahora lo pasamos muy bien porque el señor Palmer está recorriendo la región por la campaña electoral. Cenamos con muchas personas a las que no había visto antes, lo cual es realmente encantador. ¡Pobre! Es agotador para él porque tiene que mostrarse agradable con todos.

Elinor apenas pudo mantenerse seria mientras coincidía en la dificultad de semejante empresa.

—¡Será maravilloso cuando esté en el Parlamento! —dijo Charlotte—. ¿Verdad? ¡Lo que me voy a reír! Será cómico ver las cartas dirigidas a él con las iniciales M. P. Pero dice que jamás enviará mis cartas con el franqueo que le corresponde como diputado. Ha dicho que no lo hará, ¿verdad, señor Palmer?

El señor Palmer no le prestó ninguna atención.

—No soporta escribir. Dice que es horrible —continuó ella.

—Nunca he dicho algo tan irracional —dijo él—. No me atribuyas a mí los agravios que le haces tú al lenguaje.

—¡Qué divertido es! ¡Siempre igual! A veces no me habla durante la mitad del día y de pronto me sale con algo así de gracioso..., por cualquier cosa que se le ocurra.

Al volver al salón, la señora Palmer sorprendió a Elinor preguntándole si no le gustaba mucho su esposo.

—Claro, parece muy ameno —repuso Elinor.

—Bueno... Me alegra mucho que así sea. Supuse que le gustaría porque es tan agradable. Puedo asegurarle que usted y sus hermanas le encantan al señor Palmer. Ni se imaginan cuánto lo desilusionará que no vengan a Cleveland. No entiendo por qué se niegan.

Elinor se vio obligada una vez más a declinar la invitación y puso fin a sus ruegos cambiando de tema. Pensaba en la probabilidad de que, viviendo en la misma región, la señora Palmer les diera más pormenores sobre Willoughby que los deducibles del escaso conocimiento que de él tenían los Middleton. Deseaba que cualquiera confirmara los méritos del joven para eliminar todo posible temor por Marianne. Así pues, le preguntó si veía mucho al señor Willoughby en Cleveland y si se relacionaban íntimamente con él.

—¡Ah, sí, querida, lo conozco muy bien! —dijo la señora Palmer—. No es que hayamos hablado, claro que no, pero siempre lo veo en la ciudad. Por una u otra causa, nunca me he quedado en Barton al mismo tiempo que él en Allenham. Mamá lo vio aquí una vez, pero yo estaba en Weymouth con mi tío. Pero puedo decir que nos habríamos visto muchas veces en Somersetshire si no fuera porque nunca hemos coincidido en el tiempo. Pasa poco por Combe, según creo. Pero si lo hiciese, dudo que el señor Palmer lo visitara porque el señor Willoughby está en la oposición, como ya sabe, y además está lejos. Sé por qué lo pregunta. Su hermana va a casarse con él. Me alegra mucho porque así seremos vecinas.

—Le aseguro que sabe más usted que yo de ese asunto si es que hay motivos para esperar ese enlace —dijo Elinor.

—No lo niegue porque sabe que todos lo comentan. Le aseguro que lo oí al pasar por la ciudad.

—¡Mi querida señora Palmer!

—A fe mía que sí... El lunes por la mañana vi al coronel Brandon en Bond Street, justo antes de salir de la ciudad, y me lo contó en persona.

—Me sorprende. ¡Se lo contó el coronel Brandon! Seguramente debe equivocarse. Dar esa información a quien no podía interesarle, aunque fuera cierta, no es algo que podría esperarse del coronel Brandon.

—Pues fue como he dicho y le contaré cómo. Cuando lo vimos, se volvió y nos acompañó un trecho. Hablamos de mi cuñado y de mi hermana, de esto y aquello, y yo le dije: «Coronel, he oído que hay una nueva familia en la casita de Barton. Mamá me ha contado que son guapísimas y que una de ellas va a casarse con el señor Willoughby, de Combe Magna. ¿Es verdad? Usted ha estado en Devonshire hace poco y debe saberlo».

—¿Y qué respondió?

—Oh, poco... Pero parecía saber que era verdad y así lo tomé yo a partir de ese momento. ¡Será maravilloso! ¿Cuándo ocurrirá?

—Espero que el señor Brandon se encontrara bien.

—Ah, muy bien y lleno de elogios hacia usted. No dijo más que cosas buenas de usted.

—Me halagan sus elogios. Parece un gran hombre y lo considero muy agradable.

—Y yo... Es encantador, pero es una pena que sea tan serio y aburrido. Mamá dice que también estaba prendado de su hermana. Créame que sería un cumplido en ese caso porque casi nunca se enamora de nadie.

—¿Es muy conocido el señor Willoughby en Somersetshire? —dijo Elinor.

—¡Oh, sí, mucho! Aunque dudo que trate a mucha gente porque Combe Magna está lejos. Pero todos lo consideran muy agradable. Nadie es tan apreciado como el señor Willoughby allí donde vaya. Puede contárselo a su hermana. Qué suerte la suya haberlo conquistado, palabra de honor. No es que la suerte de él sea menor porque su hermana es guapa y encantadora, así que nada puede ser bastante bueno para ella. Sin embargo, no creo que sea más guapa que usted, de veras. Creo que las dos son muy guapas y estoy segura de que el señor Palmer también lo piensa, aunque anoche no logramos que lo reconociera.

La información de la señora Palmer sobre Willoughby no era gran cosa. Sin embargo, todo testimonio favorable a él agradaba a Elinor por pequeño que fuera.

—Me alegra tanto que por fin nos conozcamos —continuó Charlotte—. Espero que seamos buenas amigas. ¡Ni se imagina cuánto deseaba conocerla! ¡Es maravilloso que vivan en la casita! ¡No hay nada igual, créame! ¡Y me alegra que su hermana vaya a casarse tan bien! Espero que pase mucho tiempo en Combe Magna. Se mire como se mire, es un lugar encantador.

—Hace mucho que conocen al coronel Brandon, ¿verdad?

—Sí, desde que mi hermana se casó. Era amigo de sir John. Creo que le habría gustado tenerme como esposa si hubiera podido —susurró—. Sir John y lady Middleton también lo deseaban. Pero mamá no creyó que

esa unión fuera lo bastante buena para mí o sir John habría hablado con el coronel y nos habríamos casado enseguida.

—¿Ignoraba el coronel Brandon la proposición de sir John a su madre antes de que la hiciese? ¿Le había mostrado alguna vez a usted su cariño?

—¡Oh, no! Pero mamá no se habría opuesto. Yo diría que nada le habría gustado más a él. Por esa época sólo me había visto dos veces porque fue antes de que yo terminara el colegio. Pero soy feliz como estoy. El señor Palmer es justo la clase de hombre que me gusta.

Capítulo XXI

Los Palmer regresaron a Cleveland al día siguiente y en Barton quedaron solamente las dos familias para invitarse mutuamente. Pero eso duró poco. Elinor no lograba olvidar a sus últimos visitantes. No salía de su asombro de ver a Charlotte tan feliz sin motivo, al señor Palmer actuar de un modo tan simple tratándose de alguien tan capaz y de la extraña discordancia que solía producirse entre ambos. Entonces el celo de sir John y la señora Jennings a favor de la vida social le brindaron un nuevo grupo de conocidos a quienes ver y observar.

Durante una excursión matutina a Exeter se habían encontrado a dos muchachas jóvenes que, según descubrió felizmente la señora Jennings, resultaron ser sus parientes. Aquello bastó para que sir John las invitara inmediatamente a ir a Barton Park en cuanto hubieran finalizado sus compromisos en Exeter, pero éstos fueron cancelados ante la invitación. Cuando sir John volvió a casa alarmó muchísimo a lady Middleton al decirle que iba a ser visitado por dos muchachas a quienes jamás había visto y sin pruebas de su elegancia e incluso trato aceptable, pues las garantías que su esposo y su madre pudieran ofrecerle al respecto de nada le servían. El hecho de que fueran parientes lo empeoraba todo. Tampoco tuvieron mucho éxito los intentos de la señora Jennings de consolar a su hija diciéndole que no se preocupara de si eran distinguidas, pues eran primas y debían tolerarlas.

Como ya era imposible evitar su llegada, lady Middleton se resignó con la filosofía de una mujer bien educada que se contenta con reprender amablemente al marido cinco o seis veces al día sobre el mismo tema.

Llegaron las jóvenes, cuyo aspecto no resultó ser en absoluto vulgar o sin estilo. Su ropa era elegante y sus modales corteses. Estuvieron encantadas con la casa y se deleitaron con los muebles. Como les gustaban los niños, en menos de una hora ya contaban con la aprobación de lady Middleton. Afirmó que sin duda eran unas muchachas agradables, lo cual en ella era una entusiasta admiración. Ante esos elogios, la confianza de sir John en su propio criterio aumentó y corrió a informar a las señoritas Dashwood sobre la llegada de las señoritas Steele, asegurándoles que eran las muchachas más dulces del mundo. Sin embargo, poco podía inferirse de recomendaciones como aquélla. Elinor sabía que podía hallarse en toda Inglaterra a las chicas más dulces del mundo con todo tipo posible de aspectos, rostros, caracteres e inteligencias. Sir John quería que toda la familia fuera a Barton Park para conocer cuanto antes a sus invitadas. ¡Qué benévolo y filántropo! Compartía incluso una prima tercera.

—Vengan ahora mismo, se lo ruego —dijo—. Deben venir y no aceptaré un no por respuesta. Ustedes vendrán. Ni se imaginan cuánto les gustarán. ¡Lucy es guapa, alegre y de buen carácter! Los niños la quieren ya como si la conocieran de siempre. Y las dos se mueren de ganas de verlas porque oyeron en Exeter que son las criaturas más guapas. Les he dicho que es verdad y mucho más. Estoy convencido de que les encantarán. Han traído el carruaje lleno de juguetes para los niños. ¡Cómo pueden ser tan hoscas y pensar en no venir! También son primas suyas, ¿a que sí? Porque *ustedes* son primas mías y ellas lo son de mi esposa, así que están emparentadas.

Pero sir John no logró su objetivo y tan sólo pudo arrancarles la promesa de que irían a Barton Park en uno o dos días. Se marchó asombrado ante su indiferencia para volver a su casa y presumir allí de las cualidades de las Dashwood ante las señoritas Steele, al igual que había presumido de las señoritas Steele ante las Dashwood.

Cuando cumplieron su promesa de visitar Barton Park y les presentaron a las invitadas, no vieron nada admirable en el aspecto de la mayor,

que rondaba los treinta años y tenía un rostro poco agraciado y bobalicón. Por el contrario, la pequeña, que no contaría más de veintidós o veintitrés años, derrochaba belleza. Sus facciones eran bonitas y su mirada, aguda y sagaz. Su aspecto era garboso, lo cual la distinguía aunque no le diera verdadera elegancia. Los modales de ambas eran exquisitos. Elinor no tardó en reconocer cierto buen juicio en ellas al ver las constantes y oportunas atenciones con las que se ganaban a lady Middleton. Se mostraban siempre encantadas con los niños, elogiaban su belleza, llamaban su atención y consentían todos sus caprichos. El poco tiempo que podían quitarle a las inoportunas demandas causadas por su amabilidad, lo dedicaban a admirar lo que estuviera haciendo lady Middleton, si es que hacía algo, o a copiar el patrón de un elegante vestido nuevo que las había encantado cuando lo vieron la víspera. Por suerte para quienes tratan de adular tocando esos puntos débiles, una madre cariñosa, aunque sea el ser humano más voraz cuando va en busca de alabanzas para sus hijos, es también el más crédulo. Sus exigencias son inconmensurables, pero se traga lo que sea. Lady Middleton aceptaba por ello sin sorprenderse o desconfiar las exageradas muestras de afecto y paciencia de las señoritas Steele hacia sus hijos. Veía con maternal satisfacción las injusticias y molestas travesuras que soportaban sus primas. Veía cómo les desataban las cintas, les tiraban del pelo que llevaban suelto en torno a las orejas, hurgaban en sus costureros y sacaban sus cortaplumas y tijeras sin que dudara de que el placer era mutuo. Parecía que únicamente le sorprendía que Elinor y Marianne estuvieran sentadas guardando la compostura sin pedir participar.

—John está tan animado hoy —decía al ver cómo le quitaba el pañuelo a la señorita Steele y lo tiraba por la ventana—. No deja de hacer trastadas.

Después, cuando el segundo de sus hijos pellizcó con fuerza un dedo a la misma señorita, comentó cariñosamente:

—¡Qué juguetón es William! ¡Y aquí está mi dulce Annamaria! —dijo acariciando tiernamente a una niña de tres años que no había hecho ningún ruido en los últimos dos minutos—. Es tan dulce y tranquila... ¡Jamás ha habido una niña más tranquila!

Por desgracia, cuando la abrazó, un alfiler del peinado de la madre arañó ligeramente el cuello de la niña, lo cual provocó en aquel modelo de gentileza unos chillidos tan violentos que a duras penas podría haber superado ninguna criatura abiertamente ruidosa. La consternación de su madre fue grande, aunque no mayor que la alarma de las señoritas Steele. Entre las tres hicieron cuanto debían para aliviar el sufrimiento de la pequeña doliente en semejante emergencia. La sentaron en el regazo de su madre y la besaron. Una de las señoritas Steele se arrodilló para atenderla y le limpió la herida con agua de lavanda. La otra le dio ciruelas pasas. Con aquellas recompensas por sus lágrimas, la niña fue lo bastante taimada como para seguir llorando, gritando, sollozando a pleno pulmón y dando patadas a sus dos hermanos cuando intentaron tocarla. Nada de lo que hacían para calmarla dio resultado. Finalmente lady Middleton recordó que en una situación parecida la semana anterior le habían untado un poco de confitura de albaricoque en una sien magullada. Se propuso el mismo remedio para el rasguño y la breve interrupción de los gritos de la niña les hizo abrigar esperanzas de que no sería rechazado. Se la llevaron del salón en brazos de su madre en busca de esta medicina. Los dos chicos quisieron seguirlas, pese a lo mucho que su madre les rogó que se quedaran. Así pues, las cuatro jóvenes se quedaron a solas en una calma que el salón no había conocido en varias horas.

—¡Pobres niños! —dijo la señorita Steele en cuanto salieron—. Pudo haber sido un terrible accidente.

—Pues no puedo imaginar cómo —exclamó Marianne—, excepto si hubiera pasado en circunstancias distintas. Pero de esta manera es como se aumenta la alarma, cuando en realidad no hay de qué alarmarse.

—¡Qué dulce es lady Middleton! —dijo Lucy Steele.

Marianne calló. No podía decir lo que no sentía, por trivial que fuera la ocasión. Por lo tanto, siempre recaía sobre Elinor toda la tarea de mentir cuando la cortesía lo exigía. Hizo cuanto pudo por hablar de lady Middleton con más entusiasmo del que sentía, aunque fue mucho menor que el de la señorita Lucy.

—Y también sir John —exclamó la hermana mayor—. ¡Qué hombre tan encantador!

La buena opinión de la señorita Dashwood sobre él era sencilla y justa, de modo que la expresó sin alharacas. Simplemente observó que tenía muy buen carácter y era amistoso.

—¡Y qué familia tan adorable tienen! Jamás había visto unos niños tan estupendos. Créanme que ya los adoro, me encantan los niños.

—Lo habría imaginado —dijo Elinor sonriendo— después de lo que he visto esta mañana.

—Me parece —dijo Lucy— que usted cree que los pequeños Middleton están consentidos. Quizá estén cerca de serlo, pero es tan natural en lady Middleton. Yo adoro ver niños llenos de vida y energía. No los soporto si son dóciles y tranquilos.

—Confieso —replicó Elinor— que cuando estoy en Barton Park nunca pienso con horror en niños dóciles y tranquilos.

Se produjo una pausa, rota por la señorita Steele, que parecía muy aficionada a la conversación y dijo de pronto:

—¿Le gusta Devonshire, señorita Dashwood? Supongo que lamentó mucho dejar Sussex.

Sorprendida por la familiaridad de la pregunta o por lo menos por cómo había sido formulada, Elinor respondió que le había costado.

—Norland es un sitio realmente bello, ¿no? —añadió la señorita Steele.

—Hemos oído que sir John lo admira muchísimo —dijo Lucy, que parecía creer necesaria una excusa por la libertad que se había tomado su hermana.

—Creo que todos los que han estado allí *deben* admirarlo—respondió Elinor—, aunque supongo que nadie aprecia su belleza como nosotras.

—¿Y tenían muchos admiradores distinguidos allí? Me figuro que por aquí no tienen tantos. Por mi parte, pienso que son una buena aportación siempre.

—¿Por qué crees que en Devonshire no hay tantos jóvenes guapos como en Sussex? —preguntó Lucy con aspecto de sentirse avergonzada de su hermana.

—Querida, no pretendo decir que no los hay. Seguro que hay muchos galanes muy distinguidos en Exeter. Pero ¿cómo crees que podría saber si los hay en Norland? Yo sólo temía que las señoritas Dashwood se aburrieran en Barton si no encuentran tantos como los que suelen tener. Quizá a ustedes, las jóvenes, no les importen los pretendientes y estén cómodas con o sin ellos. Yo pienso que son muy agradables si se visten con elegancia y se portan educadamente. Lo que no soporto es verlos si son desaseados o antipáticos. Por ejemplo, el señor Rose, de Exeter, es un joven de lo más elegante y apuesto que trabaja para el señor Simpson, como saben. Ahora bien, si lo vieran por la mañana, no podrían ni mirarlo. Supongo, señorita Dashwood, que su hermano era tan galán como rico antes de casarse.

—Le aseguro —repuso Elinor— que no sabría decírselo porque no entiendo bien la palabra. Pero puedo decirle que si fue un galán antes de casarse, aún lo sigue siendo porque no ha cambiado en nada.

—¡Ay, caramba! Una nunca piensa en los hombres casados como galanes... Tienen otras cosas que hacer.

—¡Por Dios, Anne! —exclamó su hermana—. Sólo hablas de galanes. Vas a conseguir que la señorita Dashwood crea que sólo piensas en eso.

Cambió entonces de tema expresando su admiración por la casa y el mobiliario.

Aquella muestra de las señoritas Steele bastó. Las vulgares libertades que se tomaba la mayor y sus torpezas no eran una recomendación favorable. Por otra parte, como la belleza y el aspecto sagaz de la menor no habían ocultado su carencia de elegancia y naturalidad reales, Elinor se marchó sin deseo de conocerlas más.

Las señoritas Steele no pensaron en cambio lo mismo. Venían de Exeter llenas de admiración por sir John, su familia y todos sus parientes. Así pues, nada de las hermosas primas del dueño de casa les pareció mal. Afirmaron que eran las muchachas más bellas, elegantes, completas y perfectas que habían visto, y estaban deseando conocerlas mejor. Por tanto, Elinor descubrió enseguida que su inevitable destino era también ése, el de conocerlas mejor. Como sir John estaba de parte de las señoritas Steele, no podían oponerse y tendrían que soportar esa clase de intimidad que consiste en sentarse todos en una misma estancia durante una o dos horas casi a diario. Era cuanto podía hacer sir John sin saber que era necesario algo más.

Creía que estar juntos era disfrutar de intimidad y, mientras sus incesantes planes para reunirse todos prosperasen, no dudaba de que fueran verdaderos amigos.

Hizo cuanto estaba en su mano para fomentar una relación abierta entre ellas. Con ese fin compartió con las señoritas Steele cuanto sabía o suponía sobre la situación de sus primas en los aspectos más delicados. De este modo, Elinor no había visto más que un par de veces a la mayor cuando ésta la felicitó por la suerte de su hermana por conquistar a un galán muy distinguido tras su llegada a Barton.

—Sin duda es una maravilla haberla casado tan joven —dijo—. Me han contado que es un gran galán y de lo más apuesto. Espero que también usted tenga pronto su buena suerte..., aunque quizá ya tenga a alguien por ahí.

Elinor no podía creer que sir John fuera más discreto con ella de lo que había sido con respecto a Marianne y no proclamara sus sospechas sobre su cariño por Edward. De hecho, de ambas situaciones, la suya era su favorita para las bromas porque era más reciente y daba más pie a conjeturas. Desde la visita de Edward no habían cenado juntos ni una vez sin que él brindara a la salud de las personas queridas de ella. Lo hacía con una voz tan cargada de indirectas, con tantas cabezadas y guiños que ponía sobre aviso a todos los convidados. Siempre mencionaba la letra F, y con ella se habían hecho tantos chistes que hacía tiempo que habían establecido la idea de que era la letra más ingeniosa del alfabeto en combinación con Elinor.

Tal y como había imaginado que ocurriría, aquellas bromas se dirigían a las señoritas Steele, de modo que despertaron una gran curiosidad en la mayor por saber el nombre del caballero al que aludían. Era una curiosidad a menudo expresada con impertinencia, pero era coherente con sus continuas indagaciones sobre los asuntos de la familia Dashwood. Sin embargo, sir John no jugó mucho tiempo con el interés que había atraído, pues le producía tanto placer decir el nombre como a la señorita Steele escucharlo.

—Su nombre es Ferrars, pero le ruego que no lo diga, pues es un gran secreto —murmuró audiblemente.

—¡Ferrars! —repitió la señorita Steele—. El señor Ferrars es un hombre feliz, ¿verdad? ¡Vaya! ¿Es hermano de su cuñada, señorita Dashwood? Un joven muy agradable sin duda. Lo conozco bien.

—¿Cómo puedes decir eso, Anne? —exclamó Lucy, que solía corregir a su hermana—. Lo hemos visto una o dos veces en casa de mi tío, pero pretender que lo conocemos bien es excesivo.

Elinor escuchó aquello atenta y sorprendida. «¿Quién era ese tío? ¿Dónde vivía? ¿Cómo se conocieron?» Se moría de ganas de que continuaran con el tema, pero prefirió no intervenir en la conversación. Sin embargo, nada más se dijo al respecto y, por primera vez en su vida, pensó que la señora Jennings carecía de curiosidad o deseo de mostrar interés tras una información tan magra. La forma en que la señorita Steele había hablado de Edward le picó la curiosidad. Sintió que hablaba con cierta malicia y sembraba el temor de que ella sabía, o creía saber, algo en desdoro del joven. Sin embargo, su curiosidad fue en vano. La señorita Steele no prestó más atención al nombre del señor Ferrars cuando sir John aludía a él o lo mencionaba abiertamente.

Capítulo XXII

Marianne, que nunca había tolerado demasiado bien la impertinencia, la vulgaridad, la inferioridad de genio e incluso las diferencias de gusto respecto de los suyos, en esta ocasión y dado su estado de ánimo se mostró reacia a encontrar agradables a las señoritas Steele o alentar sus insinuaciones. Elinor atribuía esta invariable frialdad de su conducta, que reprimía cualquier intento de establecer una relación de intimidad, a la preferencia por ella que fue obvia en el trato de ambas hermanas, especialmente de Lucy, que no perdía oportunidad de trabar conversación o de intentar un mayor acercamiento expresando sus sentimientos con facilidad y franqueza.

Lucy era de natural inteligente. Sus observaciones solían ser justas y divertidas. Elinor encontraba agradable su compañía durante media hora. Pero sus capacidades innatas no se habían perfeccionado por medio de la educación. Era ignorante e inculta. La señorita Dashwood no podía hacer caso omiso de su falta de refinamiento intelectual y de información sobre los asuntos más corrientes a pesar de los esfuerzos que hacía la joven por parecer superior. Elinor percibía el descuido de capacidades que la educación habría hecho respetables y la compadecía. No obstante, veía con menos simpatía la falta de delicadeza, rectitud e integridad de espíritu que revelaban sus atenciones y obsequiosos y constantes elogios en Barton Park. No le satisfacía la compañía de una persona ignorante e hipócrita, cuya falta de instrucción no daba pie a una conversación entre iguales, y cuya conducta hacia los demás dejaba sin valor toda muestra de atención o interés hacia ella.

—Pensará que mi pregunta es rara, me temo —le dijo Lucy un día mientras caminaban desde Barton Park hasta la casita—. ¿Conoce personalmente a la madre de su cuñada, la señora Ferrars?

Elinor creyó que la pregunta era bastante rara y su semblante lo puso de manifiesto al responder que jamás había visto a la señora Ferrars.

—¡Caramba! —replicó Lucy—. Qué curioso, pensaba que la habría visto alguna vez en Norland. A lo mejor no puede decirme entonces qué clase de mujer es.

—No —respondió Elinor, teniendo la precaución de no dar su verdadera opinión sobre la madre de Edward y sin ganas de satisfacer lo que parecía una curiosidad impertinente—, no sé nada de ella.

—Seguramente pensará que soy rara por preguntar así por ella —Lucy observó con atención a Elinor mientras hablaba—, pero quizá haya motivos... Ay, ojalá me atreviese, pero, aun con todo, confío en que no crea que deseo ser una impertinente.

Elinor respondió con amabilidad y caminaron unos minutos más en silencio. Lucy lo rompió retomando el tema con cierta vacilación.

—No puedo soportar que me crea una curiosa impertinente. Lo cierto es que daría lo que fuera por no parecérselo a alguien como usted, cuya opinión tanto me es tan cara. Además, no dudaría ni lo más mínimo en confiar en *usted*. La verdad es que valoraría mucho su consejo en una situación tan incómoda como en la que me veo envuelta. Sin embargo, no deseo preocuparla. Lamento que no conozca a la señora Ferrars.

—Yo también lamentaría no conocerla —dijo Elinor con asombro— si le hubiera sido útil a *usted* mi opinión sobre ella. Pero jamás pensé que tuviera usted relación con esa familia, así que reconozco que me sorprende que pregunte sobre el carácter de la señora Ferrars.

—Supongo que le sorprende, pero a mí no. Claro que si le explicase, no se sorprendería. La señora Ferrars no es para mí ahora mismo... Pero quizá llegue el momento..., lo pronto que llegue depende de ella..., cuando nuestra relación sea más íntima.

Bajó los ojos al decir aquello con aire pudoroso y una mirada de soslayo a su acompañante para observar el efecto sobre ella.

—¡Cielos! —exclamó Elinor—. ¿Qué quiere decir? ¿Conoce al señor Robert Ferrars? ¿Lo conoce? —No se sintió a gusto con la idea de semejante cuñada.

—No al señor *Robert* Ferrars... —repuso Lucy—. Nunca lo he visto —añadió mirando a Elinor—, pero sí a su hermano mayor.

¿Qué sintió Elinor en ese momento? Asombro, y habría sido tan doloroso como agudo era si no lo hubiera acompañado la duda sobre la aseveración que lo originaba. Se volvió hacia Lucy con sorpresa, callada, incapaz de adivinar el motivo o la finalidad de aquella afirmación. Aunque hubiera cambiado su expresión, mantuvo firme su incredulidad sin sentir el peligro de un ataque de histeria o un desmayo.

—Es natural su sorpresa, pues no podría haberlo sabido antes —continuó Lucy—. Me atrevo a decir que él nunca dio ninguna señal a usted o a su familia, pues se suponía que era un secreto. Le aseguro que yo no he contado nada hasta ahora. Nadie de mi familia lo sabe, excepto Anne, y nunca se lo habría mencionado a usted si no confiara en su discreción. Pienso que mi conducta al preguntar tanto sobre la señora Ferrars debe haber resultado tan inoportuna que merece una explicación. Dudo que el señor Ferrars se disguste cuando sepa que me he confiado a usted, pues sé que tiene en muy alta estima a toda su familia y a usted y a su hermana las considera como si fueran sus propias hermanas.— Y calló.

Elinor no dijo nada durante unos instantes. Su asombro ante lo oído fue al principio demasiado grande para expresarlo. Sin embargo, al cabo de un rato se obligó a hablar con mesura y dijo en un tono tranquilo que ocultaba bastante bien su sorpresa y preocupación:

—¿Puedo preguntarle cuánto tiempo llevan comprometidos?

—Desde hace cuatro años.

—¡Cuatro años!

—Sí.

Elinor, a pesar de que aquello la sacudió, seguía sin creerlo.

—Ni siquiera sabía que se conocieran —dijo— hasta el otro día.

—Pues nos conocemos desde hace muchos años. Él estuvo bajo la tutela de mi tío durante bastante tiempo.

—¡Su tío!

—Sí, el señor Pratt. ¿Nunca le oyó hablar de él?

—Creo que sí —respondió Elinor haciendo un esfuerzo anímico cuya intensidad aumentaba junto con su emoción.

—Pasó cuatro años con mi tío, que vive en Longstaple, cerca de Plymouth. Allí es donde nos conocimos porque mi hermana y yo nos quedábamos a menudo con mi tío. Fue también allí donde nos comprometimos un año después de que él dejara de ser su pupilo, porque estaba casi siempre con nosotros. Yo no quería iniciar esa relación, como ya imaginará usted, sin que su madre lo supiera y aprobase. Sin embargo, era joven y lo amaba demasiado para actuar con prudencia... Aunque no lo conozca tan bien como yo, señorita Dashwood, lo habrá visto lo suficiente para darse cuenta de que es muy capaz de despertar un afecto sincero en una mujer.

—Por supuesto —respondió Elinor sin saber qué decía. Tras una breve reflexión añadió con renovada seguridad en el honor y amor de Edward, y en la falsedad de su acompañante—: ¡Comprometida con el señor Ferrars! Confieso que estoy sorprendida con lo que dice, que naturalmente... Perdóneme, pero seguro que hay algún error sobre la persona o el nombre. No podemos hablar del mismo señor Ferrars.

—No podemos hablar de otro —exclamó Lucy con una sonrisa—. Me refiero al señor Edward Ferrars, el hijo mayor de la señora Ferrars de Park Street, hermano de su cuñada, la señora de John Dashwood. Debe reconocer que es muy improbable que me equivoque sobre el nombre del hombre de quien depende toda mi felicidad.

—Es extraño —replicó Elinor con dolorosa perplejidad— que nunca haya escuchado siquiera su nombre.

—No. Teniendo en cuenta nuestra situación, no es extraño. Nuestro principal cuidado ha sido guardar el secreto... Usted no sabía nada de mí o de mi familia y por eso no podía mencionar mi nombre en ningún *momento*. Como él siempre temía que su hermana sospechara algo, *eso* era motivo suficiente para no mencionarlo.

Calló y la seguridad de Elinor naufragó, aunque su autodominio no se fue a pique con ella.

—Comprometidos desde hace cuatro años —dijo con voz firme.

—Sí, y sólo Dios sabe cuánto más deberemos esperar. ¡Pobre Edward! Está descorazonado. —Y añadió sacando una miniatura del bolsillo—: Para evitar cualquier posibilidad de error le ruego que mire esta cara. No le hace justicia, pero creo que no puede equivocarse sobre la persona del dibujo. Lo he llevado encima los últimos tres años.

Al decir esto, puso la miniatura en manos de Elinor. Si ella hubiera podido seguir aferrándose a cualquier duda por temor a una decisión precipitada o a su deseo de detectar una falsedad, al ver la pintura no le quedó ninguna de que era el rostro de Edward. Devolvió la miniatura casi de inmediato tras reconocer el parecido.

—Nunca he podido darle un retrato mío —continuó Lucy—, ¡lo cual me molesta porque siempre ha querido uno! Pero me haré con uno en cuanto pueda.

—Tiene toda la razón —respondió Elinor con calma.

Avanzaron unos pasos sin hablar hasta que Lucy dijo:

—Estoy segura —dijo— de que nos guardará fielmente este secreto. Se figurará lo importante que es para nosotros que su madre no se entere, pues debo decir que ella nunca lo aprobaría. Yo no recibiré fortuna alguna e imagino que es una mujer muy orgullosa.

—En ningún momento he tratado de ser su confidente —dijo Elinor—, pero usted no me hace sino justicia al imaginar que soy una persona fiable. Su secreto estará a salvo conmigo, pero perdone si me sorprende una confidencia tan innecesaria. Al menos debe haber sentido que al contarme ese secreto a mí no estaba más protegido.

Al decir esto, miró fijamente a Lucy, esperando descubrir algo en su rostro, quizá la falsedad de la mayoría de lo dicho. Sin embargo, el semblante de Lucy no se inmutó.

—Temía que creyera que me estaba tomando grandes libertades con usted al contarle esto —dijo—. Es cierto que la conozco hace poco, al menos en persona. Sin embargo, he oído hablar de usted y de toda su familia durante mucho tiempo. En cuanto la vi, casi sentí que era una vieja amiga. Además, en este caso pensé realmente que le debía una explicación tras preguntarle con tanta insistencia sobre la madre de Edward. Desgraciadamente no tengo a quien pedir consejo. Anne es la única persona que lo sabe todo, pero carece de criterio. Para ser sincera, es peor el remedio que la enfermedad porque vivo temiendo siempre que se vaya de la lengua. No sabe tener la boca cerrada, como habrá visto. Creo que nunca he sentido tanto miedo de que soltara todo como el otro día, cuando sir John mencionó el nombre de Edward. Ni se imagina el calvario que paso con esto. Me sorprende seguir viva con lo que he sufrido por Edward durante estos cuatro años. Tanta intriga e incertidumbre, verlo tan poco... Apenas podemos vernos más de dos veces al año. No sé cómo no tengo el corazón partido.

Entonces sacó un pañuelo, pero Elinor no se sentía demasiado compasiva.

—En ocasiones —continuó Lucy tras enjugarse las lágrimas—, pienso que quizá sería mejor terminar con todo —dijo, mirando a Elinor— y otras no tengo suficiente fuerza de voluntad. No soporto la idea de hacerlo tan desdichado, como sé que ocurriría si menciono algo así. Por mi parte..., con el afecto que le tengo... no me veo capaz. ¿Qué me aconsejaría hacer en este caso, señorita Dashwood? ¿Qué haría usted?

—Discúlpeme, pero no puedo aconsejarle en estas circunstancias —repuso Elinor, sobresaltada por la pregunta—. Debe dejarse llevar por su propio criterio.

—Seguro que tarde o temprano su madre le dará un medio de sustentarse —continuó Lucy tras un largo silencio—. ¡Pero el pobre Edward se siente tan abatido! ¿No se lo pareció cuando estuvo en Barton? Se sentía tan infeliz cuando partió de Longstaple para ir a la casa de ustedes que temí que creyeran que estaba enfermo.

—¿Venía de casa de su tío cuando nos visitó?

—¡Oh, sí! Había pasado quince días con nosotros. ¿Creyeron que venía directamente de la ciudad?

—No —respondió Elinor, sintiéndose dolida con cada nueva circunstancia que atestiguaba la sinceridad de Lucy—. Recuerdo que nos dijo que había pasado quince días con unos amigos cerca de Plymouth. —Recordó

también su propia sorpresa entonces, cuando él no contó más sobre esos amigos, ni dijo sus nombres.

—¿No lo vieron decaído? —repitió Lucy.

—En realidad sí, sobre todo al llegar.

—Le rogué que se esforzara porque temía que levantara sospechas sobre lo que sucedía. Sin embargo, le apenó mucho no poder pasar más que quince días con nosotros y, al verme tan afectada... ¡Pobrecito! Me temo que le ocurrirá lo mismo ahora pues sus cartas revelan que está triste. Supe de él poco antes de salir de Exeter —dijo sacándose del bolsillo una carta y mostrándole con descuido la dirección a Elinor—. Ya conoce su letra, imagino. Es encantadora, pero no tan bien trazada como es habitual. Supongo que estaba cansado porque llenó la hoja.

Elinor vio que *era* su letra y no le cupo ya ninguna duda. Se había permitido creer que el retrato podía haber sido obtenido de forma accidental. Podía no ser un regalo de Edward, pero la correspondencia solamente podía existir si había un compromiso firme. Solamente eso la autorizaría. Durante unos segundos se vio casi derrotada... Se le cayó el alma a los pies y apenas podía tenerse en pie. Sin embargo, debía sobreponerse y luchó con denuedo contra la congoja y lo logró por el momento.

—Escribirnos —dijo Lucy guardando la carta en su bolsillo— es nuestro consuelo durante estas separaciones tan largas. Bueno, yo me consuelo con su retrato, pero al pobre Edward no le queda ni *eso*. Si al menos tuviera mi retrato, dice que sería menos duro. Le di un mechón de pelo engarzado en un anillo la última vez que estuvo en Longstaple. Dice que eso le ha reconfortado un poco, pero no es como un retrato. ¿Quizá vio usted ese anillo?

—Sí lo vi —dijo Elinor con una voz que ocultaba una emoción y una pena mayores de lo que había sentido nunca. Aquello la mortificaba, la dejaba perpleja y la confundía.

Por suerte para ella llegaron a la casita y la conversación se interrumpió. Tras permanecer unos minutos con ellas, las señoritas Steele regresaron a Barton Park y Elinor quedó libre para meditar y sentirse desgraciada.

Capítulo XXIII

Por poco que Elinor confiara en la sinceridad de Lucy, pensándolo bien no podía sospechar de ella en este caso, en el cual pocas tentaciones podían empujar a inventar mentiras como las anteriores. Por tanto, frente a lo que Lucy decía ser la verdad, Elinor no podría ni se atrevería a dudar, pues muchas probabilidades y pruebas lo respaldaban sin duda y solamente lo refutaban sus propios deseos. Haber tenido la oportunidad de conocerse en casa del señor Pratt cimentaba todo lo demás, lo cual era irrebatible y alarmante. Además, la visita de Edward a un lugar cercano a Plymouth, su abatimiento e insatisfacción ante sus perspectivas futuras, el conocimiento íntimo de las señoritas Steele sobre Norland y sus relaciones familiares, que con frecuencia la habían sorprendido, el retrato, la carta y el anillo, formaban todos ellos un conjunto de pruebas tan sólido que no daba pie a temer una condena injusta a Edward y ratificaba que ninguna parcialidad hacia él podía pasar por alto su desdén por ella. Su animosidad por esa actuación, su indignación por haber sido víctima suya, la hicieron concentrarse un breve tiempo en sus propios sentimientos. No obstante, esto dio paso enseguida a otros pensamientos y consideraciones. ¿La había engañado Edward a sabiendas? ¿Había fingido un afecto que no sentía por ella? Su compromiso con Lucy, ¿era de corazón? No importaba lo que alguna vez pudo ser, ahora no podía creerlo. El afecto de Edward le pertenecía. No podía engañarse en eso. Su madre, sus hermanas y Fanny habían notado en

Norland el interés que él sentía por ella. No eran imaginaciones suyas. Él la amaba sin duda. ¡Cómo le alivió el corazón aquella convicción! ¡Cuánto le tentaba perdonar! Él había sido culpable de quedarse en Norland tras sentir por primera vez que la influencia de ella sobre él era mayor de lo debido. En eso no podía ser excusado. Ahora bien, si él la había herido, ¡cuánto más a sí mismo! Si ella era digna de compasión, él carecía de esperanza. Si durante un tiempo había sido infeliz por la imprudencia de él, también él parecía carecer de toda posibilidad de ser de otro modo. Ella recobraría la calma con el tiempo. Pero ¿qué podía esperar él? ¿Podría alcanzar una felicidad aceptable con Lucy Steele? Si su afecto por ella fuera imposible, ¿podría él, con su integridad, delicadeza y mente cultivada, estar satisfecho con una esposa ignorante, artera y egoísta?

El encaprichamiento de los diecinueve años pudo no dejarle ver sino la belleza y buen carácter de Lucy. Sin embargo, los siguientes cuatro años enriquecen el entendimiento cuando se vive con racionalidad y deberían haberle abierto los ojos a su escasa educación. Durante ese tiempo, que ella convivió con personas de inferior condición y atada a intereses más frívolos, quizá eso le había arrebatado la sencillez que pudo haber dado un carácter interesante a su belleza.

En caso de que él quisiera desposar a Elinor, los obstáculos de su madre le habrían parecido grandes. ¡Cómo serían entonces, ahora que la persona con quien se había comprometido era indudablemente inferior a ella en relaciones y probablemente en fortuna! Con el corazón tan distanciado de Lucy, quizá estas dificultades no presionaran demasiado sobre su paciencia. ¡Sin embargo, la melancolía solamente puede ser natural para aquéllos a quienes alivian las expectativas de oposición y la antipatía de la familia!

A medida que estos pensamientos dolorosos se sucedían, lloraba por él más que por sí misma. Apoyándose en la convicción de no haber hecho nada para merecer su actual infortunio, y consolada al creer que Edward no había hecho nada que alterara su afecto, Elinor pensó que incluso ahora podría dominarse lo bastante como para ocultar a su madre y hermanas toda sospecha pese al dolor por el golpe recibido. Cumplió tan bien sus expectativas que durante la cena, dos horas después de conocer la muerte de sus esperanzas, viendo a las hermanas nadie habría sospechado que Elinor estaba en un duelo interior por los obstáculos que la separarían para siempre del objeto de su amor, y que Marianne se regodeaba en las perfecciones de un hombre cuyo corazón la tenía presa, y a quien ansiaba ver en cualquier carruaje que se acercara a la casa.

La necesidad de ocultar a su madre y a Marianne lo que le habían confiado como un secreto, aunque era un esfuerzo constante, no agravaba la aflicción de Elinor. A ella le aliviaba no tener que comunicar algo que las habría entristecido y, al mismo tiempo, tampoco tener que escuchar cómo el afecto que sentían por ella probablemente habría dado lugar a condenas a Edward, algo que no tenía ánimos para soportar.

Elinor sabía que no podría recibir ayuda de los consejos o la conversación de su familia. Su ternura y su pena se añadirían a su aflicción, mientras que el autodominio no recibiría estímulo de su ejemplo ni de su alabanza. La soledad la hacía más fuerte y su buen criterio le sirvió de apoyo. Se mantuvo firme y su aspecto alegre fue tan invariable como cabría esperar en medio de sufrimientos tan dolorosos y recientes.

Pese a lo mucho que había sufrido en su primera conversación con Lucy sobre el tema, pronto deseó reanudarla por más de un motivo. Quería escuchar detalles de su compromiso, comprender con claridad lo que realmente sentía Lucy por Edward y si era realmente sincera en sus declaraciones de afecto. Quería convencer a Lucy, por su disposición a tratar de nuevo el asunto y su tranquilidad al conversar sobre él, de que solamente le interesaba como amiga, pues temía haber sembrado la duda con su involuntaria agitación durante su conversación de aquella mañana. Parecía probable que Lucy sintiera celos de ella. Edward siempre la había alabado sin duda. Era obvio por lo que Lucy decía y porque se había atrevido a confiarle un secreto tan importante sin casi conocerla. Incluso podían haber influido los comentarios jocosos de sir John. Sin embargo, mientras Elinor se sintiera segura en su fuero interno de que Edward la amaba de verdad, no necesitaba hacer más cálculos de probabilidades para considerar natural que Lucy sintiera celos, ya que lo demostraba su confidencia. ¿Por qué otro motivo revelaría su historia sino para dar a conocer a Elinor sus derechos sobre Edward e insinuar que lo evitara en el futuro? Podía comprender hasta este punto las intenciones de su rival. Además, al estar resuelta a actuar según exigían los principios del honor y la honestidad para luchar contra su cariño por Edward y verlo lo menos posible, no podía negarse el consuelo de tratar de convencer a Lucy de que su corazón no sentía. Como no podían añadir nada al tema que fuera aún más doloroso que lo ya escuchado, no dudó de su capacidad para soportar con filosofía que le repitieran los detalles.

Pero la ocasión de poner en práctica aquello tardó a pesar de que Lucy estaba tan dispuesta como ella a aprovechar cualquier oportunidad. Pero el tiempo les impidió salir a pasear, actividad con la que fácilmente habrían podido apartarse de los demás. Aunque se vieran casi cada tarde en Barton Park o en la casita, sobre todo en Barton, se suponía que no se reunían para charlar. Sir John y lady Middleton ni lo pensaban, así que dejaban poco tiempo para una conversación en la que participaran todos y ninguno para charlas íntimas. Se reunían para comer, beber y reír, jugar a las cartas o a las adivinanzas u otra diversión que alborotara lo suficiente.

Habían tenido lugar ya una o dos reuniones de este tipo sin que Elinor pudiera quedarse a solas con Lucy, cuando una mañana apareció sir John en la casita para suplicarles que esa noche fueran a cenar con lady Middleton. Él debía ir al club en Exeter y ella se quedaría nada más que con su madre y las dos señoritas Steele. Elinor vio la oportunidad para lo que preveía en una reunión de esta clase, donde estarían más a su aire bajo la tranquila y fina batuta de lady Middleton que cuando su esposo las reunía para sus tertulias, de modo que aceptó sin dilación. Con el permiso de su madre, Margaret también aceptó. Aunque solía resistirse a acudir a estas reuniones, Marianne fue persuadida por su madre para que fuera, pues no soportaba ver cómo se aislaba de toda ocasión de divertirse.

Las Dashwood fueron a Barton Park y lady Middleton fue felizmente rescatada de la soledad que se cernía sobre ella. La reunión fue tan insustancial como había previsto Elinor. No hubo ni una idea o expresión novedosas. La charla en el comedor y en el salón fue insulsa. Los niños las acompañaron al salón y, mientras estaban allí, fue imposible atraer la

atención de Lucy. Cuando retiraron la bandeja del té, los niños se marcharon. Entonces arreglaron la mesa para jugar a las cartas. Elinor comenzó a preguntarse cómo había llegado a esperar que encontraría el momento para charlar en Barton Park. Todas se levantaron para una partida de cartas.

—Me alegro —dijo lady Middleton a Lucy— de que no termine la canastilla de mi Annamaria esta noche porque estoy segura de que se estropearía la vista haciendo filigrana a la luz de las velas. Mañana veremos cómo consolamos a mi niña. Espero que no le importe demasiado.

Esta insinuación bastó. Lucy se recompuso de inmediato y contestó:

—En absoluto, lady Middleton. Sólo esperaba a saber si pueden jugar su partida sin mí para trabajar en la filigrana. Por nada del mundo decepcionaría a la niña. Si me quiere en la mesa de naipes ahora, terminaré la canastilla después de la cena.

—Es usted muy buena. Espero que no se estropee la vista... ¿Podría tocar la campanilla para que traigan velas? Sé que a mi niña le desilusionaría que la cesta no esté terminada mañana. Aunque le dije que no lo estaría, seguro que ella cree que sí.

Lucy acercó su mesa de trabajo y se sentó con una presteza y alegría que parecían insinuar que no había tarea que más le gustara que hacer una cesta de filigrana para una niña mimada.

Lady Middleton propuso una partida de casino. Nadie se opuso excepto Marianne, que incumpliendo las normas de cortesía generales exclamó:

—Su señoría tendrá la bondad de excusarme... Ya sabe que no me gustan los naipes. Iré al pianoforte. No lo he tocado desde que lo afinaron. —Y sin más ceremonias fue hacia el instrumento.

Lady Middleton miró como si agradeciera al cielo no haber hecho jamás un comentario tan descortés.

—Marianne no puede mantenerse demasiado tiempo lejos de ese instrumento, ya sabe usted —dijo Elinor tratando de aminorar la ofensa—. No me sorprende porque es el pianoforte mejor afinado que haya oído.

Las cinco asistentes restantes iban a repartir las cartas.

—Quizá si yo no jugara podría ayudar a la señorita Lucy enrollando los papeles para ella —continuó Elinor—. Queda tanto por hacer con la canastilla que no creo que pueda terminarla esta noche ella sola. Me encantará ayudarla si ella me permite hacerlo.

—Por supuesto que agradezco su ayuda —exclamó Lucy—. He visto que queda por hacer más de lo que creía. Al fin y al cabo, sería terrible desilusionar a la querida Annamaria.

—¡Oh! Eso sería horrible —dijo la señorita Steele—. Pobre corazoncito, ¡con lo que yo la quiero!

—Es muy amable —dijo lady Middleton a Elinor— y, como le gusta el trabajo, quizá prefiera incorporarse al juego en otra partida, ¿o prefiere ahora?

Elinor aprovechó aquel primer ofrecimiento. De este modo, con un poco de la mano izquierda que Marianne no tenía, logró su objetivo y complació a lady Middleton. Lucy le hizo sitio, y ambas rivales se sentaron codo con codo a la misma mesa, empeñadas en sacar adelante la misma labor con la máxima armonía. El pianoforte —frente al cual Marianne había olvidado a los demás, embebida como estaba por su música y sus pensamientos— estaba tan próximo que Elinor juzgó que su sonido la protegería y podría sacar a colación el tema que le interesaba sin ser oída desde la mesa de juego.

Capítulo XXIV

Elinor comenzó con tono firme y cauteloso.

—No merecería la confidencia que me ha hecho si no deseara ampliarla o no sintiera curiosidad sobre el tema, así que no me disculparé por sacarlo a relucir.

—Gracias por romper el hielo —exclamó Lucy calurosamente—. Me ha aliviado el corazón porque temía haberla ofendido con lo que le conté el lunes.

—¡Ofenderme! ¿Cómo pudo pensar eso? Créame que nada más lejos de mi voluntad que crearle tal impresión —dijo Elinor sinceramente—. ¿Pudo haber algún motivo tras su confianza que no fuera honesto y halagüeño para mí?

—Bueno —repuso Lucy con los ojillos brillantes—, le aseguro que me pareció percibir una frialdad y un disgusto en su trato que me incomodaron. Estaba convencida de que se habría enfadado conmigo. Desde entonces me he reprochado haberme tomado la libertad de importunarla con mis asuntos. Pero me alegro mucho de ver que eran sólo suposiciones mías y que no me culpa. Si supiera qué consuelo y qué alivio fue contarle aquello sobre lo que no dejo de pensar, estoy convencida de que su compasión pasaría por alto todo lo demás.

—Puedo creer fácilmente que fue un alivio para usted contarme lo que le ocurre. Puede estar segura de que nunca tendrá motivos para arrepentirse.

Su caso es muy triste. Los veo rodeados de obstáculos y necesitarán todo el afecto que se tengan entre ustedes para salvarlos. El señor Ferrars depende enteramente de su madre, según tengo entendido.

—Sólo tiene dos mil libras. Sería una locura casarse con eso, aunque yo renunciaría a cualquier otra perspectiva sin suspirar. Estoy acostumbrada a ingresos pequeños y podría luchar contra la pobreza por él. Pero lo quiero y no deseo ser el medio egoísta que le robe todo lo que su madre podría darle si se casa como ella desea. Debemos esperar, tal vez años. Con prácticamente cualquier otro hombre la idea sería terrible, pero nada puede arrancarme el afecto y la fidelidad de Edward, lo sé.

—Esa convicción debe serlo todo para usted. Es evidente que él se apoya con la misma confianza en los sentimientos de usted. Si hubiera cedido la fuerza de su afecto mutuo, como les sucedería de forma natural a muchos en circunstancias parecidas durante un compromiso de cuatro años, su situación sería a todas luces terrible.

Lucy levantó los ojos, pero Elinor cuidó de que su semblante no mostrara expresión alguna que pudiera dar un aspecto sospechoso a sus palabras.

—El amor de Edward por mí —dijo Lucy— ha quedado demostrado por nuestra larga separación desde nuestro compromiso. Él ha resistido tan bien sus angustias que sería imperdonable que yo lo dudase. Puedo decir sin equivocarme que desde el primer día no me ha dado al respecto motivos de alarma.

Elinor apenas sabía si sonreír o suspirar.

—Yo también soy de temperamento celoso —continuó Lucy—. Dadas nuestras diferentes situaciones y que él conoce más el mundo que yo, además de nuestra continua separación, tendía a recelar. Eso me habría permitido descubrir enseguida la verdad de haberse producido algún cambio en su conducta conmigo cuando nos veíamos, o una actitud inexplicable, o si hubiera hablado más de una dama que de otra, o si pareciera menos feliz en Longstaple de lo habitual. No quiero decir que yo sea especialmente observadora o perspicaz en general, pero estoy segura de que en un caso como éste no podrían engañarme.

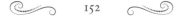

«Todo esto —pensó Elinor— suena muy bien, pero no puede engañarnos a ninguna de las dos.»

—¿Y qué planes tiene? —preguntó tras un breve silencio—. ¿O no tiene ninguno, salvo aguardar a que la señora Ferrars muera, cosa extremadamente terrible y triste? ¿Está su hijo decidido a soportar esto y el tedio de los años de espera que pueden afectarla a usted en vez de arriesgarse a disgustar a su madre durante un tiempo confesando la verdad?

—¡Si estuviéramos seguros de que sería sólo un tiempo! Pero la señora Ferrars es terca y orgullosa. Es muy probable que dejara todo a Robert en un primer arranque de ira. Al pensar en el bien de Edward, esa posibilidad aparta de mí toda tentación de tomar medidas precipitadas.

—Y también por su propio interés, o está llevando su desinterés más allá de lo razonable.

Lucy miró nuevamente a Elinor y calló.

—¿Conoce al señor Robert Ferrars? —preguntó Elinor.

—En absoluto... Jamás lo he visto, pero lo imagino muy distinto a su hermano: un tonto y un petimetre.

—¡Un petimetre! —repitió la señorita Steele, que la había oído durante una repentina pausa en la música de Marianne—. Oh, están hablando de sus galanes favoritos, creo.

—No, hermana, en eso te equivocas. Nuestros galanes favoritos *no* son petimetres.

—Ya le digo yo que el de la señorita Dashwood no lo es —dijo la señora Jennings riendo—. Es uno de los jóvenes más sencillos, de modales más exquisitos que yo haya visto. Pero Lucy sabe disimular tan bien que no hay forma de saber quién le gusta a *ella*.

—¡Ah! —exclamó la señorita Steele mientras les lanzaba una mirada cargada de significado—. Puedo decir que el pretendiente de Lucy es tan sencillo y de modales exquisitos como el de la señorita Dashwood.

Elinor se ruborizó sin querer. Lucy se mordió los labios y miró con enfado a su hermana. Se hizo un silencio en la estancia que se prolongó un rato. Lucy lo rompió hablando en un tono más bajo pese a la poderosa protección de un magnífico concierto interpretado por Marianne.

—Le expondré directamente un plan que he trazado para llevar este asunto. Debo compartir este secreto, pues usted es parte interesada. Yo diría que ha visto a Edward lo bastante para saber que él preferiría la Iglesia a cualquier otra profesión. Mi plan es que se ordene cuanto antes y que usted interceda ante su hermano. Estoy convencida de que será tan generosa como para hacerlo por su amistad hacia él y su afecto por mí y convencerlo de que le conceda la parroquia de Norland. Creo que su renta es muy buena y es improbable que el actual titular viva mucho. Con eso podríamos casarnos y dejaríamos que el tiempo y la ocasión se ocupasen del resto.

—Será para mí un placer dar cualquier señal de afecto y amistad por el señor Ferrars —dijo Elinor—. Pero ¿no cree que mi intervención sería innecesaria? Él es hermano de la señora de John Dashwood... *Eso* debería bastar como recomendación para su esposo.

—Pero la señora de John Dashwood no aprueba que Edward se ordene.

—Entonces me temo que mi intervención tendría poco éxito.

Callaron de nuevo varios minutos. Lucy suspiró entonces.

—Creo que lo más sabio sería acabar con esto y romper el compromiso. Parece que por todos lados nos acosan muchas dificultades y, aunque seamos infelices un tiempo, quizá a la larga estemos mejor. ¿No querría aconsejarme, señorita Dashwood?

—No —replicó Elinor sonriendo para ocultar su conmoción—, por supuesto que no lo haré sobre algo así. Sabe que mi opinión carecería de peso, salvo que la apoyara en sus deseos.

—Es injusta conmigo —dijo con solemnidad Lucy—. No conozco a nadie cuyo criterio respete tanto como el suyo. Si usted me dijese: «Le aconsejo que ponga fin a su compromiso con Edward Ferrars. Será lo mejor para la felicidad de ambos», creo que no dudaría en hacerlo sin perder un instante.

Elinor se ruborizó por la hipocresía de la futura esposa de Edward y replicó:

—Ese halago valdría para espantar cualquier posibilidad de que yo opinase sobre este asunto si es que tuviera alguna opinión. Valora demasiado mi influencia. Poder separar a dos personas tan unidas es demasiado para alguien que no tiene ningún interés.

—Precisamente por eso su opinión podría tener con justicia esa influencia en mí —dijo Lucy con cierta aversión, marcando en especial esas palabras—. Si supiera que su opinión es parcial en cualquier aspecto por sus propios sentimientos, no merecería la pena.

Elinor creyó mejor callar para que no se animaran mutuamente a hablar con una libertad y una franqueza que podían no ser convenientes. Incluso estaba decidida a no mencionar más el asunto. A esta conversación siguió una pausa de varios minutos. Lucy le puso fin de nuevo.

—¿Estará en la ciudad este invierno, señorita Dashwood? —preguntó con su habitual amabilidad.

—Claro que no.

—Cuánto lo siento —respondió Lucy con los ojos chispeantes—. ¡Me habría encantado verla allí! Pero seguro que irá aun así. Apostaría a que su hermano y su hermana la invitarán a su casa.

—No podré aceptar.

—¡Qué pena! Confiaba tanto en que nos veríamos allí. Anne y yo iremos a finales de enero a la casa de unos parientes que desde hace años nos ruegan que los visitemos. Pero voy sólo por ver a Edward. Estará allí en febrero; de lo contrario, Londres carecería de atractivo para mí. No tengo ánimo para eso.

Poco después terminó la primera partida de naipes y llamaron a Elinor a la mesa. Esto finalizó la conversación de las dos damas, algo que ninguna lamentó, pues no habían dicho nada que les hiciera sentir una menor aversión mutua de la que habían sentido antes. Elinor se sentó a la mesa con la triste convicción de que Edward no amaba a quien iba a desposar y tampoco tenía posibilidades de ser aceptablemente feliz en el matrimonio, algo que podría haber sido si su prometida lo hubiera amado con sinceridad, pues solamente el interés podía hacer que una mujer atara a un hombre a un compromiso que claramente lo agobiaba. Elinor no tocó más el asunto. Cuando Lucy lo mencionaba, pues no dejaba pasar la ocasión de sacarlo en la conversación y siempre hacía saber a su confidente lo feliz que era cuando recibía una carta de Edward, Elinor lo trataba con calma y cautela. Hecho esto, zanjaba aquel tema en cuanto lo permitían los buenos modales, pues creía que esas conversaciones eran una concesión inmerecida para Lucy y que para ella constituían un peligro.

La visita de las señoritas Steele a Barton Park se alargó más de lo esperado. El aprecio por ellas aumentó y no podían permitir que se fueran. Sir John no quería ni oír hablar de que se iban a pesar de los muchos compromisos que tenían en Exeter, de que habían sido contraídos tiempo atrás y de que estaban obligadas a cumplirlos de inmediato, cosa que repetían cada fin de semana. Al final las convencieron para quedarse casi dos meses en Barton Park y ayudar a celebrar adecuadamente las festividades amenizadas por un inusual número de bailes y grandes cenas para proclamar su importancia.

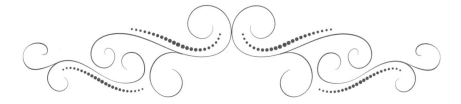

Capítulo XXV

Aunque la señora Jennings poseyera una vivienda permanente, solía pasar gran parte del año en las casas de sus hijos y amigos. Desde la muerte de su esposo, comerciante de éxito en una zona poco elegante de la ciudad, pasaba los inviernos en una casa situada en una calle contigua a Portman Square. Comenzó a pensar en ella al acercarse enero y un día, de improviso y sin que se lo esperasen, invitó allí a las dos hermanas Dashwood. Elinor rehusó de inmediato sin prestar atención a los cambios de color en el rostro de su hermana y la expresión alegre de sus ojos, que revelaban cuánto le atraía el plan. Agradeció la invitación en nombre de ambas creyendo que expresaba un deseo idéntico. El motivo alegado fue su decisión de no dejar sola a su madre en aquella época del año. La señora Jennings se sorprendió por el rechazo de su invitación y la reiteró de inmediato.

—¡Dios mío! Estoy segura de que su madre puede pasarse sin ustedes. Les *ruego* que me acompañen porque lo deseo de todo corazón. No crean que van a ser ustedes ninguna molestia para mí porque no haré nada inusual para atenderlas. Sólo tendré que enviar a Betty en el coche de posta, y *eso* puedo permitírmelo. Nosotras tres iremos muy cómodas en mi carruaje. Cuando estemos en la ciudad, si no desean salir conmigo, pueden salir con alguna de mis hijas. Estoy segura de que su madre no se opondrá porque he tenido tanta suerte colocando a mis hijos que me considerará una persona de lo más adecuada para encargarme de ustedes. Si no logro casar

bien al menos a una antes de que me haya ocupado de ustedes, no será culpa mía. Hablaré bien de ustedes a todos los jóvenes. Pueden confiar en mí.

—Me parece —dijo sir John— que la señorita Marianne no se opondría al plan si su hermana mayor aceptase. Es muy duro sin duda que no pueda distraerse un poco sólo porque la señorita Dashwood no quiera. Yo les aconsejaría a las dos que vayan a la ciudad cuando se harten de Barton sin decir nada de ello a la señorita Dashwood.

—No —exclamó la señora Jennings—, estoy segura de que me alegrará mucho la compañía de la señorita Marianne, vaya o no su hermana; pero cuantas más seamos, más divertido, digo yo. Además, creí que para ellas sería más cómodo ir juntas porque así, cuando se harten de mí, podrán hablar entre ellas y reírse de mis chifladuras a mis espaldas. Pero debe venir una u otra, y mejor las dos. ¡Que Dios me bendiga! Cómo pueden figurarse que puedo vivir sola yo, que he tenido a Charlotte conmigo siempre hasta este invierno. Señorita Marianne, démonos las manos para cerrar el trato y, si su hermana cambia de opinión después, mejor que mejor.

—Se lo agradezco de todo corazón, señora —dijo Marianne calurosamente—. Su invitación contará con mi eterna gratitud y me haría tan feliz poder aceptarla... Sí, poder aceptarla sería casi la máxima felicidad que puedo imaginar. Pero mi querida y bondadosa madre... Creo que lo planteado por Elinor es verdad. Si nuestra ausencia la hiciera menos feliz o le supusiera alguna incomodidad... ¡Oh, no! Nada podría tentarme a dejarla. Esto no puede ni debe significar un problema.

La señora Jennings insistió en que estaba segura de que la señora Dashwood podría pasarse sin ellas. Elinor, que comprendía ahora a su hermana, veía cómo su deseo de volver a ver a Willoughby la dejaba indiferente a casi todo lo demás. Así pues, no objetó nada al plan y lo dejó a la voluntad de su madre, de quien no esperaba recibir apoyo en su esfuerzo por impedir una visita que le parecía tan inapropiada para Marianne y que quería evitar por su propio bien. Su madre quería complacer los deseos de Marianne. No cabía esperar inducirla a portarse con cautela en algo que jamás había podido inspirarle desconfianza. Por otra parte, no se atrevía a explicar el motivo de su propia aversión a ir a Londres. Marianne era susceptible y sabía bien

que la conducta de la señora Jennings la desagradaba; sin embargo, estaba dispuesta a pasar por alto todas las molestias de ese tipo y hacer caso omiso de lo que más irritaba su sensibilidad si con ello alcanzaba su objetivo. Aquello era la prueba irrefutable de la importancia que atribuía a ese objetivo y, pese a todo lo ocurrido, sorprendió a Elinor.

Cuando le hablaron de la invitación, la señora Dashwood se convenció de que podría traer muchas diversiones para sus dos hijas y no quiso ni oír hablar de declinarla a causa de *ella*. Por las cariñosas atenciones de Marianne notó que ésta soñaba con el viaje, así que insistió en que aceptaran sin dilación y, con su alegría de siempre, comenzó a imaginar las ventajas que para todas ellas tendría esta separación.

—Me encanta el plan —exclamó—; es lo que yo habría deseado. A Margaret y a mí también nos vendrá bien. ¡Qué tranquilas y felices estaremos juntas con nuestros libros y nuestra música cuando los Middleton y vosotras os hayáis ido! ¡Encontraréis tan crecida a Margaret a la vuelta! Además, tengo un proyecto para arreglar vuestros dormitorios y ahora podré realizarlo sin molestar. Creo que debéis ir a la ciudad. En mi opinión, todas las jóvenes en vuestras condiciones de vida deberían conocer las costumbres y las diversiones de Londres. Estaréis al cuidado de una buena mujer, muy maternal, de cuya bondad no tengo ninguna duda. Además, es muy probable que veáis a vuestro hermano. A pesar de sus defectos o los de su esposa, no me gustaría veros tan alejados unos de otros cuando pienso de quién es hijo.

—Sé que te preocupa nuestra felicidad como siempre —dijo Elinor—. Sin embargo, has dejado de lado todos los obstáculos imaginables a este plan y queda una objeción que, en mi opinión, no se puede apartar tan fácilmente.

Al rostro de Marianne asomó una expresión de desaliento.

—¿Y qué va a sugerir mi querida y prudente Elinor? —dijo la señora Dashwood—. ¿Qué gran obstáculo va a poner por delante? No quiero escuchar una palabra sobre los gastos.

—Mi objeción es que, aunque tengo la mejor opinión sobre la bondad de la señora Jennings, no es el tipo de mujer cuya compañía vaya a ser placentera o cuya protección nos vaya a hacer importantes ante los demás.

—Es verdad —respondió su madre—, pero apenas estaréis solas con ella, sin nadie más. Casi siempre apareceréis en público con lady Middleton.

—Si a Elinor le echa atrás el desagrado que le produce la señora Jennings, al menos permíteme a *mí* aceptar su invitación —dijo Marianne—. No tengo esos escrúpulos y estoy segura de poder tolerar todos los inconvenientes de ese tipo sin mucho esfuerzo.

Elinor sonrió ante esta indiferencia con respecto al comportamiento social de una persona hacia quien le había costado conseguir tantas veces de Marianne al menos una aceptable cortesía. Decidió en su fuero interno que si su hermana se empeñaba en ir, también iría ella. No le parecía correcto dejar a Marianne para que se guiara solamente por su propio criterio ni dejar a la señora Jennings con Marianne para que la entretuviera. Le costó menos aceptar la decisión al recordar que Edward Ferrars, según Lucy, no estaría en la ciudad antes de febrero. Para entonces habrían terminado ellas su estancia en Londres sin tener que acortarla con excusas.

—Quiero que vayáis *ambas* —dijo la señora Dashwood—. Estas objeciones son absurdas. Os divertiréis en Londres y más yendo juntas. Si Elinor aceptara alguna vez de antemano la posibilidad de disfrutar, vería que hay muchas formas de hacerlo en la ciudad. Hasta puede que agradezca la oportunidad de mejorar sus relaciones con la familia de su cuñada.

Elinor había deseado con frecuencia que se le presentara la ocasión de menguar la confianza de su madre en las relaciones entre ella y Edward para que el golpe no fuera tan grande cuando la verdad saliera a flote. Ahora y frente a esto, aunque casi sin esperanza de lograrlo, se obligó a iniciar sus planes diciendo con cuanta calma pudo:

—Me gusta mucho Edward Ferrars y me alegrará verlo. En cuanto al resto de la familia, no me importa si llegan a conocerme o no.

La señora Dashwood sonrió sin decir nada. Marianne levantó los ojos con asombro. Elinor pensó que mejor habría sido no hablar. Tras pensar muy poco más en el asunto, se decidió que la invitación sería aceptada. La señora Jennings dio grandes señales de alegría cuando lo supo y brindó todo tipo de muestras de afecto y del cuidado que tendría de las jóvenes. No sólo ella estaba contenta. Sir John estuvo encantado, pues para un hombre

cuyo mayor temor era quedarse solo, añadir dos más al grupo de Londres era algo nada despreciable. Incluso lady Middleton se esforzó por estar encantada, lo cual era salirse un poco del camino habitual en ella. En cuanto a las señoritas Steele, Lucy sobre todo, jamás se habían sentido tan felices como cuando supieron la noticia.

Elinor comenzó los preparativos tan contrarios a sus deseos con menos disgusto de lo que cabía esperar. Ir o no a la ciudad no le preocupaba a ella. Cuando vio a su madre tan contenta con el plan y la felicidad en el rostro, la voz y la conducta de su hermana, cuando vio que recobraba su alegría habitual e incluso iba más allá de lo que acostumbraba, se sintió satisfecha y no quiso recelar de las consecuencias.

La alegría de Marianne iba casi más allá de la felicidad, pues la turbación de su ánimo y su impaciencia por partir eran infinitas. Solamente se calmaba cuando recordaba que no deseaba dejar a su madre. Por lo tanto, en el momento de partir se apenó mucho. La tristeza de su madre no fue menor. Elinor fue la única que parecía considerar la separación poco menos que eterna.

Se marcharon la primera semana de enero. Los Middleton las seguirían una semana después. Las señoritas Steele seguirían en Barton Park hasta que se marchara el resto de la familia.

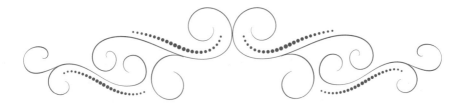

Capítulo XXVI

Elinor no pudo meditar sobre su propia situación una vez que estuvo en el carruaje con la señora Jennings, de camino a Londres, bajo su protección y como huésped suya. ¡Hacía tan poco que la conocían, eran tan poco compatibles en edad y carácter, y ella había planteado tantas objeciones a este viaje unos días antes! Pero toda objeción había sido arrastrada por el feliz entusiasmo juvenil que compartían Marianne y su madre. A pesar de sus ocasionales dudas sobre la constancia de Willoughby, Elinor veía el éxtasis de la espera a la que se entregaba Marianne con el alma desbordada y los ojos brillantes, y sentía la vacuidad de sus perspectivas, su falta de alegría si se comparaba con ella, y con qué placer viviría con la misma ansiedad que Marianne si tuviera un objetivo igualmente vivificante y una posibilidad igual de esperanza. Ahora faltaba poco para conocer las intenciones de Willoughby. Probablemente estaría en la ciudad. La ansiedad por partir de Marianne ponía de manifiesto su confianza en verlo allí. Elinor estaba decidida a averiguar todo lo que pudiera sobre el carácter del joven mediante sus observaciones o mediante lo que pudieran contarle los demás. También vigilaría con celo su conducta hacia su hermana para estar segura de lo que él era y de sus intenciones antes de que se hubieran reunido muchas veces. Si el resultado de sus observaciones era desfavorable, le abriría los ojos a su hermana como fuera. De lo contrario, la tarea que le aguardaba sería distinta. Debería aprender a evitar las comparaciones

egoístas y desechar cualquier pena que disminuyera su satisfacción por la felicidad de Marianne.

El viaje duró tres días. El comportamiento de Marianne durante el trayecto fue un botón de muestra sobre lo que podría esperarse en el futuro de su interés y cordialidad hacia la señora Jennings. No habló en casi todo el camino, sumida como iba en sus cavilaciones. Casi no habló por propia voluntad, excepto cuando veía un objeto de belleza pintoresca que le arrancaba una expresión de gozo que dirigía únicamente a su hermana. Para compensar este comportamiento, Elinor asumió el deber de cortesía que se había impuesto como tarea. Fue muy atenta con la señora Jennings, charló, rio con ella y la escuchó siempre que pudo. La señora Jennings las trató a ambas con toda la bondad que quepa imaginar. Se desvivió por que estuvieran cómodas y entretenidas. Solamente la disgustó no lograr que eligieran cenar lo mismo que ella en la posada ni poder obligarlas a decir si preferían el salmón, el bacalao, el pollo asado o las chuletas de ternera. Llegaron a la ciudad sobre las tres de la tarde del tercer día, felices de librarse del encierro del carruaje tras un largo viaje, listas para disfrutar de todo el lujo de un buen fuego.

La casa era bonita y estaba bien amueblada, y las jóvenes fueron alojadas en una habitación muy cómoda que había sido de Charlotte. Sobre la repisa de la chimenea aún colgaba un paisaje bordado por ella con sedas de colores, prueba de sus siete años en un gran colegio de la ciudad con algunos resultados.

La cena aún tardaría dos horas, así que Elinor aprovechó para escribir a su madre. Poco después Marianne la imitó.

—Estoy escribiendo a casa, Marianne —dijo Elinor—. ¿No sería mejor que dejases tu carta para dentro de uno o dos días?

—*No* voy a escribir a mamá —replicó Marianne con prisa, como si quisiera evitar más preguntas.

Elinor no dijo más. Supuso que debía estar escribiendo a Willoughby y concluyó que, al margen del misterio que quisieran dar a sus relaciones, debían estar comprometidos. Si bien no del todo satisfactoria, esta convicción la agradó y continuó su carta sin dilación. Marianne terminó la suya en pocos minutos. Solamente podía ser una nota. La dobló, la selló y escribió las señas rápidamente. Elinor creyó distinguir una gran W en la dirección. Acababa de terminar cuando Marianne tocó la campanilla y pidió al criado que acudió que llevase la carta al correo de dos peniques. Con esto se dio por zanjado el asunto.

Marianne seguía de un humor excelente, pero mostraba un desasosiego que impedía que su hermana se sintiera satisfecha. Este desasosiego aumentó durante la tarde. Apenas si probó bocado durante la cena. Cuando regresaron al salón parecía escuchar ansiosamente el ruido de cada carruaje en la calle.

Para Elinor fue una gran satisfacción que la señora Jennings estuviera ocupada en sus habitaciones y no viera lo que estaba sucediendo. Trajeron el servicio de té. Marianne ya había sufrido más de una decepción por los golpes en alguna puerta vecina cuando, de pronto, se oyó uno muy fuerte que no podía confundirse con uno en otra casa. Elinor pensó que anunciaba a Willoughby y Marianne corrió a la puerta tras levantarse de un salto. Todo estaba en un silencio que duró solamente unos segundos. Ella abrió la puerta y avanzó unos pasos hacia la escalera. Tras escuchar durante medio minuto regresó en el estado de agitación que produciría la certeza de haberlo oído de forma natural. En medio del éxtasis alcanzado por sus emociones exclamó:

—¡Elinor, es Willoughby, estoy segura de que es él!

Parecía a punto de arrojarse en brazos de él, cuando apareció el coronel Brandon. Aquel golpe fue demasiado para soportarlo con serenidad y Marianne abandonó corriendo el salón. Elinor también estaba decepcionada. Sin embargo, su aprecio por el coronel Brandon la impulsó a darle la bienvenida. Le dolió en lo más hondo que un hombre que mostraba tanto interés en su hermana percibiera que lo que ella experimentaba al verlo era pena y desilusión. Observó que él también se había dado cuenta, que incluso había mirado a Marianne al salir de la habitación con tanto asombro y preocupación que prácticamente había olvidado las normas de cortesía hacia ella.

—¿Está enferma su hermana? —preguntó.

Elinor respondió azorada que sí. Luego habló de dolores de cabeza, melancolía, fatiga y todo lo que pudiera explicar la conducta de su hermana.

Él escuchó atentamente, pero fingiendo tranquilidad no habló más de aquel asunto y se extendió sobre el placer de verlas en Londres. Formuló las preguntas de rigor sobre el viaje y los amigos que habían dejado atrás.

Así pues, con calma y sin interés por ninguno de los dos, siguieron hablando desanimados y con la mente en otro sitio. Elinor deseaba preguntar si Willoughby estaba en la ciudad, pero temía apenarlo interesándose por su rival. Finalmente y por decir algo, preguntó si había estado en Londres desde la última vez que se habían visto.

—Sí, casi todo el tiempo desde entonces —dijo él turbado—. He estado una o dos veces en Delaford unos días, pero no he podido volver a Barton en ningún momento.

Esto y el modo de decirlo recordaron a Elinor las circunstancias de su marcha, el malestar y las sospechas de la señora Jennings, y temió que su pregunta hubiera dado a entender una curiosidad por aquel asunto mayor de la real.

La señora Jennings pronto apareció en el salón.

—¡Ay, coronel! —dijo con su habitual y ruidosa alegría—. Estoy absolutamente encantada de verlo... Discúlpeme por no haber venido antes... Le ruego que me perdone, pero he tenido que revisar un poco la casa y arreglar mis asuntos porque hace mucho que me ausenté. Ya sabe que siempre hay mil detalles por atender cuando una ha estado fuera tanto tiempo. Después he tenido que ver las cosas de Cartwright. ¡Cielos, he trabajado como una hormiga desde la cena! Y cuénteme, coronel, ¿cómo adivinó que ya estaría hoy en la ciudad?

—Tuve el placer de oírlo en casa del señor Palmer, donde he cenado.

—¡Ah! ¿Cómo están todos? ¿Cómo está Charlotte? Seguro que a estas alturas estará como un globo.

—La señora Palmer tenía muy buen aspecto y me pidió que le diga que la verá mañana.

—Por supuesto, es lo que pensaba. Coronel, ya ve que he traído a dos jóvenes conmigo... Quiero decir que ve sólo a una, pero hay otra en alguna

parte. Su amiga, la señorita Marianne también... Como me imagino que no lamentará saber. No sé cómo se arreglarán usted y el señor Willoughby con ella. Es maravilloso ser joven y guapa. Bueno, también yo fui joven, pero no muy guapa... Mala suerte para mí. Pero conseguí un buen esposo y quién sabe si la mayor de las bellezas puede lograr más que eso. ¡Ay, pobre hombre! Murió hace ocho años y mejor así. Pero, coronel, ¿dónde ha estado desde la última vez que nos vimos? ¿Cómo van sus asuntos? Venga, que no haya secretos entre amigos.

El coronel respondió con su acostumbrada humildad a las preguntas, pero no satisfizo su curiosidad en ninguna. Elinor se había puesto a preparar el té y Marianne tuvo que regresar.

El coronel Brandon se puso más pensativo y silencioso que tras su entrada y la señora Jennings no pudo convencerlo para que se quedara un rato más. Esa tarde no llegaron más visitas y se retiraron temprano.

Marianne se levantó al día siguiente animada y con aspecto contento. Parecía haber olvidado la desilusión de la víspera ante las expectativas de lo que podría suceder ese día. Hacía poco que habían terminado de desayunar cuando el carruaje de la señora Palmer se detuvo ante la puerta. Unos minutos después entró riendo y tan encantada de verlos que era difícil decir si era mayor su placer por ver a su madre o a las señoritas Dashwood. ¡Estaba sorprendida de su llegada a la ciudad, aunque lo había esperado todo ese tiempo! ¡Estaba enfadada porque habían aceptado la invitación de su madre tras rechazar la suya, pero tampoco las habría perdonado si no hubieran venido!

—El señor Palmer se alegrará de verlas —dijo—. ¿Qué creen que dijo cuando supo que venían con mamá? Ahora no recuerdo qué, pero ¡fue tan gracioso!

Tras una o dos horas de lo que su madre denominaba una tranquila charla o, dicho con otras palabras, un montón de preguntas de la señora Jennings sobre todos sus conocidos y risas tontas de la señora Palmer, esta última propuso que la acompañaran a visitar unas tiendas esa misma mañana. La señora Jennings y Elinor accedieron, pues tenían compras que hacer. Marianne rechazó la invitación en un primer momento, pero

al final se dejó convencer. Allí donde fueran, Marianne estaba alerta. En Bond Street, donde estaban casi todos los lugares que debían visitar, sus ojos buscaron sin cesar. Daba igual cualquier tienda a la que entraran, ella estaba tan abstraída que no se interesaba por nada de lo que tenía enfrente. Estaba tan inquieta e insatisfecha que su hermana no le sonsacó su opinión sobre nada que quisiera comprar, aunque fuera para ambas. No disfrutaba de nada. Únicamente quería volver a casa. A duras penas logró controlarse ante el fastidio que le producía la señora Palmer, cuyos ojos se pegaban a cualquier objeto bello, caro o novedoso. Se enloquecía por comprarlo todo sin decidirse por nada y perdía el tiempo entre el éxtasis y los titubeos.

Volvieron a casa ya avanzada la mañana. Nada más entrar, Marianne corrió escaleras arriba. Elinor la siguió y la vio alejándose de la mesa con una expresión triste que revelaba a las claras que Willoughby no había estado allí.

—¿No han dejado ninguna carta para mí? —preguntó al criado cuando éste entró con los paquetes. La respuesta fue negativa—. ¿Seguro? —insistió—. ¿Está seguro de que ningún criado o conserje ha dejado una carta o una nota?

El hombre respondió que nadie había venido.

—¡Qué raro! —dijo Marianne en voz baja y desencantada mientras iba hacia la ventana.

«¡Sí que es raro! —se dijo Elinor mirando con inquietud a su hermana—. Si ella no supiera que él está en la ciudad, no le habría escrito. Le habría escrito a Combe Magna. Si está en la ciudad, ¡qué raro que no haya venido ni escrito! ¡Ay, mamá, debes estar equivocada al permitir un compromiso tan dudoso y poco claro entre una hija tan joven y un hombre tan poco conocido! ¡Me encantaría preguntar, pero cómo se tomarán que me entrometa!»

Tras pensarlo, decidió que si las cosas seguían tan feas durante muchos días como en ese momento, convencería como fuera a su madre de que era preciso indagar en aquel asunto. Cenaron con ellas la señora Palmer y dos señoras mayores a quienes había visto e invitado por la mañana porque eran amigas íntimas de la señora Jennings. La primera las dejó poco después del té para atender sus compromisos de la noche. Elinor tuvo que completar una mesa de *whist*. Marianne no servía para tales ocasiones, pues no sabía jugar. Sin embargo, aunque le quedó la tarde para ella, no se distrajo como Elinor porque para ella estuvo cargada con la ansiedad de la espera y el dolor del desencanto. Trató de leer unos minutos, pero arrojó lejos el libro y estuvo paseando por la habitación de arriba abajo sin parar, deteniéndose un momento cuando llegaba a la ventana, esperando escuchar la ansiada llamada a la puerta.

Capítulo XXVII

—Si sigue este buen tiempo, sir John no querrá irse de Barton Park la próxima semana —dijo la señora Jennings durante el desayuno a la mañana siguiente—. Para un deportista es imperdonable perderse un día de placer. ¡Pobres! Los compadezco cuando eso les ocurre... Parecen tomárselo tan mal.

—Es verdad —exclamó Marianne con alegría yendo hacia la ventana para ver cómo estaba el día—. No lo había pensado. Este tiempo hará que muchos deportistas se queden en el campo.

Aquel recuerdo le devolvió su buen ánimo.

—Sin duda es un tiempo maravilloso para *ellos* —continuó, sentándose a la mesa con aspecto feliz—. ¡Cómo estarán disfrutándolo! Pero no es de esperar que dure mucho —dijo con cierta ansiedad—. En esta época y después de tanta lluvia, es improbable que siga así. No tardarán las heladas y seguramente sean fuertes. En uno o dos días quizá. Este tiempo tan suave no puede durar mucho..., no. ¡Quizá hiele esta noche!

—En todo caso—dijo Elinor para evitar que la señora Jennings pudiera leer la mente de su hermana tan claramente como ella—, yo creo que tendremos a sir John y a lady Middleton en la ciudad a finales de la próxima semana.

—Claro, querida, te aseguro que así será. Mary siempre se sale con la suya.

«Y ahora —supuso en silencio Elinor— Marianne escribirá a Combe en el correo de hoy.»

Pero si lo *hizo*, la carta fue escrita y enviada con tanta discreción que eludió la vigilancia de Elinor, quien no pudo constatarlo. Cualquiera que fuera la verdad, Elinor se sentía satisfecha mientras viera a Marianne animada y ella tampoco podía sentirse muy a disgusto. Marianne estaba de buen ánimo, feliz por el tiempo y más aún por sus expectativas de una helada.

Pasaron la mañana repartiendo tarjetas de visita por las casas de los conocidos de la señora Jennings para informar de su regreso a la ciudad. Marianne estuvo ocupada en todo momento comprobando la dirección del viento y el aspecto del cielo e imaginando alteraciones en la temperatura del aire.

—¿No crees que hace más frío ahora que esta mañana, Elinor? A mí me parece que sí. Apenas puedo mantener las manos calientes en el manguito. Creo que ayer no estuvo así. Yo diría que las nubes están yéndose y que en cualquier momento saldrá el sol y la noche será despejada.

Elinor se divertía a ratos o se apenaba. Sin embargo, Marianne no se daba por vencida. Cada noche veía en el brillo del fuego los indudables signos de una próxima helada y cada mañana en el aspecto de la atmósfera.

Las señoritas Dashwood no tenían motivo de queja con la forma de vida y los conocidos de la señora Jennings ni con su conducta hacia ellas, que era bondadosa en todo momento. Sus arreglos domésticos eran continuamente generosos. Si se exceptúa a unos cuantos amigos antiguos de la ciudad, a quienes nunca había dejado de tratar para disgusto de lady Middleton, no visitaba a nadie cuyo conocimiento pudiera perturbar en nada a sus jóvenes acompañantes. Elinor estaba contenta de hallarse en ese aspecto en mejor situación de lo previsto. Estaba dispuesta a transigir con las aburridas reuniones nocturnas, las cuales se organizaban en casa y fuera solamente para jugar a las cartas, cosa que no le divertía demasiado.

El coronel Brandon, invitado permanente a la casa, las acompañaba casi a diario. Acudía a contemplar a Marianne y a hablar con Elinor, para quien a menudo la conversación con él era lo que más disfrutaba del día. Pero también le preocupaba el interés persistente que mostraba por su hermana.

Temía que fuera cada vez mayor. Le entristecía ver con qué ansiedad observaba a Marianne y cómo parecía más mustio que en Barton Park.

Una semana después de su llegada, quedó patente que Willoughby estaba en la ciudad. Cuando llegaron de la salida matutina, su tarjeta reposaba sobre la mesa.

—¡Ay, Dios! —exclamó Marianne—. Ha estado aquí mientras estábamos fuera.

Elinor, contenta de saber que Willoughby estaba en Londres, se animó a decir:

—Seguro que mañana vuelve.

Marianne apenas pareció escucharla y salió corriendo con su preciada tarjeta cuando entró la señora Jennings.

Este suceso animó a Elinor y le devolvió a Marianne su anterior intranquilidad. A partir de entonces su mente fue un volcán. Sus expectativas de verlo en cualquier momento del día la anularon para todo lo demás. A la mañana siguiente insistió en quedarse en casa cuando las otras salieron.

Elinor no pudo olvidar lo que ocurriría en Berkeley Street en su ausencia. Sin embargo, un vistazo a su hermana cuando regresaron bastó para saber que Willoughby no había aparecido una segunda vez. En ese momento trajeron una nota, que dejaron en la mesa.

—¡Para mí! —exclamó Marianne corriendo hacia ella.

—No, señorita; es para la señora.

Pero Marianne la tomó de inmediato.

—Es verdad que es para la señora Jennings. ¡Qué pesadez!

—¿Esperas una carta? —dijo Elinor, incapaz de callar.

—¡Sí! Un poco... No mucho.

—No confías en mí, Marianne —dijo Elinor tras una pausa.

—¡Vamos, Elinor! ¡*Tú*, que no confías en nadie, haciendo reproches!

—¡Yo! —replicó Elinor confusa—. Marianne, es que no tengo nada que decir.

—Ni yo —repuso enérgicamente Marianne—, así que estamos en las mismas. Ninguna tiene nada que contar. Tú porque nada dices, yo porque nada escondo.

Afligida por esta acusación de ser reservada que no podía desoír, Elinor no supo cómo hacer que Marianne se le abriera.

La señora Jennings apareció enseguida y leyó en voz alta la nota. Era de lady Middleton. Anunciaba su llegada a Conduit Street la noche anterior y solicitaba el placer de la compañía de su madre y sus primas esa tarde. Sir John tenía unos negocios y un fuerte resfriado que le impedían ir a Berkeley Street. La invitación fue aceptada, pero según se acercaba la hora de la cita, aunque la cortesía hacia la señora Jennings exigía que ambas la acompañasen, Elinor no pudo convencer a su hermana de ir porque aún no sabía nada de Willoughby. Por lo tanto, estaba poco dispuesta a salir a distraerse y arriesgarse a que él se presentara en su ausencia.

Elinor había descubierto al final de la tarde que cambiar de residencia no altera la naturaleza de una persona. Aunque recién instalados en la ciudad, sir John había congregado a casi veinte jóvenes para entretenerlos con un baile. Sin embargo, lady Middleton no lo aprobaba. En el campo era aceptable un baile improvisado. Sin embargo, en Londres, donde la reputación de ser elegantes era más importante y difícil de ganar, implicaba un gran riesgo que, por complacer a unas cuantas muchachas, se supiera que lady Middleton había dado un pequeño baile para ocho o nueve parejas solamente con dos violines y un sencillo refrigerio.

El señor y la señora Palmer asistieron. El primero, a quien no habían visto desde su llegada a la ciudad porque evitaba cuidadosamente cualquier apariencia de atención hacia su suegra y jamás se le acercaba, no dio señales de haberlas reconocido al entrar. Apenas las miró, como si no supiera quiénes eran. Le dirigió una inclinación de cabeza a la señora Jennings desde el otro lado de la estancia. Marianne miró a su alrededor en cuanto entró. Fue suficiente para saber que él no estaba, así que se sentó poco dispuesta a dejarse distraer ni a dejar que la distrajeran. Tras casi una hora, el señor Palmer se acercó inadvertidamente a las señoritas Dashwood para comunicarles su sorpresa de verlas en la ciudad, aunque el coronel Brandon había tenido en su casa la primera noticia de su llegada y él mismo había dicho algo gracioso cuando supo que irían.

—Creía que las dos estaban en Devonshire —dijo.

174

—¿Sí? —respondió Elinor.

—¿Cuándo volverán?

—No lo sé.

Así terminó la conversación.

Marianne jamás había tenido tan pocas ganas de bailar como aquella noche y el ejercicio jamás la había cansado tanto. Se quejó de ello cuando volvían a Berkeley Street.

—Ya sabemos bien a qué se debe —dijo la señora Jennings—. Si cierta persona a quien no nombraremos hubiera estado allí, no habrías estado cansada. Lo cierto es que no ha estado muy bien por su parte no venir a verla después de haber sido invitado.

—¡Invitado! —exclamó Marianne.

—Eso ha dicho mi hija, lady Middleton. Según parece, sir John lo vio en algún sitio esta mañana.

Marianne no dijo nada, pero pareció herida. Viéndola así y deseosa de hacer algo para aliviar a su hermana, Elinor decidió escribir a su madre al día siguiente. Esperaba despertarle el temor por la salud de Marianne y conseguir que hiciera las indagaciones que siempre dejaba para otro momento. Su decisión se fortaleció cuando vio después del desayuno del día siguiente a Marianne escribir de nuevo a Willoughby, pues no podía imaginar que fuera a nadie más.

La señora Jennings salió sola al mediodía a hacer recados. Elinor se puso con la carta. Marianne estaba demasiado inquieta para concentrarse en nada y nerviosa para conversar, así que paseaba de una ventana a otra o se sentaba junto al fuego para sumirse en tristes reflexiones. Elinor se esmeró en su carta. Le contó a su madre todo lo acaecido y sus sospechas sobre la inconstancia de Willoughby. Por último, apeló a su deber y al cariño para instarla a que exigiera de Marianne una explicación sobre su situación con respecto al joven.

Apenas terminada la carta, una llamada a la puerta avisó de la llegada de un visitante. Poco después fue anunciado el coronel Brandon. Marianne lo había visto desde la ventana y en ese momento no quería compañía, así que salió de la habitación antes de que él entrase. El coronel parecía más serio

que de costumbre. Aunque expresó su satisfacción por encontrar a la señorita Dashwood sola, como si tuviera algo que contarle, se sentó un rato sin hablar. Elinor estaba convencida de que era algo sobre su hermana, de modo que aguardó impaciente a que él hablase. No era la primera vez que sentía esa certeza, pues antes, tras iniciar su comentario con la observación «Su hermana no tiene hoy buen aspecto» o «Su hermana parece desanimada», había parecido a punto de revelar o indagar algo concreto sobre ella. Tras unos minutos, el coronel rompió el silencio preguntando en tono inquieto que cuándo tendría que felicitarla por haber adquirido un hermano. Elinor no estaba preparada para esa pregunta. Al no tener una respuesta, tuvo que preguntarle a qué se refería. Él intentó sonreír al contestar:

— El compromiso de su hermana con el señor Willoughby es un secreto a voces.

—No puede serlo porque su propia familia no lo sabe —respondió Elinor. Él pareció sorprendido.

—Discúlpeme, creo que mi pregunta ha sido impertinente. Pero no creí que desearan guardar el secreto, ya que se escriben abiertamente y todos hablan de su boda.

—¿Cómo? ¿A quién se lo ha oído mencionar?

—A muchos... A personas a quienes no conoce usted y a otras muy cercanas: la señora Jennings, la señora Palmer y los Middleton. De todos modos, no lo habría creído (pues cuando la cabeza no quiere convencerse, el corazón siempre encontrará algo que apoye las dudas) si hoy no hubiera visto por casualidad en manos del criado que me abrió una carta para el señor Willoughby escrita por su hermana. Yo venía a preguntar, pero primero me aseguré. ¿Está todo resuelto? ¿Es posible que...? No, no tengo derecho ni posibilidades de éxito. Le ruego que me perdone, señorita Dashwood. Creo que no ha sido correcto por mi parte decir tanto, pero no sé qué hacer y confío ciegamente en su prudencia. Dígame que todo es irrevocable, que cualquier intento..., que sólo queda disimular si es que se puede.

Estas palabras fueron para Elinor una confesión directa del amor del coronel por su hermana y la afectaron en lo más hondo. En ese momento no pudo decir nada. Cuando se repuso, se debatió un rato tratando de dar con

la respuesta más adecuada. Ignoraba el estado de cosas entre Willoughby y su hermana. Si intentaba explicarlo, podía decir mucho o poco. Estaba convencida de que el afecto de Marianne por Willoughby, al margen del resultado, no dejaba al coronel Brandon esperanza de triunfo. Al mismo tiempo deseaba protegerla de cualquier censura. Así pues, después de pensarlo un rato, decidió que lo más prudente y considerado sería contar más de lo que realmente creía o sabía. Reconoció que ellos nunca le habían contado qué tipo de relaciones tenían, pero ella no dudaba sobre su afecto mutuo y no le sorprendía que se cartearan.

El coronel escuchó en silencio. Cuando ella concluyó, él se levantó de su asiento y dijo con voz emocionada «Le deseo a su hermana toda la felicidad imaginable, y a Willoughby, que se esfuerce por merecerla...» antes de despedirse y marcharse.

Esta conversación no alivió a Elinor ni calmó su inquietud con relación a otros aspectos. En realidad el infortunio del coronel le causó una triste impresión y no pudo desear que ese infortunio se desvaneciese, pues la embargaba una gran desazón solamente de pensar que se produjera el suceso que la confirmaría.

Capítulo XXVIII

Nada sucedió en los tres o cuatro días siguientes que hiciera a Elinor lamentar haber recurrido a su madre, pues Willoughby no se presentó ni escribió. Al cabo de ese tiempo, ella y su hermana debieron acompañar a lady Middleton a una fiesta a la cual no podía asistir la señora Jennings, pues su hija menor no se encontraba bien. Marianne estaba tan desanimada que no se preocupó por su aspecto, como si le diera lo mismo ir a la fiesta o quedarse, de modo que se preparó sin esperanza ni placer. Después del té se sentó junto a la chimenea del salón hasta que llegó lady Middleton. No se movió ni una vez de su sitio, ni cambió de actitud. Estaba sumida en sus pensamientos y no prestaba atención a su hermana. Cuando finalmente les dijeron que lady Middleton las aguardaba en la puerta, se sobresaltó como si hubiera olvidado que esperaban a alguien.

Llegaron puntuales a su destino y se apearon en cuanto la fila de carruajes situada delante de ellas lo permitió. Subieron las escalinatas, escucharon cómo anunciaban sus nombres en voz alta de un rellano a otro y entraron a una estancia magníficamente iluminada, abarrotada de invitados e insoportablemente calurosa. Después de cumplir con el deber de cortesía y saludar respetuosamente a la señora de la casa, pudieron mezclarse con la multitud y sufrir su parte de calor e incomodidad, sin duda acrecentados con su incorporación. Después de algunos instantes sin apenas hablar y haciendo todavía menos, lady Middleton se sumó a una partida de casino. Marianne no estaba de humor para pasear por ahí, de modo que ella y Elinor se colocaron cerca de la mesa tras haber tenido la suerte de conseguir sendas sillas.

Al poco rato, Elinor se percató de la presencia de Willoughby, que estaba a poca distancia, en animada conversación con una joven de aspecto muy elegante. Sus miradas se cruzaron y él inclinó la cabeza sin mostrar intención de hablarle o acercarse a Marianne, aunque había tenido que verla, y continuó charlando con aquella joven. Elinor se volvió hacia Marianne casi involuntariamente para ver si se le había pasado por alto. Entonces lo vio y habría corrido hacia a él con el rostro iluminado por una súbita alegría si su hermana no la hubiera detenido.

—¡Cielos! —exclamó—. Está aquí, está aquí. ¡Oh! ¿Por qué no me mira? ¿Por qué no puedo ir a hablar con él?

—Repórtate, por favor —exclamó Elinor—, y no muestres tus sentimientos ante todos. Quizá aún no te haya visto.

Sin embargo, aquello era más de lo que ella misma podía creer. Reportarse en ese momento era algo imposible para Marianne y superaba sus deseos. Se mantuvo sentada con una impaciencia agónica dibujada en el rostro.

Finalmente él se volvió y las miró a ambas. Marianne se levantó y le tendió la mano pronunciando su nombre con gran afecto. Él se acercó y, dirigiéndose más a Elinor que a Marianne, como para evitar su mirada y sin prestar atención a su gesto, preguntó apresuradamente por la señora Dashwood y cuánto tiempo llevaban en la ciudad. Elinor perdió toda su compostura ante aquella actitud y no pudo articular palabra. Pero los sentimientos de su hermana sí se manifestaron. Se ruborizó y exclamó con voz emocionada:

—¡Cielo santo! ¿Qué significa esto, Willoughby? ¿Acaso no has recibido mis cartas? ¿No vas a darme la mano?

Él no pudo seguir evitándola, pero el contacto de Marianne pareció dolerle y retuvo su mano un instante solamente. Sin duda luchaba por controlarse. Elinor observó su rostro y vio que su expresión se serenaba. Tras una breve pausa, Willoughby habló tranquilamente.

—Tuve el honor de ir a Berkeley Street el martes pasado. Lamenté mucho no haber tenido la suerte de encontrarlas en casa a ustedes ni a la señora Jennings. Espero que no se haya extraviado mi tarjeta.

—¿No has recibido mis notas? —exclamó Marianne con ansiedad—. Estoy segura de que se trata de una confusión..., una terrible confusión. ¿Qué puede significar? Dime, Willoughby, por Dios, dime, qué ocurre.

Él no contestó. El color le cambió y volvió a parecer confundido. Sin embargo, recobró el dominio sobre sí mismo, como si al cruzar su mirada con la de la joven con quien antes estaba hablando sintiera la necesidad de hacer un nuevo esfuerzo. Tras decir un «Sí, tuve el placer de recibir la nota que tuvo la bondad de hacerme llegar para comunicarme que estaba en la ciudad», se alejó deprisa tras una leve inclinación y se reunió con su amiga. Marianne, con el rostro pálido como la cal e incapaz de mantenerse de pie, se dejó caer en su silla. Elinor temió que se desmayara en cualquier momento, así que trató de protegerla de las miradas ajenas mientras la reconfortaba con agua de lavanda.

—Ve a buscarlo, Elinor, y oblígalo a volver —dijo Marianne en cuanto pudo hablar—. Dile que tengo que verlo..., que tengo que hablar con él ahora mismo. No puedo descansar..., no tendré un segundo de paz hasta que todo se aclare..., hay algún malentendido. ¡Por favor, ve a buscarlo ahora mismo!

—¿Cómo? No, querida Marianne, debes esperar. Éste no es lugar para aclaraciones. Espera hasta mañana.

Sin embargo, apenas pudo evitar que Marianne corriera tras él, y convencerla de que se contuviera y aguardara al menos con apariencia de aplomo hasta hablar con él en privado y con más probabilidades de obtener resultados fue imposible.

Marianne continuó dando salida a la pena que la embargaba en voz baja y con exclamaciones dolorosas. Poco después, Elinor vio que Willoughby salía por la puerta que conducía a la escalinata. Avisó a Marianne de que se había ido y le hizo ver que era imposible hablar con él esa misma noche para que se calmase. Marianne le rogó que instara a lady Middleton a que las llevara a casa, pues se sentía demasiado mal para permanecer allí un minuto más.

Pese a estar embebida en su partida de Casino, al saber que Marianne no se sentía bien, lady Middleton fue demasiado educada para negarse ni un instante a su deseo de irse, de modo que pasó sus cartas a una amiga y se marcharon en cuanto encontraron su carruaje. Apenas dijeron nada durante su vuelta a Berkeley Street. Marianne vivía una silenciosa agonía, abatida hasta para llorar. Por fortuna la señora Jennings aún no había regresado y pudieron retirarse de inmediato a sus habitaciones, donde Marianne volvió en sí con unas sales de amoníaco. Se desvistió y se acostó. Elinor la dejó a solas, pues era lo que parecía desear. Mientras esperaba el regreso de la señora Jennings, Elinor tuvo tiempo para reflexionar sobre lo ocurrido.

Le parecía indudable que había existido algún tipo de compromiso entre Willoughby y Marianne. También era evidente que él estaba hastiado. Aunque Marianne se aferrara a sus deseos, Elinor *no* podía atribuir la conducta de él a confusiones o malentendidos de alguna clase. Aquello solamente podía explicarse por un cambio completo en los sentimientos del joven. Su indignación habría sido mayor si no hubiera sido testigo de la turbación que lo había invadido. Esto parecía demostrar que era consciente de su mal proceder e impidió que ella lo creyera tan desalmado como para haber jugado desde el primer momento con el afecto de su hermana con fines inconfesables. La ausencia podía haber atenuado su interés y podría haber decidido ponerle fin por comodidad, pero ni intentándolo le cabía duda de que ese interés había existido.

En cuanto a Marianne, a Elinor le preocupaba terriblemente el doloroso golpe recibido en aquel aciago encuentro y los que aún recibiría de sus probables secuelas. Su propia situación era mejor comparada con la de su hermana. Aunque *estimara* a Edward como antes, su espíritu siempre podría tener un punto de apoyo por mucho que en el futuro estuvieran separados. Pero las circunstancias que hacían más áspero el dolor recibido parecían conspirar para que la desgracia de Marianne creciera hasta empujarla a una separación de Willoughby y a una ruptura inmediata e irreconciliable.

Capítulo XXIX

Antes de que la doncella encendiera la chimenea al día siguiente o de que el sol se impusiera sobre una fría y gris mañana de enero, Marianne se encontraba arrodillada frente al banco de una de las ventanas. Estaba a medio vestir y trataba de aprovechar la escasa luz que había. Escribía tan rápido como le permitían las lágrimas. Elinor la vio en esa postura cuando la agitación y los sollozos de su hermana la despertaron. Tras contemplarla unos segundos con silenciosa ansiedad, le dijo en tono respetuoso y dulce:

—Marianne, ¿puedo preguntarte...?

—No, Elinor —respondió—, no preguntes nada. Pronto lo sabrás todo.

La calma desesperada con la que dijo esto no duró más que sus palabras y enseguida le siguió la misma excesiva aflicción. Tardó unos minutos en retomar la carta. Los frecuentes arrebatos de dolor que le obligaban a detener su pluma mostraban que era la última vez que escribía a Willoughby.

Elinor le dedicó tantas atenciones como pudo, en silencio y sin molestarla. Habría intentado consolarla y calmarla más todavía si Marianne no le hubiera rogado, con el ardor de la absoluta irritación, que no le hablara. Por lo tanto, era mejor para ambas permanecer poco tiempo juntas. El ánimo inquieto de Marianne le impidió permanecer en la habitación un solo momento tras haberse vestido y la tuvo paseando por la casa hasta el desayuno. Evitaba a todos, pues necesitaba estar a solas y cambiar incesantemente de lugar.

No desayunó nada ni trató de hacerlo. Elinor se esforzó entonces por atraer todo el interés de la señora Jennings hacia ella en vez de instar, compadecer u observar con preocupación a su hermana.

El desayuno era la comida favorita de la señora Jennings, de modo que duraba bastante. Ya concluido, un criado trajo una nota para Marianne en cuanto se instalaron en torno a la mesa de costura. Ella la tomó ansiosamente y salió corriendo de la habitación con el semblante pálido. Elinor supo, como si hubiera visto las señas, que era de Willoughby. Entonces sintió tanta pena que a duras penas pudo mantener la cabeza alta y se quedó sentada temblando tanto que temió que la señora Jennings lo notase. Sin embargo, la buena señora solamente vio que Marianne había recibido una carta de Willoughby. Aquello le divirtió mucho y reaccionó riendo y expresando su esperanza de que fuera de su gusto. En cuanto a la angustia de Elinor, la señora Jennings estaba demasiado ocupada midiendo estambre para su tapiz como para notar nada. Entonces añadió con calma en cuanto Marianne desapareció:

—¡Cielos, jamás había visto a una joven tan desesperadamente enamorada! Mis hijas no se pueden comparar, y eso que solían ser bastante bobas. Pero la señorita Marianne parece totalmente alterada. Espero de corazón que él no le haga esperar demasiado, pues apena verla tan enferma y desolada. Cuénteme, ¿cuándo se casan?

Aunque nunca se había sentido menos dispuesta a hablar, Elinor se obligó a responder a semejante ofensiva y repuso tratando de sonreír:

—¿Realmente se ha convencido de que mi hermana está comprometida con el señor Willoughby? Creí que se trataba de una broma, pero algo tan serio parece implicar algo más, así que le ruego que deje de engañarse. Puedo asegurarle que la primera sorprendida sería yo si oyera que van a casarse.

—¡Qué vergüenza, señorita Dashwood! ¡Cómo puede decir eso! ¿Es que no sabemos que su unión es segura..., que se enamoraron como locos nada más verse? ¿No los vi juntos en Devonshire todos los días de la mañana a la noche? ¿Cree que no sabía que su hermana me acompañó a la ciudad para comprar el ajuar? Vamos, así no conseguirá nada. Piensa que, porque usted disimula muy bien, nadie se percata de nada. Pues créame que hace ya mucho tiempo que todos lo saben en la ciudad. Yo se lo cuento a todo el mundo y también Charlotte.

—De verdad que se equivoca, señora —dijo Elinor con gran seriedad—. Está haciendo algo muy poco bondadoso al ir extendiendo la noticia y, aunque ahora no me crea, ya lo verá.

La señora Jennings rio nuevamente. Elinor no quiso decir más. Ardía en deseos de saber qué había escrito Willoughby, así que corrió a su habitación, donde, al abrir la puerta, vio a Marianne tirada en la cama. Estaba casi ahogada de pena, con una carta en la mano y dos o tres más esparcidas a su alrededor. Elinor se acercó sin decir nada. Se sentó entonces en la cama, le tomó una mano, la besó con cariño y sollozó con menos violencia que Marianne. Ésta, aunque fuera incapaz de hablar, pareció sentir la ternura del gesto. Tras unos momentos, unidas en la aflicción, puso las cartas en las manos de Elinor. Después se cubrió el rostro con un pañuelo y casi gritó de agonía. Elinor sabía que la pena debía seguir su curso por horrible que fuera de contemplar, de modo que no se apartó de su lado hasta que se agotaron los excesos del dolor. A continuación, tomando nerviosamente la carta de Willoughby, la leyó:

Bond Street, enero

Mi estimada señora:

Acabo de tener el honor de recibir su carta, por la cual le ruego que acepte mi agradecimiento más sincero. Me preocupa saber que no aprueba usted algo de mi comportamiento de anoche. Aunque me siento incapaz de descubrir en qué pude ofenderla tan desafortunadamente, le ruego su perdón y le aseguro que fue del todo involuntario. Siempre recordaré mi relación con su familia en Devonshire con el más profundo placer y reconocimiento, y quisiera creer que ningún error o mala interpretación de mis acciones la romperá. Aprecio con sinceridad a toda su familia. No obstante, si por desgracia he dado pie a que mis sentimientos parecieran mayores de lo que son o de lo que quise expresar, me reprocharé no haber sido más cuidadoso en las muestras de ese afecto. Comprenderá que no es posible que alguna vez haya querido

decir más cuando sepa que desde hace mucho tiempo mi afecto ha estado comprometido en otra parte, y que creo que en pocas semanas este compromiso se hará efectivo. Obedezco con pena su orden de devolverle las cartas con las que me ha honrado y el mechón de sus cabellos que tan amablemente me regaló.

Quedo, estimada señora, como su más obediente y humilde servidor.

John Willoughby

Se puede suponer con qué indignación leyó Elinor aquella carta. Ya antes de leerla era consciente de que debía contener una confesión de su ligereza y confirmar su separación definitiva. ¡Pero no imaginaba que recurriera a ese lenguaje para anunciarlo! Tampoco habría tenido a Willoughby por alguien capaz de apartarse tanto de las formas propias de sentimientos honorables y delicados... Enviar una carta tan abiertamente cruel se apartaba de la corrección de un caballero. Era una misiva que, en lugar de expresar su deseo de quedar libre manifestando arrepentimiento, no reconocía ningún abuso de confianza y negaba que hubiera existido ningún afecto especial... Era una misiva cargada de insultos y gritaba que su autor era vil hasta la médula.

La examinó un rato con indignado asombro. Después la leyó varias veces, lo cual sirvió solamente para alimentar su odio por aquel hombre. Sus sentimientos hacia él eran tan amargos que ni se permitió hablar para no echar sal en las heridas de Marianne presentando el fin del compromiso no como una pérdida para ella, sino como un escape al peor y más irremediable de los males, una unión con un hombre sin principios, como una liberación y una bendición.

Meditó seriamente sobre el contenido de la carta, sobre la mente depravada que la redactó y, probablemente, sobre la naturaleza diferente de una persona muy distinta sin más relación con el asunto que la que su corazón le asignaba con cada cosa que sucedía. Así olvidó la pena de su hermana y las tres cartas que aún no había leído. Olvidó de tal forma el tiempo que había estado en la habitación que, cuando oyó un carruaje llegar a la puerta, se acercó a la ventana para ver quién venía a horas tan tempranas y se sorprendió al ver que era el coche de la señora Jennings, pues sabía que había sido ordenado a la una. Decidida a no dejar a Marianne, aunque sin esperanza de poder calmarla, corrió a excusarse de acompañar a la señora Jennings, pues su hermana estaba indispuesta. La señora Jennings aceptó la excusa con una alegre preocupación. Tras despedirse de ella y ver que se iba, Elinor regresó junto a Marianne. La halló tratando de levantarse de la cama y llegó a su lado a tiempo de impedir que terminara en el suelo, débil y aturdida por una prolongada falta de descanso y alimento. Había pasado varios días sin probar bocado y muchas noches sin dormir realmente. Ahora, cuando su mente ya no se mantenía por el suspenso febril, surgieron las consecuencias en forma de una cabeza dolorida, un estómago débil y unos nervios a flor de piel. Elinor le llevó un vaso de vino que la restauró un poco. Finalmente Marianne pudo expresar parte de su afecto diciendo:

—¡Pobre Elinor! ¡Cuántas penas te doy!

—Ojalá hubiera algo que yo *pudiera* hacer para consolarte —repuso su hermana.

Aquello, como cualquier otra cosa, fue demasiado para Marianne, que solamente pudo exclamar con toda la angustia de su corazón: «¡Ay, Elinor, qué miserable me siento!», antes de que su voz quedara ahogada por los sollozos.

Elinor no pudo contemplar más en silencio aquel dolor que fluía sin resistencia.

—Sé fuerte, Marianne —exclamó—, o te matarás tú y a quienes te quieren. Piensa en mamá. Piensa en su pena si se entera de que *tú* sufres. Tienes que esforzarte por ella.

—No puedo, no puedo —gritó Marianne—. Déjame, déjame si te agobio. Déjame, ódiame, olvídame; pero no me tortures. ¡Ay! ¡Qué fácil es para quien no tiene penas hablar de esforzarse! Dichosa tú, Elinor. *Tú* ni te imaginas cuánto sufro.

—¡Me llamas a *mí* dichosa, Marianne! ¡Ay, si tú supieras! ¡Cómo crees que puedo serlo viéndote tan triste!

—Perdóname, perdóname —dijo Marianne abrazándola—. Sé que me compadeces. Sé qué corazón tan bueno tienes. Pero aun así eres..., debes ser feliz. Edward te ama... ¡Dime qué podría matar una felicidad como ésa!

—Muchas circunstancias —dijo Elinor solemnemente.

—No, no —exclamó Marianne con vehemencia—. Te ama a ti y a nadie más. No *puedes* tener penas.

—No puedo disfrutar de nada viéndote en semejante estado.

—Y nunca me verás de otro modo. Mi pena no tiene remedio.

—No hables así, Marianne. ¿Es que no tienes alegrías? ¿No tienes amigos? ¿Tan grande es tu pérdida que no hay consuelo posible? Por mucho que sufras ahora, piensa cuánto habrías sufrido si hubieras descubierto su carácter más adelante..., si tu compromiso se hubiera alargado meses y meses, como podría haber ocurrido, antes de que él decidiera terminarlo. Cada día de infeliz confianza por tu parte habría empeorado el golpe.

—¡Compromiso! —exclamó Marianne—. No ha habido ninguno.

—¡Ningún compromiso!

—No, no es tan indigno como crees. No me ha engañado.

—Pero dijo que te amaba, ¿no?

—Sí..., no..., nunca del todo. Estaba implícito, pero jamás lo declaró abiertamente. A veces creía que lo había..., pero nunca lo hizo.

—¿Y le escribiste?

—Sí... ¿Podía estar mal después de lo ocurrido?... Pero no puedo hablar.

Elinor calló y miró de nuevo las tres cartas, que ahora le despertaban más curiosidad que antes, y las leyó. La primera, la enviada por su hermana al llegar a la ciudad, decía:

> Berkeley Street, enero
>
> ¡Qué sorpresa te llevarás al recibir esta carta, Willoughby! Creo que cuando sepas que estoy en la ciudad te sorprenderás aún más. La oportunidad de venir, aunque fuera con la señora Jennings, era una tentación que no pude resistir. Ojalá recibas esta carta a tiempo de visitarme esta noche, aunque no cuento con ello. En todo caso, te espero mañana. Por ahora, *adieu*.
>
> M. D.

La segunda nota, escrita la mañana después del baile en casa de los Middleton, decía:

No puedo expresar mi decepción por no haber estado en casa cuando viniste ayer ni mi asombro por no haber recibido respuesta a la carta que te envié hace una semana. He esperado saber de ti y verte en todo momento del día. Te ruego que vengas en cuanto puedas y me expliques por qué me has tenido esperando en vano. Sería mejor que vinieras más temprano la próxima vez, pues solemos salir sobre la una. Anoche estuvimos en casa de lady Middleton, que ofreció un baile. Me dijeron que estabas invitado. ¿Es posible? Tienes que haber cambiado mucho desde que nos separamos si no acudiste. Pero no quiero creerlo y espero que pronto me asegures en persona que sigues siendo el mismo.

M. D.

La última decía:

¿Qué debo imaginar de tu conducta de anoche, Willoughby? De nuevo te exijo una explicación. Me había preparado para encontrarte con la natural alegría de verte tras nuestra separación, con la familiaridad que me parecía justificar nuestra intimidad en Barton. ¡Y cómo me menospreciaste! He pasado una noche horrenda tratando de excusar una conducta que sólo se puede considerar como poco insultante. Aunque aún no he podido encontrar una justificación razonable para tu forma de obrar, estoy dispuesta a escucharla de ti. Quizá te han informado mal o engañado sobre algo relativo a mí que pueda haberme rebajado en tu opinión. Dime de qué se trata, aclárame los motivos y me daré por satisfecha si puedo explicarme. Me apenaría mucho tener que pensar mal de ti, pero si debo hacerlo, si voy a descubrir que no eres como habíamos creído hasta ahora, que tu aprecio por todas nosotras era falso y tu único propósito hacia mí era engañarme, quiero saberlo cuanto antes. Ahora me siento indecisa. Quiero perdonarte, pero tener la certeza que sea aliviará mi actual sufrimiento. Si tus sentimientos ya no son los de antaño, devuélveme mis cartas y mi mechón de pelo.

M. D.

Por respeto a Willoughby, Elinor no habría estado dispuesta a creer que aquellas cartas tan afectuosas y llenas confianza merecieran la respuesta recibida. Pero su condena de la actuación de él no le impedía ver que no fue apropiado escribirlas. En su fuero interno lamentaba la imprudencia que había dado muestras de ternura no solicitadas, injustificadas y que condenaban duramente los hechos, cuando Marianne observó que contenían solamente lo que cualquiera habría escrito en su situación.

—Me sentía —añadió Marianne— tan solemnemente comprometida con él como si estuviéramos unidos por un pacto legal.

—Me lo creo —dijo Elinor—, pero desgraciadamente él no sentía lo mismo.

—Sí *sentía* lo mismo, Elinor..., semana tras semana. Lo sé. No importa qué le ha hecho cambiar ahora. Sólo las más negras artes contra mí pueden haberlo logrado. Alguna vez me quiso tanto como yo pudiera desear. Este mechón de pelo, al que ahora renuncia tan fácilmente, se lo di después de que me lo rogara una y otra vez. ¡Si hubieras visto su aspecto y sus modales, si lo hubieras escuchado entonces! ¿Ya has olvidado la última tarde que pasamos juntos en Barton? ¡Y la mañana de nuestra separación! Cuando me dijo que podrían pasar semanas antes de que volviéramos a vernos... ¿Cómo puedo olvidar su pena?

Por unos instantes no pudo decir más. Sin embargo, cuando se calmó, añadió con voz firme:

—Elinor, me han utilizado de la forma más cruel, pero no Willoughby.

—¿Quién entonces, Marianne? ¿Quién puede haberlo inducido?

—Todos, más que su corazón. Antes creería que todo el mundo a quien conozco conspiraría para rebajarme ante sus ojos que creer que él tenga una naturaleza tan cruel. La mujer sobre quien escribe, quien sea o cualquiera excepto tú, querida hermana, mamá y Edward, puede haber sido tan desalmado como para deshonrarme. ¿Hay alguien en este mundo de quien sospecharía menos que de Willoughby, cuyo corazón conozco tan bien?

Elinor no quiso discutir y dijo:

—Quienquiera que sea ese enemigo tuyo tan detestable, privémosle de su mezquino triunfo haciéndole ver que tu conciencia inocente y tus buenas intenciones son tan nobles que mantienen tu ánimo. Es razonable y digno de alabanza un orgullo que se levanta contra semejante maldad.

—No, no —exclamó Marianne—, una pena como la mía no es vanidosa. No me importa que sepan lo mal que me siento. Todos pueden contemplar el triunfo de verme así. Elinor, quienes sufren poco pueden ser tan vanidosos e independientes como quieran; pueden aguantar los insultos o humillar... Pero yo no. Debo sentirme, ser infeliz... y bienvenidos quienes disfruten con ello.

—Pero por mamá y por mí.

—Haría más que por mí misma. Pero mostrar alegría cuando me siento tan desdichada... ¡Oh! ¿Quién podría pedirme eso?

Volvieron a callar. Elinor caminaba pensativa de la chimenea a la ventana y viceversa. No sentía el calor que le llegaba de la una, ni veía a través de la otra. Sentada a los pies de la cama con la cabeza contra uno de sus pilares, Marianne tomó la carta de Willoughby. Tras estremecerse ante cada frase, exclamó:

—¡Es demasiado! ¡Oh, Willoughby, cómo puedes hacerme esto! Ser cruel, nada puede redimirte. Nada, Elinor. No importa lo que pueda haber oído en mi contra... ¿No debería haber suspendido el juicio? ¿No debería habérmelo dicho y permitir que me defendiese? «El mechón de sus cabellos —repitió— que tan amablemente me regaló»... Eso es imperdonable. Willoughby, ¿dónde tenías el corazón al escribir semejantes palabras? ¡Oh, qué desvergüenza! Elinor, ¿es justificable?

—No, Marianne, de ningún modo.

—Y esa mujer... ¡Quién sabe cuáles habrán sido sus mañas, cuánto tiempo lo habrá planeado y cómo lo habrá hecho! ¿Quién es? ¿Quién puede ser? ¿A cuál de sus conocidas mencionó Willoughby como joven y atractiva? ¡Oh! A nadie, a nadie... Sólo me hablaba de mí.

Tras una pausa, Marianne, muy nerviosa, terminó así:

—Elinor, debo ir a casa y consolar a mamá. ¿Podemos irnos mañana?

—¡Mañana, Marianne!

—Sí, ¿para qué quedarme aquí? Vine sólo por Willoughby... ¿A quién le importo ahora? ¿Quién se interesa por mí?

—Sería imposible irnos mañana. Le debemos mucho más que cortesía a la señora Jennings. Una partida tan de repente es de muy mala educación.

—De acuerdo, entonces en uno o dos días más, pero no puedo quedarme aquí, no puedo quedarme y soportar las preguntas y observaciones de toda esa gente. Los Middleton, los Palmer... ¿Cómo voy a aguantar su compasión? ¡La compasión de alguien como la señora Jennings! ¡Ah, qué diría *él* de eso!

Elinor le aconsejó que se acostara y así lo hizo un rato, pero ninguna postura la serenaba. Cambiaba de posición en un doloroso desasosiego de alma y cuerpo y se iba alterando cada vez más. Su hermana apenas pudo mantenerla en la cama y hubo momentos en que temió verse obligada a pedir auxilio. Sin embargo, unas gotas de lavanda que pudo convencerla para que tomara le sirvieron de ayuda. Desde entonces y hasta el regreso de la señora Jennings se quedó en la cama, callada y en reposo.

Capítulo XXX

A su regreso, la señora Jennings fue directamente al dormitorio de Elinor y Marianne, abrió la puerta sin esperar a que respondieran a su llamada y entró con aire verdaderamente preocupado.

—¿Cómo está, querida? —preguntó en tono compasivo a Marianne, que apartó el rostro sin siquiera tratar de responder—. ¿Cómo está, señorita Dashwood? ¡Pobre! Tiene muy mal aspecto. No me extraña. Sí, pues es verdad. Va a casarse pronto... ¡El muy inútil! No lo soporto. La señora Taylor me lo contó hace media hora y a ella, una amiga íntima de la mismísima señorita Grey, o nunca lo habría creído. Me quedé de piedra cuando lo supe. Bueno, dije, solamente puedo decir que, si es verdad, se ha portado como un sinvergüenza con una joven a quien conozco. Le deseo de todo corazón que su esposa le amargue la vida. Siempre lo diré, querida, puede estar segura. No sé dónde terminarán los hombres a este paso. Si vuelvo a verlo alguna vez, le echaré un rapapolvo que no olvidará. Pero consuélese, mi querida señorita Marianne. No es el único joven del mundo que vale la pena y a usted jamás le faltarán admiradores con esa cara suya tan bonita. ¡Ay, pobre! No la molestaré más porque lo mejor será que se desahogue y pase página. Por suerte, esta noche van a venir los Parry y los Sanderson. Eso la distraerá.

A continuación salió de puntillas de la habitación, como si creyera que el ruido aumentaría la aflicción de su joven amiga.

Para sorpresa de Elinor, Marianne decidió cenar con ellas pese a que ella se lo desaconsejó. «No, iba a bajar. Lo soportaría sin problema y el barullo a su alrededor sería menor.» Contenta de que por el momento ese motivo la guiara y aunque no la creyera capaz de sentarse a cenar, Elinor no dijo más. Le arregló el vestido lo mejor que pudo mientras Marianne seguía tumbada en la cama y estuvo lista para acompañarla al comedor cuando las llamaron.

Una vez allí comió más y con mayor calma de lo que su hermana había esperado pese a su aire infeliz. Si hubiera intentado hablar o se hubiera percatado de la mitad de las bienintencionadas pero erradas atenciones de la señora Jennings, no habría sido capaz de mantener la calma. Sin embargo, no salió ni una sílaba de sus labios y su aturdimiento la mantuvo ajena a cuanto sucedía a su alrededor.

Elinor valoraba la bondad de la señora Jennings aunque su efusividad a menudo fuera irritante y hasta ridícula a veces. Aun así le dio las gracias y correspondió a las muestras de cortesía que su hermana no podía expresar o realizar por sí misma. Su buena amiga veía que Marianne era infeliz y creía que le debían todo aquello que pudiera aliviar su pena. La trató con la cariñosa condescendencia de una madre hacia su hijo predilecto durante su último día de vacaciones. Debían poner a Marianne en el mejor lugar junto a la chimenea, había que tentarla con los platos más exquisitos y distraerla con las noticias de la jornada. Si Elinor no hubiera visto en la expresión abatida de su hermana un obstáculo a todo júbilo, habría disfrutado de los esfuerzos de la señora Jennings por curar un desengaño amoroso con todo un despliegue de confituras, aceitunas y un buen fuego en la chimenea. Pero en cuanto la conciencia de todo aquello se abrió paso en Marianne tras las incesantes repeticiones, no pudo seguir allí, de modo que se levantó y salió corriendo con una exclamación de dolor y una seña a su hermana para que no la siguiera.

—¡Pobre! —exclamó la señora Jennings apenas salió—. ¡Qué pena me da verla! ¡Fíjense que se ha marchado sin terminarse su vino! ¡Y ha dejado las cerezas confitadas! ¡Dios mío! Nada parece servir. Si supiera de algo que le tentara, lo mandaría buscar por toda la ciudad hasta que lo encontrasen. ¡Es increíble que un hombre haya tratado tan mal a una muchacha tan guapa!

Pero cuando el dinero abunda en un lado y escasea en el otro... ¡Válgame Dios, ya no les importan estas cosas!

—Entonces, la dama en cuestión, la señorita Grey creo que la llamó, ¿es rica?

—Cincuenta mil libras, querida. ¿La ha visto alguna vez? Una chica elegante, siempre a la moda, se dice, pero para nada guapa. Recuerdo muy bien a su tía, Biddy Henshawe. Se casó con un hombre muy rico. Claro que todos en la familia lo son. ¡Cincuenta mil libras! Se mire por donde se mire llegan a tiempo porque se rumorea que él está en la ruina. ¡Siempre exhibiéndose con su calesa, sus caballos y sus perros de caza! No pretendo juzgar, pero cuando un joven cualquiera llega y enamora a una chica guapa y le promete matrimonio, no tiene derecho a retirar su palabra sólo por haberse arruinado y encontrar una muchacha rica dispuesta a aceptarlo. ¿Por qué no vende sus caballos, alquila su casa, despide al servicio y cambia de vida? Seguro que la señorita Marianne habría esperado a que las cosas se arreglaran. Pero así no se hacen las cosas hoy en día. Los jóvenes ahora no renuncian a ningún placer.

—¿Sabe usted qué clase de persona es la señorita Grey? ¿Tiene fama de amable?

—Nunca he oído nada malo de ella. Lo cierto es que casi nunca la he oído mencionar. Sólo sé que la señora Taylor dijo esta mañana que la señorita Walker le insinuó un día que creía que el señor y la señora Ellison no lamentarían ver casada a la señorita Grey porque ella y la señora Ellison nunca se habían llevado bien.

—¿Y quiénes son los Ellison?

—Sus tutores, querida. Pero ya es mayor de edad y puede decidir ella misma. ¡Y qué elección ha hecho! Ahora —dijo tras una breve pausa—, su pobre hermana se ha ido a su habitación, supongo que a lamentarse a solas. ¿Hay algo que se pueda hacer para consolarla? Pobre, me parece tan cruel dejarla sola. Bueno, ya traeremos nuevos amigos. Eso la divertirá. ¿A qué podemos jugar? Sé que a ella no le gusta el *whist*, ¿hay algún juego que le entretenga?

—Mi querida señora, no es necesaria tanta amabilidad. Estoy absolutamente segura de que Marianne no saldrá de su habitación esta noche.

Si puedo, intentaré convencerla para que se acueste pronto. Estoy segura de que necesita descanso.

—Claro, será lo mejor. Que diga qué le apetece comer y se acueste. ¡Señor! No me sorprende su mala cara y que estuviera tan triste la semana pasada y la anterior. Me imagino que ha soportado esto todo ese tiempo. ¡Y la carta de hoy ha sido el remate! ¡Pobre! Si lo hubiera sabido, no le habría gastado bromas al respecto ni por todo el oro del mundo. Pero, ya sabe, ¿cómo iba yo a imaginármelo? Estaba segura de que era una carta de amor normal y corriente, y ya sabe que a los jóvenes les gusta que uno se ría un poco a costa de ellos con ese tipo de cosas. ¡Señor! ¡Cómo se preocuparán sir John y mis hijas cuando se enteren! Si tuviera la cabeza fría, podría haber pasado por Conduit Street de camino a casa y contárselo. Pero ya los veré mañana.

—Estoy segura de que no será necesario avisar a la señora Palmer ni a sir John de que no mencionen al señor Willoughby ni lo sucedido delante de mi hermana. Su propia bondad les indicará lo cruel que es mostrar que saben algo. Como bien supondrá, mi querida señora, cuanto menos me hablen a mí de esto, más sufrimientos me ahorrarán.

—¡Por Dios! ¡Claro! Debe ser terrible para usted escuchar los comentarios. En cuanto a su hermana, le aseguro que no le diré absolutamente nada. Ya ha visto que no lo hice durante la cena. Tampoco lo harán sir John ni mis hijas porque son muy considerados, en especial si yo se lo sugiero, cosa que haré. Creo que cuanto menos se diga de estas cosas, mejor. Además, así desaparecen más deprisa y se olvidan. ¿Cuándo ha salido algo bueno de hablar de ello, verdad?

—En este caso sólo puede hacer daño... Quizá más que en otros parecidos, pues algunas circunstancias de éste hacen inconveniente que sea la comidilla de todo el mundo por el bien de los interesados. Debo reconocer al señor Willoughby que no ha roto ningún compromiso real con mi hermana.

—¡Por Dios, querida! No intente salir en su defensa. ¡Dice que ningún compromiso real tras llevarla por toda la casa de Allenham y enseñarle las habitaciones donde vivirían en el futuro!

Elinor no quiso seguir con aquello pensando en su hermana. Esperaba también por Willoughby que no le pidieran hacerlo, pues, aunque Marianne tenía mucho que perder, poco ganaría él si la verdad salía a la luz. Tras un breve silencio, la señora Jennings retomó el tema con su característico buen humor.

—En fin, como dicen, cuando una puerta se cierra otra se abre porque con todo esto el coronel Brandon sale ganando. Al final la tendrá, claro. Ya le digo yo que estarán casados para el verano. ¡Señor! ¡Cuánto disfrutará el coronel con la noticia! Espero que venga esta noche. Apostaría lo que sea a que para su hermana será una unión mucho mejor. Dos mil anuales sin deudas ni cargas... excepto, claro, la joven, su hija natural. La olvidaba, pero pueden ponerla en algún sitio de aprendiza sin grandes gastos, entonces no tendrá importancia. Delaford es un sitio agradable, se lo aseguro. Es lo que llamo un lugar agradable a la antigua usanza, confortable y lleno de comodidades. Lo rodea un gran huerto con los mejores árboles frutales de toda la región, ¡y una morera en una esquina! ¡Señor! ¡Charlotte y yo nos hartamos cuando fuimos! También hay un palomar, buenos estanques con peces para la mesa y un bonito canal; en fin, todo cuanto uno podría desear. Además, está cerca de la iglesia, a un cuarto de milla de un camino de portazgo, así que nunca te aburres. Uno se sienta en una vieja glorieta bajo un tejo detrás de la casa y se ven los carruajes. ¡Ay, es un lugar precioso! Hay un carnicero en el pueblo y la casa del párroco está a un tiro de piedra. Para mí es mucho más bonito que Barton Park, donde hay que caminar tres millas para ir a buscar carne y el único vecino cercano es su madre. Bueno, animaré al coronel en cuanto pueda. Ya sabe que un clavo saca otro claro. ¡Si *pudiéramos* quitarle a Willoughby de la cabeza!

—Ay, si al menos pudiéramos hacer *eso* —dijo Elinor—, nos arreglaríamos muy bien con o sin el coronel Brandon.

Entonces se levantó y fue con Marianne. La encontró, como esperaba, en su dormitorio, inclinada en silenciosa consternación sobre los rescoldos de la chimenea, que habían sido su única luz hasta que entró Elinor.

—Prefiero estar sola —fueron las únicas palabras que pronunció.

—Te dejaré si te acuestas —replicó Elinor.

Pero se negó con la obstinación momentánea de un sufrimiento vehemente. Sin embargo, los argumentos insistentes, aunque amables, de su hermana la serenaron. Antes de irse, Elinor vio cómo recostaba su dolorida cabeza sobre la almohada y, como esperaba, se iba calmando. Entonces fue al salón y se le unió la señora Jennings con un vaso de vino en la mano.

—Querida, acabo de recordar que tengo un poco de vino añejo de Constantia, así que he traído un vaso para su hermana. ¡Mi pobre esposo! ¡Mira que le gustaba! Siempre que le daba uno de sus ataques de gota hepática, decía que era lo mejor del mundo. Por favor, lléveselo a su hermana.

—¡Qué buena es usted, mi querida señora! —Elinor sonrió por lo distintos que eran los males para los que lo recomendaba—. Pero acabo de dejar a Marianne acostada y espero que medio dormida. Como creo que el descanso será lo mejor, me lo beberé yo si no le importa.

La señora Jennings lamentó no haber llegado cinco minutos antes, pero se dio por satisfecha. Mientras bebía, Elinor pensó que su efecto en la gota hepática carecía de importancia en ese momento, pero sus poderes curativos sobre un corazón desengañado eran demostrables en ella y en su hermana. El coronel Brandon llegó a la hora del té. Por su forma de mirar en torno a él para ver si estaba Marianne, Elinor imaginó que no esperaba verla allí ni lo deseaba y, en pocas palabras, que sabía el motivo de su ausencia. La señora Jennings no pensó lo mismo, pues al poco de llegar el coronel cruzó la habitación hasta la mesa de té que presidía Elinor y le susurró:

—El coronel está tan serio como siempre. No sabe lo sucedido. Cuénteselo usted, querida.

Poco después él acercó una silla a la mesa de Elinor y, en un tono que la hizo sentirse segura de que sabía lo ocurrido, se interesó por su hermana.

—Marianne no se encuentra bien —dijo ella—. Ha estado indispuesta todo el día y la hemos convencido de que se acueste.

—Entonces, quizá sea verdad lo que oí esta mañana... —vaciló él—. Quizá sea más cierto de lo que creí posible al principio.

—¿Qué oyó?

—Que un caballero de quien yo tenía motivos para pensar... Bueno, que un hombre de quien yo *sabía* que estaba comprometido... ¿Cómo se lo diría? Si ya lo sabe, como es seguro, puede ahorrarme tener que hacerlo.

—Se refiere al matrimonio del señor Willoughby con la señorita Grey —dijo Elinor con una calma forzada—. Sí, ya lo *sabemos* todo. Parece que hoy ha sido un día de aclaraciones porque esta mañana lo descubrimos. ¡El señor Willoughby es incomprensible! ¿Dónde lo oyó usted?

—En una tienda de artículos de escritorio en Pall Mall, adonde fui esta mañana. Dos señoras esperaban su coche y una le contó a la otra lo de la boda en una voz tan indiscreta que no pude evitar oírlo. Me llamó la atención el nombre de Willoughby, John Willoughby. Lo repitió varias veces. Luego contó que todo estaba decidido con relación a su matrimonio con la señorita Grey. No era ningún secreto que la boda se celebrará en pocas semanas. Añadió más detalles sobre los preparativos y otros asuntos. Recuerdo en concreto algo que me permitió identificar al hombre con más precisión. En cuanto se haya celebrado la ceremonia irán a Combe Magna, su propiedad en Somersetshire. ¡Ni se imagina mi asombro! Pero no puedo describir lo que sentí. Me quedé en la tienda hasta que se fueron y, cuando pregunté por la comunicativa dama, me contaron que era una tal señora Ellison. Según me han dicho, así se llama el tutor de la señorita Grey.

—Cierto. Y ¿oyó también que la señorita Grey tiene cincuenta mil libras? Eso explica todo si es que algo puede explicarlo.

—Podría ser. Pero Willoughby es capaz... Al menos eso creo —calló un instante. A continuación agregó con una voz que parecía desconfiar de sí misma—: Y su hermana, ¿cómo lo ha...?

—Ha sufrido mucho. Sólo me queda esperar que sea proporcionalmente breve. Ha sido, es, la aflicción más cruel. Creo que hasta ayer ella jamás dudó del afecto de Willoughby. Aun ahora quizá..., pero casi tengo la certeza de que a él jamás le interesó ella. ¡Ha sido tan hipócrita! Parece haber cierta dureza de corazón en él para algunas cosas.

—¡Ay! —exclamó el coronel Brandon—. Sin duda la hay. Pero su hermana no..., me parece habérselo oído a usted..., no piensa como usted, ¿verdad?

—Ya sabe cómo es y se imaginará cómo lo justificaría si pudiera.

Él no respondió. Poco después, cuando retiraron el servicio de té y se formaron los grupos para jugar a las cartas, dejaron el tema. La señora Jennings los había observado conversar con gran placer. Esperaba ver en el coronel Brandon una alegría instantánea gracias a las palabras de la señorita Dashwood. Esperaba una alegría como la de un hombre en la flor de la edad, la esperanza y el júbilo. Pero le asombró verlo más pensativo y serio que nunca el resto de la tarde.

Capítulo XXXI

Tras una noche en que durmió más de lo esperado, Marianne despertó a la mañana siguiente para sentirse tan derrotada como cuando cerró los ojos.

Elinor la animó cuanto pudo a hablar sobre lo que sentía. Antes del desayuno ya habían hablado del asunto una y otra vez, Elinor sin alterar su tranquila certeza y con consejos cariñosos, Marianne sin abandonar sus impetuosas emociones y cambiando constantemente de opinión. A veces creía a Willoughby tan desgraciado e inocente como ella, a veces se desesperaba ante la imposibilidad de perdonarlo. A ratos los comentarios del mundo no le importaban, a ratos se retiraría para siempre del mundo, y luego lo resistiría con todas sus fuerzas. Sin embargo, siempre que era posible evitaba la presencia de la señora Jennings cuando tocaba ese punto y guardaba silencio cuando ella lo sacaba a colación. Su corazón se negaba a creer que la señora Jennings pudiera compadecerla.

—No, no puede ser —exclamó—; es incapaz de sentir. Su amabilidad no es compasión ni su buen carácter es ternura. Sólo le interesa el cotilleo y yo le gusto porque se lo pongo en bandeja.

Elinor no tenía que oír esto para saber las injusticias que podía cometer su hermana, movida por el irritable refinamiento de su mente, cuando opinaba sobre el prójimo, y la gran importancia que atribuía a las delicadezas propias de una gran sensibilidad y a la gallardía de los modales cultivados. Como medio mundo, si más de medio mundo fuera inteligente y bueno,

Marianne no era razonable ni justa a pesar de sus grandes cualidades y de su excelente disposición. Esperaba que los demás compartieran sus opiniones y sentimientos, y calificaba sus motivos por el efecto inmediato de sus acciones sobre ella. Así fue como, estando las hermanas en su dormitorio después del desayuno, sucedió algo que empeoró aún más si cabe su opinión sobre la calidad de los sentimientos de la señora Jennings cuando su propia debilidad permitió que le infligiera un nuevo dolor, aunque la señora hiciera todo con su mejor voluntad.

Entró con una carta en la mano y una sonrisa radiante porque se creía portadora de consuelo.

—Querida, le traigo algo que seguramente le hará bien —dijo.

Marianne no necesitaba oír más. Su imaginación le pintó una carta de Willoughby llena de ternura y arrepentimiento en la que explicaba todo de manera satisfactoria y convincente. Le seguiría el propio Willoughby corriendo a sus pies y con su mirada elocuente para reforzar lo dicho en la carta. La obra de un segundo quedó destruida por el siguiente. Frente a ella estaba la letra de su madre, que hasta entonces jamás había sido mal recibida. Su decepción tras un éxtasis que había nacido de algo más que esperanza fue tan aguda que sintió como si nunca hasta ese momento hubiera sufrido.

La crueldad de la señora Jennings no tenía calificativo, aunque lo hubiera sabido en sus momentos de elocuencia más feliz. Ahora solamente podía hacerle reproches con las lágrimas que le inundaron los ojos con pasión. Pero la destinataria del reproche ni se inmutó y, tras muchas expresiones de compasión, se retiró entregándole la carta como si le entregara un gran consuelo. Cuando se calmó lo bastante para leerla, poco alivio halló. Cada línea estaba llena de Willoughby. La señora Dashwood, confiando aún en su compromiso y creyendo con su habitual candor en la lealtad del joven, había resuelto pedir a Marianne una mayor franqueza debido a la insistencia de Elinor. Lo había hecho con tanta ternura y afecto por Willoughby, con tal certeza sobre la felicidad que ambos hallarían, que no pudo dejar de llorar desconsoladamente hasta terminar la carta.

Marianne se impacientó de nuevo por regresar a su hogar. Nunca había querido tanto a su madre, incluso por el exceso de equivocada confianza en Willoughby, y deseaba partir ya. Incapaz de decidir qué sería mejor para Marianne, si quedarse en Londres o ir a Barton, Elinor la consoló recomendándole paciencia hasta que supieran qué deseaba su madre. Al final logró que su hermana consintiera en aguardar hasta saberlo.

La señora Jennings salió más pronto que de costumbre, pues no podía calmarse hasta que los Middleton y los Palmer pudieran lamentarse tanto como ella. Tras rechazar el ofrecimiento de Elinor de acompañarla, estuvo fuera el resto de la mañana. Afligida y consciente del dolor que causaría, Elinor supo por la carta a Marianne que apenas había tenido éxito en preparar a su madre. Así pues, se sentó a escribirle para informarle de lo ocurrido y pedirle consejo. Entretanto, Marianne fue al salón cuando salió la señora Jennings. Allí se quedó inmóvil junto a la mesa donde Elinor escribía. Contempló la pluma lamentando la dificultad de su tarea y más incluso el efecto sobre su madre.

Llevaban casi un cuarto de hora así cuando Marianne, cuyos nervios no soportaban un solo ruido repentino, se sobresaltó al oír un golpe en la puerta.

—¿Quién será? —exclamó Elinor—. ¡A estas horas! Pensaba que *estábamos* a salvo.

Marianne se acercó a la ventana.

—Es el coronel Brandon —dijo molesta—. Nunca estamos a salvo de *él*.

—Como la señora Jennings está fuera, no entrará.

—Yo no confiaría en *ello* —dijo retirándose a su habitación—. Un hombre que no sabe qué hacer con su tiempo no es consciente de cuánto se entromete en el ajeno.

Aunque basada en la injusticia y el error, los hechos confirmaron su suposición porque el coronel Brandon *entró*. Elinor estaba convencida de que lo traía su preocupación por Marianne. Lo percibía en su aire triste y turbado, en sus preguntas angustiadas, aunque breves, sobre ella, de modo que no pudo perdonar a su hermana por juzgarlo con su habitual ligereza.

—Me encontré con la señora Jennings en Bond Street —dijo tras el primer saludo—. Ella me animó a venir. No le costó hacerlo porque pensé que con toda probabilidad la encontraría a usted sola, que era lo que quería.

Mi propósito..., mi deseo, mi único deseo..., espero, creo que así es..., es poder consolar... No, no debo decir eso, no es consuelo momentáneo, sino una certeza duradera a su hermana. Mi consideración por ella, por usted, por su madre, espero que me permita demostrársela contándole ciertas circunstancias que sólo un *muy* sincero respeto y el deseo de ser útil... lo justifican, creo. Pero si he pasado tantas horas tratando de convencerme de que tengo razón, ¿no será que existen motivos para temer estar equivocado? —dijo y calló.

—Le comprendo —dijo Elinor—. Tiene algo que decirme sobre el señor Willoughby que revelará mejor su carácter. Decirlo será el mayor acto de amistad que puede brindar a Marianne. Cualquier información con ese fin tendrá *mi* gratitud ahora mismo y la de *ella* tarde o temprano. Por favor, le ruego que me cuente.

—Le cuento. Para no alargarnos, cuando dejé Barton el pasado octubre..., pero así no lo entenderá. Debo ir aún más atrás. Verá que soy un narrador muy torpe, señorita Dashwood. Ni siquiera sé por dónde empezar. Creo que es preciso que le cuente muy brevemente mi historia. *Seré* breve. Con este tema —suspiró profundamente— pocas tentaciones puedo tener para extenderme.

Calló un momento para ordenar sus recuerdos. Después suspiró y continuó.

—Probablemente habrá olvidado por completo una conversación (no se supone que le haya causado ninguna impresión) que mantuvimos una noche en Barton Park. Fue durante un baile en el que mencioné a una dama que había conocido tiempo atrás y que de algún modo se parecía a su hermana Marianne.

—Naturalmente —respondió Elinor— que *no* la he olvidado.

El coronel pareció complacido.

—Si no me engañan la incertidumbre y la imparcialidad de un recuerdo, se parecen mucho por mentalidad y aspecto. Comparten unos sentimientos intensos, una fuerte imaginación y un espíritu vehemente. Esta dama era una pariente, huérfana desde niña, que se hallaba bajo la tutela de mi padre. Éramos casi de la misma edad y desde niños fuimos compañeros de

juegos y amigos. No recuerdo un solo momento en que no haya querido a Eliza. Según fuimos creciendo, mi afecto por ella llegó a tanto que quizá, a juzgar por mi actual carácter solitario y mi seriedad, me crea usted incapaz de haberlo sentido. Creo que el suyo hacia mí fue tan ferviente como el de su hermana hacia el señor Willoughby y, si bien por otros motivos, no menos desafortunado. A los diecisiete años la perdí para siempre. Se casó contra sus propios deseos con mi hermano. Poseía una gran fortuna y las propiedades de mi familia estaban fuertemente hipotecadas. Me temo que esto es cuanto puede decirse sobre la conducta de su tío y tutor. Mi hermano no la merecía. Ni siquiera la amaba. Yo había esperado que su afecto por mí la sostuviera frente a las adversidades. Así fue durante un tiempo. Sin embargo, al final la situación que soportaba fue más fuerte que ella. Aunque me había prometido que nada... ¡Pero qué mal cuento los hechos! No le he dicho cómo sucedió. Estábamos a punto de huir juntos a Escocia en unas horas cuando la falsedad o la estupidez de la doncella de mi prima nos traicionó. Me expulsaron a la casa de un pariente lejano. Ella perdió su libertad, la compañía y las distracciones hasta que convencieron a mi padre para que cediera. Yo había confiado demasiado en la fortaleza de Eliza, pero el golpe fue terrible. Si su matrimonio hubiera sido feliz, al ser yo joven entonces lo habría aceptado en pocos meses o al menos no lo lamentaría ahora. Pero no fue el caso. Mi hermano no la respetaba. Sus diversiones no eran las correctas y la trató mal desde el principio. El efecto sobre una mente joven, alegre e inexperta como la de la señora Brandon fue el esperado. Al principio se resignó y habría sido feliz si ella no se hubiera dedicado a borrar las penas con mi recuerdo. ¿Es de extrañar que con un marido que la empujaba a la infidelidad y sin un amigo para aconsejarla o refrenarla (pues mi padre vivió sólo unos meses más después de la boda y yo estaba con mi regimiento en las Indias Orientales) ella cayese? Si me hubiera quedado en Inglaterra, quizá... Pero mi intención era facilitar la felicidad de los dos alejándome durante unos años y pedí mi traslado. El golpe que supuso para mí su matrimonio no fue nada —continuó con agitación—, fue insignificante comparado con lo que sentí cuando, dos años más tarde, supe de su divorcio. *Eso* causó esta melancolía... Incluso ahora, el recuerdo de cuánto sufrí...

Se levantó precipitadamente y paseó unos minutos sin hablar. Afectada por su relato y aún más por su congoja, tampoco Elinor pudo decir nada. Él vio su pena, se le acercó, tomó una de sus manos entre las suyas, la presionó y besó con respeto. Unos minutos más de silencio le permitieron recobrar la compostura.

—Pasaron tres años después de este triste periodo antes de que yo regresara a Inglaterra. En cuanto *llegué,* la busqué, como es natural. Pero fue una búsqueda infructuosa y triste. Sólo pude seguir sus pasos hasta el primero que la sedujo. Todo hacía suponer que se había alejado de él para hundirse en una vida de pecado. Su asignación legal no se adecuaba a su fortuna ni bastaba para vivir con holgura. Mi hermano me contó que meses antes había otorgado poder a otra persona para cobrarla. Él imaginaba, y podía hacerlo con calma, que el despilfarro y la angustia la habían obligado a disponer de su dinero para solucionar algún problema urgente. Finalmente la *encontré* seis meses después de mi llegada a Inglaterra. Mi interés por un antiguo criado que había caído en desgracia tras dejar mi servicio me llevó a visitarlo a una prisión donde lo habían encerrado por deudas. Mi desgraciada hermana también estaba allí encarcelada. ¡Estaba cambiada, apagada y avejentada por el sufrimiento! Apenas podía creer que esa triste enferma que tenía enfrente fuera cuanto quedaba de la muchacha adorable, floreciente y sana a quien quise una vez. Cuánto dolor me causó verla así... pero no tengo derecho a herir sus sentimientos tratando de describirlo. Ya le he hecho sufrir mucho. Según parecía, estaba en la última fase de la tuberculosis. Fue..., sí, fue mi mayor consuelo en semejantes circunstancias. La vida no podía hacer más por ella, salvo darle tiempo para prepararse a morir, cosa que le fue concedida. Le busqué un alojamiento cómodo y la atención necesaria. La visité cada día del resto de su vida y la acompañé en sus últimos momentos.

Se detuvo de nuevo para recobrarse. Elinor se desahogó con una tierna exclamación de preocupación por el destino de su desdichado amigo.

—Espero que su hermana no se ofenda —dijo— por la semejanza que he imaginado entre ella y mi desdichada pariente. El destino y su fortuna no pueden ser iguales. Si la dulce disposición natural de mi hermana hubiera sido vigilada por alguien más firme o hubiera tenido un matrimonio más feliz, habría sido cuanto usted verá en su hermana. ¿Y adónde nos lleva esto? Creo haberla angustiado sin motivo. ¡Ay, señorita Dashwood! Algo así, guardado durante catorce años... ¡Qué peligroso es tocarlo! Debo concentrarme y saber abreviar. Eliza dejó bajo mi cuidado a su única hija, una niña de tres años que era fruto de su primera relación ilícita. Amaba a esa niña y la había tenido siempre a su lado. Me encomendó su tesoro más valioso. Yo me habría hecho cargo de ella con placer en el más estricto sentido, habría cuidado yo mismo de su educación si mi situación lo hubiera permitido. Sin embargo, yo no tenía familia ni hogar y decidí enviar a mi pequeña Eliza a un internado. Iba a verla cuando podía y, al morir mi hermano hace unos cinco años, heredé el patrimonio de la familia y ella me visitaba con frecuencia en Delaford. Yo la llamaba pariente lejana, pero sé que en general se ha supuesto que el parentesco es mucho más próximo. Hace tres años, cuando ya hubo cumplido catorce, la saqué del internado y la puse al cuidado de una mujer respetable, que residía en Dorsetshire y tenía a su cargo otras cuatro o cinco niñas de esa edad. Durante dos años estuve muy satisfecho con su situación. Pero en febrero pasado, hace casi un año, desapareció de pronto. Yo la había autorizado (imprudentemente según se ha visto después) ante su insistencia a que fuera a Bath con una amiga suya que estaba cuidando allí de su padre por motivos de salud. Yo conocía su reputación de buen hombre y tenía una buena opinión de su hija..., mejor de la que se merecía, pues ella se negó a dar pistas, aunque obviamente estaba al tanto de todo. Su padre, un hombre bienintencionado pero poco perspicaz, fue incapaz de informar de nada porque había estado casi siempre metido en casa mientras las chicas deambulaban por la ciudad entablando relaciones con quienes se les antojaba. Él trató de convencerme, pues así lo creía, de que su hija no tenía nada que ver. Resumiendo, sólo pude averiguar que se había fugado y durante ocho meses todo lo demás fueron conjeturas. Imagine lo que pensé, lo que temía y también lo que sufrí.

—¡Dios mío! —exclamó Elinor—. ¡Será posible! ¡Podría ser que..., podría Willoughby...!

—Las primeras noticias suyas —continuó el coronel— llegaron en una carta que ella misma me envió en octubre pasado. Me la remitieron desde Delaford y la recibí la mañana que íbamos a salir de excursión a Whitwell. Por eso me marché con tanta prisa de Barton, lo cual seguramente sorprendió a todos y ofendió a algunos, según creo. Creo que poco podía imaginar el señor Willoughby, cuando me reprobó con la mirada por mi falta de cortesía arruinando el paseo, que me reclamaban para prestar ayuda a alguien a quien él había deshonrado y hecho infeliz. Pero *si* lo hubiera sabido, ¿de qué habría servido? ¿Habría estado menos alegre o feliz con las sonrisas de su hermana? No, ya había hecho lo que ningún hombre con un poco de compasión *puede* hacer. ¡Había abandonado a la muchacha cuya juventud e inocencia había seducido para dejarla en una situación precaria, sin un hogar respetable, sin ayuda o amigos, sin saber dónde encontrar nada de eso! La había abandonado con la promesa de regresar. Sin embargo, no escribió, ni regresó, ni la socorrió.

—¡Esto es el colmo! —exclamó Elinor.

—Ahora ve cómo es su carácter: derrochador, disipado e incluso peor. Sabiendo esto, como lo sé desde hace semanas, imagine lo que he sentido viendo a su hermana tan cariñosa con él como siempre. Cuando oí que iba a casarse con él, imagine lo que sentí pensando en ustedes. Cuando vine la semana pasada y la vi sola, estaba decidido a saber la verdad, aunque dudaba qué hacer cuando la *supiera*. Mi conducta debió sorprenderla, pero ahora la comprenderá. Verlas a todas ustedes así engañadas, ver a su hermana..., pero ¿qué podía hacer? No esperaba tener éxito. A veces pensaba que su hermana podría tener influencia sobre él para recuperarlo. Pero después de un trato tan infame, ¿quién sabe cuáles serían sus intenciones hacia ella? Sin embargo, no importa cuáles fueran porque quizá ahora ella agradezca su situación. Qué duda cabe de que lo estará en el futuro cuando se compare con mi pobre Eliza, cuando piense en la situación lamentable y desesperada de esta pobre niña y se la imagine con un afecto tan fuerte por él, tan fuerte como el que ella le tiene, y con un espíritu atormentado por las recriminaciones que se hará el resto de su vida. Seguramente esta comparación le servirá de algo. Sentirá que sus sufrimientos no son tales. No nacen de una mala conducta ni pueden traerle desgracia alguna. Al contrario, harán que sus amigos la aprecien más. La preocupación por su aflicción y el respeto por su entereza fortalecerán los afectos. Sea discreta cuando le cuente todo esto. Usted sabe mejor que nadie el efecto que tendrá. Si no creyera en el fondo de mi corazón que le sería útil y aliviaría su sufrimiento, no habría osado turbarla con el relato de las desdichas que ha sufrido mi familia, con una narración con la que podría parecer que trato de ennoblecerme a costa de otros.

Elinor escuchó esta historia muy agradecida, convencida de que para Marianne serviría de escarmiento.

—Para mí ha sido muy doloroso —dijo— ver los esfuerzos de Marianne por liberarlo de toda culpa. Eso la altera más que cualquier convicción completa de su maldad. Aunque sufra al principio, estoy segura de que pronto encontrará alivio. ¿Ha visto al señor Willoughby desde que lo dejó en Barton? —preguntó.

—Sí, una vez —replicó él gravemente—. Era inevitable encontrármelo.

Sobresaltada por su tono, Elinor lo miró con inquietud.

—¡Cómo! ¿Lo vio para...?

—Debía hacerlo. Eliza me confesó a regañadientes el nombre de su amante. Cuando él regresó a la ciudad, quince días después que yo, nos vimos, él para defender su conducta y yo para reprobarla. Volvimos incólumes y nadie supo del encuentro.

Elinor suspiró por lo vano e innecesario de aquello, pero fingió no censurarlo porque eran un hombre y un soldado.

—Ése —dijo el coronel Brandon después de una pausa— es el triste parecido entre los destinos de madre e hija. ¡Cómo he fracasado en lo que me había encomendado!

—¿Sigue ella en la ciudad?

—No; en cuanto se recuperó del parto, pues la encontré a punto de dar a luz, los llevé a ella y a su hijo al campo, y allí siguen.

Poco después, creyendo que impedía a Elinor acompañar a su hermana, el coronel dio por finalizada su visita tras recibir nuevamente de ella su más sentida gratitud y dejarla llena de compasión y simpatía por él.

Capítulo XXXII

Cuando los detalles de esta conversación fueron repetidos por Elinor a su hermana, cosa que hizo enseguida, su efecto no fue exactamente el esperado. Marianne no pareció desconfiar de la verdad de lo relatado, pues prestó la más tranquila y sumisa atención. No negó ni comentó nada. Tampoco intentó justificar a Willoughby. Con sus lágrimas pareció mostrar que creía imposible cualquier justificación. Sin embargo, su posterior conducta le dio a Elinor la certeza de que había *logrado* convencerla de la culpabilidad del joven. Pudo ver que desde entonces Marianne ya no evitaba al coronel Brandon cuando las visitaba y charlaba con él incluso por propia iniciativa con una especie de compasivo respeto. Aunque la viera de un humor menos violentamente irritable que antes, no la veía menos afligida. Su mente se mantenía estable, pero vivía en un sombrío abatimiento. Le dolía más la pérdida de la imagen que tenía de Willoughby que la de su amor. El hecho de que hubiera seducido y abandonado a la señorita Williams, la aflicción de esa infeliz y la duda sobre cuáles pudieron ser *alguna vez* los propósitos de él hacia ella misma la agobiaban tanto que no podía hablar de sus emociones ni siquiera con Elinor. Por lo tanto, con el ensimismamiento en sus penas, hacía sufrir a su hermana más que si le hubiera hablado de ellas con el corazón y con frecuencia.

Expresar lo que sintió y dijo la señora Dashwood al recibir la carta de Elinor y contestarla sólo sería repetir cuanto sus hijas habían sentido y dicho ya: una decepción poco menos dolorosa que la de Marianne y una indignación aún mayor que la de Elinor. Les envió entonces largas cartas contándoles su dolor y lo que pensaba. Manifestaba su angustia y su preocupación por Marianne y le pedía que se mantuviera entera ante su desdicha. ¡Debía ser sin duda terrible la aflicción de Marianne si su madre hablaba así! ¡Qué insultante y vergonzoso debía ser el origen de sus lamentos para que la señora Dashwood no quisiera que se regodeara en ellos!

Olvidando sus propios intereses y comodidad, la señora Dashwood decidió que lo más conveniente para Marianne en esos momentos era estar en cualquier lugar menos en Barton. Allí todo le recordaría intensa y dolorosamente el pasado y a Willoughby tal y como lo había conocido. Recomendó a sus hijas que no acortaran su visita a la señora Jennings pasara lo que pasase. Aunque nunca habían fijado su duración, todos esperaban que al menos fuera de cinco o seis semanas. Allí no podrían evitar las ocupaciones, las propuestas y la compañía que Barton no podía ofrecer. Esperaba que de vez en cuando pudieran lograr que Marianne se interesara inconscientemente por algo que no fuera ella misma e incluso se distrajera por más que ahora desdeñara ambas ideas.

En cuanto al peligro de ver a Willoughby, pensaba que Marianne estaba tan segura en la ciudad como en el campo, pues ninguno de sus amigos lo invitaría ahora. Nadie haría aposta que se cruzaran sus caminos. Nunca estarían expuestos a una sorpresa así por una negligencia. Además, el azar tenía menos posibilidades entre las multitudes de Londres que en el aislamiento de Barton. Allí podría ver al joven cuando él visitara Allenham con motivo de su matrimonio, algo que la señora Dashwood había esperado como probable en un principio y ahora lo daba por seguro.

Tenía otro motivo más para desear que sus hijas se quedaran en Londres. Su hijastro le había escrito que él y su esposa estarían en la ciudad antes de mediados de febrero, y a ella le parecía bien que vieran a su hermano de vez en cuando.

Marianne había prometido dejarse guiar por la opinión de su madre y la aceptó sin decir nada, a pesar de que era distinta de lo que ella deseaba o esperaba. La consideraba errada y fundamentada en motivos equivocados.

Era un error que le exigía quedarse en Londres sin el único alivio posible a su pena —la compasión de su madre— y la condenaba a una compañía y a situaciones que no le permitirían un minuto de descanso.

Sin embargo, para Marianne fue un gran consuelo que lo que a ella le dañaba beneficiara a su hermana. Por el contrario, Elinor sospechaba que no dependería de ella evitar a Edward. Sin embargo, le reconfortó pensar que alargar su estancia en Londres, aunque iría en contra de su felicidad, sería mejor para Marianne que regresar a Devonshire.

Su cuidado en proteger a su hermana de oír nombrar a Willoughby no fue en vano, pues ni la señora Jennings, ni sir John, ni la misma señora Palmer lo mencionaron jamás delante de Marianne. Elinor también deseaba que se hubieran guardado de hacerlo delante de ella misma, pero eso era imposible. Así pues, debía escuchar cada día las muestras de indignación de todos ellos.

A Sir John le costaba creerlo. «¡Un hombre de quien había tenido tantos motivos para pensar bien! ¡Un muchacho con tan buen carácter! ¡No creía que hubiera un jinete mejor en toda Inglaterra! Era inexplicable. Le deseaba el infierno. ¡Por nada del mundo volvería a hablarle si se lo encontraba! No, aunque lo viera en el mesón de Barton y tuvieran que aguardar dos horas juntos. ¡Ese bribón! ¡Ese perro mentiroso! ¡La última vez que se habían visto le había ofrecido uno de los cachorros de Folly! ¡Pues se acabó!»

La señora Palmer también estaba ofendida a su manera. «Iba a romper toda relación con él, y daba gracias al cielo por no haberlo conocido. Deseaba que Combe Magna no estuviera tan cerca de Cleveland. Sin embargo, no era importante porque estaba muy lejos para visitas. Lo odiaba tanto que jamás mencionaría su nombre y diría a todos los que viera que era un inútil.»

La simpatía de la señora Palmer por Marianne consistía en conocer todos los detalles sobre la boda inminente y contárselos a Elinor. Pronto pudo decir qué carrocero estaba construyéndoles el nuevo carruaje, quién pintaba el retrato del señor Willoughby y en qué tienda estaba la ropa de la señorita Grey.

La indolencia tranquila y educada de lady Middleton en tales circunstancias era un grato alivio para el espíritu de Elinor, que a menudo se agobiaba por la indiscreta compasión de los otros. Para ella era un alivio la seguridad de no despertar interés en al menos *una* persona de su círculo de amistades. Era un descanso saber que *alguien* estaría con ella sin sentir curiosidad sobre los detalles o angustia por la salud de su hermana.

Las circunstancias del momento otorgan a una particularidad más valor del que realmente tiene. Por ello, a veces tanta compasión molestaba a Elinor, que daba más importancia a la buena educación para el bienestar que al buen corazón.

Lady Middleton opinaba sobre el asunto entre una y dos veces al día si lo sacaban a colación. Decía: «¡Es terrible!». Con aquel continuo aunque suave desahogo pudo visitar a las Dashwood desde el principio sin ninguna emoción y sin recordar una palabra de nadie. Tras defender la dignidad de su propio sexo y censurar lo que estaba mal en el contrario, se sintió libre de proteger los intereses de sus reuniones. Con esto en mente decidió (en contra de la opinión de sir John) que, como la señora Willoughby sería una mujer elegante y rica, le dejaría su tarjeta en cuanto se hubiera casado.

La señorita Dashwood recibía siempre bien las delicadas y prudentes indagaciones del coronel Brandon. Su amistoso celo le había ganado el privilegio de discutir en la intimidad el desengaño de Marianne y siempre charlaban con entera confianza. La principal recompensa del coronel por el duro esfuerzo de revelar sufrimientos pasados y humillaciones actuales era la mirada compasiva de Marianne y la dulzura de su voz siempre que debía (aunque no solía suceder) o se obligaba a hablarle. *Estas* cosas le aseguraban que con su esfuerzo había logrado aumentar la buena voluntad hacia él y a Elinor le permitían esperar que esa buena voluntad aumentase. Sin embargo, la señora Jennings, ajena a aquello y sabiendo sólo que el coronel continuaba tan serio como siempre y que no podía convencerlo para que pidiera su mano ni hacerlo ella, comenzó a pensar al cabo de dos días que no habría boda entre ellos hasta el día de san Miguel en lugar de para mediados del verano. Al final de la semana ya pensaba que no habría boda. La buena relación entre el coronel y Elinor llevaba más bien a creer que los honores de la morera, el canal y la glorieta bajo el tejo serían para *ella*. Durante un tiempo, la señora Jennings no volvió a pensar en el señor Ferrars.

A principios de febrero, dos semanas antes de recibir la carta de Willoughby, Elinor se vio dolorosamente obligada a informar a su hermana de que él se había casado. Le había preocupado que le comunicaran la noticia en cuanto se supiera que la ceremonia se había celebrado, pues deseaba evitar que su hermana se enterara por los periódicos que leía ávidamente cada mañana.

Marianne recibió la noticia sin perder la compostura. No hizo comentarios ni lloró, pero poco después prorrumpió en llantos y pasó el resto del día en un estado casi tan lamentable como cuando supo que debía esperar ese matrimonio.

Los Willoughby se marcharon de la ciudad apenas estuvieron casados. Elinor comenzó a confiar en que ahora que no había peligro de verlos podría convencer a su hermana, que no había salido de casa desde que recibió el primer golpe, para que saliera poco a poco como antes.

Sobre esas fechas las señoritas Steele llegaron a la casa de su prima en Bartlett's Building, Holborn. Se presentaron en la casa de sus familiares más importantes en Conduit Street y en Berkeley Street y fueron recibidas con gran cordialidad.

Elinor lamentó verlas. Su presencia le resultaba penosa. Le costaba mucho responder con educación al placer abrumador de Lucy al descubrir que estaban *aún* en la ciudad.

—¡Qué disgusto si *ya* no la hubiera encontrado! —repetía haciendo énfasis en la palabra—. Pero siempre creí que estaría. Estaba casi segura de que aún no se marcharía de Londres. Aunque me *dijo* en Barton que no estaría más de un *mes*, ¿se acuerda? Pero entonces pensé que probablemente cambiaría de opinión llegado el momento. Habría sido una lástima irse antes de que llegaran su hermano y su cuñada. Seguro que ahora no tendrá prisa por marcharse. Estoy muy contenta de que no haya cumplido *su palabra*.

Elinor la comprendió y tuvo de recurrir a todo su autodominio para fingir que *no* era así.

—Y bien, querida —inquirió la señora Jennings—, ¿en qué viajaron?

—No en la diligencia —respondió con alegría la señorita Steele—. Hemos venido en coche de posta con un joven muy elegante. El reverendo

Davies venía a la ciudad, así que decidimos alquilar juntos un coche. Fue muy amable y pagó diez o doce chelines más que nosotras.

—¡Vaya! —exclamó la señora Jennings—. ¡Qué bonito! Supongo que el reverendo estará soltero.

—Ahí está la gracia —dijo la señorita Steele sonriendo con afectación—. Todos bromean con el reverendo y no sé por qué. Mis primas aseguran que hice una conquista, pero ya les digo yo que no he pensado ni un minuto en él. «¡Cielos, aquí viene tu galán, Nancy!», me dijo mi prima el otro día al verlo cruzando la calle hacia la casa. «Mi galán, ¡qué dices!», respondí. «No imagino de quién hablas. El reverendo no es mi pretendiente.»

—Claro, todo eso suena muy bien... pero no servirá. El reverendo es el hombre, ya lo veo.

—¡No, en absoluto! —respondió su prima con fingida ansiedad—, y le ruego que lo desmienta si lo oye decir.

La señora Jennings le aseguró que *jamás* lo haría e hizo así feliz a la señorita Steele.

—Supongo que se quedará con su hermano y su hermana cuando lleguen a la ciudad, señorita Dashwood —dijo Lucy tras un cese de las insinuaciones hostiles.

—No, no lo creo.

—Oh, sí, yo diría que sí.

Elinor no quiso darle el gusto continuando con sus negativas.

—¡Es agradable que la señora Dashwood pueda prescindir de ustedes dos durante tanto tiempo!

—¡Tanto tiempo no! —intervino la señora Jennings—. ¡Pero si acaban de comenzar la visita!

La respuesta calló a Lucy.

—Siento que no podamos ver a su hermana, señorita Dashwood —dijo la señorita Steele—. Lamento que no se sienta bien. —Marianne había abandonado la habitación cuando llegaron.

—Es usted muy amable. Mi hermana también lamentará haberse perdido el placer de verlas. Últimamente ha sufrido jaquecas que le impiden recibir visitas o conversar.

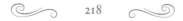

—¡Ay, querida, qué lástima! Pero tratándose de viejas amigas como Lucy y yo… quizá querría vernos. Le aseguro que no abriríamos la boca.

Elinor rechazó la propuesta con la mayor cortesía posible. Quizá su hermana estaba echada o en bata y no podía ir a verlas.

—¡Ah, si es por eso, podemos ir nosotras! —exclamó la señorita Steele.

Elinor comenzó a sentirse incapaz de aguantar semejante impertinencia. Sin embargo, no tuvo que controlarse gracias al severo rapapolvo de Lucy a Anne, que restaba dulzura a sus modales, pero sirvió para dominar los de su hermana como en muchas ocasiones.

Capítulo XXXIII

Tras oponerse un poco, Marianne cedió ante su hermana y una mañana aceptó salir media hora con ella y la señora Jennings. Pero lo hizo a condición de que no harían visitas y de que sólo las acompañaría a la joyería Gray en Sackville Street, donde Elinor estaba negociando el canje de unas joyas ya anticuadas de su madre.

Cuando se detuvieron ante la puerta, la señora Jennings recordó que debía visitar a una señora que residía en el otro extremo de la calle. Como no tenía nada que hacer en Gray, decidió ir a su visita mientras sus jóvenes amigas hacían su recado y luego volvería a por ellas.

Al subir las escaleras, las señoritas Dashwood encontraron tantas personas delante de ellas que nadie parecía poder atenderlas, por lo que se vieron obligadas a esperar. Se sentaron cerca del extremo del mostrador que parecía ir más rápido. Allí tan sólo había un caballero. Probablemente Elinor abrigaba la esperanza de despertar su cortesía para que terminara pronto su pedido. Sin embargo, la precisión de su vista y la delicadeza de su gusto fueron mayores que su cortesía. Estaba encargando un estuche de palillos para sí mismo. Hasta que decidió el tamaño, forma y decoración —que combinó a su gusto y con su inventiva tras estudiar y analizar durante un cuarto de hora todos los estuches de la tienda—, no prestó atención a las dos damas si exceptuamos dos o tres miradas bastante descaradas. Aquel interés sirvió para dejar en Elinor el recuerdo de una figura y un rostro de marcada, natural y genuina insignificancia por mucho que fuera a la última moda.

Ajena a todo aquello, Marianne se ahorró los pesados sentimientos de desdén y rencor ante el descaro con que las había mirado y los modales presumidos con que escogía los distintos horrores de cada estuche que le ponían delante. Era capaz de sumirse en sus pensamientos y aislarse de cuanto sucedía a su alrededor en la tienda del señor Gray como lo haría en su cuarto.

Finalmente el asunto quedó zanjado. El marfil, el oro y las perlas recibieron sus puestos. El caballero se puso los guantes con estudiada calma tras indicar el último día en que podía vivir sin el estuche, miró de nuevo a las Dashwood como si pidiera admiración en vez de manifestarla y se fue con un aire satisfecho lleno de auténtica presunción y fingida indiferencia.

Elinor expuso su negocio sin dilación. Ya iba a concluir cuando otro caballero se colocó junto a ella. Se giró a mirarlo y, sorprendida, vio que era su hermano.

El cariño y placer que expresaron bastó para hacerlos creíbles en la firma del señor Gray. John Dashwood no lamentaba en absoluto ver de nuevo a sus hermanas. Lo cierto es que los tres se alegraron. Él preguntó respetuosa y atentamente por la madre de ellas. Elinor supo que él y Fanny llevaban dos días en la ciudad.

—Deseaba haberos visitado ayer, pero no pude porque tuvimos que llevar a Harry a ver a las fieras en Exeter Exchange y pasamos el resto del día con la señora Ferrars —dijo John—. Harry estaba feliz. Quería ir a visitaros hoy por la mañana si tenía media hora libre. ¡Pero siempre hay tanto que hacer nada más llegar a la ciudad! He venido a encargar un sello para Fanny. Pero creo que seguramente mañana podré ir a Berkeley Street y conocer a la señora Jennings. Creo que posee una gran fortuna. Y tenéis que presentarme a los Middleton. Son parientes de mi suegra y me gustaría presentarles mis respetos. Han sido excelentes vecinos para vosotras según tengo entendido.

—Excelentes, sin duda. No se puede expresar con palabras cómo se han desvivido por nuestra comodidad y la amistad que nos han demostrado.

—De veras que me alegra mucho oírlo. Pero era de esperar. Son gente de fortuna y estáis emparentados. Era natural que ofrecieran todas las muestras de cortesía y las comodidades necesarias para complaceros. Así que estáis bien instaladas en la casita y no os falta de nada. Edward describió el lugar como un sitio encantador. Es lo más completo que podría existir en su clase, dijo, y que todas parecíais disfrutar. Nos alegró mucho, en serio.

Elinor se abochornó un poco por su hermano y no lamentó que la liberara la llegada del criado de la señora Jennings, que venía a decirle que su señora las esperaba en la puerta.

El señor Dashwood las acompañó hasta la escalera y se lo presentaron a la señora Jennings en la puerta de su carruaje. Tras expresar su esperanza de poder visitarlas al día siguiente, se retiró.

La visita se hizo con la falsa excusa de que su esposa no había podido ir porque «estaba tan ocupada con su madre que no tenía tiempo de ir a ningún sitio». La señora Jennings le aseguró que ella no era de ceremonias, que todos eran primos o algo así, que pronto visitaría a la señora de John Dashwood y que llevaría a sus cuñadas. El trato de él hacia ellas fue reservado, pero cariñoso y obsequioso hacia la señora Jennings. Cuando el coronel Brandon llegó poco después, lo observó con una curiosidad que parecía indicar que sólo esperaba saber si era rico para dedicarle una cortesía igual.

Media hora después le pidió a Elinor que lo acompañara a Conduit Street para ser presentado a sir John y lady Middleton. Como el día era bueno, ella accedió. Apenas se hubieron alejado de la casa, él comenzó a preguntar.

—¿Quién es el coronel Brandon? ¿Es un hombre de fortuna?

—Sí, tiene una magnífica propiedad en Dorsetshire.

—Me alegro. Parece muy educado. Elinor, creo que puedo felicitarte por la perspectiva de una situación muy respetable en la vida.

—¡A mí, hermano! ¿Qué quieres decir?

—Le gustas. Lo observé de cerca y estoy convencido. ¿De cuánto es su renta?

—Creo que de dos mil al año.

—Dos mil al año. —Luego añadió tratando de sonar entusiasmado—: Elinor, te desearía de corazón que fuera el *doble*.

—Te creo —repuso Elinor—. Pero dudo que el coronel Brandon tenga ni la más mínima intención de casarse *conmigo*.

—Te equivocas, Elinor. Te equivocas de medio a medio. Con un pequeño esfuerzo lo conquistarías. Quizá ahora esté indeciso y tu pequeña renta puede coartarlo o sus amigos se lo desaconsejan. Pero esas pequeñas atenciones y estímulos que las damas pueden ofrecer con facilidad lo convencerán a pesar de todo. No hay motivo para que no trates de conquistarlo. No debe suponerse que otro afecto anterior... En pocas palabras, sabes que un afecto así es imposible y las objeciones son insuperables... Eres demasiado sensata para no verlo. El coronel Brandon es tu hombre. Yo no me ahorraré amabilidades con él para que tú y tu familia le gustéis. Es una unión que debe complacer a todos. En fin, es algo que —bajó la voz hasta un susurro— será extremadamente conveniente *para todos*. Pero si reconsideramos todo, quiero decir... Todos tus amigos desean verte bien establecida, Fanny en especial. Tu bienestar le preocupa mucho, créeme. También a su madre, la señora Ferrars, que es una mujer muy bondadosa. Seguramente le produciría un gran placer. Ella misma lo dijo el otro día.

Elinor no se dignó responder.

—Sería extraordinario —continuó él—. Sería gracioso que Fanny viera a un hermano y yo a una hermana alcanzar una situación estable en sus vidas al mismo tiempo. Y no es tan improbable.

—¿Es que se casa el señor Edward Ferrars? —preguntó Elinor.

—Aún no está decidido, pero hay algo en el aire. Tiene una madre excelente. La señora Ferrars será muy generosa y le asignará mil libras anuales si tiene lugar ese matrimonio. La dama en cuestión es la honorable señorita Morton, hija única del difunto lord Morton. Tiene treinta mil libras, así que es una unión muy deseable para ambos. No me cabe duda de que saldrá adelante. Mil libras anuales es una cantidad elevada para que una madre prescinda de ella para siempre, pero la señora Ferrars es de espíritu noble. Te pondré otro ejemplo de su generosidad. El otro día, apenas llegamos a la ciudad, como sabe que ahora estamos apretados de dinero, le dio doscientas libras en billetes a Fanny. Fue algo muy bienvenido, pues nuestros gastos aquí son exorbitantes.

Calló esperando aprobación y empatía. Elinor se obligó a decir:

—Claro que los gastos en la ciudad y en el campo deben ser muy elevados, pero también tenéis una buena renta.

—No tanto como suponen muchos, me atrevería a decir. Pero no me quejo. Está bien, sí, y espero que mejore con el tiempo. Ahora estamos vallando el prado de Norland, lo cual es un gasto. También compré este año la granja de East Kingham, la recordarás porque es donde vivía el viejo Gibson. Esas tierras me venían bien se mire como se mire. Limitan con mi terreno y sentí que debía comprarlas. No me habría perdonado dejarlas en otras manos. Hay que pagar por lo que a uno le conviene y eso me ha costado una fortuna.

—¿Más de lo que crees que es su valor real?

—Espero que no. Podría haberlas vendido al día siguiente por más de lo que pagué. Sin embargo, habría sido bastante desafortunado con el precio. Los valores estaban entonces tan bajos que tendría que haberlas subastado con pérdidas si no hubiera tenido la cantidad necesaria en el banco.

Elinor sonrió.

—Al llegar a Norland tuvimos otro gasto inevitable. Nuestro padre, como ya sabes, legó a tu madre los muebles de Stanhill que quedaban en Norland. Eran muy valiosos y no me quejo, pues tenía derecho a disponer de ellos a su antojo. Pero hemos tenido que comprar ropa de cama, vajilla y demás para reemplazar todo lo entregado. Te imaginarás que con tanto gasto estamos lejos de ser ricos y cuánto agradecemos la generosidad de la señora Ferrars.

—Naturalmente —dijo Elinor— y espero que así podáis vivir con más desahogo.

—Uno o dos años más pueden ayudar —repuso él seriamente—. Pero queda mucho por hacer. Aún no hemos puesto ni una piedra del invernadero de Fanny y en cuanto al jardín de flores sólo tenemos el proyecto.

—¿Dónde estará el invernadero?

—En el altozano que hay detrás de la casa. Hemos talado los viejos nogales para despejar el sitio. Será una vista preciosa desde varias partes del parque. En la pendiente que hay enfrente se plantará el jardín de flores, así que quedará muy bien. Hemos arrancado los viejos espinos que crecían en la cima.

Elinor se ahorró los comentarios y censuras, al tiempo que agradecía que Marianne no estuviera allí para compartir su disgusto.

Tras haber dicho lo suficiente para dejar constancia de su pobreza y evitarse tener que comprar unos pendientes para cada una de sus hermanas en su siguiente visita a Gray, sus pensamientos dieron un giro más animado y felicitó a Elinor por tener una amiga como la señora Jennings.

—Parece una mujer muy valiosa, sin duda. Su casa y su estilo de vida revelan una renta muy buena. Es una amistad que no sólo os ha sido muy útil hasta ahora, sino que con el tiempo puede ser materialmente beneficiosa. Su invitación a la ciudad es un gran favor para vosotras. De todos modos, es una buena señal del aprecio que os tiene y seguramente no se olvidará de vosotras a la hora de su muerte. Debe tener bastantes cosas que dejar.

—Nada en absoluto, creo. Sólo tiene el usufructo de los bienes de su marido, que pasarán a sus hijos.

—Pero es impensable que viva con su renta. Pocas personas medianamente prudentes hacen *eso* y podrá repartir cuanto sea capaz de ahorrar.

—¿Y no crees más probable que se lo deje a sus hijas en vez de a nosotras?

—Sus hijas están bien casadas, así que no veo la necesidad de que las recuerde. En cambio, yo opino que al teneros tan presentes y trataros como lo hace os ha dado una especie de derecho en sus planes futuros, lo cual es algo que una mujer precavida no debería desatender. Os trata con bondad y difícilmente puede hacerlo sin ser consciente de las expectativas que despierta.

—Pues no despierta ninguna. Hermano, tu preocupación por nuestro bienestar y prosperidad te está llevando muy lejos.

—Claro —dijo él fingiendo reflexionar—, es muy poco lo que la gente tiene bajo su control. Pero, querida Elinor, ¿qué le ocurre a Marianne? Tiene mal aspecto, está paliducha y ha adelgazado mucho. ¿Está enferma?

—No está bien. Estas últimas semanas ha sufrido de los nervios.

—Lo siento. ¡A su edad cualquier enfermedad acaba con la lozanía para siempre! ¡Y la suya ha sido tan corta! En septiembre era la chica más bonita que yo haya visto y muy atractiva para los hombres. Su belleza tenía algo especialmente seductor. Recuerdo que Fanny solía decir que se casaría antes y mejor que tú. No es que no *te* tenga mucho afecto, pero le parecía eso. Sin embargo, se equivocaba. Dudo que Marianne se case *ahora* con alguien que valga quinientas o seiscientas libras al año y, si no me engaño, *tú* te casarás mejor. ¡Dorsetshire! Conozco poco, muy poco de Dorsetshire. Pero, querida Elinor, he de conocerlo más. Creo que puedo prometerte que Fanny y yo estaremos entre tus primeros y más satisfechos visitantes.

Elinor se afanó para convencer a su hermano de que no era posible que el coronel Brandon y ella se casaran. Sin embargo, la expectativa lo alegraba demasiado para olvidarla y estaba decidido a establecer una relación más próxima con el caballero y a lograr que ese matrimonio fuera una realidad con todas las atenciones posibles. Su pesadumbre por no haber hecho nada personalmente por sus hermanas lo empujaba a que otros hicieran mucho por ellas, de modo que una propuesta matrimonial del coronel Brandon o un legado de la señora Jennings eran los caminos más fáciles para compensar su desidia.

Por suerte encontraron a lady Middleton en casa y sir John llegó antes de que él se marchara. No faltaron las cortesías. Sir John siempre estaba dispuesto a que le gustara todo el mundo. Aunque el señor Dashwood no parecía saber mucho de caballos, enseguida lo consideró un buen hombre. Lady Middleton por su parte vio en el aspecto de él suficientes elementos a la moda y consideró que merecía la pena cultivar una relación con él. Así pues, el señor Dashwood se marchó encantado con los dos.

—Tendré cosas agradables que contarle a Fanny —dijo a su hermana mientras regresaban—. ¡Lady Middleton es una mujer realmente elegante! Es el tipo de mujer que le encantará conocer a Fanny. Y la señora Jennings es una mujer de excelentes modales, aunque no sea tan elegante como su hija. Tu hermana, mi esposa, no tiene por qué mostrarse reacia a *visitarla*. A decir verdad, ha sido un poco el caso y es comprensible. Sólo sabíamos que la señora Jennings era la viuda de un hombre que se había enriquecido de una forma un tanto vulgar. Fanny y la señora Ferrars estaban convencidas de que ni la señora Jennings ni sus hijas eran la clase de mujeres con las que le gustaría relacionarse a Fanny. Sin embargo, ahora puedo llevarles las referencias más satisfactorias sobre las dos.

Capítulo XXXIV

La señora de John Dashwood confiaba tanto en el juicio de su esposo que al día siguiente visitó a la señora Jennings y a su hija. Su confianza fue recompensada con el hallazgo de que incluso la mujer en cuya casa estaban sus cuñadas no era en absoluto desmerecedora de su atención. En cuanto a lady Middleton, ¡le pareció una de las mujeres más encantadoras del mundo!

También lady Middleton quedó encantada con la señora Dashwood. Existía una especie de frío egoísmo por ambas partes que las atrajo como un imán haciendo que simpatizaran en un trato reservado e insípido sin ningún entendimiento.

En cambio, los modales que se ganaron la buena opinión de lady Middleton sobre la señora de John Dashwood no gustaron a la señora Jennings. A *ella* le pareció una mujercita de aire altivo y trato poco cordial, que no mostró afecto por las hermanas de su esposo y no parecía tener mucho que contar. Durante el cuarto de hora concedido a Berkeley Street, al menos siete minutos y medio los pasó sentada en silencio.

Elinor deseaba con toda su alma saber si Edward estaba en la ciudad, pero no se atrevió a preguntar. Fanny jamás habría mencionado voluntariamente su nombre delante de ella hasta poder decirle que el matrimonio con la señorita Morton era un hecho, o bien hasta que estuvieran ratificadas las expectativas de su esposo sobre el coronel Brandon. Esto se debía a que creía que todavía sentían tanto afecto mutuo que mejor era mantenerlos separados de palabra y obra. Sin embargo, el informe que *ella* se negaba a dar pronto vino de otro lado. Fue poco después de que Lucy solicitara de Elinor su compasión por no haber podido ver aún a Edward, aunque él hubiera llegado a la ciudad con los señores Dashwood. No se atrevía a ir a Bartlett's Buildings para no ser descubierto y, si bien la impaciencia de ambos por verse era indescriptible, por el momento solamente podían escribirse.

El propio Edward confirmó al poco tiempo que estaba en la ciudad visitando dos veces Berkeley Street. Dos veces encontraron su tarjeta en la mesa al regresar de sus recados matinales. A Elinor la alegraba que hubiera ido, pero más aún no haber estado en casa.

Los Dashwood estaban tan encantados con los Middleton que, a pesar de que no solían dar nada, decidieron ofrecer una cena en su honor. Poco después de conocerlos los invitaron a Harley Street, donde habían alquilado una magnífica casa por tres meses. También invitaron a sus hermanas y a la señora Jennings. John Dashwood tuvo cuidado de asegurar la presencia del coronel Brandon, quien siempre estaba contento de estar donde las señoritas Dashwood, y recibió sus diligentes cortesías con sorpresa y también placer. Iban a conocer a la señora Ferrars, pero Elinor no pudo saber si sus hijos asistirían. No obstante, la expectación por verla fue suficiente para despertar su interés por ir al ágape. Aunque ahora podría conocer a la madre de Edward sin la desazón que no habría podido evitar en otro tiempo, aunque ahora podría verla sin importarle la opinión que pudiera despertar en ella, no habían decaído su deseo de estar en compañía de la señora Ferrars ni su curiosidad por saber cómo era.

El interés con que aguardaba la invitación a cenar aumentó poco después con más fuerza que placer cuando supo que también acudirían las señoritas Steele.

Habían logrado crear tan buena impresión de sí mismas ante lady Middleton y se habían hecho tan agradables por sus atenciones constantes que, aunque Lucy no fuera elegante y su hermana ni siquiera bien educada, estaba tan dispuesta como sir John a invitarlas a pasar una o dos semanas en Conduit Street. Apenas supieron de la invitación de los Dashwood, las señoritas Steele creyeron muy conveniente llegar unos días antes de que la fiesta tuviera lugar.

Sus intentos de atraer la atención de la señora de John Dashwood presentándose como las sobrinas del caballero que había cuidado durante años de su hermano no habrían servido para procurarles un sitio a su mesa. Sin embargo, como huéspedes de lady Middleton sí debían ser recibidas. Lucy, que durante mucho tiempo había deseado conocer personalmente a la familia para ver de cerca sus caracteres y los impedimentos a los que se enfrentaría, y para tener la oportunidad de esforzarse por gustarles, pocas veces se había sentido tan dichosa como cuando le llegó la tarjeta de la señora de John Dashwood.

El efecto en Elinor fue distinto. Lo primero que pensó fue que si Edward vivía con su madre, debía estar invitado a una cena organizada por su hermana. ¡Verlo por primera vez después de lo ocurrido en compañía de Lucy! ¡Apenas sabía si lo soportaría!

Los escrúpulos de Elinor quizá no se apoyaban del todo en la razón ni en la realidad. Sin embargo, no hallaron alivio en sus recuerdos, sino en la buena voluntad de Lucy, que creyó causarle una terrible desilusión al decirle que Edward no estaría el martes en Harley Street. Esperaba herirla aún más convenciéndola de que la ausencia se debía al gran afecto que sentía por ella y que no podía ocultar cuando estaban juntos.

Finalmente llegó el martes en que ambas jóvenes serían presentadas a esta formidable suegra.

—¡Compadézcame, querida señorita Dashwood! —dijo Lucy mientras subían las escalinatas, pues los Middleton habían llegado justo después que la señora Jennings y el criado los condujo a todos juntos—. Nadie sabe lo que siento. Le aseguro que apenas puedo tenerme en pie. ¡Dios mío! ¡En un momento veré a la persona de quien depende toda mi felicidad, la que será mi madre!

Elinor podría haberla aliviado sugiriéndole la posibilidad de que fuera la madre de la señorita Morton, no la de ella, la que iban a conocer. Sin embargo, le aseguró con sinceridad que la compadecía para gran asombro de

Lucy, que, aunque se sentía realmente incómoda, esperaba al menos ser objeto de la envidia incontenible de Elinor.

La señora Ferrars era una mujer pequeña y delgada, erguida hasta ser solemne y de expresión seria hasta la acritud. Era de tez cetrina y facciones pequeñas, y carecía de belleza o expresividad natural. Sin embargo, un ceño por fortuna contraído había salvado su rostro de la desgracia de ser insulso al darle los recios rasgos del orgullo y el mal carácter. Era una mujer de pocas palabras porque, a diferencia de la mayoría de la gente, las ajustaba a la cantidad de sus ideas. De las pocas sílabas que pronunció, ni una fue dirigida a la señorita Dashwood, a quien miraba con la enérgica decisión de no sentirse disgustada por ella.

A Elinor *ahora* no podía molestarle esta conducta. Pocos meses antes la habría herido en lo más hondo, pero la señora Ferrars ya no podía hacerla desgraciada. La deferencia con que trataba a las señoritas Steele —que parecía a propósito para aumentar la humillación— la divertía. No podía dejar de sonreír al ver la amabilidad de madre e hija hacia la persona —pues distinguían en especial a Lucy— a quien habrían deseado mortificar de haber sabido lo que ella sí sabía. Ella no tenía poder para herirlas y se veía menospreciada a todas luces por ambas. Pero mientras sonreía ante una amabilidad tan mal dirigida, pensaba en la despreciable estupidez que la originaba y observaba las estudiadas atenciones de las señoritas Steele para que continuara sintiendo el desprecio más absoluto por las cuatro.

Lucy estaba exultante al verse tan honorablemente distinguida. A la señorita Steele solamente le faltaba que le gastaran una broma sobre el reverendo Davies para llegar al colmo de la felicidad.

La cena fue magnífica. Hubo muchos criados y todo revelaba la inclinación de la dueña de casa a la ostentación y la capacidad para sostenerla del anfitrión. A pesar de las mejoras y añadidos que estaban haciendo a su finca en Norland, aunque su dueño había estado a sólo unos miles de libras de venderla con pérdidas, nada parecía indicar esa indigencia que él había tratado de transmitir. No parecía haber pobreza alguna exceptuando la de la conversación..., que era considerable. John Dashwood no tenía mucho que decir que mereciera la pena y su esposa aún menos. Pero esto no era

una desgracia, pues lo mismo ocurría con la mayoría de sus invitados. Casi todos ellos eran víctimas de una u otra de las siguientes carencias para resultar agradables: falta de discernimiento natural o cultivado, falta de elegancia, falta de espíritu o falta de temperamento.

Cuando las señoras se retiraron al salón tras la cena, esa pobreza resultó obvia, puesto que los caballeros *habían* dado a la conversación cierta variedad hablando de política, del vallado de las tierras y de la doma de caballos. Sin embargo, todo acabó y hasta la llegada del café las señoras solamente se dedicaron a comparar las estaturas de Harry Dashwood y el segundo hijo de lady Middleton, William, que tenían aproximadamente la misma edad.

Si ambos niños hubieran estado allí, la discusión podría haberse zanjado fácilmente midiéndolos. Pero, como solamente estaba Harry, todos conjeturaron y cada cual tenía derecho a ser categórico en su opinión y a repetirla hasta hartarse.

Se tomaron los siguientes partidos:

Las dos madres, aunque convencidas de que su hijo era el más alto, votaron educadamente a favor del otro.

Las dos abuelas, con parcialidad y mayor sinceridad, apoyaban con igual afán a sus nietos.

Lucy, que no quería complacer a una madre más que a la otra, pensaba que ambos muchachos eran muy altos para su edad y no veía diferencia entre ellos; la señorita Steele se manifestó con afán tan rápido como pudo a favor de ambos.

Elinor se decidió por William ofendiendo a la señora Ferrars y más aún a Fanny, pero no vio la necesidad de insistir en aquello; Marianne, cuando le pidieron su opinión, ofendió a todos diciendo que no tenía ninguna, pues ni había pensado en ello.

Antes de abandonar Norland, Elinor había pintado dos bonitas pantallas para su cuñada, que habían sido recién montadas y decoraban el salón. Las pantallas atrajeron la mirada de John Dashwood cuando siguió a los otros caballeros a dicha habitación, las tomó y se las mostró oficiosamente al coronel Brandon para que las admirase.

—Las hizo la mayor de mis hermanas —dijo— y como hombre de gusto que es usted me atrevo a decir que le encantarán. No sé si ha visto alguna de sus obras, pero en general consideran que dibuja muy bien.

El coronel, si bien negó cualquier pretensión de ser un entendido, admiró con entusiasmo las pantallas como habría hecho con cualquier cosa pintada por la señorita Dashwood. Como aquello despertó la curiosidad de los otros, las pinturas pasaron de mano en mano para recibir un examen general. La señora Ferrars insistió en mirarlas sin saber que eran obra de Elinor. Tras haber complacido a lady Middleton, Fanny se las presentó a su madre, al tiempo que le informaba de que las había hecho la señorita Dashwood.

—Mmm, son muy bonitas —dijo la señora Ferrars sin prestarles atención y se las devolvió a su hija.

Quizá Fanny pensó por un momento que su madre había sido muy grosera, pues dijo de inmediato con el rostro encendido:

—Son realmente bonitas, ¿no? —Pero de nuevo el temor de haber sido demasiado cortés y entusiasta en su alabanza la invadió, pues agregó a continuación—: ¿No te parece que tienen algo del estilo de la señorita Morton? *Su* forma de pintar es realmente deliciosa. ¡Qué bonito era su último paisaje!

—¡Bonito de verdad! Pero es que *ella* lo hace todo muy bien.

Marianne no pudo soportarlo. Ya estaba muy disgustada con la señora Ferrars. La inoportuna alabanza a costa de Elinor, aunque no supiera lo que significaba, la empujó a decir con vehemencia:

—¡Qué clase tan extraña de admiración! ¿Qué es la señorita Morton para nosotras? ¿Quién la conoce o a quién le importa? Es en *Elinor* en quien pensamos y de quien hablamos.

Dicho esto, tomó las pinturas de manos de su cuñada para admirarlas como era debido.

La señora Ferrars pareció muy enojada y, poniéndose más estirada que nunca, devolvió la ofensa con esta ácida filípica:

—La señorita Morton es la hija de lord Morton.

Fanny también parecía enfadada y su esposo estaba aterrado por la audacia de su hermana. Elinor se sentía más herida por el acaloramiento de Marianne que por ella misma. Pero la mirada del coronel Brandon, clavada en Marianne, mostraba sin asomo de duda que él solamente había visto la amabilidad de un corazón afectuoso que no podía soportar el más mínimo desaire a su hermana.

Los sentimientos de Marianne no se detuvieron ahí. Creía que la forma de actuar en general de la señora Ferrars hacia su hermana auguraba para Elinor el tipo de obstáculos y penas que su corazón herido le había enseñado a temer. Movida por el fuerte impulso de su sensibilidad y cariño, se acercó a la silla de su hermana tras unos instantes, le abrazó el cuello, le acercó la mejilla y le dijo en voz baja llena de emoción:

—Elinor, no les hagas caso. No dejes que *te* hagan infeliz.

No pudo decir más. Se sentía abatida, de modo que ocultó el rostro en un hombro de Elinor y rompió a llorar. Todos lo notaron y casi todos se preocuparon. El coronel Brandon se puso en pie y se dirigió hacia ellas sin saber por qué. La señora Jennings dijo un sensato «¡Ay, pobre!» y le dejó sus sales. Sir John se sintió tan furioso contra el autor de esta congoja que cambió de asiento y se colocó cerca de Lucy Steele para susurrarle brevemente todo el molesto asunto.

Sin embargo, Marianne se recuperó lo suficiente en unos minutos para dar por finalizado el alboroto y sentarse con los demás, aunque en su ánimo quedó grabada la impresión de lo sucedido durante el resto de la tarde.

—¡Pobre Marianne! —dijo su hermano al coronel Brandon en voz baja apenas pudo contar con su atención—. No tiene tan buena salud como su hermana. Es muy nerviosa... Carece de la constitución de Elinor. Hay que reconocer que debe ser penoso para una joven que *ha sido* tan bella perder su hermosura. Quizá usted no lo sepa, pero Marianne *era* sorprendentemente bella hasta hace poco, tanto como Elinor... Ahora ya ve que no le queda nada.

Capítulo XXXV

La curiosidad de Elinor por la señora Ferrars quedó satisfecha. Había visto en ella cuanto podía hacer indeseable una mayor unión entre ambas familias. Había visto bastante de su orgullo, mezquindad y sus resueltos prejuicios contra ella para comprender los obstáculos que habrían dificultado su compromiso con Edward y pospuesto el matrimonio si él hubiera estado libre. Casi había visto bastante para agradecer por *su* bien que el obstáculo de su falta de libertad le evitara sufrir bajo los que podría haber creado la señora Ferrars y le evitara depender de sus caprichos o de tener que ganarse su buena opinión. Y si no podía alegrarle ver a Edward encadenado a Lucy, decidió que si Lucy hubiera sido más agradable *debería* haberse alegrado.

Elinor se maravillaba de cómo Lucy podía sentirse alabada por las muestras de cortesía de la señora Ferrars, de cómo podían cegarla tanto sus intereses y vanidad hasta hacerla creer que la atención que le prestaban solamente por *no ser Elinor* era un cumplido a ella... o animarse por una predilección que solamente le concedían porque no conocían su verdadera condición. Pero no solamente mostraron los ojos de Lucy que esto era así, sino que al día siguiente fue manifiesto cuando, obedeciendo a sus deseos, lady Middleton la dejó en Berkeley Street con la esperanza de ver a Elinor a solas para contarle lo feliz que era.

La ocasión fue favorable porque, tras su llegada, la señora Jennings recibió un recado de la señora Palmer y tuvo que salir.

—Querida amiga —exclamó Lucy en cuanto estuvieron a solas—, vengo a contarle lo feliz que soy. ¿Podría haber algo más halagador que el modo en que ayer me trató la señora Ferrars? ¡Pero qué afable fue! Ya sabe usted cuánto me asustaba sólo de pensar en verla. Pero apenas nos presentaron su trato fue tan amable que casi parecía fascinada conmigo. ¿No fue así? Usted lo vio. ¿No se sorprendió mucho?

—Es cierto que fue muy cortés con usted.

—¡Cortés! ¡Cómo pudo ver sólo cortesía! Yo vi mucho más... ¡Fue una amabilidad dirigida sólo a mí! No hubo orgullo ni altivez, y su cuñada lo mismo. ¡Fue todo dulzura y afabilidad!

Elinor habría querido cambiar de asunto, pero Lucy la presionaba para que admitiera que tenía motivos para estar feliz. Elinor hubo de seguir.

—Si hubieran conocido su compromiso —le dijo—, nada habría sido más halagador que el modo en que la trataron. Pero al no ser el caso...

—Ya suponía yo que diría eso —replicó rápidamente Lucy—. Pero ¿por qué iba a fingir la señora Ferrars que le gustaba yo si no era así? Y agradarle lo es todo para mí. No podrá privarme de mi satisfacción. Estoy convencida de que todo terminará bien y de que desaparecerán los obstáculos que yo solía ver. La señora Ferrars es encantadora y también su cuñada. ¡Ambas son adorables! ¡Me extraña no haberle oído decir nunca lo agradable que es la señora Dashwood!

Elinor no tenía respuesta a eso ni trató de darla.

—¿Está enferma, señorita Dashwood? Parece alicaída..., no habla... Seguro que no se siente bien.

—Mi salud está como nunca.

—Me alegro de corazón, pero realmente no lo parecía. Lamentaría mucho que *usted* enfermase... ¡Ha sido el mayor consuelo del mundo para mí! Dios sabe qué habría hecho sin su amistad.

Elinor buscó una respuesta cortés, aunque dudara de su capacidad de lograrlo. Sin embargo, pareció satisfacer a Lucy, que dijo:

—Estoy convencida de su afecto por mí. Eso y el amor de Edward son mi mayor consuelo. ¡Pobre Edward! Pero lo bueno es que ahora podremos vernos a menudo porque lady Middleton quedó encantada con la señora

Dashwood. Iremos a menudo a Harley Street, me atrevería a decir, y Edward pasa la mitad del tiempo con su hermana. Además, lady Middleton y la señora Ferrars se visitarán ahora. La señora Ferrars y su cuñada fueron tan amables al insistir en que siempre estarían encantadas de verme. ¡Son encantadoras! Estoy segura de que si usted le contara a su cuñada lo que pienso de ella, sería imposible que encontrase suficientes halagos.

Sin embargo, Elinor no quiso darle esperanzas de que le *diría* algo a su cuñada. Lucy continuó:

—Estoy segura de que si hubiera desagradado a la señora Ferrars, yo lo habría notado enseguida. Si me hubiera hecho una inclinación de cabeza formal sin palabras y luego hubiera actuado como si yo no existiera, sin mirarme con agrado... Ya sabe a qué me refiero... Si me hubiera dedicado ese trato intimidante, habría renunciado a todo por pura desesperación. No lo habría soportado. Sé que cuando a ella le disgusta *algo,* no lo oculta.

Elinor no pudo responder a este educado triunfo, pues en ese momento la puerta se abrió de par en par y el criado anunció al señor Ferrars. Inmediatamente después entró Edward.

Fue un momento incómodo. Lo demostraron las caras de todos, que adoptaron un aire de despiste. Edward pareció no saber si salir o avanzar. La propia circunstancia, en su forma más desagradable, la que todos habían deseado evitar como fuera, se les había echado encima. Los tres se hallaban juntos y sin el paliativo que habría supuesto la presencia de cualquier otra persona. Las damas fueron las primeras en recobrar la compostura. Lucy no era quien debía adelantarse con manifestación alguna. Debía guardar las apariencias de un secreto, de modo que solamente comunicó su afecto con la *mirada* y no dijo nada más tras un breve saludo.

Pero Elinor sí tenía algo que hacer. Estaba tan nerviosa por hacerlo bien por él y por ella que, tras una breve reflexión, le dio la bienvenida con aire y modales casi desenvueltos y sencillos. Se afanó un poco más y logró mejorarlos. No permitiría que la presencia de Lucy o la conciencia de una injusticia hacia ella le impidieran decir que se alegraba de verlo y que había lamentado mucho no haber estado en casa cuando él fue a Berkeley Street. Tampoco iba a dejar que la mirada observadora de Lucy, que notó clavada en ella, la intimidara e impidiera dedicarle las atenciones que merecía como amigo y casi pariente.

La actitud de Elinor serenó a Edward, que halló el valor para sentarse. Su azoramiento era mayor que el de ellas en aquellas circunstancias, aunque no fuera normal tratándose de su sexo, pues carecía de la frialdad de corazón de Lucy y de la tranquilidad de conciencia de Elinor. Con su aire decoroso y tranquilo, Lucy parecía decidida a no contribuir en nada a la comodidad ajena y se mantuvo en silencio. Elinor fue la única que habló e informó sobre la salud de su madre, su viaje a la ciudad y demás asuntos, cosa que Edward debió solicitar y no hizo.

Sus aprietos no acabaron ahí. Poco después se sintió dispuesta a dejar a Lucy y Edward solos so pretexto de ir a buscar a Marianne. Así lo *hizo* y con elegancia, pues permaneció unos minutos en el descansillo de la escalera con entereza antes de ir a buscar a su hermana. Pero debieron cesar los arrebatos de Edward mientras hacía esto, pues la alegría de Marianne la arrastró al salón. Su placer al verlo fue como sus demás emociones, algo intenso y expresado con vehemencia. Acudió a su encuentro tendiéndole una mano, que él tomó, y lo saludó con una voz que expresaba el cariño de una hermana.

—¡Querido Edward! —exclamó—. ¡Qué momento tan feliz! ¡Casi podría compensar lo demás!

Edward intentó responder a su amabilidad como merecía, pero ante semejante testigo no se atrevió a decir ni la mitad de lo que realmente sentía. Todos se sentaron y guardaron silencio unos momentos. Marianne observó con ternura a Edward y a Elinor. Solamente lamentaba que el placer de ambos se viera obstaculizado por la inoportuna presencia de Lucy. Edward habló para referirse al aspecto de Marianne y para expresar su temor de que Londres no le sentara bien.

—¡Oh, no pienses en mí! —repuso ella con determinación, aunque se le llenaran los ojos de lágrimas al hablar—. Olvida *mi* salud. Elinor está bien, como puedes ver. Eso debería bastarnos a ti y a mí.

Esta observación no iba a facilitar la situación a Edward y a Elinor. Tampoco iba a conquistar la buena voluntad de Lucy, que miró a Marianne con expresión poco benévola.

—¿Te gusta Londres? —preguntó Edward deseando decir algo para cambiar de tema.

—En absoluto. Esperaba divertirme aquí, pero no ha sido así. Verte ha sido el único consuelo que he tenido, Edward. ¡Gracias a Dios tú eres el de siempre!

Hizo una pausa. Nadie habló.

—Creo, Elinor —añadió Marianne entonces—, que deberíamos pedir a Edward que nos acompañe cuando regresemos a Barton. Nos iremos en una o dos semanas, imagino. Confío en que no se negará a aceptar esta petición.

El pobre Edward masculló algo, pero nadie supo qué, ni siquiera él. Marianne, que notó su agitación y que sin esfuerzo la atribuía a cualquier causa que le pareciera conveniente, quedó satisfecha y enseguida se puso a hablar de otra cosa.

—¡Qué día pasamos ayer en Harley Street, Edward! ¡Qué espantosamente aburrido! Tengo mucho que contarte sobre ello, pero no ahora.

Y con aquella admirable discreción aplazó para cuando pudieran hablar más en privado su declaración sobre cómo había encontrado más insoportables que nunca a sus parientes comunes y, en especial, el disgusto que le había causado la madre de él.

—¿Por qué no estuviste allí, Edward? ¿Por qué no fuiste?

—Tenía otro compromiso.

—¡Otro compromiso! ¿Cómo es posible cuando te esperaban tus amigas?

—Quizá, señorita Marianne —exclamó Lucy, deseosa de vengarse como fuera—, crea que los jóvenes nunca cumplen sus compromisos, grandes o pequeños, cuando no les interesa.

Elinor se sintió ofendida, pero Marianne pareció insensible a la pulla de Lucy, pues le respondió con calma:

—Pues no es así porque, de veras, estoy convencida de que sólo su conciencia mantuvo a Edward alejado de Harley Street. Creo que *tiene* una conciencia delicada y de lo más escrupulosa cuando se trata de cumplir sus compromisos, por insignificantes que sean y aunque vayan en contra de su interés o su placer. Nadie teme más que él causar dolor o destrozar esperanzas. Es la persona más incapaz de egoísmo que conozco. Sí, Edward, así es y lo digo. ¡Vaya! ¿Nunca vas a permitir que te halaguen? Entonces no puedes ser mi amigo porque quienes acepten mi afecto deben someterse a mis elogios sinceros.

Sin embargo, en esos momentos sus elogios eran especialmente inoportunos para los sentimientos de dos tercios de su auditorio. En cuanto a Edward, la situación fue tan poco alentadora que se levantó para irse.

—¡Qué pronto te vas! —dijo Marianne—. Querido Edward, no puedes irte.

Lo llevó a un lado y le susurró que estaba convencida de que Lucy se iría enseguida. Pero incluso aquel incentivo falló, pues él insistió en marcharse. Lucy, que se habría quedado más tiempo que él aunque su visita hubiera durado dos horas, también se fue pronto.

—¡Por qué nos visitará tan seguido! —dijo Marianne en cuanto salió—. ¡Cómo es posible que no se diera cuenta de que queríamos que se fuera! ¡Qué fastidio para Edward!

—¿Por qué? Todas somos amigas de él. Además, conoce a Lucy hace más tiempo que a nosotras. Es natural que desee verla.

Marianne la miró fijamente y dijo:

—Elinor, sabes que no soporto oír estas cosas. Si lo dices sólo para que alguien te contradiga, y creo que quieres eso, deberías recordar que yo sería la última persona del mundo que lo haría. No puedo rebajarme a que me sonsaquen declaraciones que nadie desea.

Dicho esto salió. Elinor no osó seguirla para decir más, pues estaba atada por la promesa a Lucy de guardarle el secreto y no podía decir nada a Marianne para convencerla. Por dolorosas que fueran las consecuencias de permitirle seguir en el error, debía aceptarlas. Sólo cabía esperar que Edward no los expusiera con frecuencia a ella ni él al mal rato de tener que escuchar las equivocadas muestras de afecto de Marianne. Tampoco quería que se repitiera ningún aspecto de la incomodidad de su último encuentro... y podía esperar que esto último ocurriera.

Capítulo XXXVI

Pocos días después de esta reunión, los periódicos publicaron la noticia de que la esposa de Thomas Palmer, Esq. había dado felizmente a luz un hijo y heredero. Fue un párrafo muy interesante y satisfactorio, al menos para todos los allegados que ya estaban al corriente.

El suceso, muy importante para la felicidad de la señora Jennings, alteró por el momento la forma de disponer de su tiempo y también los compromisos de sus jóvenes amigas. Como quería estar cuanto fuera posible con Charlotte, la visitaba cada mañana apenas se vestía y no regresaba hasta la tarde. Por lo tanto, las señoritas Dashwood, a petición de los Middleton, pasaban el día en Conduit Street. Ellas habrían preferido quedarse al menos durante las mañanas en casa de la señora Jennings, ya que era más cómodo. Sin embargo, aquello no se podía imponer contra los deseos de todos. Sus horas quedaron dedicadas así a lady Middleton y a las dos señoritas Steele, cuya compañía valía tan poco como grande era el afán con el que las otras las buscaban.

Las Dashwood eran demasiado sutiles para ser una buena compañía para lady Middleton y motivo de envidia para las señoritas Steele. Las veían como a intrusas en *su* terreno y ladronas de la amabilidad que deseaban monopolizar. El trato de lady Middleton hacia Elinor y Marianne era impecable, pero lo cierto es que en realidad no le gustaban. Como no la adulaban a ella ni a sus niños, no podía creer que fueran buenas. Como eran aficionadas a la lectura, las tachaba de satíricas. Quizá no supiera muy bien qué era ser satírico, pero *eso* carecía de importancia. En el lenguaje común era una censura que aplicaba sin motivo.

Su presencia limitaba a lady Middleton y a Lucy. Era un obstáculo a la ociosidad de la una y la ocupación de la otra. Lady Middleton se avergonzaba de no hacer nada delante de ellas. Lucy temía que la despreciaran por las lisonjas que en otros momentos se preciaba de idear y hacer. La presencia de Elinor y Marianne afectaba poco a la señorita Steele, cuya aceptación solamente dependía de ellas. Habría bastado con que una de las dos le contara con detalle todo lo sucedido entre Marianne y el señor Willoughby para que se hubiera sentido recompensada por el sacrificio de cederles el mejor sitio junto a la chimenea después de la cena, gesto exigido por la llegada de las jóvenes. Pero aquella oferta reconciliatoria no llegaba. Aunque profería frecuentes expresiones de piedad ante Elinor por su hermana y en más de una ocasión hizo ante Marianne una reflexión sobre la inconstancia de los galanes, el único efecto era una mirada indiferente de Elinor o de disgusto de Marianne. Se habrían ganado su amistad con un esfuerzo menor. ¡Habría bastado con unas bromas a costa del reverendo Davies! Sin embargo, estaban poco dispuestas a complacerla, tanto como las demás, así que cuando sir John cenaba fuera podía pasar el día sin escuchar más bromas sobre el tema que las que ella misma se contaba.

Aquellos celos y penas pasaban inadvertidos para la señora Jennings. Ella creía que las jóvenes estaban encantadas de estar juntas, de modo que por las noches felicitaba a sus amigas por haberse librado durante tanto rato de la compañía de una vieja boba. A veces se unía a ellas en casa de sir John, otras en la suya propia. En cualquier caso, allí donde fuera siempre llegaba de un excelente humor, animada y dándose importancia. Atribuía el bienestar de Charlotte a los cuidados que ella le había prodigado. Venía dispuesta a informar con todo lujo de detalles sobre la situación de su hija, cosa que solamente podía aguijonear la curiosidad de la señorita Steele. Algo la inquietaba y se quejaba a diario de ello. El señor Palmer se mantenía en la opinión tan habitual y poco paternal entre los hombres de que todos los recién nacidos eran iguales. Aunque ella viera con claridad en distintos momentos la asombrosa semejanza del bebé y cada uno de sus parientes por ambos lados, no había manera de convencer a su padre, ni de hacer que reconociera que no era como cualquier bebé de su edad. No podía hacer siquiera que reconociera la sencilla afirmación de que era el niño más guapo del mundo.

Pasemos ahora a la desgracia que le ocurrió a la señora de John Dashwood por aquella época. Durante la primera visita que le hicieron sus dos cuñadas y la señora Jennings en Harley Street, llegó sin avisar otra conocida suya, cosa que en apariencia no era mala. Pero cuando la gente se deja llevar por la imaginación y juzga erróneamente nuestra conducta, calificándola por las meras apariencias, nuestra felicidad está para siempre de algún modo a merced del azar. En aquella ocasión, la recién llegada dejó que su fantasía rebasara de tal forma la verdad y la probabilidad que al oír el nombre de las señoritas Dashwood y saber que eran hermanas del señor Dashwood, dedujo de inmediato que se alojaban en Harley Street. Aquella mala interpretación hizo que uno o dos días después llegaran tarjetas de invitación para ellas, para su hermano y su cuñada a una pequeña velada musical en su casa. La señora de John Dashwood debió soportar de este modo el fastidio de tener que enviar su carruaje a las señoritas Dashwood y, lo que es peor, soportar el desagrado de fingir que era una atención. ¿Quién le aseguraba que no esperarían salir con ella una segunda vez? Lo cierto es que siempre podría frustrar sus perspectivas. Sin embargo, aquello no bastaba porque cuando las personas se conducen a sabiendas de una forma equivocada, se ofenden cuando se espera algo mejor de ellas.

Marianne se había ido viendo arrastrada tan paulatinamente a salir a diario que ya le resultaba indiferente ir o no a un sitio. Se preparaba callada y mecánicamente para los compromisos de la noche sin esperar diversión y muy a menudo sin saber hasta el último momento adónde la llevarían.

Le importaba tan poco su atuendo y su apariencia que en todo el tiempo dedicado a arreglarse no les prestaba ni la mitad de la atención que sí recibían de la señorita Steele en sus primeros cinco minutos juntas. Nada escapaba a *su* minuciosa observación y su curiosidad general. Veía y preguntaba todo. No estaba tranquila hasta conocer el precio de cada parte del atuendo de Marianne. Podría haber calculado cuántos trajes tenía mejor que la propia Marianne. No perdía la esperanza de descubrir, antes de que se dejaran de ver, cuánto gastaba en lavandería a la semana y de cuánto disponía al año para gastos personales. El descaro de aquella clase de averiguaciones terminaba en general con un halago que, aunque pretendía sumarse a los demás cumplidos, Marianne recibía como la peor de las impertinencias. Esto se debía a que, tras ser examinados el valor y hechura de su vestido, el color de los zapatos y su peinado, estaba segura de oír que «sin duda iba muy elegante y seguro que iba a hacer muchas conquistas».

Con aquellas palabras de ánimo fue despedida Marianne en esta ocasión mientras iba al carruaje de su hermano. En él montarían cinco minutos después de tenerlo ante su puerta. Aquella puntualidad resultaba poco grata a su cuñada, que había ido antes a casa de su amiga y esperaba un retraso de las jóvenes que la incomodara a ella o a su cochero.

Los sucesos de esa noche no fueron destacables. Como cualquier velada musical, la reunión contaba con muchas personas para quienes el espectáculo era un auténtico placer y otras muchas para quienes no lo era. Como siempre, los intérpretes eran, en su propia opinión y la de sus amigos más íntimos, los mejores músicos privados de Inglaterra.

Elinor carecía de talento musical. Como tampoco pretendía tenerlo, desviaba sin grandes escrúpulos la mirada del gran pianoforte cuando le apetecía y contemplaba cualquier objeto de la estancia sin que se lo impidiera la presencia de un arpa y un violoncelo. En una de estas ojeadas, vio en el grupo de jóvenes al hombre que les había dado una conferencia sobre estuches de palillos para dientes en Gray. Poco después lo vio mirándola a ella y hablándole a su hermano con gran familiaridad. Decidió entonces que averiguaría su nombre cuando ambos se acercaron y el señor Dashwood lo presentó como el señor Robert Ferrars.

Se dirigió a ella con una insolente cortesía e inclinó la cabeza de un modo que la muchacha pudo ver tan claramente como lo habrían hecho las palabras que era el fanfarrón descrito por Lucy. Para ella habría sido una suerte que su apego por Edward dependiera menos de las virtudes de él que del mérito de sus parientes más cercanos. En aquellas circunstancias, la

inclinación de cabeza de su hermano había dado el golpe de gracia a lo iniciado por el malhumor de su madre y su hermana. Mientras meditaba extrañada sobre la diferencia entre ambos jóvenes, no pensó que la vaciedad del engreimiento de uno eliminaba todo juicio benévolo hacia la modestia y valor del otro. Claro que *eran* diferentes, explicó Robert al describirse a sí mismo durante el cuarto de hora de conversación que mantuvieron. Lamentó la extremada *torpeza* de su hermano que, según creía, le impedía alternar en la buena sociedad. La atribuía cándida y generosamente menos a una deficiencia innata que a la desgracia de haber sido educado por un preceptor. Sin embargo, él no tenía probablemente ninguna superioridad natural o material en especial, pues había contado con la ventaja de la educación privada, pero estaba tan bien preparado para mezclarse con el mundo como el que más.

—Sin duda —añadió—, creo que todo se reduce a eso. Así se lo digo a menudo a mi madre cuando se queja. «Querida mamá», le digo siempre, «no te preocupes más. El daño es irreparable y ha sido obra tuya. ¿Por qué te dejaste convencer por mi tío, sir Robert, contra tu propio juicio y pusiste a Edward en manos de un preceptor privado en el momento más crítico de su vida? Ojalá lo hubieras enviado a Westminster como a mí en lugar de con el señor Pratt y nos habríamos evitado todo esto». Así veo yo este asunto y mi madre está convencida de su error.

Elinor no lo contradijo porque, al margen de lo que creyera sobre las ventajas de la educación privada, no podía mirar con buenos ojos la estancia de Edward en la familia del señor Pratt.

—Creo que ustedes viven en Devonshire —fue su siguiente observación—, en una casita de campo cerca de Dawlish.

Elinor lo corrigió en cuanto al lugar. A él pareció sorprenderle que alguien viviera en Devonshire lejos de Dawlish. Sin embargo, concedió su aprobación al tipo de casa.

—A mí —dijo— me encantan las casas de campo. Son siempre confortables y elegantes. Le aseguro que si me sobrara un poco de dinero, compraría un terrenito y me construiría una cerca de Londres para ir allí en cualquier momento y reunir a unos cuantos amigos y ser feliz. Yo aconsejo a quien piensa en edificar algo que sea una casita de campo. Un amigo, lord Courtland, vino a pedirme consejo hace unos días y me presentó tres proyectos de Bonomi. Yo debía elegir el mejor. «Estimado Courtland —le dije tirando los tres al fuego—, no aceptes ninguno y constrúyete una casita de campo». Creo que quedó todo dicho. Hay quien piensa que allí no habría comodidades ni espacio, pero se equivocan. El mes pasado estuve en casa de mi amigo Elliott, cerca de Dartford. Lady Elliott deseaba organizar un baile. «¿Cómo?», me dijo, «Mi estimado Ferrars, dígame cómo organizarlo. No hay una sola habitación donde quepan diez parejas. ¿Dónde sirvo la cena?». Yo vi de inmediato que no habría dificultades y le dije: «Mi querida lady Elliott, no se preocupe. En el comedor caben dieciocho parejas sin problema. Puede poner mesas de juego en el recibidor. La biblioteca puede abrirse para servir té y otros refrescos. La cena puede servirse en el salón». Lady Elliott se quedó encantada con la idea. Medimos el comedor y, como vimos que cabían dieciocho parejas, organizó todo según mi plan. Ya ve que basta con saber arreglarse para disfrutar de las mismas comodidades en una casita de campo que en una gran casa.

Elinor estuvo de acuerdo, pues no creía que él mereciera el cumplido de una oposición racional.

Como John Dashwood disfrutaba tan poco de la música como su hermana mayor, se puso a pensar en otra cosa. Así fue cómo esa noche tuvo una idea que, ya en casa, sometió a la aprobación de su esposa. Reflexionar sobre el error de la señora Dennison al suponer que sus hermanas se alojaban con ellos le había sugerido que lo adecuado sería tenerlas de huéspedes mientras los compromisos de la señora Jennings la mantenían alejada del hogar. El gasto sería mínimo y los inconvenientes pocos. En resumidas cuentas, era una atención que su delicada conciencia indicaba como requisito para liberarse de la promesa hecha a su padre. Fanny se sobresaltó ante semejante propuesta.

—No sé cómo se podría hacer —dijo— sin ofender a lady Middleton, puesto que pasan todos los días con ella. De lo contrario, me encantaría que aceptasen. Sabes que siempre estoy dispuesta a brindarles todas las atenciones que estén en mi mano. La prueba es que las he llevado conmigo

esta noche. Pero son las invitadas de lady Middleton, ¿cómo voy a pedirles que la dejen?

Su esposo consideró que sus objeciones no eran convincentes.

—Ya han pasado una semana así en Conduit Street, y a lady Middleton no le disgustaría que dedicaran el mismo número de días a parientes tan cercanos.

Fanny hizo una breve pausa y dijo con vigor:

—Amor mío, se lo pediría con todo mi corazón si estuviera en mi mano. Pero acababa de decidir que iba a pedirles a las señoritas Steele que pasen unos días conmigo. Son unas jóvenes muy educadas y buenas. Creo que les debemos esta atención después de lo bien que se portó su tío con Edward. Podemos invitar a tus hermanas otro año, pero quizá las señoritas Steele no vengan más a la ciudad. Estoy segura de que te gustarán, sabes que te *gustan* mucho y también a mi madre. ¡Son las favoritas de Harry!

El señor Dashwood se convenció. Comprendió la necesidad de invitar a las señoritas Steele y la decisión de invitar a sus hermanas otro año alivió su conciencia. No obstante, también abrigaba la sospecha de que la invitación sería innecesaria otro año, pues Elinor iría a la ciudad como esposa del coronel Brandon y Marianne como *su* visitante.

Fanny, orgullosa de su escapada y del rápido ingenio que la había permitido, escribió a Lucy a la mañana siguiente para solicitar su compañía y la de su hermana durante unos días en Harley Street tan pronto como lady Middleton pudiera prescindir de ellas. Aquello bastó para hacer a Lucy muy feliz. ¡La señora Dashwood parecía estar trabajando ella misma a su favor, apoyando sus esperanzas y favoreciendo sus intenciones! La oportunidad de estar con Edward y su familia era, por encima de todo, fundamental para sus intereses. La invitación era de lo más gratificante para sus sentimientos. Todo agradecimiento parecía poco frente a esa oportunidad y la aprovechó con toda la premura posible. En cuanto a la visita a lady Middleton, que hasta entonces había carecido de límites precisos, se descubrió de pronto que siempre estuvo previsto que terminara dos días más tarde.

Cuando le enseñó la nota diez minutos después de haberla recibido, Elinor debió compartir por primera vez parte de las expectativas de Lucy.

Aquella inusual muestra de gentileza, a pesar de conocerse tan poco, parecía decir que la buena voluntad hacia Lucy tenía su origen en algo más que la manía hacia Elinor, y que el tiempo y la cercanía podrían favorecer los deseos de Lucy. Sus lisonjas habían aplacado el orgullo de lady Middleton y despejado el camino hacia el gélido corazón de la señora de John Dashwood. Aquellos resultados aumentaban las probabilidades de otros mayores.

Las señoritas Steele se fueron a Harley Street y cuanto contaban a Elinor sobre su influencia allí hacía que esperara con más fuerza el acontecimiento. Sir John las visitó más de una vez y trajo noticias asombrosas sobre la estima que les tenían. La señora Dashwood jamás había conocido a una joven tan agradable como ella. Había regalado a cada una de las jóvenes un acerico artesanal. Llamaba a Lucy por su nombre de pila y no sabía si sería capaz de separarse de ellas.

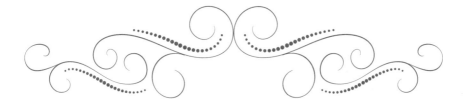

Capítulo XXXVII

La señora Palmer se encontraba bien al cabo de quince días y su madre sintió que no era necesario dedicarle todo su tiempo a ella. Tras contentarse con visitarla una o dos veces al día, regresó a su casa y a sus costumbres de siempre. Cuando lo hizo, allí encontró a las señoritas Dashwood dispuestas a reanudar el papel que habían desempeñado.

Tres o cuatro días después de reinstalarse en Berkeley Street, la señora Jennings regresó de su visita diaria a la señora Palmer. Entró con tal aire de importancia donde Elinor se encontraba a solas que ésta se preparó para escuchar algo asombroso. Después de darle solamente el tiempo imprescindible para hacerse a la idea, comenzó a hablar:

—¡Cielos! ¡Querida señorita Dashwood! ¿Se ha enterado de la noticia?

—No, señora. ¿Qué sucede?

—¡Algo muy raro! Ahora se lo contaré todo. Cuando llegué a casa del señor Palmer, encontré a Charlotte muy alterada con el niño. Supuse que estaría muy enfermo porque lloraba, estaba molesto y lleno de granitos. Lo miré de cerca y «¡Cielos, querida!», dije, «Es sólo un sarpullido». La niñera opinó lo mismo. Pero Charlotte no se quedó satisfecha y mandó llamar al señor Donovan. Por suerte acababa de llegar de Harley Street, así que acudió enseguida. Apenas vio al niño dijo lo mismo que nosotras, que era sólo un sarpullido, cosa que tranquilizó a Charlotte. Entonces, ya cuando se iba, no sé por qué me acordé de preguntarle si había alguna noticia. Él puso una sonrisita tonta, fingió aire de gravedad, como si supiera esto y aquello, y susurró finalmente: «Por temor a que las jóvenes bajo su cuidado sepan de la enfermedad de su cuñada, creo mejor decir que en mi opinión no hay motivo de alarma. Confío en que la señora Dashwood se recupere».

—¡Cómo! ¿Está enferma Fanny?

—Eso mismo dije yo, querida. «¡Señor! ¿Está enferma la señora Dashwood?» Allí es donde todo salió a la luz. En resumidas cuentas, según entendí, parece ser que el señor Edward Ferrars, el joven sobre quien yo solía bromear por su relación con usted (aunque ahora estoy muy contenta de que no hubiera nada después de cómo han resultado las cosas), ¡lleva comprometido más de un año con mi prima Lucy! ¡Ya ve, querida! ¡Y sin que nadie supiera nada salvo Nancy! ¿Lo habría creído posible? No es extraño que se gusten... ¡Pero que las cosas llegaran a eso y sin que nadie se lo oliese! ¡*Eso* sí es raro! Jamás los he visto juntos o lo habría descubierto de inmediato con toda seguridad. Bueno, pues mantuvieron todo esto en secreto por miedo a la señora Ferrars. Ni ella, ni su hermano, ni su cuñada sospecharon nada... hasta esta mañana. La pobre Nancy, que es una criatura con buenas intenciones pero nada conspiradora, como ya sabrá usted, soltó todo. «¡Señor!», pensó, «Quieren tanto a Lucy que no se opondrán», así que sin encomendarse ni a Dios ni al diablo, señorita Dashwood, fue a casa de su cuñada, que estaba sola bordando sin imaginar lo que se le venía encima... porque cinco minutos antes le había dicho a su hermano que iba a organizar un casamiento para Edward con la hija de algún lord, no recuerdo cuál. Ya se imaginará qué golpe para su vanidad y su amor propio. Le dio un ataque de histeria. Los gritos llegaron a oídos de su hermano, que estaba en su despacho de abajo pensando en escribir una carta para su mayordomo en el campo. Corrió escaleras arriba y hubo una escena terrible porque para entonces se les había unido Lucy, sin siquiera imaginarse lo que ocurría. ¡Pobrecita! *La* compadezco. Créame, pienso que fueron muy duros con ella. Su cuñada la reprendió hecha una furia hasta que la otra se desvaneció. Nancy se cayó de rodillas y rompió a llorar. Su hermano se paseaba por la habitación diciendo que no sabía qué hacer. La señora Dashwood dijo que las jóvenes no podían quedarse un minuto más en la casa, así que su

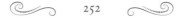

hermano también tuvo que *arrodillarse* para convencerla de que al menos dejara que hicieran el equipaje. *Entonces* ella tuvo un nuevo ataque de histeria. Él estaba tan asustado que hizo venir al señor Donovan, que encontró la casa en pleno caos. El carruaje estaba en la puerta para llevarse a mis pobres primas. Cuando él salió, ellas estaban montando. Me contó que la pobre Lucy estaba tan mal que no podía caminar casi. Nancy estaba casi igual. Déjeme decirle que no tengo paciencia con su cuñada. Espero de corazón que se casen por mucho que ella se oponga. ¡Señor! ¡Cómo se pondrá el pobre señor Edward cuando lo sepa! ¡Que hayan tratado así a su prometida! Porque dicen que la adora. ¡No me sorprendería que fuera una pasión! Y el señor Donovan cree lo mismo. Conversamos mucho sobre esto. Lo mejor es que regresó a Harley Street para estar cerca cuando se lo contaran a la señora Ferrars, pues la llamaron en cuanto mis primas se marcharon. Su cuñada estaba segura de que también a ella iba a darle un ataque. Pues por mí que le dé. No me compadezco de ninguno de ellos. Jamás he conocido a nadie que se preocupe tanto por cosas de dinero y grandeza. No hay motivos para que el señor Edward y Lucy no deban casarse. Estoy segura de que la señora Ferrars puede permitirse ayudar a su hijo. Aunque Lucy tenga muy poco, sabe sacar provecho de todo como nadie. Creo que si la señora Ferrars le asignara simplemente quinientas libras anuales, le rendirían como ochocientas a otra persona. ¡Dios mío! ¡Qué holgados podrían vivir en una casita como la de ustedes o más grande, con dos doncellas y dos criados! Creo que yo podría ayudarlos con las doncellas porque mi Betty tiene una hermana sin empleo que les vendría como anillo al dedo.

La señora Jennings terminó. Elinor tuvo tiempo para ordenar sus ideas y pudo responder y hacer las observaciones que el asunto debería reclamar de ella. Quedó contenta de saber que no era sospechosa de tener un interés especial en él y que la señora Jennings (como últimamente le había parecido) ya no la imaginaba encariñada con Edward. Sobre todo se sentía feliz porque no estuviera Marianne, pues así pudo hablar del tema sin alterarse y opinar sin apasionamiento, según creía, sobre la conducta de cada parte.

Elinor no estaba segura de cuáles eran sus expectativas, aunque trató de sacarse de la cabeza la idea de que terminara de otra forma que no fuera el matrimonio de Edward y Lucy. Deseaba saber qué diría y haría la señora Ferrars, aunque no cabía duda sobre su naturaleza. También deseaba saber cómo se comportaría Edward. Lo compadecía a *él* y poco a Lucy... e incluso le costó trabajo procurar ese poco. A los demás no los compadecía.

La señora Jennings no cambiaba de tema y Elinor vio que debería preparar a Marianne para tratarlo. Había que desengañarla cuanto antes, ponerla al corriente de la verdad, lograr que escuchara los comentarios de los demás sin revelar inquietud por su hermana o resentimiento hacia Edward.

Elinor tenía delante una penosa tarea. Tendría que destruir lo que realmente creía que era el principal consuelo de su hermana: dar pormenores sobre Edward que lo rebajarían para siempre a los ojos de Marianne. Además, debía hacer que la imaginación de Marianne no reviviera su propio desengaño debido a lo similar de las situaciones. Pero había que cumplir el cometido por ingrato que fuera, así que Elinor se apresuró a hacerlo.

No deseaba regodearse en sus propios sentimientos o mostrar lo mucho que sufría, pero el autodominio que había practicado desde que supo el compromiso de Edward le indicó lo que sería útil frente a Marianne. Su relato fue claro y conciso. No pudo carecer de emoción, pero no se agitó violentamente ni lo acompañó de dolorosos arrebatos. *Eso* correspondía a la oyente, pues Marianne escuchó todo con horror y lloró sin cesar. En general, Elinor tenía que consolar a los demás cuando ella estaba igualmente triste. Así pues, animó a Marianne dándole la certeza de su propia tranquilidad y defendió a Edward frente a cualquier acusación, excepto la de imprudencia.

Marianne no creyó ninguno de los argumentos de Elinor durante mucho tiempo. Edward era otro Willoughby. Si Elinor reconocía, como había hecho, que lo *había* amado sinceramente, ¡cómo podía sentir menos que ella! En cuanto a Lucy Steele, la consideraba tan despreciable e incapaz de atraer a un hombre sensible que nadie la convencería de creer, y perdonar después, que Edward hubiera sentido anteriormente afecto por ella. Ni siquiera reconocía que hubiera sido natural. Elinor no se obstinó y dejó que un conocimiento más profundo de la humanidad algún día la convenciera de que así eran las cosas.

En su primera comunicación solamente pudo relatar el hecho del compromiso y el tiempo de existencia. Aparecieron entonces las emociones de Marianne, que acabaron con todo orden en la descripción de los pormenores. Por momentos solamente pudo calmar su pena, sus temores y combatir su animosidad. La primera pregunta que hizo y que abrió paso a otros detalles fue:

—¿Hace cuánto que lo sabes, Elinor? ¿Te ha escrito él?

—Lo sé desde hace cuatro meses, cuando el pasado noviembre Lucy me habló en privado de su compromiso por primera vez en Barton Park.

Al oír esto, Marianne expresó con los ojos lo que sus labios no podían pronunciar. Tras un momento de silencio, exclamó:

—¡Cuatro meses! ¿Lo has sabido durante cuatro meses?

Elinor lo confirmó.

—¡Cómo! ¿Mientras cuidabas de mí porque yo estaba mal, tu corazón cargaba con todo esto? ¡Y yo que te he reprochado ser feliz!

—No convenía entonces que supieras que era todo lo contrario.

—¡Cuatro meses! —exclamó de nuevo Marianne—. ¡Y tú tan tranquila! ¿Cómo te has tenido en pie?

—Sintiendo que cumplía mi deber. Mi promesa a Lucy me obligaba a callar. Le debía evitar cualquier indicio de la verdad. Le debía a mi familia y a mis amigos evitarles una preocupación por mi culpa que yo no podía resolver.

Lo anterior pareció sacudir a Marianne.

—A menudo he querido desengañaros a mamá y a ti —añadió Elinor—. Lo he intentado una o dos veces, pero no os habría convencido sin traicionar la confianza que habían depositado en mí.

—¡Cuatro meses! ¡Y aún lo amabas!

—Sí, pero no sólo a él. Mientras el bienestar de otras personas me importara tanto, me alegraba ahorrarles mi sufrimiento. Ahora puedo pensar y hablar de ello sin emoción. No quiero que sufras por culpa mía. Te aseguro que yo ya no sufro demasiado. Tengo muchas cosas en qué apoyarme. No creo haber causado esta decepción por una imprudencia mía y la he sufrido en lo posible sin repartirla. Perdono a Edward de cualquier conducta impropia. Le deseo felicidad y estoy segura de que cumplirá siempre con su deber. Quizá ahora se arrepienta, pero a la larga será feliz. Lucy es juiciosa y sobre esa base se puede construir todo lo que es bueno. Al fin y al cabo, Marianne, pese a lo fascinante que pueda ser la idea de un único y eterno amor y a que pueda valorarse una felicidad que depende de una persona en especial, las cosas no son así... Es inadecuado... No es posible que lo sean. Edward se casará con Lucy, una mujer de mejor aspecto y más inteligente que muchas personas de su sexo. El tiempo y la costumbre le harán olvidar que una vez creyó que había otra mujer mejor.

—Si piensas así —dijo Marianne—, si puede compensarse así la pérdida de lo que más vale, quizá no sean tan asombrosos tu aplomo y tu autodominio. Se acercan más a lo que yo puedo comprender.

—Te entiendo. Supones que mis sentimientos nunca han sido muy fuertes. Marianne, durante cuatro meses esto me ha rondado por la cabeza y no he podido hablar de ello a nadie. Sabía que cuando mamá y tú lo supierais seríais muy desgraciadas y, aun así, no podía prepararos lo más mínimo. Me lo contó..., de alguna forma me lo impuso la misma persona cuyo compromiso previo destrozó mis expectativas; y creo que me lo contó con aire triunfal. Tuve que disipar sus sospechas intentando parecer indiferente aunque me interesaba muchísimo. No ha sido una sola vez. He tenido que escuchar una y otra vez sus esperanzas y alegrías. He sabido que Edward estaba fuera de mi alcance para siempre y ninguna circunstancia que me hiciera desear menos la unión. No hay nada que lo haya hecho más indigno de aprecio o que asegure mi indiferencia. He tenido que luchar contra la malevolencia de su hermana y la impertinencia de su madre. Me han castigado por amar a alguien sin disfrutar de las ventajas. Todo ha ocurrido en momentos en que no era ése el único dolor que me atenazaba. Si puedes creerme capaz de sentir en algún momento..., podrás imaginar *ahora* lo que he sufrido. La calma con que me he tomado lo ocurrido y el consuelo que he aceptado han sido fruto de un doloroso esfuerzo. No llegaron solos. Al principio no contaba con ellos para aliviar mi espíritu..., no, Marianne. Si el silencio no me hubiera atado *entonces...*, ni siquiera lo que le debía a mis mejores amigos habría impedido que mostrara que era *muy* desdichada.

Marianne estaba consternada.

—¡Ay, Elinor! —exclamó—. Has hecho que me odie para siempre. ¡Qué desalmada he sido contigo! ¡Tú, que has sido mi único consuelo, que me has acompañado en mi pena y parecías sufrir sólo por mí! ¿Así es como te lo agradezco? ¿Es la única recompensa que puedo ofrecerte? Tu mérito me abrumaba y he intentado apartarlo.

A esta confesión le siguió un tierno abrazo. Con su estado de ánimo, Elinor no tuvo dificultad para obtener de ella las promesas que requería. Marianne prometió no hablar del tema con amargura. Prometió estar con Lucy sin dejar que viera cuánto le disgustaba. Incluso prometió ver al mismo Edward, si el azar los reunía, con su cordialidad de siempre. Eran grandes concesiones, pero cuando Marianne creía haber hecho daño, le parecía poco cuanto pudiera hacer para repararlo.

Cumplió su promesa de ser discreta. Atendió a la señora Jennings en todo lo que tenía que contar sin cambiar de color, no discrepó y tres veces dijo «Sí, señora». Su única reacción al escuchar cómo alababa a Lucy fue cambiar de sitio y, cuando mencionó el afecto de Edward, solamente se le hizo un nudo en la garganta. Tantos avances hacia el heroísmo en su hermana hicieron que Elinor se sintiera capaz de afrontarlo todo.

La mañana siguiente las puso de nuevo a prueba con la visita de su hermano. Llegó con el semblante serio para tratar el terrible asunto y traer nuevas de su esposa.

—Me figuro —dijo con solemnidad en cuanto se hubo sentado— que habréis oído el descubrimiento tan chocante que tuvo lugar bajo nuestro techo ayer.

Todos asintieron. Parecía un momento demasiado terrible para hablar.

—Mi esposa ha sufrido terriblemente —continuó—. También la señora Ferrars... Resumiendo, ha sido algo muy difícil y doloroso. Sin embargo, confío en que capearemos el temporal sin demasiado problema. ¡Pobre Fanny! Ayer se pasó todo el día entre ataques de nervios. Pero no quisiera alarmaros. Donovan dice que no hay nada que temer. Tiene buena constitución y puede enfrentarse a lo que sea. ¡Lo ha soportado con la fortaleza de un ángel! Dice que no volverá a pensar bien de nadie. ¡No me extraña, después de haber sido engañada de esta manera! ¡Ha recibido tanta ingratitud a cambio de tanta bondad y confianza! Invitó a estas jóvenes a casa movida por la generosidad de su corazón, sólo porque pensó que merecían esas atenciones, que eran muchachas inofensivas y bien educadas y que serían una compañía agradable. Nosotros deseábamos haberos invitado a ti y a Marianne a quedaros con nosotros mientras la amiga en cuya casa estáis atendía a su hija. ¡Y vernos recompensados así! «Ojalá», dice la pobre Fanny con todo su afecto, «hubiera invitado a tus hermanas y no a ellas.»

Hizo una pausa esperando agradecimientos. Tras obtenerlos, continuó.

—Cuánto sufrió la pobre señora Ferrars cuando Fanny se lo contó. Ella, que había planeado con todo su amor la unión más conveniente para él. ¡Cómo iba a imaginar que todo este tiempo él ya había estado comprometido! ¡Ni se le había pasado por la cabeza! Si hubiera sospechado *cualquier* predisposición de él, no la habría buscado por *ese* lado. «Os aseguro que me habría sentido a salvo», dijo, «que ha sido un suplicio para ella. Conversamos sobre lo que debe hacerse y finalmente decidió llamar a Edward. Él acudió. Pero me apena contar el resto. La señora Ferrars le dijo que rompiera el compromiso, cosa que reforzaron mis argumentos y los ruegos de Fanny, como ya supondréis, pero fue inútil. El deber, el cariño…, todo lo desoyó. Nunca había pensado que Edward fuera tan terco e insensible. Su madre le explicó sus generosos proyectos para él si se casa con la señorita Morton. Le dijo que le daría las propiedades de Norfolk, que rentan unas mil libras anuales sin contar los impuestos. Cuando las cosas llegaron al límite, le ofreció subir a mil doscientas. Le describió las penurias de su matrimonio si insistía en una unión tan desventajosa. Insistió en que sólo tendría las dos mil libras de las que dispone. No lo vería más. Le aseguró que no le prestaría ayuda, que si él ejerce cualquier profesión para mejorar sus ingresos, hará cuanto esté en su mano para que no avance en ella.

Ante esto, Marianne se indignó y golpeó las manos exclamando:

—¡Dios mío! ¡Será posible!

—Bien puede sorprenderte una obstinación capaz de resistir argumentos así, Marianne —repuso su hermano—. Tu exclamación es natural.

Marianne iba a replicar, pero recordó su promesa y calló.

—Sin embargo, todos estos esfuerzos fueron inútiles —continuó él—. Edward apenas dijo nada y cuando habló lo hizo con decisión. Nada lo convencería de romper su compromiso. Cumpliría con él a toda costa.

—Entonces —exclamó la señora Jennings con brusca sinceridad, incapaz de callar— ha actuado como un hombre honesto. Perdóneme, señor Dashwood, pero si él hubiera hecho otra cosa, lo habría considerado un sinvergüenza. Este asunto me incumbe tanto como a usted porque Lucy Steele es prima mía y dudo que haya mejor muchacha ni más merecedora de un buen esposo.

John Dashwood no salía de su asombro. Sin embargo, su natural era tranquilo y poco dado a irritarse. Jamás quería ofender a nadie, especialmente si tenía dinero. Así pues, repuso sin ningún resentimiento:

—Jamás hablaría sin respeto de un familiar suyo, señora. La señorita Lucy Steele es una joven con grandes méritos, me atrevo a decir, pero en este caso debe saber usted que la unión no es posible. Haberse comprometido en secreto con un joven a cargo de su tío, sobre todo el hijo de una mujer rica como la señora Ferrars, quizá sea un tanto raro si se mira en conjunto. En pocas palabras, no deseo desacreditar la conducta de nadie a quien usted estime, señora Jennings. Todos deseamos la mayor felicidad a su prima, pero la conducta de la señora Ferrars ha sido la de cualquier buena madre en circunstancias parecidas. Se ha portado con dignidad y generosidad. Edward lo ha echado a suertes y me temo que no le va a ir bien.

Marianne suspiró para expresar un temor igual. A Elinor se le encogió el corazón al pensar en los sentimientos de Edward al enfrentarse a las amenazas de su madre por una mujer que no podría compensarlo.

—Bien, señor, ¿cómo acabó todo? —preguntó la señora Jennings.

—Lamento decir que con una triste ruptura. Edward ha perdido para siempre el respeto de su madre. Ayer abandonó su casa e ignoro adónde habrá ido o si sigue en la ciudad porque, está muy claro, *nosotros* no podemos preguntar nada.

—¡Pobre joven! ¿Qué va a ser de él?

—Es triste pensarlo, señora. ¡Nacido con expectativas de grandes riquezas! No imagino peor situación. ¡Cómo va a vivir una persona con los intereses de dos mil libras! Además, si pensamos que dentro de tres meses habría recibido dos mil quinientas libras anuales (y es que la señorita Morton posee treinta mil) si no hubiera obedecido a su propia locura, no puedo imaginar situación peor. Todos debemos compadecerlo si tenemos en cuenta que no podemos permitirnos ayudarlo.

—¡Pobre joven! —exclamó la señora Jennings—. Les aseguro que lo alojaría en mi casa con gusto. Se lo diría si lo viera. No está bien que ahora tenga que pagarlo todo él viviendo en posadas y tabernas.

Elinor agradeció en su interior su bondad hacia Edward, aunque no pudo evitar sonreír por su forma de expresarlo.

—Si hubiera hecho por sí mismo —dijo John Dashwood— lo que sus amigos querían, ahora estaría en la situación que le corresponde y no le faltaría de nada. Pero ayudarlo en estas circunstancias está fuera del alcance de cualquiera. Además, hay otra cosa más contra él y peor que la anterior. Movida por un estado de ánimo comprensible, su madre ha decidido dejar a Robert las propiedades que, en las condiciones adecuadas, habrían correspondido a Edward. La dejé esta mañana con su abogado hablando de este asunto.

—¡Bueno! —dijo la señora Jennings—. Es *su* venganza. Cada cual lo hace a su manera. Pero dudo que yo me resarciera de un hijo que me haya ofendido dando independencia económica al otro.

Marianne se levantó y salió de la habitación.

—¿Puede haber algo más degradante para un hombre —continuó John— que ver a su hermano pequeño dueño de una propiedad que podría haber sido suya? ¡Pobre Edward! Lo compadezco sinceramente.

Tras unos minutos más hablando de lo mismo terminó su visita. Después de asegurar varias veces a sus hermanas que la indisposición de Fanny no era peligrosa y que no debían preocuparse por ella, se fue. Las tres damas fueron unánimes sobre lo ocurrido, al menos en cuanto a la conducta de la señora Ferrars, la de los Dashwood y la de Edward. La indignación de Marianne estalló en cuanto su hermano salió. Su ímpetu no permitió que Elinor se mostrara discreta e hizo innecesario que lo fuera la señora Jennings, así que las tres se unieron a criticar acerbamente a todo el grupo.

Capítulo XXXVIII

La señora Jennings alabó con gran amabilidad la conducta de Edward, aunque tan sólo Elinor y Marianne comprendían el verdadero mérito. Solamente *ellas* sabían qué pocas cosas podían haberlo tentado a la desobediencia y qué magro consuelo, excepto saber que había hecho bien, le quedaría tras la pérdida de sus amigos y su patrimonio. Elinor se enorgullecía de su integridad. Marianne perdonaba todas sus ofensas por compasión ante su castigo. Que saliera todo a la luz les devolvió la confianza que siempre había existido entre ellas, pero no era algo en lo que ninguna de las dos quisiera insistir cuando se quedaban a solas. Elinor lo evitaba por principio. Sabía que solía terminar siendo para ella una idea fija con las entusiastas y positivas certezas de Marianne, esto es, su creencia de que Edward aún la quería, una idea que ella deseaba olvidar. El valor abandonó a Marianne cuando trató de charlar sobre un tema que la tenía cada vez más descontenta consigo misma, pues siempre terminaba comparando la conducta de Elinor con la suya.

Sentía el peso de la comparación no como su hermana habría esperado, instándola a esforzarse. Lo sentía con el dolor de un continuo reproche a sí misma. Se arrepentía amargamente de no haberse esforzado antes, pero eso solamente la torturaba con la penitencia sin esperanza de expiación. Su espíritu estaba tan débil que seguía sin sentirse capaz de realizar esfuerzos y, por tanto, solamente se desanimaba más.

Durante uno o dos días no tuvieron más noticias de Harley Street o de Bartlett's Buildings. Ya sabían tanto que la señora Jennings podría haber estado ocupada divulgándolo sin necesidad de indagar más. Desde el primer momento había decidido visitar en cuanto pudiese a sus primas para consolarlas y preguntar. Solamente se lo había impedido un número de visitas mayor de lo habitual.

Al tercer día, el tiempo fue muy agradable. Hacía un domingo tan bueno que muchos acudieron a los jardines de Kensington, aunque fuera la segunda semana de marzo. La señora Jennings y Elinor estaban allí. Marianne, que sabía que los Willoughby estaban de nuevo en la ciudad, temía encontrárselos y prefirió quedarse en casa antes que aventurarse a ir a un lugar tan público.

Poco después de llegar al parque se les unió una íntima amiga de la señora Jennings, con quien ésta charló todo el tiempo. Elinor lo agradeció, pues aquello le permitió pensar tranquilamente. No vio ni rastro de los Willoughby o de Edward y durante un rato de nadie que le interesara de una u otra forma, grata o ingrata. Pero al final, y con cierta sorpresa por su parte, la abordó la señorita Steele. Aunque tímidamente, esta última se mostró encantada de haberlas encontrado. La señora Jennings la invitó y ella dejó a su propio grupo para unírseles. La señora Jennings le susurró entonces a Elinor:

—Sonsáquele todo, querida. A usted se lo contará todo si le pregunta. Ya ve que yo no puedo dejar a la señora Clarke.

Por suerte para la curiosidad de la señora Jennings y la de Elinor, la señorita Steele contaba todo *sin* que fuera necesario preguntar o, de lo contrario, no se habrían enterado de nada.

—Me alegro de haberla encontrado —le dijo a Elinor agarrándola familiarmente del brazo— porque quería verla como fuera. —Después bajó la voz—. Supongo que la señora Jennings se habrá enterado de todo. ¿Está enfadada?

—En absoluto.

—Qué bien. Y lady Middleton, ¿está *ella* enfadada?

—No veo por qué.

—Me alegro mucho de oírlo. ¡Cielo santo! ¡Lo he pasado tan mal! Nunca había visto a Lucy tan furiosa. Juró que jamás me arreglaría ningún gorro nuevo ni haría nada por mí. Pero ya se le ha pasado y somos tan amigas como siempre. Anoche le hizo este lazo a mi sombrero y le puso la pluma. Ahora *usted* se reirá de mí. ¿Por qué no iba yo a usar cintas de color rosa? A mí no me importa si *es* el color predilecto del reverendo. Estoy segura de que nunca habría sabido que lo *era* si él no me lo hubiera dicho. ¡Mis primas me han chinchado sin parar! Créame, a veces no sé ni dónde mirar cuando estamos juntas.

Se había desviado a un tema sobre el que Elinor nada tenía que decir. Por lo tanto, creyó urgente ver cómo regresar al primero.

—Bueno, señorita Dashwood —dijo en tono triunfal—, la gente podrá decir lo que quiera sobre que el señor Ferrars haya decidido terminar con Lucy, porque puedo decirle que es mentira. Es una vergüenza que hagan correr rumores tan malintencionados. Piense lo que piense Lucy de ello, sepa usted que nadie tenía motivos para darlo por sentado.

—Le aseguro que no he escuchado a nadie insinuar algo así —dijo Elinor.

—¿Ah, no? Pues yo sé que lo *han* dicho, y que ha sido más de uno. La señorita Godby le dijo a la señorita Sparks que nadie en su sano juicio podría esperar que el señor Ferrars renunciara a alguien como la señorita Morton, que posee treinta mil libras, por Lucy Steele, que está sin blanca. Se lo oí a la señorita Sparks. Mi primo Richard también dijo que temía que el señor Ferrars desaparecería cuando hubiera que poner las cartas sobre la mesa. Cuando Edward no se nos acercó en tres días, no supe qué creer. Pensé que Lucy lo daba por perdido porque nos marchamos de casa de su hermano el miércoles y no lo vimos entre el jueves y el sábado. No sabíamos qué había sido de él. Lucy llegó a pensar en escribirle, pero no se animó. Entonces apareció hoy por la mañana, cuando volvíamos de la iglesia. Supimos en ese momento que el miércoles lo habían llamado a Harley Street, que su madre y los demás habían hablado con él, que él había declarado ante todos que amaba a Lucy y que sólo se casaría con ella. Lo sucedido le afectó mucho, así que salió de casa de su madre, montó en su caballo y se fue a no sé qué sitio en el campo. Estuvo en una posada el jueves y el viernes para pensar lo que haría. Después de meditarlo todo dijo que le parecía que ahora, que no tenía ni donde caerse muerto, sería una maldad pedirle a Lucy que mantuviera el compromiso porque ella saldría perdiendo. A él no le quedan más que dos mil libras y ninguna esperanza de obtener más. Dijo que si él se ordenara, como ya había pensado hacer, sólo conseguiría una parroquia, así que ¿cómo iban a vivir de eso? Como no soportaba la idea de que a ella no le fuera mejor en la vida, le pidió que diera por terminado lo suyo y dejara que él saliera adelante por sus medios si es que a ella le importaba un poco. Todo esto se lo oí yo como la oigo a usted. Habló de finalizar el compromiso sólo por el bien de *ella,* pensando en *ella* y no en él. Le juro que no dijo que estuviera cansado de ella o que deseara casarse con la señorita Morton ni nada de ese estilo. En cualquier caso, Lucy no quiso ni oírlo, y le dijo sin dudarlo (con mucha dulzura y amor... ¡Ay! Ya sabe que una no puede repetir esas cosas) que no tenía intención de romper el compromiso, que podía vivir con él con lo poco que tuviera o algo parecido. Él se alegró muchísimo. Hablaron un rato sobre lo que debían hacer. Estuvieron de acuerdo en que él se ordenara de inmediato y aplazar la boda hasta que él obtuviera una parroquia. No pude escuchar más porque mi prima me llamó desde abajo para decirme que la señora Richardson había llegado con su carruaje y se llevaría a una de nosotras a los jardines de Kensington. No me quedó otra que entrar en la habitación e interrumpirlos para preguntarle a Lucy si le apetecía ir, pero ella no quiso dejar a Edward. Yo subí, me puse unas medias de seda y me vine con los Richardson.

—No comprendo qué quiere decir con interrumpirlos —dijo Elinor—. ¿No estaban en la misma habitación?

—¡Claro que no! ¡Ay! Señorita Dashwood, ¿cree que la gente habla de amor cuando hay alguien delante? ¡Qué idea! Estoy segura de que sabe más que yo de eso —rio con afectación—. No; estaban en el salón y oí todo pegando la oreja a la puerta.

—¡Cómo! —exclamó Elinor—. ¿Me ha contado cosas de las que se enteró pegando la oreja a la puerta? Si lo hubiera sabido antes, no habría aceptado

que me contara detalles de una conversación que usted no debía conocer. ¿Cómo pudo actuar tan mal con su hermana?

—¡Para nada! ¿Qué problema *hay*? Sólo me quedé junto a la puerta y escuché lo que pude. Estoy segura de que Lucy habría hecho lo mismo conmigo. Hace uno o dos años, cuando Martha Sharpe y yo compartíamos secretos, ella se escondía en un armario o detrás de la pantalla de la chimenea para escucharnos.

Elinor trató de cambiar de tema, pero era imposible apartar a la señorita Steele más de dos minutos de lo que más importaba a su mente.

—Edward habla de irse pronto a Oxford —dijo—, pero por ahora se aloja en el número... de Pall Mall. Qué persona tan maliciosa es su madre, ¿no? ¡Y su hermano y su cuñada no fueron demasiado amables! Sin embargo, no voy a hablarle mal de ellos a *usted*. En todo caso, nos llevaron a casa en su carruaje y fue más de lo que yo esperaba. Me aterraba que su cuñada nos pidiera los acericos que nos había regalado uno o dos días antes. Pero no dijo nada y yo me guardé el mío. Edward dice que debe arreglar unos asuntos en Oxford, así que debe ir allí una temporada. *Luego,* en cuanto vea a un obispo, se ordenará. ¡Me intriga saber qué parroquia le asignarán! ¡Dios mío! —continuó con una risita—, sé lo que dirán mis primas en cuanto lo sepan. Me dirán que le escriba al reverendo para que le dé a Edward la coadjutoría de su nueva parroquia. Sé que lo harán, pero no haría eso ni por todo el oro del mundo. «¡Ay!», les diré sin rodeos, «¡Me pregunto cómo podéis pensar eso! Escribirle yo al reverendo, ¡jamás!»

—Bueno, es un alivio estar preparada para lo peor —dijo Elinor—. Ya tiene preparada su respuesta.

La señorita Steele iba a insistir en el tema, pero la cercanía de sus amigos la obligó a cambiarlo.

—¡Ay! Ahí están los Richardson. Tengo mucho más que contarle, pero debo ir a reunirme con ellos. Son personas muy distinguidas. Él gana mucho dinero y tienen su propio carruaje. No tengo tiempo de hablar con la señora Jennings personalmente. Por favor, dígale que me alegra mucho saber que no está enfadada con nosotras y lo mismo respecto a lady Middleton. Si usted y su hermana tuvieran que irse por cualquier motivo y la señora Jennings quisiera compañía, sepa que nos encantaría quedarnos con ella todo el tiempo que quiera. Supongo que lady Middleton no volverá a invitarnos esta temporada. Adiós. Lamento que no esté la señorita Marianne. Dele recuerdos míos. ¡Ay! ¡Pero si lleva el vestido de muselina a lunares! No sé cómo no teme que se le rasgue.

Eso es lo que le preocupó al irse, pues no tuvo tiempo más que de presentar sus respetos y despedirse de la señora Jennings antes de que la señora Richardson la llamara. Así obtuvo Elinor la información que nutriría sus reflexiones durante un tiempo, aunque no había sabido casi nada que no hubiera previsto y supuesto sin ayuda. El matrimonio de Edward y Lucy era cosa hecha y la fecha de su celebración era tan vaga como ella creía. Según esperaba, todo dependía de ese cargo que, por el momento, no parecía tener posibilidades de obtener.

En cuanto estuvieron en el carruaje, la señora Jennings se mostró ansiosa de información. Sin embargo, Elinor no deseaba divulgar la obtenida de un modo tan poco leal, así que repitió por encima los detalles que seguramente Lucy desearía hacer públicos por su propio interés. Únicamente contó que continuaba su compromiso y los medios para llevarlo a buen puerto. La señora Jennings hizo la natural observación siguiente:

—¡Esperar hasta conseguir un cargo! Todos sabemos cómo terminará *eso*. Aguardarán un año. Verán que no logran nada y se conformarán con una parroquia de cincuenta libras anuales más los intereses de las dos mil libras de él y lo poco que el señor Steele y el señor Pratt puedan darle a ella. ¡Después tendrán un hijo cada año! ¡Que el Señor los ampare!, ¡qué pobres serán! Debo ver qué puedo darles para ayudarlos a amueblar su casa. Dos doncellas y dos criados decía yo el otro día... ¡No! Deben buscarse una chica fuerte para todo... La hermana de Betty no les serviría *ahora*.

A la mañana siguiente Elinor recibió una carta. Era de Lucy y decía:

Bartlett's Building, marzo
Querida señorita Dashwood:
Espero que perdone la libertad que me he tomado al escribirle. Sé que nuestra amistad hará que le complazca saber las buenas noticias

sobre mí y mi querido Edward tras los obstáculos que hemos debido superar últimamente. Por ello, no me disculparé más y le diré que, gracias a Dios, aunque hayamos sufrido mucho, ahora estamos muy felices, como deberemos estarlo siempre con nuestro amor. Hemos superado grandes pruebas y persecuciones, pero debemos dar las gracias al mismo tiempo a muchos amigos, uno de los cuales es usted y de los más importantes. Siempre recordaré agradecida su bondad, como Edward, a quien le he contado todo. Estoy segura de que usted y la querida señora Jennings se alegrarán de saber que ayer por la tarde pasamos juntos dos felices horas. Él no quiso oír hablar de separarnos a pesar de que yo, creyendo mi deber hacerlo, insistí en nombre de la prudencia. Nos habríamos separado en ese momento si él hubiera aceptado. Sin embargo, dijo que eso nunca sucedería, que no le importaba el enfado de su madre mientras tuviera mi afecto. Nuestro futuro es poco halagüeño, pero debemos esperar y confiar en que ocurra lo mejor. Dentro de poco se ordenará. Si estuviera en su mano recomendarlo a quien tenga un cargo que otorgar, estoy segura de que no nos olvidará, como la querida señora Jennings. Confiamos en que ella medie por nosotros ante sir John, el señor Palmer o cualquier amigo que pueda ayudarnos. La pobre Anne es muy culpable de esto por lo que hizo, pero fue con la mejor intención, así que no digo nada. Espero que la señora Jennings pueda visitarnos si alguna mañana pasa por aquí. Sería muy amable por su parte y mis primas estarían orgullosas de conocerla. El papel en que escribo me recuerda que debo terminar rogándole que presente mis más agradecidos y respetuosos recuerdos a sir John, a lady Middleton y a los niños, a quienes veré cuando tenga la ocasión, y mi amor para la señorita Marianne, suya afectísima, etc.

En cuanto Elinor terminó la carta, hizo lo que supuso que era el verdadero objetivo de quien la había escrito, de modo que se la entregó a la señora Jennings. Ésta la leyó en voz alta entre comentarios satisfechos y elogiosos.

—¡Qué bien! ¡Qué bien escribe! Sí, fue muy correcto liberarlo del compromiso si es lo que él deseaba. Fue muy propio de Lucy. ¡Pobrecita! Ojalá

pudiera conseguirle un cargo... Mire, me llama querida señora Jennings. Es una de las mejores muchachas que existen... Magnífico. Esa frase está muy bien redactada. Sí, por supuesto que la visitaré. ¡Qué atenta y cómo piensa en todos! Gracias, querida, por enseñármela. Es una de las cartas más bonitas que he leído, y dice mucho de la inteligencia y el corazón de Lucy.

Capítulo XXXIX

Las señoritas Dashwood llevaban algo más de dos meses en la ciudad y cada día Marianne estaba más impaciente por marcharse. Añoraba el aire, la libertad y la paz del campo. Se figuraba que si un lugar podía tranquilizarla, ése era Barton. También Elinor estaba nerviosa y su deseo de irse cuanto antes no era tan grande como el de Marianne solamente porque conocía las dificultades de un viaje tan largo, algo que su hermana se negaba a admitir. Sin embargo, comenzó a pensar seriamente en ello y se lo mencionó a su amable anfitriona. Ésta se resistió con la elocuencia de su buena voluntad. Entonces surgió una posibilidad que, aunque las mantendría alejadas de su hogar unas semanas más, a Elinor le pareció la más conveniente de todas. Los Palmer irían a Cleveland a finales de marzo, durante las vacaciones de Pascua. Charlotte invitó calurosamente a la señora Jennings y a sus dos amigas para que los acompañaran. Este ofrecimiento no habría bastado por sí solo para la señorita Dashwood. Sin embargo, fue reforzado por una cortesía real del señor Palmer, a la cual se añadió una gran mejora de su trato hacia ellas desde que supo que su hermana pasaba por momentos muy tristes. Así pues, Elinor pudo aceptar con placer. No obstante, cuando se lo contó a Marianne, su primera reacción fue poco favorable.

—¡Cleveland! —exclamó nerviosa—. No, no puedo ir a Cleveland.

—Olvidas que la casa de Cleveland no está..., no está cerca de... —respondió amablemente Elinor.

—Pero está en Somersetshire... Yo no puedo ir allí... adonde tanto deseé ir... No, Elinor, no puedes esperar que vaya.

Elinor no discutió sobre la conveniencia de superar aquellos sentimientos y solamente trató de contrarrestarlos con otros. Le pintó el viaje como una forma de fijar la fecha en que podrían volver a casa de su querida madre, a quien tanto deseaba ver, del modo mejor y más cómodo y probablemente sin mucha dilación. Cleveland estaba a unas millas de Bristol. Desde allí Barton estaba a un solo día de viaje, aunque fuera una dura jornada. El criado de su madre podría ir fácilmente allí para acompañarlas. Como no tendrían que estar en Cleveland más de una semana, podrían estar en su casa en tres semanas a partir de ese momento. Como Marianne sentía un cariño sincero por su madre, triunfó sin grandes dificultades sobre los males imaginarios que ella había puesto en marcha.

La señora Jennings no estaba en absoluto harta de sus huéspedes, así que les rogó que volvieran con ella a su casa desde Cleveland. Elinor lo agradeció, pero no cambió de planes. De este modo y con el acuerdo de su madre, dispusieron todo para regresar a su hogar en las mejores condiciones posibles. Marianne halló cierto alivio plasmando en el papel las horas que la separaban de Barton.

—¡Ay, coronel! No sé qué haremos sin las señoritas Dashwood —le dijo la señora Jennings la primera vez que él la visitó después de fijarse la marcha de Elinor y Marianne—. Están decididas a regresar a su casa desde la de los Palmer. ¡Qué solos estaremos cuando vuelva aquí! ¡Dios! Nos sentaremos a mirarnos boquiabiertos y a aburrirnos como ostras.

Quizá la señora Jennings albergaba la esperanza de que este explícito esbozo de su futuro aburrimiento lo animara a hacer una propuesta de matrimonio para librarse de aquel destino. Si era así, poco después tuvo motivos para pensar que había logrado su objetivo cuando Elinor se arrimó a la ventana para tomar más rápidamente las medidas de un grabado que iba a copiar para su amiga y él la siguió con una mirada significativa y conversó con ella unos minutos. Tampoco a la señora Jennings se le escapó el efecto de esta charla en la joven. Aunque fuera demasiado honorable para escuchar y se había cambiado de lugar a uno cerca del pianoforte donde Marianne

estaba tocando, vio que Elinor palidecía, escuchaba con nerviosismo y se concentraba tanto en lo que él decía que no podía proseguir con su labor. Sus esperanzas quedaron confirmadas en el intervalo en que Marianne cambiaba de partitura, pues le llegaron unas palabras del coronel con las cuales parecía disculparse por el mal estado de su casa. Aquello disipó toda duda en ella. Le sorprendió que él lo creyera necesario, pero supuso que sería lo correcto. No distinguió la respuesta de Elinor, pero por el movimiento de sus labios parecía pensar que *eso* no constituía un problema. La señora Jennings la alabó en su interior por su honestidad. Continuaron hablando sin que ella pudiera captar nada hasta que otra pausa en la ejecución de Marianne le permitió oír la voz tranquila del coronel diciendo: «Me temo que no podrá llevarse a cabo muy pronto».

Asombrada y espantada por unas palabras tan raras en labios de un enamorado, a punto estuvo de gritar: «¡Señor! ¡Qué obstáculos puede haber!». Sin embargo, se contuvo y exclamó para sí:

—¡Qué raro! Seguro que no necesita esperar a ser más viejo.

Esta dilación por parte del coronel no pareció ofender ni mortificar en absoluto a su bella compañera, pues cuando terminaron la conversación y fueron en distintas direcciones, la señora Jennings escuchó a Elinor decir claramente con voz llena de sentimiento:

—Siempre me sentiré en deuda con usted.

La señora Jennings quedó encantada ante tal muestra de gratitud. Tras estas palabras solamente se extrañó de que el coronel pudiera despedirse tan pronto y con toda su sangre fría... ¡e irse sin responder! Jamás habría pensado que su viejo amigo sería un pretendiente tan frío.

Lo que realmente hablaron entre ellos fue lo siguiente.

—He oído —dijo él con gran compasión— la injusticia cometida con el señor Ferrars por su familia. Si no me equivoco, lo han proscrito por insistir en su compromiso con una joven digna. ¿Me han informado bien? ¿Es verdad?

Elinor respondió afirmativamente.

—La crueldad, la grosera crueldad —se emocionó él— de separar, o intentar separar, a dos jóvenes que se aman es terrible. La señora Ferrars

no sabe lo que hace y a lo que puede empujar a su hijo. He visto al señor Ferrars en Harley Street dos o tres veces y me agrada. No es un joven al que se conozca íntimamente en poco tiempo. Sin embargo, he visto lo suficiente de él para desearle lo mejor por sus propios méritos. Además, como amigo de usted que es, se lo deseo más. Creo que quiere ordenarse. ¿Sería tan amable de decirle que el cargo de Delaford ha quedado vacante según me informan en el correo de hoy y que es suyo si lo desea? Quizá en las desgraciadas circunstancias en las que se halla ahora parecería insensato dudarlo. Ojalá el cargo fuera mejor. Es una rectoría pequeña. Creo que su último titular ganaba solamente doscientas libras al año. Puede mejorar, pero me temo que no tanto como para permitir al señor Ferrars unos ingresos holgados. Sin embargo, en las actuales circunstancias, será un placer presentarlo. Le ruego que se lo diga.

El asombro de Elinor ante este encargo difícilmente habría sido mayor si el coronel le hubiera pedido la mano. Hacía solamente dos días había pensado que Edward no tenía esperanzas de conseguir el cargo que le permitiría casarse y ahora era suyo. ¡Y la encargada de comunicárselo no era sino *ella*! Su emoción fue grande, aunque la señora Jennings la hubiera atribuido a otros motivos. Aunque abrigara sentimientos menos puros y agradables, también sentía gratitud y aprecio. Lo expresó con vehemencia por la benevolencia y los sentimientos de amistad que habían llevado al coronel a semejante gesto. Se lo agradeció de corazón, alabó los principios y la disposición de Edward como creía que merecían, prometiendo realizar el encargo con placer si el deseo de él era encomendar a otra persona una tarea tan agradable. Sin embargo, no pudo evitar pensar que nadie la cumpliría como él. Era una misión que habría preferido no tener que llevar a cabo por no infligir a Edward el dolor de recibir un favor de ella. Sin embargo, guiado por la misma delicadeza para preferir no hacerlo él, el coronel Brandon parecía tan empeñado en que lo hiciera Elinor que ella no se negó. Creía que Edward seguía en la ciudad y por suerte había oído a la señorita Steele mencionar sus señas. Podía informarle ese mismo día. Tras acordarlo, el coronel Brandon habló de las ventajas para él de tener un vecino tan respetable y agradable. Lamentó *entonces* que la vivienda fuera pequeña y de regular calidad, un problema al que Elinor, como la señora Jennings supuso que había hecho, restó importancia, al menos en cuanto a las dimensiones de la casa.

—Creo que no será un inconveniente para ellos que la casa sea pequeña porque irá en proporción a su familia y sus ingresos —dijo.

El coronel se sorprendió al descubrir que *ella* pensaba que el matrimonio de Edward era la consecuencia directa de la propuesta. Dudaba que el cargo de Delaford aportara bastantes ingresos para establecerse a alguien acostumbrado al estilo de vida del joven, y así lo dijo.

—Esta pequeña rectoría *da* solamente para mantener al señor Ferrars como soltero y no le permite casarse. Lamento decir que aquí termina mi participación. Ahora bien, si por algún imprevisto pudiera prestarle un nuevo servicio, mucho tendría que haber mudado mi opinión sobre él si no estuviera tan dispuesto como ahora a serle útil. Lo de hoy parece escaso porque casi no le permite avanzar hacia el que debe ser su principal y único motivo de felicidad. Su matrimonio aún deberá esperar y me temo que no podrá llevarse a cabo muy pronto.

Tomada en sentido equivocado, aquella frase ofendió justamente los delicados sentimientos de la señora Jennings. Sin embargo, tras el relato de lo realmente ocurrido entre el coronel Brandon y Elinor junto a la ventana, la gratitud de ella al separarse los dos quizá parezca en general no menos razonablemente vigorosa ni menos adecuadamente expresada que si la hubiera causado una propuesta de matrimonio.

Capítulo XL

—Bien, señorita Dashwood —dijo la señora Jennings sonriendo con sagacidad apenas se hubo ido el visitante—, no le preguntaré lo que le ha dicho el coronel. Aunque le aseguro que *intenté* no escuchar, no pude evitar oír lo suficiente para entender sus pretensiones. Nunca he estado tan contenta y le deseo de corazón que la alegren.

—Gracias —dijo Elinor—. Me alegra mucho. Creo que la bondad del coronel Brandon muestra una gran sensibilidad. Pocos hombres actuarían como él. ¡Pocos tienen un corazón tan compasivo! Jamás en mi vida me había asombrado tanto.

—¡Señor! Querida, qué modesta es usted. No me sorprende nada porque he pensado muchas veces que nada era más probable que ocurriera.

—Usted juzgaba conociendo la benevolencia general del coronel, pero no podía prever que la ocasión se presentaría tan pronto.

—¡La ocasión! —repitió la señora Jennings—. ¡Oh! En cuanto un hombre se ha decidido para estas cosas, se las arregla como sea para encontrar la ocasión. Querida, la felicito una vez más. Si ha habido una pareja feliz en el mundo en alguna ocasión, creo que pronto sabré dónde buscarla.

—Piensa ir a Delaford tras ellos, supongo —dijo Elinor con una débil sonrisa.

—Ay, querida, claro que lo haré. En cuanto a que la casa no sea buena, no sé de qué hablaría el coronel porque es de las mejores que yo he visto.

—Decía que está destartalada.

—¿Y quién es el culpable? ¿Por qué no la repara? ¿No tendría que hacerlo él?

Fueron interrumpidas por la entrada del criado anunciando que el carruaje estaba en la puerta. La señora Jennings se preparó para salir y dijo:

—Querida, debo irme sin haber dicho ni la mitad de lo que tengo dentro. Esta noche podremos charlar con más detalle porque estaremos solas. No le pido que me acompañe porque supongo que tendrá la cabeza hecha un torbellino como para querer compañía. Además, estará deseando contárselo todo a su hermana.

Marianne había salido de la habitación antes de que empezara la conversación.

—Claro, señora, se lo contaré a Marianne. Pero sólo a ella por ahora.

—¡Está bien! —dijo la señora Jennings un tanto desilusionada—. Entonces no querrá que se lo cuente a Lucy porque hoy pienso ir a Holborn.

—No, señora, ni siquiera a Lucy, por favor. Una día más no supondrá mucho. Hasta que no escriba al señor Ferrars, será mejor no mencionarlo a nadie más. *Lo* haré ahora mismo. Es importante no perder tiempo en lo que a él concierne porque tendrá mucho que hacer con respecto a su ordenación.

Aquello dejó perpleja a la señora Jennings. Al principio no entendió por qué debía escribirle a Edward con semejante prisa. Sin embargo, tras reflexionar, tuvo una feliz idea y exclamó:

—¡Ah! Ya la entiendo. El señor Ferrars será el hombre. Bueno, mejor para él. Claro, por eso tiene que ordenarse cuanto antes. Me alegra mucho que todo esté tan adelantado entre ustedes. Pero, querida, ¿no es un tanto insólito? ¿No debería escribirle el coronel? Seguro que es la persona adecuada.

Elinor no entendió el sentido de las palabras de la señora Jennings ni le pareció que valiera la pena preguntar, de modo que solamente respondió para terminar.

—El coronel Brandon es un hombre atento que preferiría que cualquier otro anunciase sus intenciones al señor Ferrars.

—Entonces debe ser *usted* quien lo haga. ¡Qué delicadeza *tan* curiosa! Bueno, no la molestaré más. —Vio que se disponía a escribir—. Usted conoce mejor sus asuntos. Adiós, querida. Es la mejor noticia desde que Charlotte dio a luz.

Salió, pero volvió enseguida.

—Acabo de recordar a la hermana de Betty. Estaría feliz de conseguirle un ama tan buena. No sé si servirá como doncella para una dama. Es una excelente doncella y se le da muy bien la aguja. Pero ya decidirá usted todo eso cuando tenga tiempo.

—Por supuesto, señora —replicó Elinor sin escucharla y deseando estar sola en lugar de continuar con el tema.

Lo que ahora le preocupaba era cómo empezar y expresarse en su nota a Edward. Las particulares circunstancias entre ellos complicaban lo que para cualquier otra persona habría sido pan comido. Sin embargo, ella temía decir demasiado o dejarse algo en el tintero, así que se quedó pensativa frente al papel, con la pluma en la mano, hasta que la entrada de Edward la interrumpió.

Había ido a dejar su tarjeta de despedida y en la puerta se había encontrado a la señora Jennings cuando ésta se dirigía al carruaje. Tras excusarse por no quedarse con él, lo había obligado a entrar diciendo que la señorita Dashwood estaba arriba y quería charlar con él sobre algo muy especial.

Elinor se había felicitado en su perplejidad. Creía que por muy difícil que fuera expresarse adecuadamente por escrito era preferible hacerlo de palabra, cuando la entrada súbita de su visitante la sorprendió y confundió obligándola a un nuevo esfuerzo, quizá el mayor. No lo había visto desde que se conoció su compromiso y, por ello, desde que él se había enterado de que ella lo sabía. Su conciencia de lo que había pensado y lo que deseaba decirle la hicieron sentirse incómoda durante unos minutos. Edward también estaba turbado. Se sentaron uno frente al otro en una situación que prometía no ser distendida. Él no recordaba si se había disculpado por su intrusión al entrar. Sin embargo, para mayor seguridad, lo hizo formalmente en cuanto pudo articular palabra tras sentarse.

—La señora Jennings me ha dicho —dijo— que tiene algo que contarme. Al menos eso he entendido... o no le habría impuesto mi presencia de esta forma. Aunque habría lamentado irme de Londres sin verlas, sobre todo porque seguramente pasará tiempo... No es probable que después tenga el placer de verlas otra vez. Mañana salgo hacia Oxford.

—Pero no se habría ido —Elinor se recuperó, resuelta a terminar cuanto antes lo que tanto temía— sin recibir nuestras felicitaciones, aunque no hubiéramos podido ofrecerlas personalmente. La señora Jennings estaba en lo cierto sobre lo que dijo. Tengo algo importante que decirle e iba a escribirle una carta. Me han encomendado una agradable tarea (respiraba algo más rápido de lo habitual al hablar). El coronel Brandon ha estado aquí hace diez minutos. Me ha encargado decirle que sabe que piensa ordenarse y tiene el placer de ofrecerle el cargo de Delaford, que acaba de quedar vacante, y él desearía que fuera de más valor. Permítame felicitarlo por contar con un amigo tan digno y prudente. Como él, yo también desearía que el estipendio de unas doscientas libras anuales fuera una suma mayor, una que permitiese... Bueno, puede ser algo más que una plaza temporal para usted..., en pocas palabras, una que permita colmar sus deseos de felicidad.

Edward no fue capaz de decir lo que sintió y tampoco podía esperarse que lo hiciera otro por él. *Parecía* asombrado por una noticia tan inesperada e insospechada, pero dijo solamente estas tres palabras:

—¡El coronel Brandon!

—Sí —continuó Elinor más resuelta ahora que había pasado lo peor al menos en parte—. El coronel Brandon desea demostrar su preocupación por los últimos sucesos, por la cruel situación en que la injustificable conducta de su familia lo ha dejado..., una preocupación que compartimos Marianne, yo y todos sus amigos. También lo ofrece para demostrar la alta estima en que lo tiene y como señal de su aprobación por cómo se ha comportado en esta ocasión.

—¡El coronel Brandon *me* ofrece un cargo! ¿Es posible?

—La crueldad de sus parientes hace que le asombre encontrar amistad en otra parte.

—No —repuso él súbitamente consciente—, no de encontrarla en *usted,* pues no ignoro que todo esto lo debo a su bondad. Lo que siento..., lo expresaría si pudiera, pero sabe que no soy muy elocuente.

—Se equivoca. Le aseguro que todo lo debe, al menos casi todo, a sus méritos, y a la percepción del coronel Brandon. No me he entrometido en esto. Yo no sabía que el cargo estaba vacante hasta que me comunicó sus planes. Tampoco me había figurado que él pudiera otorgarlo. Es amigo mío y de mi familia, puede que quizá... Bueno, estoy segura de que el placer es *suyo* dándolo. Sin embargo, tiene mi palabra de que no le ha ayudado ninguna intercesión mía.

En honor a la verdad, debía reconocer una pequeña parte en la acción. Sin embargo, no deseaba aparecer como benefactora de Edward, así que lo reconoció con dudas, lo cual probablemente contribuyó a que la idea que había nacido como sospecha se quedara en la mente de él. Elinor terminó de hablar y él se mantuvo pensativo unos minutos. Finalmente, como esforzándose, dijo:

—El coronel Brandon parece un hombre de gran valor y muy respetable. Siempre he oído hablar de él en esos términos. Sé que su hermano, el señor Dashwood, lo aprecia. Sin duda es un hombre sensato y un caballero de modales intachables.

—Cierto —repuso Elinor—. Creo que cuando lo conozca mejor descubrirá que es todo cuanto ha oído. Además, como serán vecinos cercanos (supongo que la rectoría estará pegada a la casa principal), es muy importante que lo *sea.*

Edward no respondió. Cuando ella volvió la cabeza a otro lado, la miró con tanta seriedad e intensidad y tan poca alegría que parecía decir con la mirada que, en el futuro, él habría deseado que la distancia entre la rectoría y la mansión fuera mucho mayor.

—Creo que el coronel Brandon se aloja en St. James Street —dijo poco después levantándose.

Elinor le dijo el número de la casa.

—Debo ir a dar las gracias que no me permitirá darle a *usted* y asegurarle que me ha hecho muy..., enormemente feliz.

Elinor no intentó retenerlo. Se separaron cuando ella expresó formalmente *sus* más cordiales deseos de felicidad en todos los cambios de situación que viviera. *Él* trató de corresponder con los mismos deseos, pero no supo muy bien cómo expresarlos.

«Cuando vuelva a verlo —se dijo Elinor mientras la puerta se cerraba tras él—, veré al marido de Lucy.»

Y con esta agradable anticipación se sentó a recordar el pasado y las palabras para tratar de comprender los sentimientos de Edward y, cómo no, reflexionó sobre su propio descontento.

Cuando la señora Jennings volvió a casa venía de visitar a gente que nunca había visto antes y sobre quienes debía tener mucho que decir. Sin embargo, tenía la mente más llena del importante secreto que conocía que de otra cosa cualquiera, así que reanudó el tema apenas apareció Elinor.

—Bueno, querida —exclamó—, le envié al joven. Estuvo bien, ¿no? Supongo que no hubo grandes dificultades. ¿No lo encontró reacio a aceptar su propuesta?

—No, señora; habría sido bastante improbable.

—Bien, ¿cuándo estará preparado? Porque parece que todo depende de eso.

—En realidad —dijo Elinor—, apenas sé de esta clase de formalidades, así que poco puedo conjeturar sobre el tiempo o la preparación necesarios. Yo imagino que en dos o tres meses podrá ordenarse.

—¿Dos o tres meses? —exclamó la señora Jennings—. ¡Señor, con qué calma lo dice! ¡Y el coronel teniendo que aguardar dos o tres meses! ¡El Señor me ampare! Creo que *yo* me moriría de impaciencia. Aunque cualquiera estaría feliz de hacerle un favor al pobre señor Ferrars, no creo que valga la pena esperarlo dos o tres meses. Seguro que podrán encontrar a alguien que sirva..., alguien ya ordenado.

—Mi querida señora —preguntó Elinor—, ¿de qué está hablando? Pero si el único objetivo del coronel Brandon es hacerle un favor al señor Ferrars.

—¡Dios la bendiga, querida! ¡Dudo que intente convencerme de que el coronel se casa con usted para darle diez guineas al señor Ferrars!

El engaño no pudo continuar tras esto y le siguió una explicación que en el momento divirtió mucho a las dos. Ninguna perdió la felicidad porque la señora Jennings simplemente cambió una alegría por otra sin abandonar sus expectativas con respecto a la primera.

—Sí, la rectoría es pequeña —dijo tras su sorpresa y satisfacción iniciales— y probablemente *puede* necesitar arreglos. Pero oír a un hombre disculpándose, tal como lo pensé, por una casa que, por lo que sé, tiene cinco salones en el primer piso y, según creo haberle escuchado al ama de llaves, espacio para quince camas... ¡Y usted, acostumbrada como está a vivir en la casita de Barton! Parecía ridículo. Pero, querida, debemos sugerir al coronel que haga algo en la rectoría y la arregle antes de que llegue Lucy.

—El coronel Brandon no cree que el cargo sea suficiente para permitirles casarse.

—El coronel es un ingenuo, querida, porque él tiene dos mil libras anuales para vivir y no cree que nadie pueda casarse con menos. Le aseguro que si vivo, visitaré la rectoría de Delaford antes de san Miguel y no iré si Lucy no está allí.

Elinor era del mismo parecer en cuanto a que probablemente no esperarían más.

Capítulo XLI

Tras visitar al coronel Brandon para darle las gracias, Edward fue a casa de Lucy llevando con él su felicidad. Cuando llegó a Bartlett's Buildings era tan grande que al día siguiente la joven pudo asegurar a la señora Jennings, que la había visitado para felicitarla, que nunca lo había visto así de alegre.

La felicidad de Lucy y su estado de ánimo eran al menos ciertos. Se unió con gran entusiasmo a las expectativas de la señora Jennings de un grato encuentro en la rectoría de Delaford antes de san Miguel. Por otra parte, no podía negar a Elinor el crédito que Edward le *daría* y se refirió a su amistad por ambos con entusiasta gratitud. Deseaba reconocer cuánto le debían y declaró sin rodeos que no se sorprendería de ningún esfuerzo presente o futuro de la señorita Dashwood por el bien de ellos, pues la creía capaz de lo que fuera por aquéllos a quienes apreciaba. En cuanto al coronel Brandon, estaba dispuesta a adorarlo como a un santo y deseaba que lo trataran como si lo fuera en todas las cosas terrenales. Deseaba que los diezmos que recibía aumentaran al máximo y decidió en secreto que, ya en Delaford, aprovecharía cuanto pudiera sus criados, su carruaje, sus vacas y sus aves de corral.

Había transcurrido una semana desde la visita de John Dashwood a Berkeley Street. Como no habían tenido noticias sobre la enfermedad de su esposa excepto una averiguación verbal, Elinor comenzó a pensar que debían visitarlos. Sin embargo, aquello iba contra sus deseos y no hallaba estímulos en sus compañeras.

No contenta con negarse a ir, Marianne trató con todo su empeño de impedírselo a su hermana. En cuanto a la señora Jennings, su carruaje estaba a disposición de Elinor, pero le disgustaba tanto la señora de John Dashwood que ni la curiosidad de ver cómo se encontraba tras el funesto descubrimiento, ni su intenso deseo de enojarla poniéndose del lado de Edward vencieron su resistencia a ir. Así pues, Elinor fue ella sola a una visita que nadie deseaba hacer, arriesgándose a un *tête-à-tête* con una mujer que no podía desagradar a nadie con más motivos que a ella.

Le dijeron que la señora Dashwood no estaba en casa. Sin embargo, antes de que el carruaje pudiera marcharse, apareció su esposo. Se mostró muy complacido de ver a Elinor. Dijo que en ese momento iba a visitarlas a Berkeley Street y la invitó a entrar asegurándole que Fanny estaría encantada de verla. Subieron al salón, pero allí no había nadie.

—Imagino que Fanny estará en su habitación —dijo—. Iré a buscarla porque estoy seguro de que no tendrá problema en verte a ti..., todo lo contrario. En especial ahora... De todos modos, Marianne y tú siempre fuisteis sus favoritas. ¿Por qué no ha venido Marianne?

Elinor la disculpó como mejor pudo.

—Me alegro de verte a ti sola porque tenemos muchos temas de que hablar —dijo él—. ¿Es verdad lo del cargo del coronel Brandon? ¿Realmente se lo ha ofrecido a Edward? Lo oí ayer por casualidad e iba a visitarte para averiguar algo más.

—Es verdad. El coronel Brandon le ha otorgado a Edward el cargo de Delaford.

—¿Es posible? ¡Asombroso! ¡No hay parentesco ni conexión entre ellos! ¡Ahora que los cargos tienen un precio tan alto! ¿Cuál es el valor de éste?

—Unas doscientas libras anuales.

—Bien, bien... y por un cargo de ese valor, si el último titular era un viejo con mala salud y lo dejó vacante, podría haber obtenido unas mil cuatrocientas libras. ¿Cómo es posible que no arreglara ese asunto antes de morir la persona? Claro que ahora es tarde para venderlo, pero ¡alguien tan sensato como el coronel Brandon! ¡Me sorprende que no haya sido previsor en algo por lo que es normal y natural preocuparse! Seguro que casi todos los

hombres tienen sus incoherencias. Claro que, *pensándolo bien,* imagino que Edward mantendrá el cargo hasta que la persona a quien el coronel se lo haya vendido tenga edad suficiente para ocuparlo. Sí, eso ha ocurrido, puedes estar segura.

Elinor lo contradijo contándole que el coronel Brandon le había pedido a ella que comunicase su oferta a Edward y que, por lo tanto, debía entender bien los términos en que había sido hecha.

—¡Es del todo asombroso! —exclamó él tras escucharla—. ¿Y por qué lo habrá hecho el coronel?

—Sólo por ayudar al señor Ferrars.

—Bien, bien; sea lo que sea el coronel Brandon, ¡Edward Ferrars es un hombre con suerte! Pero no menciones a Fanny este asunto. Aunque lo haya sabido por mí y se lo haya tomado bastante bien, no querrá oír hablar de ello.

A Elinor le costó no contestar que Fanny podía haber sobrellevado con compostura la adquisición de un capital por parte de su hermano por medios que no significaban para ella ni para su hijo un empobrecimiento.

—La señora Ferrars —añadió él en voz baja, adecuada a la importancia del tema— no sabe nada de esto por ahora. Yo creo que será mejor ocultárselo mientras sea posible. Cuando se celebre la boda, me temo que deberá oírlo todo.

—¿Para qué tantas precauciones? Aunque no se suponga que la señora Ferrars pueda tener la menor satisfacción sabiendo que su hijo tiene dinero para vivir... *Eso* no vendría al caso. ¿Por qué debe suponerse que a ella le importe después de lo que ha hecho? Ha terminado con su hijo, lo ha echado para siempre y ha hecho que la imiten quienes están bajo su influencia. Después de esto seguramente sea imposible imaginar que pueda sentir pena o alegría por él..., no puede interesarle nada de lo que le ocurra. ¡No será tan incoherente como para despreocuparse del bienestar de un hijo y luego preocuparse como una madre!

—¡Ay, Elinor! —dijo John—. Tu razonamiento es correcto, pero desconoces la naturaleza humana. Cuando se produzca la infortunada unión de Edward, sin duda su madre sufrirá como si no lo hubiera echado. Por eso y mientras sea posible, es necesario ocultarle las circunstancias que puedan adelantar esa unión. La señora Ferrars jamás podrá olvidar que Edward es su hijo.

—Me sorprendes. Había creído que casi lo había borrado de su memoria.

—Te equivocas. La señora Ferrars es una madre cariñosa.

Elinor se quedó en silencio.

—*Ahora* estamos pensando —dijo el señor Dashwood tras una pausa— que *Robert* se case con la señorita Morton.

Elinor sonrió ante el tono grave y de importancia de su hermano y repuso con calma:

—La dama, me imagino, no tiene nada que decidir.

—¡Decidir! ¿Qué quieres decir?

—Que por tu forma de hablar supongo que a la señorita Morton debe darle igual casarse con Edward que con Robert.

—Claro, no hay diferencia. Robert ahora será considerado el primogénito a todos los efectos. Por lo demás, ambos son jóvenes muy agradables. Que yo sepa ninguno es superior al otro.

Elinor no dijo más. John también calló unos segundos y terminó sus reflexiones diciendo:

—De *una* cosa, querida hermana, puedes estar segura —dijo tomándole una mano cariñosamente y hablándole en un susurro—. Como sé que te gustará, te la contaré. Tengo motivos para creer...lo sé de buena fuente o no lo diría porque sería incorrecto hacerlo en caso contrario..., pero lo sé de buena fuente..., no se lo he oído a la misma señora Ferrars, pero *sí* su hija, y ella me lo contó a mí..., que al margen de las objeciones que pudo haber contra cierta..., cierta unión..., tú me entiendes..., la señora Ferrars la habría preferido mil veces y no le habría molestado ni la mitad que *ésta*. Me sentí muy satisfecho de saber que lo veía desde esa perspectiva... Es una circunstancia muy gratificante para nosotros como supondrás. «No habría tenido comparación» dijo «de dos males, el menor; *ahora* estaría dispuesta a transigir para que no sucediera nada peor.» Pero todo eso ya no importa. No hay que pensarlo ni mencionarlo. En cuanto a una unión, ya sabes..., no es posible..., eso ha terminado. Pero pensé en contártelo porque sabía que te complacería. No es que tengas nada que lamentar, querida Elinor. Sin duda

estás haciéndolo muy bien..., igual de bien o quizá mejor si tenemos todo en cuenta... ¿Has estado últimamente con el coronel Brandon?

Elinor ya había escuchado bastante para halagar su vanidad y elevar su autoestima, pero también para alterarla y hacerla pensar. Por ese motivo, le alegró la entrada de Robert Ferrars, pues le evitó el peligro de responder a tantas cosas y el de escuchar más a su hermano. Tras charlar un rato, John Dashwood recordó que aún no había informado a Fanny sobre la presencia de su hermana y salió para buscarla. Elinor se quedó allí para mejorar su relación con Robert. Éste, con su alegre indiferencia y la complacencia que le permitían disfrutar de un injusto reparto del amor y la generosidad maternos en perjuicio de su hermano..., los cuales había merecido solamente por una vida disipada y por la integridad de su hermano, confirmaba a Elinor su peor opinión sobre su inteligencia y sus sentimientos.

Dos minutos a solas y él empezó a hablar de Edward, pues también había oído hablar del cargo, e hizo muchas preguntas. Elinor repitió lo que le había contado a John, pero el efecto en Robert fue diferente aunque no menos intenso. Se rio a carcajadas. Le divertía la idea de Edward como clérigo y viviendo en una casita parroquial. Cuando añadió la imagen de Edward con una sobrepelliz blanca, leyendo plegarias y las amonestaciones públicas del matrimonio de John Smith y Mary Brown, no pudo imaginar nada más ridículo.

Elinor esperó sin hablar y con una imperturbable gravedad el final de aquellas tonterías sin poder evitar mirarlo con todo el desprecio que le inspiraba. Era una mirada bien dirigida, pues dejó escapar sus sentimientos sin dar a entender nada. Él dejó finalmente sus comentarios ingeniosos por su propia sensibilidad, no por algún reproche de ella.

—Podemos bromear —dijo recuperándose de las risas afectadas que habían alargado considerablemente la alegría genuina del momento—, pero esto es grave. ¡Pobre Edward! Está arruinado para siempre y lo lamento porque sé que tiene un corazón y unas intenciones muy buenos. Señorita Dashwood, no lo juzgue basándose en lo poco que *usted* lo conoce. ¡Pobre Edward! Es cierto que sus modales no son los más alegres, pero es que no todos nacemos con las mismas capacidades ni la misma presencia. ¡Pobre!

¡Lo imagino entre extraños! ¡Qué pena! Pero tiene un gran corazón. Créame que nada me ha afectado hasta ahora tanto como esto. No podía creerlo. Mi madre me lo dijo y respondí pensando que debía actuar con decisión: «Querida madre, no sé qué harás en circunstancias como éstas, pero yo debo decir que si Edward se casa con esta joven, no lo miraré más». Eso le dije de inmediato... ¡Me escandalizó más de lo que cabe suponer! ¡Pobre Edward! ¡Se ha hundido! ¡Condenado al ostracismo! Mientras se lo decía a mi madre, no me sorprendía. Es lo que se podía esperar de la educación que recibió. Mi pobre madre casi perdió los estribos.

—¿Ha visto alguna vez a la joven?

—Sí, una vez, cuando se alojó aquí. Vine unos diez minutos y fue suficiente con lo que vi de ella. Es una simple pueblerina, torpe, sin estilo ni elegancia, casi sin atractivo. La recuerdo perfectamente. Es la clase de muchacha capaz de cautivar al pobre Edward, según creo. Me ofrecí a hablarle y disuadirlo cuando mi madre me contó todo. Sin embargo, *entonces* descubrí que era tarde para hacer algo porque no estuve en los primeros momentos y no supe nada hasta después de la ruptura, cuando yo no podía interferir. Si me hubieran informado unas horas antes, probablemente habría podido hacer algo. De todos modos le habría hecho ver las cosas a Edward con claridad. «Querido hermano», le habría dicho, «piensa en lo que haces. Estás metiéndote en la peor de las uniones y nadie de tu familia la aprueba.» Estoy seguro de que habría dado con la forma de convencerlo. Pero ahora es tarde. Debe andar muerto de hambre, ya sabe.

Había planteado esto con compostura cuando llegó la señora de John Dashwood y puso fin al tema. Aunque *ella* jamás lo mencionaba fuera de su familia, Elinor pudo ver cómo influía en su mente por su expresión confusa al entrar y su intento de tratarla con cordialidad. Incluso se mostró afectada por el hecho de que Elinor y su hermana se marcharan tan pronto de la ciudad. Había confiado en verlas más. Era un esfuerzo que su marido, que la acompañaba y seguía cada una de sus palabras con aire enamorado, parecía considerar como la cosa más cariñosa y hermosa.

Capítulo XLII

Otra corta visita a Harley Street, durante la cual Elinor fue felicitada por su hermano por viajar hasta Barton sin gastar nada y porque el coronel Brandon podría seguirlas a Cleveland en uno o dos días, completó el contacto de hermano y hermanas en la ciudad. También hubo una invitación como de pasada por parte de Fanny a que fueran a Norland si pasaban por allí, cosa improbable, y una promesa más calurosa, si bien menos pública, de John a Elinor sobre una pronta visita a Delaford. Aquello fue cuanto se dijo sobre un futuro encuentro en el campo.

Elinor se divertía viendo que todos sus amigos parecían decididos a enviarla a Delaford, el lugar que precisamente ahora menos querría visitar o el último donde querría vivir. Su hermano y la señora Jennings lo consideraban su futuro hogar e incluso Lucy insistió al despedirse en invitarla a que la visitara allí.

A primeros de abril, tolerablemente temprano, los dos grupos salieron de Hanover Square y de Berkeley Street para encontrarse en el camino según lo acordado. Para comodidad de Charlotte y de su hijo el viaje duraría más de dos jornadas. El señor Palmer viajaría más rápido con el coronel Brandon y se uniría a ellas poco después en Cleveland.

Aunque la temporada en Londres había sido en general ingrata y estuviera deseando alejarse de allí desde hacía tiempo, Marianne no pudo evitar apenarse cuando se despidió de la casa donde había albergado por última vez esperanzas y confianza en Willoughby, ahora muertas para siempre. Tampoco pudo abandonar sin derramar lágrimas el lugar donde Willoughby forjaba nuevos compromisos y nuevos planes en los que *ella* no participaría.

La satisfacción de Elinor al irse fue más real. Nada de Londres entretenía sus pensamientos ni permanecía en su mente. No dejaba a nadie cuya pérdida le apenara. Le alegraba librarse de la persecución de Lucy. Agradecía alejar a su hermana de la ciudad sin que hubiera visto a Willoughby desde su boda. Esperaba que unos meses de tranquilidad en Barton devolvieran la paz espiritual a Marianne y asentaran la suya. El viaje se hizo sin contratiempos. El segundo día pusieron el pie en el condado de Somerset, querido o repudiado en la imaginación de Marianne según el momento. Llegaron a Cleveland la mañana del tercer día.

Cleveland era una casa amplia y moderna situada en la pendiente de una colina con césped. No tenía parque, pero los jardines de recreo eran grandes. Como cualquier otro lugar de igual importancia, contaba con sus macizos de arbustos y su alameda. Se llegaba al frente de la casa por un camino de grava en torno a una plantación. El césped estaba salpicado de árboles. La casa estaba guarecida por abetos, serbales y acacias, mezclados todos ellos con chopos lombardos y formando una espesa cortina que ocultaba las dependencias.

Marianne entró en la casa, emocionada por saber que estaba a ochenta millas de Barton y a no más de treinta de Combe Magna. No llevaba ni quince minutos dentro cuando, mientras los demás ayudaban a Charlotte a mostrarle el niño al ama de llaves, salió por los sinuosos senderos entre los arbustos que ya verdeaban y fue a un montículo lejano. Su mirada recorrió desde un templete griego una vasta campiña hacia el sudeste y se detuvo en las colinas recortadas contra el horizonte, imaginando que desde sus cumbres se vería Combe Magna.

En aquellos momentos de preciosa e incomparable angustia lloró lágrimas de agonía por estar en Cleveland. Al regresar a la casa por caminos diferentes sintió el feliz privilegio de disfrutar la libertad del campo. Le gustaba ir de aquí para allá en una libre y lujosa soledad, así que resolvió pasar casi

todas las horas de los días que estuviera con los Palmer disfrutando de estos paseos solitarios.

Llegó justo a tiempo para unirse a los demás cuando salían a una excursión por la zona. El resto de la mañana pasó rápidamente mientras paseaban con calma por el huerto contemplando las enredaderas florecidas sobre los muros y escuchando al jardinero lamentarse de las plagas. Recorrieron con calma el invernadero, donde Charlotte se rio por la pérdida de sus plantas predilectas, que habían sido incautamente expuestas a la intemperie y quemadas por las heladas. Visitaron el corral de aves y allí rio por las esperanzas rotas de la moza debido a las gallinas que abandonaban sus nidos o eran robadas por un zorro o por las nidadas que morían antes de tiempo.

La mañana estuvo clara y sin humedad en el aire. Marianne, que planeaba pasar casi todo el tiempo fuera, no creyó que el tiempo pudiera cambiar durante su estancia en Cleveland. Entonces, para gran sorpresa suya, una lluvia constante le impidió salir después de cenar. Había planeado para esa tarde un paseo al templete griego y quizá por todo el lugar, así que un anochecer frío o húmedo no la habría disuadido. Sin embargo, una lluvia espesa y pertinaz no podía parecerle ni siquiera a ella un tiempo seco y agradable para vagabundear.

Los escasos miembros de la casa formaron un grupo y las horas pasaron en calma. La señora Palmer tenía a su hijo y la señora Jennings, su labor. Hablaron de los amigos que habían dejado atrás, organizaron los compromisos de lady Middleton y se preguntaron varias veces si el señor Palmer y el coronel Brandon pasarían de Reading esa noche. Elinor participó en la conversación, aunque sin interés. Marianne, cuyo don en cualquier casa consistía en llegar a la biblioteca por mucho que lo evitara la familia, pronto consiguió un libro.

El constante buen humor y el ánimo amistoso de la señora Palmer no ahorraban nada que pudiera ofrecer para que sus invitadas se sintieran bien. La sinceridad y cordialidad de su trato compensaba de sobra la falta de corrección y elegancia que se manifestaba con frecuencia en las formalidades de la cortesía. Conquistaba con su afabilidad y su hermoso rostro.

Sus obviedades no molestaban porque no era vanidosa. Elinor le habría perdonado todo menos su risa.

La llegada de los dos caballeros al día siguiente por la tarde aumentó agradablemente la concurrencia y una bienvenida variación de las conversaciones, en cotas muy bajas tras una larga mañana lluviosa.

Elinor había visto poco al señor Palmer. En ese poco había visto tanta variedad en su trato a su hermana y a ella misma que no sabía qué esperar al verlo con su propia familia. Sin embargo, encontró una conducta caballerosa hacia sus invitados y sólo ocasionalmente ruda con su esposa y su suegra. Lo encontró capaz de ser una agradable compañía. Únicamente una excesiva capacidad de sentirse superior a los demás en general y con respecto a la señora Jennings y Charlotte le impedía demostrarlo. En cuanto a los otros rasgos de su carácter y hábitos, hasta donde Elinor vio, no mostraban rasgos inusuales en personas de su sexo y edad. Le gustaba una buena mesa, pero era impuntual. Aunque fingía desdén, quería a su hijo, y se demoraba en la mesa de billar por las mañanas en lugar de atender sus negocios. Aun así, en conjunto le gustaba mucho más a Elinor de lo que había esperado, y en el fondo no lamentaba que no le pudiera gustar más. No sentía que su epicureísmo, su egoísmo y su presunción le recordaran con placer el generoso humor de Edward, sus gustos sencillos y sus sentimientos apocados.

Elinor tuvo noticias de Edward esos días, al menos sobre acontecimientos relacionados con sus intereses. Fue por medio del coronel Brandon, que había estado poco antes en Dorsetshire. Le habló como a una amiga desinteresada del señor Ferrars y confidente suya para charlar sobre la rectoría de Delaford, describirle sus carencias y contarle qué pensaba hacer para solventarlas. Su conducta hacia ella en esto y en todo lo demás, su sincero placer por verla tras diez días solamente, su deseo de conversar con ella y su respeto por sus opiniones podían justificar que la señora Jennings estuviera convencida de que la amaba. Quizá habría sido suficiente para que Elinor lo sospechara también si no creyera desde el principio que Marianne era su verdadera favorita. Así las cosas, esa idea no se le habría ocurrido de no ser por las insinuaciones de la señora Jennings. Entre ambas, Elinor no podía evitar creerse la mejor observadora. Ella miraba los

ojos del coronel y la señora Jennings solamente pensaba en su conducta; y las miradas inquietas de él cuando Marianne comenzó a mostrar síntomas de un fuerte resfriado en forma de dolor de cabeza y garganta, al no ser expresadas con palabras, escapaban a la observación de la señora Jennings, pero *ella* sí podía descubrir en sus ojos los sentimientos y la innecesaria alarma de un enamorado.

Dos agradables caminatas las tardes del tercer y cuarto día por la grava seca entre los arbustos, además de por todo el lugar y en especial por los rincones más alejados donde todo era más silvestre que en el resto, los árboles eran más viejos y la hierba más alta y húmeda, habían producido en Marianne —que tuvo la grave imprudencia de no quitarse las medias y los zapatos mojados— un resfriado tan fuerte que, aunque ella trató de quitarle importancia o negarlo durante un día o dos, el malestar fue cada vez mayor hasta que ni ella ni los demás pudieron hacer por ignorarlo en interés general. Le llovieron remedios por todas partes, que fueron rechazados. Se sentía débil y febril, con los miembros doloridos, tos y la garganta seca, pero un buen sueño reparador la dejaría como nueva. Pese a todo, Elinor pudo persuadirla con dificultad de que probara algún remedio sencillo cuando se acostó.

Capítulo XLIII

Al día siguiente Marianne se levantó a la hora de siempre. Dijo que se encontraba mejor y trató de convencerse a sí misma de que así era dedicándose a sus quehaceres habituales. Pero pasar un día sentada junto a la chimenea tiritando, con un libro en la mano que era incapaz de leer, o alicaída y sin fuerzas en un sofá, contradecía su restablecimiento. Cuando finalmente se acostó pronto, sintiéndose peor, el coronel Brandon se sorprendió de la tranquilidad de Elinor, que atendió y cuidó a Marianne todo el día en contra de sus deseos. La obligó a tomarse los medicamentos necesarios esa noche, pues confiaba como ella en que el sueño sería reparador y eficaz, así que no estaba realmente alarmada.

Pero una noche agitada y de fiebre acabó con las esperanzas de ambas. Cuando Marianne insistió en levantarse, pero confesó que no podía sentarse y regresó por propia voluntad a la cama, Elinor estuvo dispuesta a aceptar el consejo de la señora Jennings y llamar al boticario de los Palmer.

Éste acudió, examinó a la paciente y aseguró a la señorita Dashwood que en unos días se restablecería la salud de su hermana. Dijo que su dolencia tenía una tendencia infecta, así que cuando sus labios pronunciaron la palabra *infección,* la señora Palmer se alarmó de inmediato por su hijo. La señora Jennings, que desde un principio había creído que la enfermedad era más grave de lo que pensaba Elinor, escuchó con gravedad el diagnóstico del señor Harris. Confirmó entonces los temores y la preocupación de Charlotte y la instó a irse de allí con su bebé. El señor Palmer creyó que sus aprensiones eran absurdas, pero no pudo resistir la ansiedad y el empeño de su esposa. Así pues, se decidió que se marcharían. Una hora después de la llegada del señor Harris, se fue con su hijo y la niñera a casa de una pariente cercana del señor Palmer que vivía unas millas más allá de Bath. Su esposo prometió ir allí en uno o dos días tras oír sus ruegos y su madre prometió acompañarla también. Sin embargo, la señora Jennings dijo con una bondad que hizo a Elinor quererla de verdad que no se iría de Cleveland mientras Marianne siguiera enferma y que se afanaría por sustituir a la madre de quien la había alejado. Elinor tuvo en todo momento una colaboradora activa y dispuesta, deseosa de compartir todas sus fatigas y con frecuencia muy útil porque tenía más experiencia cuidando enfermos.

La pobre Marianne, lánguida y hundida por la naturaleza de su enfermedad y sintiéndose indispuesta, no podía confiar en reponerse al día siguiente. Su malestar se agravó al pensar en lo que al día siguiente habrían hecho de no ser por su inoportuna enfermedad. Ese día habrían vuelto a su casa acompañadas por un criado de la señora Jennings y habrían sorprendido a su madre a la mañana siguiente. Únicamente habló para lamentar este retraso inevitable, si bien Elinor trató de animarla haciéndole creer, como *entonces* ella misma creía, que no sería más que un breve retraso.

El día siguiente trajo poca o ninguna alteración en el estado de la paciente. Sin duda no estaba mejor y, exceptuando el hecho de que no había mejoría, no parecía estar peor. El grupo se había reducido más ahora que el señor Palmer, aunque con pocas ganas de irse por espíritu humanitario y porque no quería parecer atemorizado por su esposa, terminó dejando que el coronel Brandon lo convenciera de seguirla según había prometido. Mientras preparaba su partida, el propio coronel Brandon hizo un esfuerzo mayor y comenzó a hablar de irse él también. Sin embargo, la bondad de la señora Jennings se interpuso para bien, pues la marcha del coronel mientras su amada sufría debido a su hermana significaría dejarlas a ambas sin consuelo. Por tanto, le dijo de inmediato que necesitaba su presencia en Cleveland para jugar al *piquet* con ella por las tardes mientras la señorita Dashwood estaba arriba con su hermana. Tanto insistió que él, que al acceder cumplía

lo que su corazón más deseaba, no pudo fingir mucho rato vacilación, en especial cuando los ruegos de la señora Jennings fueron secundados por el señor Palmer, que parecía aliviado de dejar a alguien capaz de apoyar o aconsejar a la señorita Dashwood en una emergencia.

Como es natural, Marianne quedó al margen de estas disposiciones. No sabía que los dueños de Cleveland dejaron su casa por su causa al poco de haber llegado. No le sorprendió no ver a la señora Palmer y, como tampoco le preocupaba, jamás mencionaba su nombre.

Dos días después de la marcha del señor Palmer, la paciente seguía igual o sin apenas cambios. El señor Harris la visitaba a diario y hablaba con audacia de una rápida mejoría. Elinor se mostraba también optimista, aunque los demás no tuvieran unas expectativas tan halagüeñas. Al inicio de la enfermedad, la señora Jennings había decidido que Marianne no se recuperaría. El coronel Brandon, cuyo principal servicio era el de escuchar las predicciones de la señora Jennings, no estaba de humor para resistir su influencia. Trató de recurrir a la razón para vencer unos temores que la opinión del boticario tildaba de infundados. Sin embargo, las horas que pasaba a solas cada día echaban más leña al fuego de pensamientos sombríos y no podía desechar la idea de que no vería a Marianne con vida nunca más.

Sin embargo, la mañana del tercer día, los lúgubres vaticinios de ambos casi fallaron, pues el señor Harris declaró que su paciente estaba mucho mejor. Tenía el pulso fuerte y sus síntomas eran más favorables que en su visita anterior. Elinor estaba que no cabía en sí de gozo ahora que se confirmaban sus esperanzas. Estaba feliz porque en las cartas enviadas a su madre había atendido a su propio juicio, no al de sus amigos. Había restado importancia a la indisposición que había retrasado su marcha de Cleveland y casi se atrevió a fijar la fecha en que Marianne podría viajar.

Pero el día no acabó de una forma tan propicia. Al anochecer, la enfermedad de Marianne se agravó en forma de una mayor pesadez, agitación y malestar. Pero su hermana prefería atribuir con gran optimismo el cambio nada más que al cansancio de haber estado sentada mientras le hacían la cama. Tras darle con cuidado los cordiales prescritos, vio que se sumía en

un sopor que esperaba que fuera reparador. Aunque no tan sereno como esperaba Elinor, el sueño duró mucho. Ansiosa por ver ella misma los resultados, decidió velar a la enferma hasta que despertara. La señora Jennings no sabía del cambio en la paciente y se acostó más temprano de lo normal. Su doncella, una de las principales encargadas de atender a la enferma, buscó distracción yendo a la habitación del ama de llaves. Elinor se quedó a solas con Marianne.

El sueño de esta última se fue agitando. Elinor observaba atentamente sus continuos cambios de postura y escuchaba sus reiterados y confusos quejidos; casi deseaba sacarla de un sopor tan penoso cuando Marianne se despertó de repente ante un ruido imprevisto en la casa. Se irguió entonces sobresaltada y exclamó en un desvarío febril:

—¿Ha venido mamá?

—Aún no —repuso su hermana ocultando su terror y ayudando a Marianne a tenderse nuevamente—, pero la espero en cualquier momento. Ya sabes que hay un buen trecho hasta Barton.

—Pero no debe dar la vuelta por Londres —exclamó Marianne con inquietud—. Si va a Londres, no volveré a verla.

Elinor vio alarmada que Marianne deliraba y le tomó el pulso mientras intentaba calmarla. Era más débil y rápido que antes. Al ver que Marianne seguía desvariando sobre mamá, su temor aumentó de tal forma que decidió llamar al señor Harris y enviar un mensajero a Barton para que viniera su madre. También pensó en consultar con el coronel la mejor forma de poner en práctica esta decisión. En cuanto hubo llamado a la doncella para que la sustituyera, bajó al salón donde sabía que solía estar él hasta mucho más tarde.

No era momento para dudar y compartió con él sus temores y dificultades. El coronel no tenía el valor ni la confianza necesarios para tratar de aliviar sus temores y escuchó abatido. Se ocupó de sus dificultades con una celeridad que parecía decir que había previsto la situación y el servicio necesario, pues se ofreció a ser él quien trajera a la señora Dashwood. Elinor no se negó y se lo agradeció con breves y fervorosas palabras. Mientras él enviaba sin dilación a su criado con un mensaje para el señor Harris y una orden para hacerse de inmediato con caballos de posta, ella escribió unas líneas a su madre.

El consuelo de un amigo como el coronel Brandon, de un compañero de esa clase para su madre en momentos como aquéllos... ¡qué agradecimiento despertaba en ella! ¡Un amigo cuya sensatez la guiaría, cuya compañía aliviaría su dolor y cuyo afecto quizá la calmaría! La conmoción que le produciría a su madre una llamada así sería seguramente menor en la medida de lo posible gracias a la presencia, el trato y la ayuda del coronel.

Mientras tanto, sintiera lo que sintiese, *él* actuó con la firmeza de una mente bien ordenada. Hizo los preparativos necesarios con cuidado y calculó con precisión el momento en que ella podría esperar su regreso. No perdió un instante. Llegaron los caballos antes de que tuvieran que esperarlos. El coronel Brandon solamente estrechó la mano de Elinor con mirada solemne y, tras unas palabras en voz baja que no llegaron a sus oídos, montó en el carruaje. Eran las doce. Elinor regresó junto a su hermana para esperar al boticario y velar el resto de la noche. Fue una noche de angustia casi igual para ambas. Las horas transcurrieron entre desvelo y delirio para Marianne, y en la más cruel ansiedad para Elinor, antes de que llegara el señor Harris. Se habían despertado los temores de Elinor y le hacían pagar su seguridad anterior. La criada sentada junto a ella, pues no había permitido que llamaran a la señora Jennings, la atormentaba aún más insinuando lo que su ama había pensado desde el primer momento.

Las ideas delirantes de Marianne seguían en su madre. Cuando la mencionaba, el corazón de Elinor sufría una punzada de dolor. Se recriminaba no haber tomado en serio tantos días de enfermedad, anhelaba un socorro inmediato pensando que pronto sería inútil, que había retrasado todo demasiado e imaginaba a su afligida madre llegando tarde para ver a su hija viva o aún en uso de sus facultades mentales.

Iba a llamar de nuevo al señor Harris o a solicitar nuevos consejos, cuando el boticario apareció sobre las cinco. Sin embargo, su opinión compensó en algo su tardanza. Reconoció un cambio inesperado y desfavorable de la paciente, pero insistió en que no corría un grave peligro. Habló del alivio que le aportaría un nuevo tratamiento con una confianza que no convenció demasiado a Elinor. Prometió regresar a las tres o cuatro horas y dejó a su paciente y a su preocupada acompañante más tranquilas de lo que las había encontrado.

La señora Jennings se enteró de todo por la mañana, dando muestras de preocupación y haciendo reproches por no haber sido despertada. Sus antiguos temores revivían con más fundamento y no le cupo duda sobre lo sucedido. Aunque intentara consolar a Elinor, su certeza sobre el peligro que corría su hermana no le permitía ofrecer el consuelo de la esperanza. Su corazón estaba apenado. La rápida decadencia y la muerte antes de tiempo de una joven tan adorable como Marianne habrían afectado incluso a alguien menos cercano. Pero Marianne podía esperar más de la compasión de la señora Jennings. Durante tres meses le había hecho compañía y seguía bajo su cuidado. Además, se sabía que la habían herido en lo más hondo y había sufrido mucho tiempo. También veía la angustia de su hermana, que era su favorita. En cuanto a su madre, cuando la señora Jennings pensaba que Marianne sería probablemente lo mismo que Charlotte era para *ella,* su sufrimiento era sincero.

El señor Harris fue puntual en su segunda visita, pero las esperanzas que trajo en la anterior se desvanecieron. Sus medicamentos habían fracasado. La fiebre no bajaba. Marianne estaba más tranquila, pero no era dueña de sí y estaba en un sopor. Elinor captó todos sus temores enseguida y propuso solicitar una segunda opinión. Sin embargo, él lo creyó innecesario. Aún quedaba una nueva fórmula en cuyo éxito confiaba tanto como la última vez. Su visita terminó con palabras de ánimo y seguridad que llegaron a los oídos de Elinor, pero no a su corazón. Se mantenía en calma menos cuando pensaba en su madre, pero casi había perdido la esperanza. Continuó así hasta el mediodía, sin apenas moverse del lado de su hermana. Su mente vagaba de una imagen dolorosa a otra, de un amigo apenado a otro. Tenía el ánimo hundido por la conversación de la señora Jennings, que atribuía sin escrúpulos la gravedad y peligro de la enfermedad a las semanas de indisposición de Marianne por culpa de su desengaño amoroso. A Elinor aquello le parecía razonable, lo cual añadía un nuevo dolor a sus reflexiones.

Al mediodía comenzó a abrigar la esperanza de estar percibiendo una mejoría muy ligera en el pulso de su hermana. Sin embargo, se mostró cauta por temor a ilusionarse falsamente y calló durante un rato sin querer compartirla con su amiga. Esperó, vigiló y examinó varias veces. Finalmente, con una agitación difícil de ocultar bajo un exterior calmado pese a su angustia, se atrevió a comunicar sus esperanzas. Aunque reconociera una recuperación temporal tras un examen, la señora Jennings trató de evitar que Elinor se convenciera de que continuaría de este modo. Elinor repasó mentalmente cada argumento que aconsejaba desconfiar y se dijo que no debía alimentar esperanzas. Pero era tarde. La esperanza había anidado en ella, que sintió su aleteo y se inclinó sobre su hermana para aguardar... no sabía el qué. Media hora después los síntomas favorables seguían. Aparecieron otros que los confirmaron. Su respiración, su piel y sus labios mostraban a Elinor señales de mejoría. Marianne la miró con ojos lánguidos aunque racionales. La ansiedad y la esperanza se unían impidiéndole un momento de paz hasta que llegó el señor Harris a las cuatro. Entonces le dio las seguridades y la felicitó por un restablecimiento de su hermana que superaba sus expectativas. Aquello le dio tanta confianza y consuelo que lloró de alegría. Marianne estaba mucho mejor en todos los aspectos. El señor Harris dijo que ya no corría peligro. La señora Jennings, quizá satisfecha porque sus predicciones habían estado en parte justificadas en la última alarma, se permitió confiar en el juicio del boticario y reconoció con indudable alegría que era probable una recuperación completa.

Elinor no podía estar alegre. Su satisfacción era diferente e impulsaba a algo que no era alegría. La idea de Marianne otra vez viva, con salud, con amigos y con su amorosa madre llenaba su corazón de delicado consuelo expandiéndoselo de fervorosa gratitud. Sin embargo, no lo mostraba con manifestaciones de alegría, ni en palabras o sonrisas. El pecho de Elinor estaba henchido de una satisfacción silenciosa y fuerte.

Siguió con su hermana toda la tarde, excepto cortos intervalos. Calmaba sus temores, contestaba a las preguntas de su ánimo debilitado, prestaba los auxilios necesarios y observaba casi cada mirada y aliento. A veces pensó en una recaída y eso le recordó lo que era la ansiedad. Cuando sus exámenes frecuentes y minuciosos le mostraron que no desaparecían los síntomas de recuperación y a las seis Marianne concilió un sueño plácido, ininterrumpido y, según parecía, confortable, se disiparon todas sus dudas.

Se acercaba el momento en que debía esperar el regreso del coronel Brandon. A las diez más o menos, creía Elinor, su madre se liberaría de la angustia con la que ahora debía viajar. ¡Quizá también el coronel merecía piedad! ¡Ay, qué lento corría el tiempo que los mantenía en la ignorancia!

A las siete se unió a la señora Jennings en el salón para tomar un té mientras Marianne dormía con un sueño tranquilo. Sus temores no le habían permitido desayunar, y el giro de los acontecimientos le había impedido comer. El tentempié fue bien recibido gracias a la alegría de Elinor. Al terminar, la señora Jennings quiso convencerla de que descansara antes de la llegada de su madre mientras *ella* la sustituía junto a Marianne. Sin embargo, Elinor no estaba cansada ni podía dormir y no quería estar lejos de su hermana ni un segundo. La señora Jennings la acompañó hasta la habitación de la enferma para constatar que todo iba bien. La dejó allí, entregada a su cometido y sus pensamientos, y se retiró a escribir unas cartas y a dormir.

La noche era fría y tormentosa. Si hubieran sido las diez, Elinor habría estado segura de que se acercaba un carruaje a la casa. Era tal su seguridad de haberlo *oído,* pese a que era *casi* imposible que hubieran llegado, que se acercó a un gabinete cercano y abrió una persiana para comprobarlo. Vio entonces que sus oídos no la habían engañado cuando distinguió el fulgor de los faroles de un carruaje. A su luz incierta le pareció que lo tiraban cuatro caballos. Aunque esto fuera señal del temor de su madre, explicó en parte aquella inusitada rapidez.

Jamás había encontrado Elinor más difícil mantenerse en calma. Saber lo que sentía su madre cuando el carruaje se detuvo ante la puerta..., sus dudas, su miedo... ¡Quizá su desesperación! ¡Y lo que debía decir *ella*! No podía mantener la calma sabiéndolo. Sólo podía apresurarse, de modo que dejó a la doncella de la señora Jennings con su hermana y corrió escaleras abajo.

El movimiento que oyó en el vestíbulo al atravesar un recibidor interior le confirmó que estaban en casa. Avanzó corriendo, entró... y vio únicamente a Willoughby.

Capítulo XLIV

Elinor retrocedió horrorizada obedeciendo al primer impulso de su corazón y se volvió de inmediato para salir de la habitación. Su mano ya estaba en el picaporte de la puerta cuando él la detuvo avanzando rápidamente y diciéndole en un tono más imperativo que de súplica:

—Señorita Dashwood, media hora..., diez minutos..., le ruego que se quede.

—No, señor —replicó ella firmemente—, *no* me quedaré. Sus asuntos no tienen nada que ver *conmigo*. Supongo que los criados olvidaron decirle que el señor Palmer no se hallaba en casa.

—Aunque me hubieran dicho —exclamó él con vehemencia— que el señor Palmer y toda su familia estaban en el infierno, no me habrían movido de la puerta. Mis asuntos tienen que ver con usted y sólo con usted.

—¡Conmigo! —exclamó ella con asombro—. Bien, señor... Sea rápido y, si puede, menos violento.

—Siéntese y seré ambas cosas.

Elinor vaciló. No sabía qué hacer. Se le ocurrió la posibilidad de que llegara el coronel Brandon y lo encontrara allí. Pero había prometido escucharlo y su curiosidad estaba tan comprometida como su honor. Tras reflexionar un instante concluyó que la prudencia exigía apresurarse y que para ello debía consentir. Así pues, caminó en silencio hacia la mesa y se sentó. Él ocupó una silla frente a ella y no cruzaron palabra durante medio minuto.

—Le ruego rapidez, señor —dijo Elinor con impaciencia—, no tengo tiempo.

Sentado con aire meditabundo, él pareció no haberla oído.

—Su hermana está fuera de peligro —dijo bruscamente—. El criado me lo dijo. ¡Gracias a Dios! ¿Es verdad? ¿Es realmente cierto?

Elinor no respondió. Él repitió la pregunta de forma aún más apremiante.

—Por el amor de Dios, dígamelo, ¿está o no fuera de peligro?

—Esperamos que lo esté.

Willoughby se levantó y cruzó la habitación.

—Si lo hubiera sabido tan sólo media hora antes... Pero ya que *estoy* aquí —habló con una viveza forzada mientras regresaba a la mesa—, ¿qué importa? Alegrémonos por una vez, señorita Dashwood..., quizá sea la última..., alegrémonos juntos. Estoy de buen humor. Dígame con sinceridad —sus mejillas se ruborizaron—, ¿cree que soy más un sinvergüenza o un tonto?

Elinor lo contempló más atónita que nunca. Pensó que estaba borracho. Su extraña visita y los insólitos modales eran lo único que podía explicar aquello. Se puso en pie con esta impresión y dijo a continuación:

—Señor Willoughby, le aconsejo que vuelva a Combe. No puedo dedicarle más tiempo. Lo que desee tratar conmigo, medite y explíquemelo mañana.

—La comprendo —repuso él con una sonrisa expresiva y voz tranquila—. Sí, estoy bebido. Una pinta de cerveza para acompañar el fiambre que he comido en Marlborough ha sido suficiente para alterarme.

—¡En Marlborough! —exclamó Elinor sin entender nada.

—He salido de Londres hoy a las ocho de la mañana. Los únicos diez minutos que he pasado fuera de mi carruaje desde entonces los he dedicado a comer en Marlborough.

Sus modales firmes y su mirada inteligente al hablar la convencieron de que, cualquiera que fuera la imperdonable locura que lo traía a Cleveland, no era la embriaguez. Tras unos instantes de reflexión, dijo:

—Señor Willoughby, *debería* ver, y yo así lo *veo,* que, después de todo lo sucedido, venir aquí de esta forma e imponerme su presencia exige una muy buena excusa. ¿Qué quiere?

—Quiero —dijo el joven en tono gravemente enérgico—, si es que puedo, que usted me odie un poco menos que hasta *ahora*. Quiero ofrecer una explicación, una disculpa por lo ocurrido en el pasado. Deseo abrirle mi corazón y convencerla de que, aunque siempre haya sido un inútil, no siempre he sido un sinvergüenza. Quisiera tener algo parecido al perdón de Ma..., de su hermana.

—¿Es ése el verdadero motivo de que haya venido?

—Sí lo es —repuso con un fervor que hizo recordar a Elinor al antiguo Willoughby y que, pese a todo, la hizo creer que era sincero.

—Si eso es todo, quede satisfecho porque Marianne *sí*..., hace *mucho* que lo perdonó.

—¡Lo ha hecho! —exclamó el joven con ardor—. Entonces lo ha hecho antes de lo debido. Perdóneme de nuevo y esta vez por motivos mucho más razonables. ¿Querrá escucharme *ahora*?

Elinor asintió moviendo la cabeza.

—No sé —dijo tras una pausa expectante de Elinor que él aprovechó para reflexionar— cómo se habrá explicado *usted* mi conducta con su hermana o qué motivos diabólicos me habrá achacado. Quizá le cueste pensar mejor de mí, pero merece la pena intentarlo, así que se lo contaré todo. Cuando trabé amistad con su familia mi única intención y mi interés en la relación era pasar momentos agradables mientras durara mi obligada estancia en Devonshire, los mejores momentos de mi vida. Su hermana me encantaba por su aspecto adorable y sus atractivos modales. Su trato hacia mí fue casi desde el comienzo... Es asombroso, cuando pienso en eso y en cómo era *ella*, ¡que mi corazón haya sido tan duro! Pero debo confesar que al principio sólo halagó mi vanidad. No me preocupó su felicidad, sino mi diversión. Me permití sentimientos que siempre había consentido por hábito, me esforcé con todos los medios en mi mano por serle agradable sin intención de devolverle su afecto.

Elinor lo detuvo en ese punto lanzándole una mirada desdeñosa y le dijo:

—No merece la pena que siga hablando ni que yo lo escuche, señor Willoughby. Un principio como éste no puede traer nada bueno. No me torture haciéndome oír más sobre el tema.

—Insisto en que lo escuche todo —replicó él—. Nunca tuve una gran fortuna y mis gustos siempre han sido caros, siempre he buscado amigos con más ingresos que yo. Desde mi mayoría de edad, creo que incluso antes, mis deudas han aumentado año tras año. Aunque la muerte de mi anciana prima, la señora Smith, me permitiría saldarlas, si bien eso es algo incierto y posiblemente distante, durante un tiempo tuve la intención de rehacer mi situación casándome con una mujer rica. Una relación con su hermana era impensable. Así actuaba yo, con una vileza, un egoísmo y una crueldad que ninguna mirada de indignación o desdén, ni siquiera la suya, señorita Dashwood, podría censurar lo suficiente, siempre para conquistar su afecto y sin intención de devolvérselo. Pero puede decirse algo a mi favor. Aun en ese estado de vanidad egoísta no sabía la profundidad del daño que tramaba, porque *entonces* no sabía lo que es amar. ¿Lo he sabido alguna vez? Lo dudo porque si hubiera amado de verdad, ¿habría sido capaz de sacrificar mis sentimientos a la vanidad, a la avaricia? O, peor aún, ¿habría podido sacrificar los suyos? Pero lo he hecho. Para evitar una pobreza relativa que no habría sido tan horrible si hubiera tenido su afecto y su compañía, me he colocado en una situación de fortuna, pero he perdido todo lo que habría tenido de bendición esa pobreza al lado de ella.

—Entonces —dijo Elinor más calmada—, sí sintió cariño por ella durante un tiempo.

—¡Resistir tantos atractivos, rechazar esa ternura! ¡Qué hombre habría podido! Sí, poco a poco, sin darme ni cuenta, me enamoré sinceramente de ella. Las horas más felices de mi vida las pasé a su lado, cuando sentía que mis intenciones eran realmente honorables y mis sentimientos honrados. Incluso *entonces,* cuando estaba resuelto a confesarle mi amor, me permití indebidamente aplazar el momento de hacerlo. Me dejé llevar por mi resistencia a fijar un compromiso mientras siguiera en apuros económicos. No voy a justificar esto... ni la detendré si *usted* quiere explayarse sobre lo absurdo, peor que absurdo, de dudar en dar mi palabra donde estaba comprometido mi honor. Los hechos han demostrado que fui un tonto ladino que se esforzó para ser despreciable y desgraciado para siempre. Finalmente decidí que, en cuanto pudiera hablarle a solas, justificaría las atenciones

que le había dedicado y le declararía un afecto que ya había mostrado. Pero en las horas que transcurrieron antes de que se presentara la ocasión de hablarle en privado una desdichada circunstancia acabó con mi resolución y mi bienestar. Algo se descubrió —vaciló bajando la mirada—. La señora Smith supo de alguna forma, me figuro que a través de algún pariente lejano que quería ponerla en contra mía, sobre un asunto, una relación... pero no es necesario que hable de eso —añadió sonrojándose y con aire interrogativo— porque teniendo una amistad tan íntima... probablemente conozca toda la historia desde hace mucho.

—Sí —respondió Elinor sonrojándose también y volviendo a endurecer su corazón contra cualquier compasión hacia él—, lo sé todo. Y no imagino cómo podrá explicar ni la más mínima parte de su culpa en ese asunto tan terrible.

—Recuerde —exclamó Willoughby— quién le contó esa historia. ¿Podía ser imparcial? Admito que debí respetar la condición y la persona de la joven. No quiero justificarme, pero tampoco puedo permitir que suponga usted que nada tengo que decir, que era irreprochable porque sufrió, que *ella* debía ser una santa porque yo era un libertino. Si su arrebato pasional, la debilidad de su juicio..., pero no quiero defenderme. Su afecto por mí mereció un trato mejor. Recuerdo a menudo con sentimientos de culpa la ternura que durante un tiempo hizo que yo le correspondiera. Ojalá nunca hubiera sucedido aquello. Pero el daño que me hice yo es mayor que el suyo. He dañado a alguien cuyo afecto por mí (¿puedo decirlo?) no era menos ardiente que el de ella y cuya inteligencia... ¡Ay, era muy superior!

—Pero su indiferencia hacia esa infeliz..., debo decirlo por desagradable que me resulte hablar de este asunto..., su indiferencia no justifica el modo cruel en que la dejó. No crea que ninguna debilidad o insensatez por parte de ella disculpa la insensible crueldad de usted. Debió saber que mientras usted se divertía en Devonshire con nuevos planes, siempre alegre y contento, ella se veía en la pobreza.

—Le aseguro que *no* lo sabía —replicó Willoughby con vehemencia—. No le había dado mis señas, pero el sentido común debió decirle cómo encontrarlas.

—¿Y qué dijo la señora Smith?

—Reprobó la ofensa de inmediato y puede imaginar mi confusión. Su vida virtuosa, sus ideas convencionales, su ignorancia del mundo... Todo estaba en contra mía. No podía negar lo ocurrido ni pude suavizarlo. Creo que estaba predispuesta a dudar de la moralidad de mi comportamiento en general. Además, estaba disgustada por la escasa atención y el poco tiempo que le había dedicado durante mi visita. En pocas palabras, aquello terminó en una discusión. Sólo algo me salvaría, pues en su extrema moralidad la pobre mujer me ofreció la posibilidad de hacer borrón y cuenta nueva si me casaba con Eliza. Eso era imposible..., así que me retiró su favor y me echó. Debía irme a la mañana siguiente, así que durante la víspera reflexioné sobre cuál debía ser mi conducta futura. Fue un gran dilema..., pero terminó pronto. Mi afecto por Marianne, mi total seguridad sobre su cariño no bastaron para superar el miedo a la pobreza ni esas falsas ideas sobre la necesidad de dinero que yo albergaba y que me habían inculcado unas compañías muy caras. Tenía motivos para creer que mi actual esposa me aceptaría si optaba por ella. Me convencí de que era la única salida. Pero aún me esperaba una difícil situación antes de marcharme de Devonshire. Había quedado en cenar con ustedes ese día y necesitaba una excusa para no ausentarme. Dudé entre escribir una nota o disculparme en persona. Sabía que sería terrible ver a Marianne. Dudaba que pudiera verla de nuevo y ser capaz de persistir en mi decisión. Sin embargo, subestimé mi propia capacidad en ese aspecto, según han demostrado los hechos, porque fui, la vi, vi su pena y la dejé siendo desdichada..., esperando no verla más.

—¿Por qué vino a visitarnos, señor Willoughby? —preguntó Elinor en tono de reproche—. Una nota habría bastado. ¿Por qué vino?

—Mi orgullo me lo exigía. No podía soportar irme de una forma que hiciera que ustedes o el resto de los vecinos sospecharan lo realmente ocurrido entre la señora Smith y yo. Por eso decidí detenerme en su casa de camino a Honiton. Ver a su querida hermana fue terrible y, para hacer peores las cosas, estaba sola. Ustedes habían salido a no sé dónde. ¡La tarde anterior la había dejado completa y firmemente resuelto en lo más hondo de mi corazón a hacer lo correcto! En unas horas nos habríamos comprometido...

¡Recuerdo lo feliz que me sentía mientras iba a Allenham, satisfecho conmigo mismo, encantado con el mundo! Pero en ese encuentro, el último, llegué con un sentimiento de culpa que casi me dejó sin la capacidad de fingir. Su dolor, su decepción y su pena cuando le dije que debía irme de Devonshire así, de repente..., nunca los olvidaré. ¡Todo eso sumado a tanta fe y confianza en mí! ¡Dios mío! ¡Fui un bribón despiadado!

Callaron ambos unos segundos. Elinor fue la primera en hablar.

—¿Le dijo que volvería pronto?

—No sé qué dije —repuso él con impaciencia—; menos de lo que exigía el pasado, sin duda, y probablemente mucho más de lo que justificaba el futuro. No puedo pensar en eso..., no servirá de nada. Luego llegó su querida madre a torturarme más con su amabilidad y confianza. ¡Gracias a Dios que *me* torturó! ¡Qué mal me sentí! Señorita Dashwood, no imagina cómo me consuela mirar atrás y ver mi propia infelicidad. Es tan grande el rencor que me guardo por la locura estúpida y ruin de mi corazón que el sufrimiento que ello me ha causado es hoy un sentimiento de triunfo y alegría. Dejé lo que amaba y fui hacia quienes sólo sentían indiferencia en el mejor de los casos. Mi viaje a la ciudad en mi carruaje fue aburrido sin nadie con quien conversar... ¡Qué pensamientos tan alegres y qué perspectivas tan agradables tenía por delante! ¡Qué imagen tan consoladora era el recuerdo de Barton! ¡Fue un viaje magnífico!

Calló.

—Y bien, señor —dijo Elinor, que lo compadecía, pero deseaba verlo partir—, ¿es eso todo?

—No. ¿Ha olvidado lo ocurrido en la ciudad? ¡Esa carta infame! ¿Se la enseñó?

—Sí, vi todas las notas que se escribieron.

—La primera me llegó enseguida porque no salí de la ciudad. Lo que sentí no se puede expresar, como suele decirse. En palabras más sencillas, quizá demasiado sencillas para despertar emociones, mis sentimientos fueron dolorosos. Cada línea, cada palabra fue un cuchillo en el corazón usando la frase tan manida que prohibiría su querida autora si estuviera aquí. Saber que Marianne estaba allí fue, en ese mismo lenguaje, como un rayo. ¡Rayos

y cuchillos! ¡Cómo me habría reprendido! Sus gustos y opiniones… Creo que los conozco mejor que los míos y los aprecio más.

El corazón de Elinor, que había sentido toda clase de emociones durante esta extraordinaria conversación, nuevamente se ablandó. No obstante, sintió que debía mantener a raya ideas como la última.

—Eso no está bien, señor Willoughby. Recuerde que está casado. Cuénteme lo que su conciencia crea necesario que yo escuche.

—La nota de Marianne despertó todos mis remordimientos. Me decía que sentía por mí el mismo afecto de siempre y que, pese a las semanas que habíamos estado separados, ella era fiel a sus sentimientos y confiaba en la fidelidad de los míos. Digo que los despertó, pues el tiempo, Londres, las ocupaciones y la disipación los habían adormecido y me habían vuelto un canalla endurecido. Me creía indiferente a ella y quise creer que también yo le era indiferente a esas alturas. Me decía que nuestra relación pasada había sido una simple diversión, algo baladí. Me encogía de hombros como prueba y acallaba los reproches y los escrúpulos diciéndome: «Seré feliz de corazón cuando sepa que está bien casada». Pero su nota hizo que yo me conociera mejor. Sentí que la amaba más que a ninguna mujer del mundo y que estaba portándome con ella como un canalla. Pero ya estaba todo acordado entre la señorita Grey y yo para entonces. Era imposible dar marcha atrás. Sólo tenía que evitarlas a ustedes dos. No respondí a Marianne para que no volviera a acordarse de mí. Durante un tiempo decidí incluso no ir a Berkeley Street. Sin embargo, al final creí más prudente fingir que se trataba sólo de una relación distante y corriente, esperé una mañana a que hubieran salido de casa y dejé mi tarjeta.

—¡Vio cómo salíamos de casa!

—Sí. Le sorprendería saber cuántas veces las vi y estuve a punto de darme de bruces con ustedes. Entré en más de un comercio para evitar que me vieran desde el carruaje donde viajaban. Viviendo en Bond Street como vivo, raro era el día en que no viera a alguna de ustedes. Si estuvimos apartados tanto tiempo fue por mi alerta y mi deseo de mantenerme oculto. Evitaba a los Middleton en la medida de lo posible y también a quienes podían ser conocidos comunes. Pero me topé con sir John el día que llegó a la ciudad, al día siguiente de mi visita a casa de la señora Jennings. Me invitó a una fiesta, a un baile en su casa esa noche. Aunque no me hubiera dicho que usted y su hermana estarían allí para convencerme, habría imaginado que era muy probable como para atreverme a ir. A la mañana siguiente llegó otra nota de Marianne. Rebosaba afecto, franqueza, ingenuidad y confianza..., lo cual hizo mi comportamiento más odioso. No pude responder. Lo intenté y no pude escribir ni media frase. Pero creo que pensaba en ella cada segundo del día. Si *puede* compadecerme, señorita Dashwood, hágalo de mi situación *entonces*. Tenía que representar el papel de feliz enamorado frente a una mujer mientras su hermana estaba en mi mente y en mi corazón. Esas tres o cuatro semanas fueron las peores de todas. No es necesario que le diga que finalmente nos encontramos. ¡Y qué imagen tan dulce rechacé! ¡Qué noche de angustia! ¡Por un lado, Marianne, bella como un ángel, diciendo mi nombre con su dulce voz! ¡Dios mío! ¡Me extendió la mano pidiéndome una explicación, mirándome a los ojos con aquella expresiva solicitud! Y Sophia, celosa como un demonio, por otro lado, mirando... En fin, ya da lo mismo porque todo ha terminado. ¡Vaya noche! Hui en cuanto pude, pero antes vi el dulce rostro de Marianne blanco como la muerte. *Ésa* fue la última vez que la vi y mi última imagen de ella. ¡Fue terrible! Cuando hoy la imaginé muriendo de verdad, fue casi un alivio pensar que yo conocía su aspecto ante quienes la vieran viva por última vez. La tuve constantemente frente a mí durante el camino, con ese mismo rostro y ese color.

Ambos callaron unos instantes para pensar. Willoughby rompió el silencio:

—Bueno, debo irme ya. ¿Seguro que su hermana está mejor, fuera de peligro?

—Sí, estamos seguros.

—También su pobre madre, ¡con lo que quiere a Marianne!

—Pero la carta, señor Willoughby, su carta... ¿No tiene nada que decir de eso?

—Sí, *ésa* en concreto. Su hermana me escribió la mañana siguiente, como sabe. Ya vio lo que decía. Yo estaba desayunando en casa de los Ellison y me llevaron esa carta y otras más desde donde me hospedaba.

Sophia la vio antes que yo. Sus dimensiones, la elegancia del papel y la letra le hicieron recelar. Ya le habían llegado noticias sobre una relación mía con una joven en Devonshire. Lo ocurrido la víspera ante ella le había indicado quién era la joven y eso la puso más celosa que antes. Fingió entonces ese aire juguetón que es delicioso en la mujer que uno ama, abrió la carta y la leyó. Pagó cara su frescura. Leyó algo que la hirió. Yo podría haber soportado su infelicidad, pero debía calmar su rabia y su inquina al precio que fuera. ¿Qué le parece el estilo de mi esposa cuando escribe? Delicado, tierno y femenino, ¿no?

—¡Su esposa! Pero si la carta era de su puño y letra.

—Sí, pero mi único crédito fue copiar servilmente las frases que me abochornaba firmar. El original era suyo, con sus ideas y redacción amable. ¿Qué podía hacer yo? Estábamos ya comprometidos, estaban preparando todo, habían fijado casi hasta la fecha…, pero hablo como un idiota. ¡Preparativos! ¡Fecha! Sinceramente, necesitaba su dinero. En mis circunstancias debía hacer lo que fuera para evitar una ruptura. En definitiva, ¿qué les importaban a Marianne y a sus amigos mi carácter por el lenguaje de mi respuesta? Debía servir a un solo fin. Tenía que mostrarme como una mala persona y poco importaba cómo lo hiciera. «Mi buen nombre ante ellas está definitivamente manchado», me dije. «No puedo regresar junto a ellas. Me consideran alguien sin principios y con esta carta me creerán un granuja». Ésos fueron mis razonamientos mientras copiaba las palabras de mi esposa con una especie de indiferencia desesperada y me separaba de los últimos vestigios de Marianne. Por desgracia conservaba sus tres cartas en la cartera, de modo que no pude negar su existencia y atesorarlas. Debí incluirlas sin poder besarlas siquiera. También había llevado siempre conmigo el mechón de pelo en mi cartera, la cual registró a fondo la señora… Ese mechón…, todo, cada recuerdo, me lo arrancaron.

—Se equivoca, señor Willoughby, sus palabras son censurables —dijo Elinor mientras su voz, muy a su pesar, mostraba compasión—. No ha debido hablar así ni de la señora Willoughby, ni de mi hermana. Usted eligió. Nadie le obligó. Su esposa tiene derecho a su amabilidad y a su respeto, como poco. Debe quererlo o no se habría casado con usted. Tratarla con

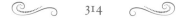

descortesía, hablar de ella en tono despectivo no arregla lo que le hizo a Marianne ni creo que alivie su conciencia.

—No me hable de mi esposa —suspiró él—. No merece su compasión. Sabía que no la quería cuando nos casamos. Pero nos casamos, vinimos a Combe Magna para ser felices y regresamos a la ciudad para estar alegres. ¿Me compadece aún, señorita Dashwood? ¿O he dicho todo esto para nada? ¿Cree que soy menos culpable que antes, aunque sea sólo un poco? Mis intenciones no siempre fueron incorrectas. ¿He justificado algo mi culpa?

—Sí, algo. En general ha demostrado ser menos culpable de lo que yo creía. Ha demostrado que su corazón es mucho menos perverso. Pero me cuesta saber cómo podría haber sido peor la infelicidad que ha provocado.

—Cuando su hermana se haya restablecido, ¿le contará lo que le he dicho? Déjeme aliviar un poco mi culpa también en su opinión. Dice que ya me ha perdonado. Permítame creer que si conoce mejor mi corazón y mis sentimientos, su perdón será más espontáneo y natural, más amable y menos solemne. Cuéntele mi desgracia y mi penitencia. Dígale que mi corazón siempre le fue fiel y, si lo desea, que en estos momentos la quiero como nunca.

—Le diré cuanto sea necesario para su justificación si es así como puede llamarse. Pero no me ha explicado el motivo de su visita, ni cómo se enteró de su enfermedad.

—Anoche me encontré con sir John Middleton en el vestíbulo del Drury Lane. En cuanto me vio (la primera vez en dos meses), me habló. No me sorprendía que hubiera cortado conmigo desde mi matrimonio ni le guardo rencor por ello. Pero, como es un alma buena, honesta, cándida, indignada contra mí y preocupada por su hermana en esos momentos, no pudo resistirse a contarme lo que creyó que debía contarme, aunque sin pensar que me afectaría tanto. Me dijo tan bruscamente como pudo que Marianne Dashwood se moría de una fiebre infecciosa en Cleveland. Lo decía una carta de la señora Jennings recibida esa mañana. Decía que era algo inminente, que el temor había alejado a los Palmer y más cosas. El mazazo fue terrible y no pude fingir insensibilidad ni siquiera ante el poco perspicaz sir John. Su corazón se ablandó cuando vio cómo sufría. Al despedirnos, parte de su ojeriza había desaparecido y casi me estrechó la mano mientras me recordaba una vieja promesa sobre un cachorro de pointer. Lo que sentí al saber que su hermana se moría considerándome el peor granuja del mundo, despreciándome, detestándome en sus últimos minutos... y es que ¿cómo podía yo saber qué horribles planes me habrían achacado? Estaba seguro de que al menos *una* persona podía hacerme parecer capaz de lo que fuera. Me sentí tan mal que tomé una decisión precipitada y a las ocho de esta mañana estaba en mi carruaje. Ahora ya sabe todo.

Elinor no dijo nada. Su mente reflexionaba en silencio sobre el daño irreparable que una independencia temprana, con el ocio, la disipación y los lujos que la acompañan, había causado en el carácter y la felicidad de un hombre que, además de guapo y con talento, era franco y honesto por naturaleza, con un humor sensible y afectuoso. El mundo lo había vuelto derrochador y vanidoso. El despilfarro y la vanidad lo habían insensibilizado y hecho egoísta. Mientras sacrificaba a otro por su propio triunfo culpable, la vanidad había conducido a Willoughby a un verdadero afecto al que el despilfarro —o su hija, la necesidad— le había exigido renunciar. Estos defectos lo condujeron al mal y por ende al castigo. El afecto que contra todo honor, contra sus sentimientos y sus intereses aparentemente había querido arrancarse, lo atormentaba ahora que no se le permitía. El matrimonio por cuya causa y sin escrúpulos había hecho desgraciada a su hermana parecía ser motivo de desdicha para él de una forma más incurable. Willoughby la sacó de esta meditación al salir de la suya, al menos igual de dolorosa, levantándose para irse.

—No sirve de nada que permanezca aquí. Debo marcharme —dijo.

—¿Vuelve a la ciudad?

—No, a Combe Magna. Tengo algo que hacer allí. Iré a la ciudad dentro de uno o dos días. Adiós.

Alargó la mano y Elinor no pudo negarse a estrechársela con afecto.

—¿Tiene ahora una mejor opinión de mí? —dijo soltándola y apoyándose en la repisa de la chimenea, como si hubiera olvidado que se marchaba.

Elinor le aseguró que sí, que lo perdonaba, lo compadecía y le deseaba lo mejor, incluso la felicidad. Añadió un consejo amable sobre la conducta más adecuada para lograrlo. Su respuesta no fue muy alentadora.

—En cuanto a eso —dijo él—, tendré que apañármelas como pueda. No puedo ni pensar en la felicidad del hogar. Sin embargo, si usted y su familia se interesan por mi suerte y mis actos, puede ser el modo..., puede ponerme en guardia..., al menos, puede ser algo por lo que vivir. En todo caso, he perdido a Marianne para siempre. Incluso si por una bendita casualidad estuviera de nuevo libre...

Elinor lo detuvo con un reproche.

—Bien —dijo él—, una vez más, adiós. Me iré y viviré temiendo una sola cosa.

—¿A qué se refiere?

—Al matrimonio de su hermana.

—Se equivoca. Nunca estará más perdida para usted que ahora.

—Pero será de otro. Y si ese otro fuera el hombre que menos soporto del mundo... Pero no me quedaré para perder su compasiva buena voluntad mostrándole que no puedo perdonar donde más daño he hecho. Adiós. ¡Que Dios la bendiga!

Con estas palabras, casi salió corriendo de la habitación.

Capítulo XLV

Durante un rato tras la marcha de él, después de perderse en la distancia el ruido de su carruaje, Elinor se sintió apenada por muchas y muy distintas ideas. El resultado fue tal abatimiento que siquiera pensó en su hermana.

Willoughby, a quien media hora antes había aborrecido como al más despreciable de los hombres, a pesar de todos sus defectos, despertaba en ella compasión por el sufrimiento causado por esos mismos defectos. Pensaba ahora en él, apartado de su familia para siempre. Pensaba en él con una ternura y una pena más proporcionadas, como reconoció ante sí misma. Sintió que su influencia sobre ella aumentaba por circunstancias que no deberían haber tenido ningún peso: por su aspecto con una apostura fuera de lo común; por unos modales sinceros, afectuosos y vivos cuya posesión no es un mérito; por ese amor aún apasionado por Marianne, en el cual ni siquiera era inocente para complacerse. Sintió todo esto mucho antes de sentir cómo se debilitaba su influencia.

Cuando finalmente regresó al lado de la inconsciente Marianne, vio que estaba despertándose ya repuesta por el largo y dulce sueño tal como cabía esperar. El corazón de Elinor estaba contento. El pasado, el presente, el futuro, la visita de Willoughby, ver a Marianne bien y la esperada llegada de su madre la sacudieron de tal modo que toda señal de fatiga quedó borrada y le hizo temer únicamente que pudiera traicionarse frente a su hermana. Sin embargo, poco duró el temor porque a la media hora de partir Willoughby

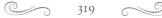

el ruido de otro carruaje la hizo bajar una vez más. Deseosa de evitarle a su madre innecesarios momentos de angustia, corrió al vestíbulo y llegó a la puerta principal a tiempo de recibirla y sostenerla mientras entraba.

La señora Dashwood, cuyo terror cuanto más se acercaba a la casa casi la había convencido de que Marianne había dejado de existir, no tenía ni voz para preguntar por ella, ni siquiera para dirigirse a Elinor. Pero *ella,* sin aguardar saludos ni preguntas, le dio las buenas nuevas de inmediato. Su madre las recibió con su habitual acaloramiento y enseguida estuvo tan feliz como antes había estado temerosa. Entre su hija y el coronel Brandon la sostuvieron hasta el salón. Allí, derramando lágrimas de alegría e incapaz de hablar, abrazó sin cesar a Elinor. Solamente se separó de ella a ratos para estrechar la mano del coronel con miradas de agradecimiento, convencida de que él también se sentía feliz. Sin embargo, él compartía esa felicidad en un silencio aún mayor que el de ella.

En cuanto la señora Dashwood se recuperó, lo primero que quiso fue ver a Marianne. Dos minutos después estaba junto a su hija amada a quien habían hecho aún más querida su ausencia, la infelicidad y el peligro. El placer de Elinor al ver lo que ambas sintieron cuando se encontraron solamente fue atemperado por el temor de estar robándole a Marianne tiempo de reposo. Sin embargo, la señora Dashwood podía ser tranquila e incluso prudente tratándose de la vida de una hija. Contenta de saber que su madre se encontraba allí y sabedora de su debilidad para charlar, Marianne aceptó el silencio y la calma prescritos por quienes la cuidaban. La señora Dashwood la *velaría* esa noche. Elinor obedeció a su madre y se fue a la cama. Sin embargo, su ánimo excitado le impidió descansar a pesar de toda una noche en vela y horas de agobiante ansiedad. No se le iba de la cabeza Willoughby, «el pobre Willoughby», como lo llamaba ahora. Había escuchado su justificación y ora se culpaba, ora se perdonaba por haberlo juzgado tan duramente. Sin embargo, su promesa de contárselo a su hermana le dolía en todo caso. Temía hacerlo y también los efectos sobre Marianne. Tras la explicación dudaba que ella pudiera ser feliz alguna vez con otra persona. Durante unos instantes deseó que Willoughby enviudara. Después, al recordar al coronel Brandon, se lo reprochó sintiendo que *sus* sufrimientos

y su constancia merecían ser recompensados con Marianne mucho más que los de su rival. Deseó entonces que sucediera cualquier cosa menos la muerte de la señora Willoughby.

El susto del coronel Brandon había quedado muy suavizado con respecto a la alarma inicial de la señora Dashwood, pues ella abrigaba un gran temor con relación a Marianne. Estaba tan inquieta por ella que había decidido ir a Cleveland aquel mismo día sin aguardar más noticias. Por eso estaban tan avanzados los preparativos de su viaje antes de que llegara el coronel, pues solamente aguardaban en cualquier momento la llegada de los Carey a buscar a Margaret, ya que su madre no quería llevársela a donde podría contagiarse.

Marianne seguía recuperándose día a día. La alegría en el rostro y el ánimo de la señora Dashwood demostraban que era una de las mujeres más felices del mundo y lo repetía sin cesar. Elinor no podía escucharla ni contemplarla sin preguntarse a veces si su madre recordaría alguna vez a Edward. Pero la señora Dashwood, confiando en el relato de sus decepciones contado por Elinor, permitió que la exuberancia de su alegría la llevara a pensar únicamente en lo que podía aumentarla. Le habían devuelto a Marianne tras correr un peligro en el cual, según sentía ahora, ella misma había contribuido a ponerla con sus juicios equivocados al haber fomentado su desgraciado afecto por Willoughby. Además, tenía un nuevo motivo de alegría en su recuperación. Elinor no lo había pensado, pero ella se lo comunicó en cuanto surgió la oportunidad de una conversación privada entre madre e hija.

—Por fin estamos solas. Querida Elinor, aún no sabes lo feliz que estoy. El coronel Brandon ama a Marianne. Me lo ha dicho él mismo.

Elinor se sintió contenta y apenada, sorprendida y no sorprendida, todo a un mismo tiempo mientras atendía en silencio.

—Jamás reaccionas como yo, querida Elinor, o me sorprendería tu compostura. Si me hubiera sentado a desear alguna vez lo mejor para mi familia, habría pensado que el matrimonio del coronel Brandon con una de vosotras era lo más deseable. Creo que, de vosotras dos, Marianne puede ser la más feliz con él.

Elinor estuvo a punto de preguntar por qué lo creía sabiendo que no podría darle motivos basados en consideraciones imparciales sobre edad, caracteres o sentimientos. Sin embargo, su madre siempre se dejaba llevar por la fantasía en los temas que le interesaban. Por eso, en lugar de preguntar, lo dejó pasar con una sonrisa.

—Me abrió completamente su corazón ayer mientras veníamos. Fue de pronto y sin avisar. Como podrás suponer, yo no podía hablar de nada que no fuera mi hija. Él no podía ocultar su angustia. Vi que era tan grande como la mía. Él debió pensar que una simple amistad, según están las cosas, no justificaba una simpatía tan ardiente (o quizá no pensó en nada), así que se dejó llevar por sentimientos irresistibles y me confesó su amor profundo, tierno y firme por Marianne. Elinor, la ha querido desde la primera vez que la vio.

Sin embargo, Elinor no percibió el lenguaje ni las declaraciones del coronel Brandon en esto, sino más bien los adornos que su madre solía poner a lo que le gustaba para adaptarlo a su inagotable imaginación.

—Su afecto por ella supera con mucho todo lo que Willoughby sintió o fingió. Él es mucho más cálido, sincero y constante, o como se diga. ¡Ha superado incluso la desgraciada predilección de Marianne por ese indigno joven! ¡No hubo egoísmos ni abrigó esperanzas! ¿Cómo pudo verla feliz con otro? ¡Qué espíritu tan noble! ¡Qué franqueza y qué sinceridad! Nadie puede sentirse engañado con *él*.

—El excelente carácter del coronel Brandon es algo sabido —dijo Elinor.

—Sé que lo es —repuso su madre seriamente— porque, después del aviso que hemos recibido, sería la última en fomentar este afecto ni en sentirme complacida con él. Pero que haya ido a buscarme como lo hizo, con una amistad tan diligente y rápida, demuestra sin duda que es uno de los hombres más estimables del mundo.

—Sin embargo —repuso Elinor—, su carácter no se basa en *un* gesto bondadoso, al cual lo habría movido su afecto por Marianne si olvidamos el simple espíritu humanitario. La señora Jennings y los Middleton lo conocen bien hace tiempo y lo respetan y valoran a partes iguales. Incluso yo lo conozco bien, aunque desde hace poco, y lo valoro y estimo. Si Marianne

puede ser feliz con él, estaré tan dispuesta como tú a pensar que para nosotras esta relación con él es la mayor bendición. ¿Qué le respondiste? ¿Le diste esperanzas?

—¡Ay, querida! No podía hablar de esperanzas para él ni para mí. Marianne podía estar muriéndose en aquel momento. Pero él no pedía esperanzas ni que lo animaran. Sólo fue una confidencia involuntaria. Se desahogó con una amiga que pudiera consolarlo. No fue una petición a una madre. Al principio me sentía abrumada, pero después le *dije* que si ella vivía, porque confiaba en que viviría, mi mayor felicidad sería que se casaran. Desde que llegamos, con la seguridad que ahora tenemos, se lo he repetido de varias maneras y lo he animado con todas mis fuerzas. Le digo que el tiempo, un poco de tiempo, pondrá todo en su sitio. El corazón de Marianne no va a perderse para siempre en alguien como Willoughby. Sus propios méritos deberán ganárselo pronto.

—Pues, a juzgar por el ánimo del coronel, aún no le has transmitido tu optimismo.

—No. Cree que el amor de Marianne es demasiado profundo para cambiar en breve. Incluso suponiendo que su corazón vuelva a estar libre, no confía en sí mismo como para poder atraerla con edades y maneras de ser tan diferentes. Pero se equivoca. Su mayor edad es sólo una ventaja, pues le da firmeza de carácter y principios. Estoy convencida de que su modo de ser es el que puede hacer feliz a tu hermana. Su aspecto y sus modales juegan a su favor. No me ciega la simpatía por él y sé que no es tan apuesto como Willoughby, pero en su rostro hay algo mucho más agradable. Siempre hubo algo en los ojos de Willoughby que a veces no me gustaba. Acuérdate.

Elinor *no* podía recordarlo, pero su madre continuó:

—Y los modales del coronel me agradan más que los de Willoughby. Su estilo es mucho más atractivo para Marianne. La gentileza, la preocupación real por los demás que muestra, su sencillez varonil y sin afectación coinciden mucho con el verdadero carácter de tu hermana, mucho más que la viveza normalmente artificial e impropia del otro. Aunque Willoughby hubiera sido amable de verdad, estoy segura de que Marianne no habría sido tan feliz con *él* como lo será con el coronel Brandon.

Hizo una pausa. Su hija no podía estar de acuerdo, pero no dijo nada y, por tanto, no hubo ofensa.

—En Delaford estará cerca de mí —añadió la señora Dashwood—, aunque me quede en Barton. Por otra parte, seguramente *debe* haber alguna casita o villa cercana que sea tan adecuada como la actual, pues he sabido que el pueblo es grande.

¡Pobre Elinor! ¡Un nuevo plan para llevarla a Delaford! Pero su espíritu era fuerte.

—¡Y su fortuna! A mi edad todos se preocupan de *eso*. Aunque no sepa ni desee saber a cuánto asciende, estoy segura de que debe de estar muy bien.

La entrada de un tercero las interrumpió. Elinor se retiró a pensar en todo esto a solas, a desearle éxito a su amigo y, a pesar de todo, a sentir un agudo dolor por Willoughby.

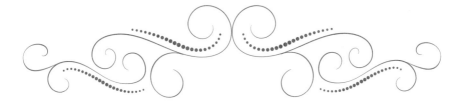

Capítulo XLVI

Aunque debilitante por naturaleza, la enfermedad de Marianne no fue tan larga como para retrasar su recuperación. Su juventud, su carácter enérgico y la presencia de su madre ayudaron tanto que pudo trasladarse al gabinete de la señora Palmer cuatro días después de llegar su madre. Una vez allí, pidió que llamaran al coronel Brandon, pues deseaba agradecerle que hubiera traído a su madre.

La reacción del coronel al entrar al gabinete y ver cuánto había cambiado el aspecto de Marianne al tomar la mano pálida que le extendió hizo pensar a Elinor que su enorme emoción debía ser fruto de algo más que su afecto por ella o de saber que todos estaban al corriente de sus sentimientos. Enseguida descubrió en su aflicción y en cómo había cambiado de expresión al mirar a su hermana que había rememorado mil y una escenas angustiosas vividas en el pasado, revividas por el parecido entre Marianne y Eliza del que había hablado ya. Esto se acentuaba ahora por los ojos hundidos, la piel deslucida, su debilidad y el cálido reconocimiento de una deuda especial con él.

La señora Dashwood estaba tan atenta como Elinor a lo que ocurría. Sin embargo, sus ideas iban por otros derroteros y, por tanto, esperaba otros efectos. La conducta del coronel era fruto de las sensaciones más sencillas y obvias, mientras que quería ver en las palabras y gestos de Marianne que empezaba a nacer algo más que agradecimiento.

Uno o dos días después, Marianne había recuperado visiblemente las fuerzas. La señora Dashwood, movida por sus propios deseos y por los de su hija, empezó entonces a hablar de regresar a Barton. *Sus* decisiones dictarían las de sus dos amigos. La señora Jennings no podía dejar Cleveland mientras estuvieran allí las Dashwood. Obedeciendo a la petición unánime de todas ellas, el coronel Brandon tuvo que considerar su permanencia como algo determinante e igualmente indispensable. En respuesta a la petición de la señora Jennings y del coronel, la señora Dashwood tuvo que aceptar el carruaje del coronel en su viaje de regreso, por la comodidad de su hija enferma. Dada la invitación de la señora Dashwood y la señora Jennings, cuyo buen carácter y amabilidad la llevaban a mostrarse amistosa y hospitalaria en nombre ajeno y en el suyo propio, el coronel se comprometió de buen grado a recuperarlo yendo de visita a la casita de Barton al cabo de unas semanas.

Llegó el día de la marcha y la separación. Tras una larga y muy especial despedida de la señora Jennings en la que Marianne se mostró llena de agradecimiento, respeto y buenos deseos porque en su fuero interno se reconocía en deuda por sus antiguos desaires, se despidió del coronel Brandon con la espontaneidad de una amiga. Luego montó en el carruaje ayudada por él, que parecía decidido a que ella ocupara al menos la mitad del sitio. Le siguieron a continuación la señora Dashwood y Elinor. Atrás quedaron sus amigos, hablando sobre las viajeras y sintiendo cómo los invadía la pena hasta que la señora Jennings fue llamada a su propio carruaje. Allí se consoló con los comentarios de su doncella sobre la pérdida de las dos jóvenes. El coronel emprendió inmediatamente después su solitario viaje a Delaford.

Las Dashwood estuvieron dos jornadas de camino. Marianne soportó el viaje sin demasiada fatiga. Lo que el cariño y los cuidados más atentos podían hacer por su comodidad fue hecho sin rechistar por sus dos acompañantes, que fueron recompensadas por el reposo y la tranquilidad de espíritu que logró. Esto último gratificó en especial a Elinor. Tras contemplar a Marianne en constante sufrimiento durante semanas, con el corazón en un puño, sin suficiente valor para expresarlo ni fortaleza para

ocultarlo, ahora y con un gozo que nadie podía sentir igualmente veía una aparente serenidad que con el tiempo podía traerle contento y felicidad si era consecuencia de la reflexión, como ella esperaba.

Al acercarse a Barton pasaron por lugares donde cada sembrado y cada árbol acarreaban un triste recuerdo en concreto. Marianne fue quedándose callada y pensativa, sin dejar de mirar fijamente por la ventanilla, volviendo el rostro para que no la vieran. Sin embargo, Elinor no se sorprendió ni la culpó. Cuando la ayudó a bajar vio que había llorado y lo consideró una emoción demasiado natural para provocar otra respuesta que no fuera la piedad y, al haber sido tan discreta, una gran alabanza. En su conducta posterior vio la huella de una mente decidida a realizar un esfuerzo razonable. Apenas entraron en el salón, Marianne lo recorrió con una mirada resuelta y firme, como decidida a acostumbrarse lo antes posible a la visión de cada objeto al cual podía asociar el recuerdo de Willoughby. Habló poco, si bien todas sus frases tenían un toque alegre. A veces se le escapaba un suspiro, pero lo compensaba con una sonrisa. Después de cenar intentó tocar el pianoforte, pero la primera pieza que vio fue la partitura de una ópera. Era un regalo de Willoughby y tenía algunos de sus duetos favoritos. En la primera página él había escrito su nombre de su puño y letra. Aquello no funcionaría. Sacudió la cabeza, apartó la partitura, paseó los dedos sobre el teclado durante un minuto, se quejó de que los tenía débiles y volvió a cerrar el instrumento. Sin embargo, declaró con firmeza que en el futuro debería practicar mucho.

La mañana siguiente no disminuyó aquellos felices síntomas. Su mente y su cuerpo estaban fortalecidos por el descanso. Sus gestos y sus palabras parecían realmente animados al anticipar el placer del regreso de Margaret. Comentaba que así se restablecería el querido grupo familiar, que sus actividades compartidas y la alegre compañía eran la única felicidad deseable.

—Cuando el tiempo mejore y haya recuperado las fuerzas —dijo—, daremos paseos juntas todos los días. Iremos hasta la granja en la falda de la loma y veremos cómo están los niños. Iremos a las nuevas plantaciones de sir John en Barton Cross y cerca de la abadía. Iremos a menudo a las ruinas

del convento e intentaremos explorarlas hasta donde nos aseguraron que llegaron hace tiempo. Sé que seremos felices y que el verano será alegre. Me levantaré a las seis como muy tarde y dedicaré cada minuto a la música y la lectura hasta la hora de la cena. He trazado un plan y pienso estudiar como es debido. Ya me conozco nuestra biblioteca y sólo sirve para distraerse. Pero hay muchas obras que valen la pena en Barton Park y otras más modernas que puedo pedir al coronel Brandon. Si leo seis horas diarias, en un año aprenderé muchas cosas que ahora sé que me faltan.

Elinor la alabó por un plan con motivaciones tan nobles. Pero sonrió porque vio la misma fantasía ansiosa que la había llevado a los extremos de lánguida indolencia y quejas egoístas de antes. Ahora la veía ocupada en introducir excesos a un plan de actividades racionales y de control virtuoso de sí misma. Pero su sonrisa se transformó en suspiro al recordar que aún no había cumplido lo prometido a Willoughby. Temía tener que decir algo que podría alterar la mente de Marianne y destruir durante un tiempo al menos aquella agradable perspectiva de calma laboriosa. Deseosa de dejar para más tarde aquel momento funesto, prefirió aguardar a que la salud de su hermana estuviera más fuerte para contárselo. Pero aquella resolución terminaría rompiéndose.

Marianne llevaba dos o tres días en casa cuando el tiempo mejoró lo bastante para que una convaleciente como ella saliera. Por fin amaneció un día suave y templado, capaz de animar los deseos de la hija y la confianza de la madre. Apoyada en el brazo de Elinor, obtuvo permiso para pasear cuanto quisiera por el prado frente a la casita a condición de que no se cansara.

Las hermanas caminaron con el paso lento que la debilidad de Marianne hacía necesario para un ejercicio no intentado hasta entonces. Apenas se habían alejado de la casa lo bastante para ver la gran loma detrás de la casa, cuando Marianne se detuvo, la contempló y dijo con calma:

—Allí exactamente —señaló con una mano—, en esa loma, me caí y vi por primera vez a Willoughby.

La voz se le apagó al pronunciar el nombre, pero recuperándose inmediatamente añadió:

—¡Agradezco descubrir que puedo contemplarla sin dolor! ¿Hablaremos sobre eso alguna vez, Elinor? —dijo vacilante—. ¿O no será bueno? Yo puedo hablar de ello ahora, espero, como debo hacerlo.

Elinor la invitó a que lo hiciera.

—Ya he terminado de lamentarme en lo que respecta a él —dijo Marianne—. No voy a contarte lo que fueron mis sentimientos por él, sino lo que son *ahora*. Si en estos momentos pudiera tener por cierta una cosa, si pudiera pensar que no *siempre* desempeñó un papel, que no me engañó *siempre*... Pero si alguien pudiera asegurarme que no siempre fue *tan* malo como a veces me lo han pintado, mis temores desde que supe la historia de esa infeliz muchacha...

Se detuvo. Elinor guardó con alegría sus palabras mientras respondía:

—Si te aseguraran eso, ¿crees que te quedarías en paz?

—Sí. Mi paz mental depende de eso. Es horrible sospechar semejantes intenciones de alguien que fue lo que él para mí. Además, ¿dónde me deja? En una situación como la mía, ¿qué vergonzoso e indiscreto afecto pudo exponerme a...?

—Entonces —preguntó su hermana—, ¿cómo explicas su conducta?

—Querría pensar... ¡Ay, ojalá pudiera pensar que sólo era voluble..., muy voluble!

Elinor calló. Deliberaba en su interior sobre la conveniencia de iniciar su historia o dejarla hasta que Marianne estuviera ya restablecida, de modo que siguieron caminando sin prisa y en silencio unos minutos.

—No le deseo algo bueno —dijo finalmente Marianne con un suspiro— deseándole que sus pensamientos íntimos sean tan desagradables como los míos. Con eso sufrirá bastante.

—¿Comparas tu conducta con la suya?

—No. La comparo con lo que debió ser. La comparo con la tuya.

—Tu situación y la mía han sido diferentes.

—Se han parecido más que nuestras conductas. Elinor, no permitas que tu bondad defienda lo que tu criterio debe censurar. Mi enfermedad me ha hecho pensar. Me ha dado tiempo para meditar a fondo las cosas. Pude reflexionar mucho antes de recuperarme lo suficiente para hablar.

Recordé el pasado y vi que, desde el principio de mi relación con él este otoño pasado, mi conducta no fue más que una serie de imprudencias contra mí misma y una falta de amabilidad hacia los demás. Vi que mis sentimientos habían preparado mis sufrimientos y que mi falta de fortaleza en el dolor casi acaba conmigo. Fui consciente de que yo misma me provoqué la enfermedad por descuidar mi salud de una forma que aun entonces sabía que era incorrecta. Si hubiera muerto, habría sido un suicidio. No supe el peligro en que me había puesto hasta que desapareció ese peligro. Sin embargo, con sentimientos como los que dieron pie a estas reflexiones, me sorprende haberme recuperado. Me asombra que no me haya matado la intensidad de mi deseo de vivir, de tener tiempo para expiar mis faltas ante Dios y ante los demás. Si hubiera muerto, ¡qué angustia habría supuesto para ti, que eres mi cuidadora, mi amiga y mi hermana! ¡Tú, que viste el irritable egoísmo de mis últimos días y compartiste los secretos de mi corazón! ¡Cómo habría perdurado en *tu* recuerdo! ¡Y también mamá! ¿Cómo podrías haberla consolado? No puedo decir cuánto me detesté. Al mirar el pasado, veía un deber descuidado o una falta inadvertida. Parecía haber causado daño a todos. Respondí con menosprecio a la constante amabilidad de la señora Jennings. He sido insolente e injusta con los Middleton, con los Palmer, con los Steele, hasta con los conocidos más corrientes. Mi corazón fue insensible a sus méritos y pagué con irritación sus atenciones. Incluso a A John y a Fanny, aunque poco merezcan, les di menos de lo que merecen. Pero sobre todo te ofendí a ti más que a mamá. Sólo yo conocía tu corazón y tus penas y ¿en qué me influyó a pesar de todo? No me hizo más compasiva en tu beneficio o en el mío. Tenía tu ejemplo y ¿de qué me sirvió? ¿Fui más respetuosa contigo y tu bienestar? ¿Imité tu contención o suavicé tus compromisos encargándome de dar algunas muestras de atención general o de agradecimiento personal que recayeron sobre ti hasta entonces? No. Tanto cuando supe que eras tan desgraciada como cuando te creí en paz, no cumplí lo que me exigían el deber o la amistad. No aceptaba casi que pudiera sentir dolor alguien más que yo. Lloraba únicamente por *ese* corazón que me había abandonado y ofendido. Dejé que tú, a quien profesaba un cariño ilimitado, sufrieras por mi causa.

Aquí se detuvo el torrente de recriminaciones que se hacía. Impaciente por aliviarla, aunque demasiado honesta para halagar, Elinor la elogió y le dio el apoyo que merecían su franqueza y arrepentimiento. Marianne le apretó la mano.

—Eres muy buena. El futuro será mi prueba. He trazado un plan y, si lo cumplo, dominaré mis sentimientos y mejoraré mi carácter. Ya no serán motivo de preocupación para los demás ni una tortura para mí. Ahora viviré sólo para mi familia. Tú, mamá y Margaret seréis mi mundo a partir de ahora. Repartiré todo mi cariño entre vosotras. No habrá nada más que me incite a alejarme de vosotras o del hogar. Si me junto con otros, será para mostrarme más humilde, con el corazón enmendado y para demostrar que puedo ser educada y desempeñar con amabilidad y paciencia las pequeñas obligaciones de la vida. En cuanto a Willoughby, sería absurdo decir que lo olvidaré pronto o alguna vez. Nada podrá borrar su recuerdo, pero se someterá a las normas y a los frenos de la religión, la razón y el trabajo constante.

Hizo una pausa y añadió:

—Ojalá pudiera conocer *su* corazón. Así todo sería más sencillo.

Elinor, que reflexionaba desde hacía rato sobre la conveniencia o no de hacer su relato, la escuchó sin sentirse más resuelta. Al ver que aquello no conducía a nada y que la resolución debía hacerse cargo de todo, se enfrentó a ello.

Contó todo con la destreza que esperaba. Preparó con cuidado a su hermana. Narró con sencillez y honestidad los argumentos empleados por Willoughby para defenderse. Valoró su arrepentimiento y únicamente moderó sus declaraciones sobre su amor por Marianne en la actualidad. Marianne no habló. Temblaba mirando al suelo, los labios más pálidos que si estuviera muerta. Tenía mil preguntas que no se atrevía a formular. Escuchó cada palabra con inquietud. Sin darse cuenta, su mano estrechaba con fuerza la de su hermana y las lágrimas le corrían por las mejillas.

Elinor la llevó a casa creyendo que estaba cansada. Le habló solamente de Willoughby y de su conversación hasta que llegaron a la puerta. Suponía a dónde se dirigiría su curiosidad aunque en ningún momento pudo expresarla con preguntas. Fue minuciosa en cada pormenor de lo dicho y de su

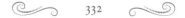

aspecto allí donde podía hacer una detallada descripción sin peligro. En cuanto entraron en casa, Marianne la besó agradecida y llorando le dijo «Cuéntaselo a mamá» antes de separarse de ella y subir lentamente las escaleras. Elinor no quiso turbar una búsqueda de soledad tan comprensible como aquélla. A continuación fue al salón a cumplir su último encargo, pensando con nerviosismo en sus posibles resultados y con la determinación de no sacar más ese tema si no lo hacía Marianne.

Capítulo XLVII

La señora Dashwood se conmovió al escuchar la defensa de su antiguo favorito. Le alegró la absolución de parte de las culpas que le achacaban. Sentía lástima por él y le deseaba toda la felicidad. Sin embargo, no se podían revivir los sentimientos pasados. Nada podría restituirlo ante Marianne con una fe intacta y un carácter inmaculado. Nada podría borrar lo que ella había sufrido por su culpa, ni su conducta con Eliza. Nada podría devolverle el lugar que había ocupado en el afecto de la señora Dashwood ni dañar los intereses del coronel Brandon.

Si la señora Dashwood hubiera escuchado la historia de labios de Willoughby como hizo Elinor, si hubiera visto su angustia y experimentado la influencia de su rostro y actitud, su compasión probablemente habría sido mayor. Sin embargo, eso no estaba en la mano de Elinor ni quería despertar esos sentimientos en los demás con aclaraciones, al contrario de lo que había sucedido con ella. La reflexión había dado calma a sus juicios y moderado su opinión sobre el castigo de Willoughby. Solamente deseaba decir la verdad y exponer lo que se pudiera atribuir a su carácter sin embellecerlo con pinceladas de afecto que pudieran espolear la fantasía y extraviarla.

Al anochecer, con todas juntas, Marianne se puso a hablar de él. Lo hizo con un esfuerzo que reveló las agitadas y nerviosas cavilaciones en las que había estado sumida un tiempo. Al hablar, el rubor encendió su rostro y su voz vaciló.

—Os aseguro a las dos —dijo— que lo veo todo... como deseáis que lo haga.

La señora Dashwood la habría interrumpido de inmediato para consolarla si Elinor, que deseaba escuchar la opinión imparcial de su hermana, no le hubiera pedido silencio con una rápida seña. Marianne continuó lentamente:

—Es un alivio para mí lo que Elinor me ha dicho. He oído exactamente lo que deseaba oír. —La voz se le apagó unos instantes. Luego siguió hablando más tranquila que antes—: Me doy por satisfecha. No deseo que nada cambie. Después de saber todo esto nunca habría podido ser feliz con él y, tarde o temprano, lo habría sabido. Habría perdido toda la confianza y la estima en él sin que nada pudiera evitarlo.

—¡Lo sé, lo sé! —exclamó su madre—. ¿Feliz con un libertino? ¿Con alguien que había destrozado la paz de nuestro más querido amigo y el mejor hombre que pueda haber? ¡No, un hombre así jamás habría podido hacer feliz a mi Marianne! Habría caído sobre una conciencia tan sensible como la suya todo lo que debería haber caído sobre la de su marido.

Marianne suspiró y repitió:

—No deseo que nada cambie.

—Juzgas esto —dijo Elinor— como alguien inteligente y recto. Me atrevo a decir que ves como yo, en ésta y en muchas otras cosas, motivos suficientes para saber que el matrimonio con Willoughby te habría causado inquietudes y decepciones para las que apenas habrías tenido un afecto que, por su parte, habría sido muy dudoso. Si os hubierais casado, habríais sido pobres. Él mismo reconoce que es un dilapidador y su conducta indica que no conoce las palabras *privarse de algo*. Sus exigencias y tu inexperiencia, junto con unos ingresos exiguos, os habrían puesto en apuros que te serían muy penosos aunque no te sean del todo desconocidos o hayas pensado en ellos. Sé que *tu* sentido del honor y la honestidad te habrían llevado a economizar todo lo posible cuando vieras la situación. Quizá, mientras eso hubiera reducido sólo tu bienestar, podrías haber resistido. Pero, más allá de *eso*, ¿qué podrías haber hecho con tus esfuerzos para revertir una ruina iniciada antes de tu matrimonio si hubieras tratado de limitar *sus* diversiones incluso de la forma más razonable? ¿No habría sido posible que, en lugar de inducir a una persona de sentimientos egoístas a que se moderara, hubieras acabado debilitando tu influjo en su corazón haciendo que lamentara un matrimonio que tantas dificultades le habría causado?

A Marianne le temblaron los labios y repitió «¿egoísta?» con un tono que implicaba: «¿Lo crees realmente egoísta?».

—Desde el principio hasta el final de esta historia toda su conducta se ha basado en el egoísmo —replicó Elinor—. El egoísmo le hizo jugar con tu afecto en primer lugar. Cuando el suyo quedó comprometido, aplazó su confesión y se alejó de Barton. Su placer o su tranquilidad fueron sus normas.

—Es cierto. *Mi* felicidad nunca fue su objetivo.

—Ahora —continuó Elinor— lamenta lo que hizo. ¿Por qué? Porque ha descubierto que no le sirvió. No le ha hecho feliz, aunque ya no tiene apuros económicos. No sufre en ese aspecto y sólo piensa en que se casó con una mujer de carácter menos amable que el tuyo. Pero ¿significa que habría sido feliz si se hubiera casado contigo? Las dificultades habrían sido diferentes. Habría sufrido por los apuros económicos que han dejado de importarle ahora porque no los tiene. Habría tenido una esposa de cuyo carácter no se habría podido quejar, pero habría vivido siempre contando el dinero. Es probable que hubiera aprendido a valorar después las muchas comodidades de un patrimonio sin cargas y de una buena renta, incluso para la felicidad doméstica, más que el mero carácter de una esposa.

—No lo dudo —dijo Marianne— y no me arrepiento de nada..., de nada salvo de mi propia locura.

—Di más bien la imprudencia de tu madre, hija mía —dijo la señora Dashwood—. *Ella* es la responsable.

Marianne no la dejó continuar. Satisfecha de ver que ambas reconocían sus errores, Elinor deseó evitar exámenes del pasado que pudieran debilitar el espíritu de su hermana y retomó el primer tema:

—Creo que la lección que se puede sacar de esto es que los problemas de Willoughby surgieron de la primera ofensa contra la moral, de su conducta hacia Eliza Williams. Ese crimen dio lugar a todos los males menores siguientes y a todo su descontento presente.

Marianne asintió con vehemencia a esa reflexión. Su madre reaccionó con una enumeración de los perjuicios sufridos por el coronel Brandon y sus méritos. Lo hizo con todo el entusiasmo que podía darse uniendo amistad e interés. Pero su hija no pareció prestar demasiada atención.

Tal como esperaba, Elinor vio que en los dos o tres días siguientes Marianne no recuperaba sus fuerzas como hasta ese momento. Pero mientras mantuviera su resolución y se esforzara por parecer alegre y en calma, su hermana podía confiar sin dudarlo en que el tiempo la curaría.

Volvió Margaret y la familia estuvo reunida de nuevo. Se establecieron en la casita como antes. Aunque no continuaron sus estudios habituales con el vigor puesto nada más llegar a Barton, al menos planeaban reanudarlos con energía en el futuro.

Elinor empezó a impacientarse porque no tenía noticias de Edward. No había sabido nada de él desde que se fue de Londres, ni sobre sus planes, ni sobre su paradero en esos momentos. Se había escrito con su hermano por la enfermedad de Marianne. La primera carta de John decía: «No sabemos nada de nuestro desdichado Edward. Tampoco podemos averiguar nada sobre algo vedado, pero creemos que continúa en Oxford». Ésa fue toda la información sobre Edward que le proporcionó la carta, pues la correspondencia siguiente no lo mencionó. Sin embargo, pronto sabría de sus planes.

Una mañana habían enviado a su criado a Exeter para hacer un recado. Ya de regreso, mientras servía la mesa, contestó a las preguntas de su ama sobre los resultados de sus tareas y dijo:

—Supongo que sabe, señora, que el señor Ferrars se ha casado.

Marianne se sobresaltó. Miró a Elinor, la vio palidecer y se dejó caer en la silla toda nerviosa. La señora Dashwood, cuyos ojos habían ido intuitivamente en la misma dirección mientras el criado respondía, sufrió al ver en el rostro de Elinor que su dolor era grande. Instantes después, angustiada también por Marianne, no supo a cuál de sus hijas atender primero.

Al ver que solamente la señorita Marianne parecía enferma, el criado fue lo bastante sensato para llamar a una de las doncellas, que la llevó a otra habitación con ayuda de la señora Dashwood. Marianne ya estaba mejor, así que su madre la dejó al cuidado de Margaret y la doncella para volver junto

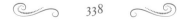

a Elinor. Ésta aún se encontraba descompuesta, pero había recuperado la compostura y la voz para preguntar a Thomas sobre la fuente de su información. La señora Dashwood se ocupó inmediatamente de eso y Elinor pudo informarse.

—¿Quién le dijo que el señor Ferrars se había casado, Thomas?

—Yo mismo vi al señor Ferrars, señora, esta mañana en Exeter, y también a su esposa, la señorita Steele. Estaban parados frente a la puerta de la posada New London en su coche. Yo llevaba un mensaje de Sally, la de Barton Park, para su hermano, que es uno de los postillones. Miré hacia arriba cuando pasaba junto al carruaje. Vi a la más joven de las señoritas Steele. Me descubrí y ella me reconoció. Me llamó y preguntó por usted, señora, y por las señoritas, sobre todo la señorita Marianne. Me pidió que le enviara sus respetos y los del señor Ferrars, y les dijera cuánto sentían no tener tiempo para visitarlas. Tenían prisa porque aún les faltaba un largo camino. Aun así, a su regreso se asegurarán de visitarlas.

—¿Le dijo ella que se había casado, Thomas?

—Sí, señora. Sonrió y dijo que había cambiado de nombre desde que estuvo por estos andurriales. Siempre fue una joven muy amable, simpática y educada, así que me tomé la libertad de desearle lo mejor.

—¿Y el señor Ferrars estaba en el carruaje?

—Sí, señora, lo vi sentado, recostado, pero no levantó los ojos. El caballero nunca ha sido muy hablador.

El corazón de Elinor podía explicar por qué no se había mostrado el caballero. La señora Dashwood probablemente imaginó la misma explicación.

—¿No había nadie más en el carruaje?

—No, señora, sólo ellos dos.

—¿Sabe de dónde venían?

—Venían de la ciudad, según me dijo la señorita Lucy..., la señora Ferrars.

—¿E iban hacia el oeste?

—Sí, señora, pero no para quedarse mucho. Volverán y seguro que pasan por aquí.

La señora Dashwood miró a su hija, pero Elinor sabía que no vendrían. Reconoció a Lucy por el mensaje y tuvo la certeza de que Edward jamás las

visitaría. Le susurró a su madre que probablemente iban a casa del señor Pratt, cerca de Plymouth.

La información de Thomas parecía terminada. Elinor parecía querer saber más.

—¿Los vio marcharse?

—No, señora; estaban sacando los caballos, pero no pude quedarme. Temía retrasarme.

—¿Parecía estar bien la señora Ferrars?

—Sí, señora, dijo que estaba muy bien. Siempre fue una joven muy guapa en mi opinión y parecía contentísima.

A la señora Dashwood no se le ocurrió ninguna pregunta más y Thomas y el mantel fueron sacados ahora que eran también innecesarios. Marianne había dicho que no comería más. La señora Dashwood y Elinor se habían quedado también sin apetito. Margaret podía sentirse bien. A pesar de tantas inquietudes como ambas hermanas habían experimentado últimamente y tantos motivos que habían tenido para descuidar las comidas, nunca habían tenido que quedarse sin cenar.

Cuando llegaron el postre y el vino, la señora Dashwood y Elinor se quedaron a solas. Estuvieron mucho rato juntas, meditando y en silencio. La señora Dashwood no quiso hacer observaciones ni ofrecer consuelo. Ahora veía su error al confiar en la imagen que Elinor había proyectado. Concluyó con acierto que en su momento había quitado hierro a todo lo que le ocurría para evitarle a ella mayores sufrimientos y pensando en cuánto sufría ya por Marianne. Vio que por respeto su hija la había llevado a creer que su afecto era algo poco serio cuando en realidad sí lo era. Temía que, al dejarse convencer así, había sido injusta, desatenta…, casi cruel con Elinor. La aflicción de Marianne, al ser más obvia y clara, había absorbido demasiado de su ternura y había olvidado que Elinor podía sufrir tanto como ella, con un dolor que había sido menos buscado y que lo había soportado con mayor estoicismo.

Capítulo XLVIII

Elinor había descubierto ahora que no era lo mismo esperar que sucediera un hecho desagradable, por seguro que fuera, que la certeza en sí. Había descubierto que, mientras Edward estaba soltero, a pesar de ella misma, siempre había cabido la esperanza de que algo ocurriera que impidiera el matrimonio con Lucy. Esperaba que una decisión de él, una intervención de amigos o un mejor matrimonio para la dama permitieran la felicidad de todos. Pero se había casado y ella culpó a su propio corazón por su tendencia a crearse ilusiones que hacían la noticia aún más dolorosa.

Al principio le sorprendió que se hubiera casado tan pronto, antes (suponía) de su ordenación y, por tanto, antes de tener el cargo. Pero enseguida vio que probablemente Lucy, para proteger sus intereses y asegurárselo cuanto antes, soslayaría todo menos el riesgo de un retraso. Se habían casado en la ciudad y ahora corrían a casa de su tío. ¡Qué habría sentido Edward estando a cuatro millas de Barton y ver cómo el criado de su madre recibía el mensaje de Lucy!

Supuso que pronto se instalarían en Delaford... Delaford, el lugar donde tantas cosas conspiraban para atraerla, el lugar que deseaba conocer y evitar. Se los imaginó rápidamente en la casa parroquial. Vio a Lucy como administradora activa, ingeniándoselas para mantener sus aspiraciones de elegancia sin olvidar la frugalidad, pendiente de que nadie sospechara ni la mitad de sus economías, buscando siempre, y sin olvidar sus intereses, la buena voluntad del coronel Brandon, de la señora Jennings y de todos sus amigos con dinero. No sabía cómo vería a Edward ni cómo deseaba verlo: feliz o infeliz... Ninguna de esas dos posibilidades le alegraba, así que apartó de su mente cualquier imagen de él.

Elinor imaginaba que algún conocido de Londres les escribiría para contar el acontecimiento y sus detalles. Sin embargo, los días pasaban sin cartas ni noticias. No estaba segura de que hubiera culpables, pero de algún modo criticaba a todos los amigos ausentes. Eran unos desconsiderados o unos indolentes.

—¿Cuándo escribirás al coronel Brandon, mamá? —preguntó con impaciencia para que se hiciera algo al respecto.

—Le escribí la semana pasada, tesoro. Espero verlo llegar a él en vez de noticias suyas. Insistí en que nos visitase y no me sorprendería que aparezca hoy, mañana o cualquier día.

Esto era algo en lo que poner las expectativas. El coronel Brandon debía tener información.

Apenas lo había determinado, cuando la figura de un hombre a caballo atrajo su vista hacia la ventana. Se detuvo ante la valla. Era un caballero, seguramente el coronel Brandon. Ahora sabría más y tembló ante las expectativas. Pero *no* era el coronel Brandon... No tenía su porte ni su estatura. Si fuera posible, diría que era Edward. Miró otra vez. Acababa de desmontar... No podía equivocarse... *Era* Edward. Se alejó y se sentó. «Viene de casa del señor Pratt para vernos. Debo estar tranquila y comportarme.»

Vio entonces que también las demás habían advertido el error. Vio que su madre y Marianne palidecían. Vio cómo la miraban y susurraban entre ellas. Habría dado lo que fuera por poder hablar y hacerles comprender que esperaba que su trato hacia él no fuera frío o desdeñoso. Pero no pudo hablar y tuvo que dejar todo a la discreción de su madre y hermana.

No cruzaron ni una palabra entre ellas. Esperaron en silencio a que entrara su visitante. Oyeron sus pisadas por el camino de grava. En un momento estuvo en el pasillo y al siguiente frente a ellas.

Al entrar, su expresión no parecía feliz, ni siquiera desde el punto de vista de Elinor. Estaba pálido de agitación, como si temiera el recibimiento,

consciente de no merecer una acogida amable. Sin embargo, creyendo que así cumplía los deseos de la hija por quien se proponía dejarse guiar con todo el calor de su corazón, la señora Dashwood lo recibió con una mirada de forzada alegría, le estrechó la mano y lo felicitó.

Edward se sonrojó y tartamudeó algo ininteligible. Los labios de Elinor se movieron a la par de los de su madre. Terminado aquello, deseó haberle estrechado la mano también. Pero ya era tarde y, con una expresión que pretendía ser sencilla, se sentó nuevamente y se puso a hablar del tiempo.

Marianne se retiró fuera de la vista de los demás tanto como pudo para ocultar su pena. Al comprender en parte lo que ocurría, Margaret pensó que debía comportarse con dignidad, se sentó lo más lejos posible de Edward y se mantuvo callada.

Cuando Elinor terminó de alegrarse por el tiempo seco de la estación, se produjo una horrible pausa. La señora Dashwood habló diciendo que deseaba que hubiera dejado a la señora Ferrars en buena salud. Él respondió de inmediato que sí. Nueva pausa. Elinor decidió esforzarse y dijo, temerosa del sonido de su propia voz:

—¿Está en Longstaple la señora Ferrars?

—¡En Longstaple! —exclamó él con sorpresa—. No, mi madre está en la ciudad.

—Me refería —dijo Elinor tomando la labor que reposaba sobre la mesa— a la señora de *Edward* Ferrars.

No se atrevió a levantar la mirada, pero su madre y Marianne sí dirigieron sus ojos a él.

Edward se ruborizó. Parecía atónito. La miró con aire dubitativo. Después de vacilar, dijo:

—Quizá se refiera… a mi hermano…, a la señora de *Robert* Ferrars.

—¡La señora de Robert Ferrars! —repitieron Marianne y su madre con asombro.

Aunque Elinor no pudo hablar, también clavó *su* mirada en él con la misma confusión impaciente. Él se levantó y fue hacia la ventana, aparentemente sin saber qué hacer. Tomó una tijera que había allí. Mientras destrozaba la funda donde la guardaban y arruinaba ambas cosas, dijo con apuro:

—Quizá no lo sepan... Quizá no hayan sabido que mi hermano acaba de casarse con..., con la menor..., con la señorita Lucy Steele.

Todas repitieron sus palabras con un asombro inenarrable. Elinor siguió sentada con la cabeza inclinada sobre su labor, en un estado de agitación tal que apenas sabía dónde estaba.

—Sí —dijo él—. Se casaron la semana pasada y ahora están en Dawlish.

Elinor no pudo seguir allí sentada. Salió corriendo de la habitación y en cuanto cerró la puerta, rompió a llorar con tanta alegría que pensó que jamás terminaría. Edward, que hasta entonces había mirado a cualquier sitio menos a ella, la vio correr fuera y quizá vio —o incluso escuchó— su emoción, porque entonces se entregó a un estado de ensueño que no pudo romper ninguna observación ni pregunta afectuosa de la señora Dashwood. Al final abandonó la habitación sin decir nada más y fue a la aldea. Las Dashwood quedaron estupefactas y perplejas ante aquel maravilloso y repentino cambio en las circunstancias. Su desconcierto era tal que únicamente podían resolverlo con conjeturas.

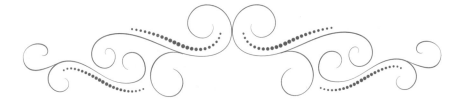

Capítulo XLIX

Por inexplicables que parecieran a la familia las circunstancias de esta liberación, lo cierto era que Edward era libre y todas pudieron predecir a qué dedicaría esa libertad. Después de experimentar los resultados de *un* compromiso imprudente, contraído sin la aprobación de su madre, como había hecho durante más de cuatro años, ahora que había fracasado en *ése* solamente cabía esperar que contrajera inmediatamente otro.

El recado que debía cumplir en Barton era en realidad muy simple. Solamente quería pedirle la mano a Elinor. Considerando que no era nuevo en tales cometidos, podría sorprender que se sintiera tan incómodo en esta ocasión como para necesitar estímulos y aire puro.

Sin embargo, no es preciso detallar cuánto tiempo caminó hasta tomar la decisión adecuada, cuánto tardó en presentarse la ocasión de llevarla a cabo, cómo se expresó y cómo fue recibido. Basta decir que cuando todos se sentaron a la mesa a las cuatro, unas tres horas después de su llegada, tenía a su dama, había conseguido el consentimiento de la madre y era el hombre más feliz del mundo. Todo esto no solamente ocurrió en el encandilado discurso de los enamorados, sino en la realidad del juicio y la verdad. Su felicidad superaba la común sin duda alguna. Un triunfo mayor que el habitual en los amores correspondidos henchía su corazón y elevaba su espíritu. Se había liberado sin culpa por su parte de vínculos que lo habían hecho desgraciado y lo habían tenido atado a una mujer a quien hacía mucho tiempo había dejado de amar. Había alcanzado de inmediato con otra mujer la seguridad que lo hizo desesperarse desde que comenzó a desearla. No había transitado desde la duda o la congoja, sino desde la infelicidad hasta la felicidad, así que habló del cambio sin rodeos, con una alegría genuina, sencilla y cordial que sus amigas no conocían en él.

Le abrió el corazón a Elinor. Le confesó sus debilidades y tachó su primer e infantil enamoramiento de Lucy con toda la dignidad filosófica de los veinticuatro años.

—Fue un afecto necio y ocioso por mi parte —dijo—, como consecuencia del desconocimiento del mundo... y de la falta de un empleo. Si mi madre me hubiera dado alguna profesión activa cuando me sacaron de la tutela del señor Pratt a los dieciocho años, creo... No, estoy seguro de que esto no habría ocurrido porque, aunque me fui de Longstaple con lo que creía una devoción invencible por su sobrina, si hubiera tenido alguna actividad, algo en que ocupar el tiempo que me hubiera mantenido alejado de ella unos meses, habría superado esos amores fantasiosos, en especial si me hubiera mezclado más con otras personas, como debería haber hecho. Pero, en vez de emplearme en algo y contar con una profesión escogida por mí o de permitirme escoger una, regresé a casa a estar ocioso. Durante el año siguiente no tuve ni la ocupación nominal que da pertenecer a la universidad, ya que no ingresé a Oxford hasta los diecinueve años. No tenía nada que hacer, excepto creerme enamorado. Como mi madre hacía del hogar algo desagradable, no tenía un amigo o un compañero en mi hermano y me disgustaba conocer gente nueva, por eso es normal que fuera a menudo a Longstaple, pues allí siempre me sentí en mi hogar y tenía la certeza de ser bienvenido. Así pasé la mayor parte del tiempo allí entre los dieciocho y los diecinueve años. Veía en Lucy amabilidad y complacencia. También era guapa... Al menos eso es lo que yo creía *entonces*. Conocía a tan pocas mujeres que no podía comparar ni hallar defectos. Incluso así, creo que, por insensato que fuera nuestro compromiso y que lo haya sido después en todos los aspectos, en aquella época no fue un ejemplo de locura absurda o inexcusable.

El cambio que pocas horas habían obrado en el estado de ánimo y la felicidad de las Dashwood era tan grande que solamente pudieron esperar las satisfacciones de una noche en vela. La señora Dashwood, demasiado feliz para calmarse, no sabía cómo mostrar su amor a Edward o encomiar lo bastante a Elinor, cómo agradecer su liberación sin herir su delicadeza, ni cómo brindarles la oportunidad de conversar libremente disfrutando al mismo tiempo, como deseaba, de la presencia y compañía de los dos.

Marianne podía expresar *su* felicidad solo con lágrimas. Podía caer en comparaciones y lamentos. Aunque tan sincera como el amor por su hermana, su clase de alegría no la animaba ni se podía expresar con palabras.

Y Elinor, ¿cómo describir *sus* sentimientos? Desde que supo que Lucy se había casado con otro y Edward estaba libre hasta que él justificó las esperanzas que habían seguido de inmediato, experimentó una tras otra todas las emociones menos la calma. Se sintió abrumada en cuando hubo transcurrido el segundo momento, desechadas ya sus dudas y sus preocupaciones, cuando pudo comparar su situación con la de la última época, cuanto lo vio honorablemente libre de su compromiso y que aprovechaba su libertad para ir a ella y declararle un amor tan tierno y constante como ella siempre había imaginado. La dominaba su felicidad. A pesar de la funesta tendencia de la mente humana a aceptar rápidamente los cambios a mejor, necesitó horas para recobrar la serenidad y un poco de calma en su corazón.

Edward se quedaría en la casita al menos una semana. Al margen de cualquier obligación, necesitaba al menos una semana para disfrutar de la compañía de Elinor, tiempo que también debería bastar para poder decirse la mitad de lo que debían sobre el pasado, el presente y el futuro. Esto se debe a que unas horas dedicadas a la dura tarea de hablar sin cesar bastan para tratar más asuntos de los que puedan tener en común dos criaturas racionales, pero es diferente con los enamorados. *Ellos* jamás dan por zanjado ningún tema ni dan por dicho algo si no se ha repetido al menos veinte veces.

Una de las primeras conversaciones de los enamorados giró en torno al matrimonio de Lucy y la incesante y razonable sorpresa que había producido a todos. Elinor conocía a ambas partes desde todos los ángulos, de modo que le pareció una de las circunstancias más extraordinarias e inconcebibles que jamás hubiera oído, sobre todo cómo se habían unido y qué atractivo podía haber visto Robert para casarse con una muchacha de cuya belleza ella misma lo había oído hablar sin admiración; además, era una muchacha comprometida con su hermano y por quien había sido expulsado de la familia, lo cual para ella lo hacía más incomprensible. Para su corazón era un sueño y para su imaginación, ridículo. Sin embargo, su razón lo consideraba un enigma.

La única explicación de Edward era que quizá se conocieron por casualidad y los halagos de una habían hinchado la vanidad del otro y eso había conducido llevando al resto. Elinor recordaba lo que Robert había comentado en Harley Street sobre cuánto podría haber logrado él si hubiera mediado a tiempo en los asuntos de su hermano. Se lo repitió a Edward.

—*Eso* es muy típico de Robert —observó de inmediato—. *Eso* —añadió— es lo que tenía en *su* cabeza al iniciar su relación con ella. Y quizá Lucy al principio solamente quería ganarse sus buenos oficios en mi favor. Después habrán surgido otros planes.

Tampoco él podía decir durante cuánto tiempo había sucedido esto entre ellos porque en Oxford, donde había estado desde que partió de Londres, solamente podía saber de Lucy a través de ella misma y sus cartas no fueron menos frecuentes o afectuosas de lo habitual hasta el último minuto. Ni la menor sospecha lo preparó para lo sucedería. Cuando por fin lo supo todo por una carta de Lucy, creyó que durante un tiempo se había quedado atónito entre la sorpresa, el horror y la alegría por semejante liberación. Le mostró la carta a Elinor:

> Estimado señor:
>
> Como estoy segura de haber perdido su afecto hace ya tiempo, me he sentido libre para entregar el mío a otra persona con quien no me cabe duda de que seré tan feliz como solía pensar que lo sería con usted. Sin embargo, no acepto la mano cuando el corazón pertenece a otra mujer. Sinceramente le deseo felicidad con su elección, y no será culpa mía si no somos buenos amigos para siempre, tal y como nuestro parentesco ahora hace adecuado. Puedo decirle sin dudarlo que no le guardo rencor y estoy segura de que será generoso como para no hacer nada que nos perjudique. Su hermano se ha ganado mi afecto. Como no podríamos

vivir el uno sin el otro, hemos vuelto del altar y nos dirigimos a Dawlish a pasar unas semanas, pues es un lugar que su estimado hermano tiene curiosidad por conocer. Sin embargo, pensé en molestarlo primero con estas líneas y siempre seré su sincera amiga y hermana que lo aprecia.

Lucy Ferrars

P.D. He quemado sus cartas y le devolveré su retrato en cuanto pueda. Por favor, destruya las cartas que le he enviado, pero puede quedarse con mi mechón.

Elinor la leyó y la devolvió sin comentarios.

—No preguntaré qué opina de ella en cuanto a su estilo —dijo Edward—. En otros tiempos no habría querido por nada del mundo que *usted* viera una de sus cartas. En una cuñada es bastante malo, ¡pero en una esposa! ¡Cómo me han sonrojado algunas de sus cartas! Creo que desde los primeros seis meses de nuestro absurdo... asunto, ésta es la única carta cuyo contenido compensa sus defectos de estilo.

—Al margen de cómo hayan comenzado —dijo Elinor tras una pausa—, lo cierto es que están casados. Su madre se ha ganado un merecido castigo. La independencia económica que otorgó a Robert por resentimiento le ha permitido a él elegir. En realidad, ha sobornado a un hijo con mil libras anuales para que haga lo que la empujó a desheredar al otro cuando lo intentó. Supongo que no le dolerá menos ver casada a Lucy con Robert que contigo.

—Le dolerá más porque Robert siempre fue su favorito. Sin embargo, se lo perdonará más rápido siguiendo ese mismo principio.

Edward ignoraba el estado de las relaciones entre ellos en ese momento, pues no había intentado comunicarse con su familia. Veinticuatro horas después de recibir la carta de Lucy se había marchado de Oxford sin más objetivo que encontrar el camino más rápido a Barton, de modo que no había tenido tiempo de hacer planes no relacionados con el viaje. No podía hacer nada hasta estar seguro de su destino con la señorita Dashwood. Se supone que por su rapidez en hacer frente a *ese* destino, a pesar de los celos que alguna vez le había provocado el coronel Brandon, a pesar de la modestia con que valoraba sus propios méritos y la amabilidad con que se refería a sus dudas, no esperaba una recepción demasiado cruel. Sin embargo, debía reconocer que la había temido y lo *hizo* con palabras muy hermosas. Lo que diría sobre aquello un año después queda a la imaginación de consortes.

Para Elinor estaba claro que Lucy había querido engañar mediante el mensaje enviado a través de Thomas y firmar su marcha con un trazo malicioso contra él. Edward, viendo cómo era su temperamento, la creía capaz de una gran maldad. Ya antes de su relación con Elinor había comenzado a ser consciente de la ignorancia y la mezquindad de algunas de sus opiniones, cosa que había atribuido a su escasa educación. Hasta su última carta siempre la creyó una muchacha bien dispuesta, de buen corazón y muy apegada a él. Únicamente esa convicción podría haberle impedido dar por finalizado un compromiso que, ya antes de que su revelación enfadara a su madre, había sido motivo de inquietud y arrepentimiento para él.

—Pensé que —dijo—, al margen de mis sentimientos, debía darle la opción de continuar o no el compromiso cuando mi madre me repudió y aparentemente quedé sin amigos que me ayudaran. En esa situación, donde parecía que nada podía tentar la avaricia o la vanidad de nadie, ¿cómo iba a suponer que sus motivaciones no eran un amor generoso cuando ella insistió con tanta intensidad y pasión en compartir mi destino sin importar cuál fuera? Aun ahora, no comprendo por qué o qué ventaja imaginó que lograría atada a alguien a quien no amaba y sin más posesión que mil libras. No podía prever que el coronel Brandon me otorgaría un cargo.

—No, pero podía suponer que podía ocurrir algo favorable, que la familia se ablandaría con el tiempo. En todo caso nada perdía continuando el compromiso porque dejó claro que no iba a obstaculizar ni sus deseos ni sus actos. En cualquier caso era una relación respetable que probablemente le hacía ganarse el respeto de sus amistades. Si no aparecía nada mejor, sin duda era más ventajoso para ella casarse *contigo* que quedarse soltera.

Edward quedó de inmediato convencido de que nada podía ser más natural que la conducta de Lucy, ni más obvio que sus motivaciones.

Elinor le reprendió con la dureza de las damas cuando regañan la imprudencia que las halaga por haber pasado tanto tiempo con ellas en Norland, donde él debía haber visto su propia inconstancia.

—Tu comportamiento fue malo —dijo ella— porque, por no hablar de mis propias convicciones, hizo que nuestros amigos imaginaran y esperaran *algo* imposible en la situación de *entonces*.

Edward solamente pudo alegar el desconocimiento de sus sentimientos y una equivocada confianza en la fuerza de su compromiso.

—Fui un necio por creer que, al haber dado mi *palabra* a otra, no había peligro estando contigo y que la conciencia del compromiso protegería mi corazón haciéndolo tan seguro y sagrado como mi honor. Sentía que te admiraba y me decía que era sólo una amistad. Pero cuando te comparé con Lucy, vi hasta dónde había llegado. Supongo que después de eso no *fue* correcto quedarme tanto tiempo en Sussex y mis argumentos para reconciliarme con la prisa por irme no eran mejores que decir: el peligro es para mí. Sólo me hago daño a mí mismo.

Elinor sonrió y sacudió la cabeza.

Edward se alegró al oír que esperaban al coronel Brandon en la casita, pues no solamente deseaba conocerlo mejor, sino convencerlo de que no lamentaba que le hubiera otorgado el cargo de Delaford.

—Porque entonces —dijo— con mi agradecimiento tan poco entusiasta quizá crea que no le perdono que me lo ofreciera.

Ahora le asombraba no haber ido aún a ver el lugar. Pero su interés había sido tan escaso que todo lo que sabía de la casa, del jardín y las parcelas adjuntas, la extensión de la parroquia, las condiciones de la tierra y el importe de los diezmos, se lo debía a Elinor, que tantas veces había escuchado al coronel Brandon y había prestado tanta atención que ahora estaba al corriente del tema.

Solamente quedaba algo sin decidir entre ellos, una dificultad por resolver. Los unía su mutuo afecto y sus verdaderos amigos aprobaban su unión. El conocimiento íntimo mutuo parecía dar solidez a su felicidad... Solamente les faltaba con qué sustentarse. Edward tenía dos mil libras y Elinor mil. Si se sumaba el cargo de Delaford, era cuanto podían considerar suyo. La señora Dashwood no podía adelantarles nada y ninguno de los dos estaba tan enamorado como para pensar que trescientas cincuenta libras anuales sufragarían todas las comodidades de la vida.

Edward no descartaba del todo un cambio favorable en su madre y confiaba en *eso* para el resto de sus ingresos. Pero Elinor no tenía confianza en ello. Edward no podía casarse con la señorita Morton y su madre había hablado en su lisonjero lenguaje de la unión con ella solamente como si fuera un mal menor frente a su elección de Lucy Steele. Por lo tanto, Elinor temía que la ofensa de Robert no serviría más que para enriquecer a Fanny.

Cuatro días después de la llegada de Edward apareció el coronel Brandon y la satisfacción de la señora Dashwood fue completa. Por primera vez desde que vivía en Barton pudo tener el privilegio de tener más compañía de la que cabía en la casita. Edward retuvo su prerrogativa de primer visitante y el coronel Brandon tuvo que ir por las noches a sus antiguos aposentos en la finca, desde donde regresaba cada mañana lo bastante temprano para interrumpir el primer *tête-à-tête* de los enamorados antes del desayuno.

Al cabo de tres semanas en Delaford, en donde al atardecer poco había que hacer salvo calcular la diferencia entre treinta y seis y diecisiete, el coronel Brandon llegó a Barton tan decaído que no se animó hasta ver la mejoría en el aspecto de Marianne, su amable recepción y el estímulo de las palabras de su madre. Ya entre amigos y con esos halagos enseguida se animó. Aún no había oído el rumor sobre el matrimonio de Lucy y se pasó las primeras horas escuchando mudo de asombro. La señora Dashwood le explicó todo, lo cual fue motivo de alegría porque el favor hecho al señor Ferrars al final había redundado en beneficio de Elinor.

Ni que decir tiene que la buena opinión mutua de los caballeros mejoró al conocerse más a fondo, pues no podía ser de otro modo. Sus principios y buen juicio eran semejantes, su disposición y el modo de pensar también los eran, lo cual probablemente habría bastado para hacerlos amigos sin necesidad de más. Pero estar enamorados de dos hermanas que se querían hizo inevitable e inmediata una estima que en otras circunstancias quizá habría tenido que aguardar los efectos del tiempo y el juicio.

Las cartas procedentes de la ciudad, que días antes ponían tensa como una cuerda a Elinor, ahora llegaban para ser leídas con más placer que emoción. La señora Jennings escribió contándoles la asombrosa historia. Dio salida a su honesta indignación contra la muchacha que había dejado plantado a su novio y se compadeció del pobre Edward. Estaba segura de que él había adorado a aquella ruin pícara y, según parecía, estaba en Oxford con el corazón casi partido. «Creo —continuaba— que nunca se ha hecho nada tan solapadamente porque dos días antes Lucy me visitó y se quedó un par de horas conmigo. Nadie sospechó lo que sucedía, ni siquiera Nancy. ¡Pobre! Llegó llorando al día siguiente, muerta de miedo ante la señora Ferrars y porque no sabía cómo llegar a Plymouth. Según parece, Lucy le pidió prestado todo su dinero antes de casarse, imaginamos que para exhibirse, y la pobre Nancy no tenía ni siete chelines. Por eso me alegré mucho de darle cinco guineas para que vaya Exeter, donde quiere quedarse tres o cuatro semanas en casa de la señora Burguess con la esperanza, como digo yo, de tropezar de nuevo con el reverendo. Confieso que lo peor es la maldad de Lucy al no llevársela en su carruaje. ¡Pobre Edward! No puedo quitármelo de la cabeza, pero deben invitarlo a Barton y la señorita Marianne debe tratar de consolarlo.»

El tono del señor Dashwood era más solemne. La señora Ferrars era la más desafortunada de las mujeres. La sensibilidad de la pobre Fanny había sufrido una agonía y él se maravillaba y estaba agradecido de ver que no se había desmoronado por el golpe. La ofensa de Robert era imperdonable, pero la de Lucy era mucho peor. Nunca mencionarían el nombre de ellos ante la señora Ferrars. Aunque en el futuro la convencieran de perdonar a su hijo, jamás reconocería a su esposa como hija ni la admitiría en su presencia. El secreto con que habían llevado todo entre ellos era un agravante porque si los demás hubieran sospechado, se podría haber hecho algo para evitar esa boda. Apelaba a Elinor para que se uniera a sus lamentos porque el incumplimiento del compromiso entre Lucy y Edward había sido el medio para llevar el infortunio a la familia. Así continuaba: «La señora Ferrars aún no ha mencionado a Edward, lo cual no nos sorprende. Lo que sí nos asombra es no haber recibido ni una línea de él sobre lo ocurrido. Quizá haya callado por no ofender. Le escribiré unas líneas a Oxford insinuándole que su hermana y yo pensamos que una carta mostrando la adecuada sumisión, si se la dirige a Fanny y ella se la enseña a su madre, sería bien recibida. Todos sabemos que el corazón de la señora Ferrars es tierno y sólo desea estar en buenos términos con sus hijos».

Este párrafo era de cierta importancia para las perspectivas y la conducta de Edward. Lo decidió a intentar una reconciliación, aunque no exactamente del modo en que sugerían su cuñado y su hermana.

—¡Una carta con la adecuada sumisión! —exclamó—. ¿Quieren que le pida perdón a mi madre por la ingratitud de Robert hacia *ella* y la forma en que él *me* ofendió? No puedo mostrar sumisión. No me ha hecho más humilde ni estoy más arrepentido por lo ocurrido. Me ha hecho muy feliz, pero eso no les interesa. No sabía que *yo* debiera mostrar sumisión.

—Claro que puedes pedir que te perdonen —dijo Elinor— porque has ofendido. Yo creo que *ahora* incluso podrías mostrarte algo preocupado por haber contraído el compromiso que tanto enfadó a tu madre.

Edward reconoció que podría.

—Y cuando te haya perdonado, quizá convenga una pequeña muestra de humildad cuando le hables a tu madre de un segundo compromiso, casi tan imprudente para *ella* como el primero.

Edward no tuvo objeciones, pero se resistía a la idea de una carta mostrándose sumiso. Para facilitarle las cosas, pues estaba más dispuesto a ceder de palabra que por escrito, decidió que iría a Londres en lugar de escribirle a Fanny y le rogaría personalmente que empleara sus buenos oficios en su favor.

—Y si ellos *sí* se interesan por una reconciliación —dijo Marianne en su nueva faceta candorosa—, tendré que pensar que ni siquiera John y Fanny carecen por completo de méritos.

Después de tres o cuatro días desde la llegada del coronel Brandon, ambos caballeros abandonaron Barton juntos. Irían de inmediato a Delaford para que Edward pudiera conocer en persona su futuro hogar y ayudar a su protector y amigo a decidir qué mejoras eran necesarias. Desde ahí, tras un par de noches, él continuaría su viaje a la ciudad.

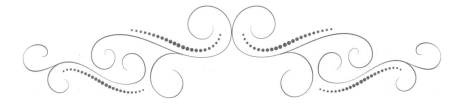

Capítulo L

Tras una resistencia adecuada por parte de la señora Ferrars, que fue enérgica y firme para evitar los reproches que parecía temer siempre por ser demasiado blanda, Edward fue readmitido en su presencia y reconocido de nuevo como hijo.

Últimamente su familia había fluctuado mucho. Había tenido dos hijos durante muchos años. Pero la fechoría y aniquilación de Edward semanas atrás la habían dejado sin uno de ellos. La aniquilación de Robert la había dejado durante quince días sin ninguno. Ahora, con la resurrección de Edward, tenía uno de nuevo.

A pesar de que se le permitiera vivir con ella de nuevo, Edward no sintió que la continuación de todo fuera algo seguro hasta revelar su actual compromiso. Temía que aquella circunstancia alteraría su estado y lo llevaría a la tumba tan rápido como antes. Lo contó con cautela e inesperadamente fue escuchado. Al principio la señora Ferrars trató de razonar con él para disuadirlo de casarse con la señorita Dashwood. Recurrió a todos los argumentos de que disponía. Le dijo que la señorita Morton era una mujer de clase más alta y mayor fortuna. Lo reafirmó observando que era hija de un noble y dueña de treinta mil libras. La señorita Dashwood, en cambio, era solamente la hija de un caballero particular y no tenía más que tres mil. No obstante, cuando descubrió que Edward estaba de acuerdo con aquello, pero no tenía intención de dejarse guiar por ella, estimó más sabio someterse después de la experiencia pasada... Así pues, tras la descortés tardanza debida a su dignidad y necesaria según ella para evitar sospechas de benevolencia, consintió el matrimonio de Edward y Elinor.

A continuación hubo que pensar en qué hacer para mejorar sus rentas. Aquí resultó obvio que Edward era ahora su único hijo, pero no el primogénito. Aunque Robert recibía sin falta mil libras al año, no se hizo objeción alguna a que Edward se ordenara por doscientas cincuenta como máximo. Tampoco se prometió nada para el presente ni para el futuro aparte de las mismas diez mil libras con que dotaron a Fanny.

No obstante, eso era lo que Edward y Elinor deseaban y mucho más de lo que esperaban. La propia señora Ferrars, con sus excusas evasivas, parecía la única sorprendida por no dar más.

Así pues, una vez asegurado un ingreso suficiente para sus necesidades, Edward tomó posesión del cargo y solamente quedó aguardar a que estuviera lista la casa, en la cual estaba haciendo grandes mejoras el coronel Brandon en su deseo por alojar a Elinor. Tras esperar a que las completaran y experimentar las mil decepciones y retrasos habituales por la inexplicable lentitud de los albañiles, Elinor quebrantó su firme decisión inicial de no casarse hasta que todo estuviera listo y la boda se celebró en la iglesia de Barton a principios de otoño.

El primer mes de casados lo pasaron con su amigo en la mansión. Desde allí podían supervisar los avances en la rectoría y dirigir *in situ* las cosas como las querían. Podían escoger el papel, planear dónde sembrar los arbustos y diseñar un camino hasta la casa. Las profecías de la señora Jennings, aunque confusas, se cumplieron en su mayoría. Pudo visitar a Edward y a su esposa en la parroquia el día de san Miguel. Según pensaba, vio que Elinor y su esposo eran una de las parejas más felices del mundo. Ni a Edward ni a Elinor les quedaban deseos por ver cumplidos, salvo que el coronel Brandon y Marianne se casaran y unos pastos algo mejores para sus vacas.

Fueron visitados por casi todos sus parientes y amigos en cuanto se instalaron. La señora Ferrars fue a inspeccionar la felicidad que casi le avergonzaba haber autorizado. Incluso los Dashwood incurrieron en los gastos de un viaje desde Sussex para hacerles los honores.

—No diré que estoy decepcionado, querida hermana —dijo John mientras paseaban una mañana ante la valla de la casa de Delaford—. *Eso* sería exagerado porque, tal y como son las cosas, has resultado una de las mujeres más afortunadas del mundo. Pero confieso que sería un gran placer poder llamar hermano al coronel Brandon. Su finca aquí, su propiedad, su casa, ¡todo es tan admirable y está en tan buenas condiciones! ¡Y sus bosques! ¡No he visto en Dorsetshire madera con la misma calidad que la que se guarda en Delaford Hanger! Quizá Marianne no sea la persona capaz de atraerlo, pero creo que sería aconsejable que la invites a quedarse contigo con frecuencia, pues el coronel Brandon parece pasar mucho tiempo en casa... y no se puede decir lo que podría ocurrir... Cuando dos personas están mucho juntas y ven poco a otros... Siempre estará en tu mano aprovechar la ventaja; en fin, que puedes brindarle una oportunidad... Ya me entiendes.

Aunque la señora Ferrars *fue* a verlos y siempre los trató con un fingido afecto decoroso, jamás fueron insultados por su favor y preferencias reales. *Eso* lo habían conseguido la insensatez de Robert y la astucia de su esposa en pocos meses. La egoísta sagacidad de Lucy, que había arrastrado a Robert a ese enredo en un principio, fue el instrumento que lo sacó de él. En cuando halló un diminuto resquicio para ejercitarlas, su respetuosa humildad, sus atenciones continuas e interminables zalamerías reconciliaron a la señora Ferrars con la elegida de su hijo y le restituyeron completamente su favor.

Toda la actuación de Lucy en este asunto y la prosperidad que la coronó pueden ponerse de muy inspirador ejemplo de lo que una atención intensa y continua a los propios intereses, por muchos obstáculos que parezcan tener, puede hacer para lograr las ventajas de la fortuna sin más sacrificio que tiempo y conciencia. La primera vez que Robert quiso verla y la visitó en Bartlett's Buildings, no tenía más intención que la que su hermano le atribuyó. Únicamente quería convencerla de desistir del compromiso. No veía más obstáculo posible que el afecto de ambos y esperaba que una o dos entrevistas bastaran para resolver el asunto. Sin embargo, se equivocó. Aunque Lucy le hizo confiar en que su elocuencia *al final* la

convencería, siempre se necesitaba otra visita y otra charla para convencer. Al separarse, siempre le quedaban a ella dudas que solamente podían aclararse charlando otra media hora con él. De esa manera se aseguraba una nueva visita y lo demás siguió por su natural cauce. En lugar de hablar de Edward terminaron por hablar solamente de Robert..., un tema sobre el cual él siempre tenía más que decir que sobre cualquier otro y en el cual ella pronto mostró un interés casi igual al de él. Dicho sin rodeos, pronto fue evidente para ambos que él había reemplazado completamente a su hermano. Estaba orgulloso de su conquista, de hacerle una jugarreta a Edward y de casarse en secreto sin el consentimiento de su madre. Ya se sabe lo siguiente. Pasaron unos meses felices en Dawlish, pues ella tenía muchos parientes y conocidos con quienes deseaba cortar, y él dibujó planos para magníficas casas de campo. Cuando regresaron a la ciudad fueron perdonados por la señora Ferrars. Bastó con que Robert se lo pidiera a instancias de Lucy. En un principio lógicamente el perdón fue para Robert solamente. Lucy no tenía obligación hacia su suegra y no había transgredido nada, así que pasó unas cuantas semanas sin ser perdonada. Pero su constante conducta humilde, más mensajes donde asumía la culpa por la ofensa de Robert y el agradecimiento por la dureza con que la trataban, obtuvieron finalmente un altivo reconocimiento de su existencia que la abrumó por su aprobación y la condujo rápidamente después al afecto y al influjo. Lucy se hizo tan necesaria a la señora Ferrars como Robert o Fanny. Mientras que Edward jamás fue perdonado de corazón por haber querido casarse con ella y hablaran de Elinor como de una intrusa, aunque superara a Lucy en fortuna y cuna, *ella* siempre fue considerada y reconocida como hija favorita. Se instalaron en la ciudad, recibieron el generoso apoyo de la señora Ferrars y estaban en los mejores términos imaginables con los Dashwood. Si se dejan a un lado los celos y la malevolencia que persistieron entre Fanny y Lucy, en los cuales participaban sus esposos, y los habituales desacuerdos domésticos entre Robert y Lucy, todos vivieron juntos en armonía.

Lo hecho por Edward para perder sus derechos de primogenitura podría haber extrañado a muchos si lo hubieran descubierto. Lo que Robert hizo para ser su sucesor sorprendería más. Sin embargo, fue justificado por las consecuencias, aunque no por la causa. Nunca hubo indicios en el estilo de vida de Robert ni en sus palabras que hicieran sospechar que lamentaba la cuantía de su renta, ya fuera por dejarle poco a su hermano o mucho a él. Si se pudiera juzgar a Edward por el cumplimiento de sus deberes en cada cosa, por su afecto a su esposa y su hogar y por la constante alegría de su espíritu, podría suponérsele tan contento con su suerte como su hermano y libre de desear cambios.

El matrimonio de Elinor la separó de su familia solamente lo necesario para que la casita de Barton no quedara abandonada, pues su madre y hermanas pasaban más de la mitad del tiempo con ella. Las frecuentes visitas de la señora Dashwood a Delaford eran fruto tanto del placer como de la prudencia. Su deseo de casar a Marianne con el coronel Brandon apenas era menor que el de John, aunque sí era más generoso. Ahora era su causa favorita. Por preciada que fuera la compañía de su hija, deseaba renunciar a ella por el bien de su estimado amigo. También era el deseo de Edward y Elinor ver a Marianne en la mansión. Todos compadecían al coronel y se sentían responsables de aliviarlo. El consenso general era que Marianne debía ser su consuelo.

Con semejante alianza en su contra, con el conocimiento de la bondad del coronel, con el convencimiento del afecto que le profesaba y que finalmente, aunque mucho después de ser algo evidente para los demás, la conquistó, ¿qué podía hacer?

Marianne Dashwood había nacido para algo extraordinario. Había nacido para descubrir lo equivocado de sus opiniones y contradecir con sus actos sus máximas favoritas. Nació para superar un afecto nacido a la tardía edad de diecisiete años. Sin otro sentimiento que superara al aprecio y a una profunda amistad, entregó voluntariamente su mano a *otro* hombre, a uno que había sufrido tanto como ella por un antiguo amor, a uno a quien dos años antes había considerado viejo para el matrimonio por tratar de proteger su salud con un chaleco de franela...

Pero así fueron las cosas. En lugar de sacrificarse a una pasión irresistible, como a veces se había pintado a sí misma llena de orgullo; en lugar de

quedarse junto a su madre para siempre con la soledad y el estudio como únicos placeres, según había decidido después al serenarse y templar su juicio, se vio a los diecinueve años sometida a nuevos vínculos, aceptando nuevos deberes, instalada en un nuevo hogar, esposa, madre de una familia y señora de una aldea.

El coronel Brandon era ahora tan feliz como creían que se merecía quienes lo querían. Marianne era el consuelo a sus aflicciones pasadas. Su afecto y su compañía le reconfortaban la mente y devolvieron la alegría a su espíritu. Marianne era feliz haciéndolo a él feliz. Eso era indudable para quienes la veían y aquello agradaba a todos. Marianne nunca pudo amar a medias y con el tiempo entregó todo su corazón a su esposo como una vez hizo con Willoughby.

Willoughby sintió una punzada de dolor cuando le hablaron del matrimonio de Marianne. Su castigo fue completo cuando la señora Smith lo perdonó. Le dijo que debía agradecer su clemencia a su matrimonio con una mujer de carácter y le dio motivos para pensar que, si hubiera actuado honorablemente con Marianne, podría haber sido feliz y rico. Nunca se debe dudar de la sinceridad de la contrición por sus malos actos, que le habían acarreado su castigo. Tampoco se debe dudar de que durante mucho tiempo pensara en el coronel Brandon con envidia y en Marianne con nostalgia. Pero no quedó siempre desconsolado ni rehuyó el contacto social o adquirió un carácter sombrío. Tampoco murió con el corazón partido... porque no fue así. Vivió esforzándose y a menudo divirtiéndose. ¡Su esposa no siempre estaba de mal genio ni su hogar carecía de comodidades! Y halló en sus criaderos de perros y caballos y en los deportes bastante felicidad doméstica.

Sin embargo, a pesar de la grosería de sobrevivir a su pérdida, siempre mantuvo un decidido respeto por Marianne que hacía que se interesara por sus asuntos y lo llevó a convertirla en su secreto dechado de perfección femenina. Fue así cómo muchas bellezas en ciernes fueron desdeñadas por él tras unos días por no soportar la comparación con la señora Brandon.

La señora Dashwood fue prudente y se quedó en la casita sin intentar mudarse a Delaford. Aquello fue una suerte para sir John y la señora Jennings, pues cuando se quedaron sin Marianne, Margaret había llegado a una edad adecuada para bailar y para que se le pudieran suponer pretendientes.

Entre Barton y Delaford hubo esa comunicación constante que un gran cariño familiar dicta de forma natural. Entre los méritos y las alegrías de Elinor y Marianne hay que destacar que, aunque fueran hermanas y vivieran la una casi a la vista de la otra, pudieron hacerlo sin que surgieran discrepancias o frialdad entre sus esposos.